Lynda Rutledge

Sonnenaufgang mit Giraffen

LYNDA RUTLEDGE

SONNENAUFGANG MIT GIRAFFEN

Roman

Aus dem amerikanischen Englisch
von Leena Flegler

PIPER

Mehr über unsere Autorinnen, Autoren und Bücher:
www.piper.de

Wenn Ihnen dieser Roman gefallen hat, schreiben Sie uns unter Nennung des Titels »Sonnenaufgang mit Giraffen« an empfehlungen@piper.de, und wir empfehlen Ihnen gerne vergleichbare Bücher.

Unser Versprechen für mehr Nachhaltigkeit
Klimaneutrales Produkt
FSC®-zertifiziertes Papier
Hergestellt in Deutschland

FSC
www.fsc.org
MIX
Papier | Fördert gute Waldnutzung
FSC® C014496

ISBN 978-3-492-07095-9

Titel der amerikanischen Originalausgabe: »West with Giraffes«,
Lake Union Publishing, Seattle 2021

Redaktion: Dr. Ann-Catherine Geuder
Illustrationen: Designed by tartila/Freepik, Designed by Freepik
Satz: Satz für Satz, Wangen im Allgäu
Gesetzt aus der ITC New Baskerville
Druck und Bindung: GGP Media GmbH, Pößneck
Printed in Germany

Für die echten Hurrikan-Giraffen

Solange man kein Tier geliebt hat,
bleibt ein Teil der Seele unerweckt.

Anatole France,
Literaturnobelpreisträger, 1921

Das eindrücklichste und lieblichste Gethier,
das ich je zu Gesicht bekam, war ein Jarraff …
Fürst allen Gethiers.

John Sanderson,
Entdeckungsreisender, 1595

New York World-Telegram

22. September 1938

GIRAFFEN ÜBERLEBEN HURRIKAN AUF HOHER SEE

NEW YORK – 22. Sept. (Sonderausgabe) Nach dem Großen Hurrikan, der gestern die Ostküste verwüstete, erreichte am heutigen Morgen die schwer angeschlagene SS *Robin Goodfellow* den Hafen von New York. Mit an Bord: zwei todgeweihte Giraffen …

Zusammengestellt aus Zeitungsberichten vom 23. Sept. 1938

… Was gemeinhin auf See als kaum zu überleben galt, widerfuhr dem Handelsmarinefrachter SS *Robin Goodfellow,* der vor der haitianischen Küste in einen verheerenden Wirbelsturm geriet. Zeugen berichteten von turmhohen Wellen, von Fischen, die durch die Luft segelten, und Sturmböen, die Wasserhosen vor sich her peitschten, während Matrosen hilflos mitansehen mussten, wie ein Besatzungsmitglied von Deck hinaus in die Leere gerissen wurde. Von Kameraden in den Frachtraum gerettet, blieb ihnen nichts weiter übrig, als zwei Rothschild-Giraffen in Transportverschlägen der vollen Wucht des Hurrikans anheimzugeben … Binnen weniger Minuten machte das Schiff eine Viertelrolle steuerbords und verblieb so für weitere sechs Stunden bei Sturzwellen und

Wind, ehe es sich jäh wieder aufrichtete, kaum dass der Wirbelsturm weitergezogen war. Abgesehen von einer zerzausten Giraffe, die noch aufrecht in ihrer sturmgepeitschten Transportkiste stand, schien an Deck nichts mehr zu retten zu sein – auch nicht die zerschmetterte Transportkiste, die inmitten von Trümmern an der Reling lag und aus der lediglich der leblose Kopf des zweiten riesenhaften Tieres hervorlugte. Doch sowie die Mannschaft zusammenkam, um den Kadaver über Bord zu hieven, regte sich das bewusstlose Tier und schlug die Augen auf …

Ich hatte nur wenige wahre Freunde,
und zwei davon waren Giraffen …

Woodrow Wilson Nickel

Prolog

Woodrow Wilson Nickel starb im Jahr 2025 an einem gewöhnlichen Tag auf ganz gewöhnliche Weise im nicht ganz so gewöhnlichen Alter von 105 Jahren.

Ein Jahrhundert und ein Fünfer.

Die junge Frau, die im Veteranenheim für die Langzeitpatienten zuständig war und seinen Hinterbliebenen die weltlichen Besitztümer übersenden sollte – was in Woodrow Wilson Nickels Fall eine alte Spindtruhe und keinerlei Hinterbliebene waren –, stand in seinem leeren Zimmer. Fest entschlossen, im Zeitplan zu bleiben, sah sie auf die Uhr. In ihrem Job fühlte sie sich gern wie eine Art Hüterin von Dingen, die zurückgelassen wurden, gerade von Hundertjährigen, die schon von ihnen gegangen waren, lange bevor ihr Herz schließlich aufhörte zu schlagen. Sie waren die Einzigen, die noch Spindtruhen besaßen. Alte Spindtruhen, auf die kein Erbe mehr wartete, waren für die junge Frau die schlimmsten: randvoll mit sterblicher Bedeutsamkeit, die mitsamt dem Toten verblich – als könnte man der Vergangenheit gleichsam dabei zusehen, wie sie sich in Luft auflöste. Die junge Frau atmete also tief durch, zog die Truhe auf und erwartete schon, die üblichen stockigen Uniformen und ausgebleichten Fotografien vor sich zu sehen.

Stattdessen lag da eine Giraffe.

Die Truhe war voller linierter Schreibblöcke – Dutzende davon –, die mit Kordeln zu mehreren Bündeln verschnürt waren. Obenauf über einem vergilbten Zeitungsartikel lag eine Giraffe aus Porzellan, ein in die Jahre gekommenes kleines Souvenir aus dem San Diego Zoo. Ein wehmütiges Lächeln schlich sich auf das Gesicht der jungen

Frau, und sie nahm die Giraffe hoch. Als Kind hatte sie in demselben Zoo eine ganze Herde dieser riesigen, sanften Tiere gesehen, die inzwischen so schrecklich selten waren.

Vorsichtig stellte sie die Giraffe beiseite und hob den obersten Stoß Blöcke heraus, als ihr Blick an der ausladenden Altherrenhandschrift hängen blieb. Sie ließ sich auf der Bettkante nieder und fing an zu lesen.

Ich hatte nur wenige wahre Freunde, und zwei davon waren Giraffen: eine, die mich nicht tottrat, und eine, die mir das wertlose Waisenleben und dir das wertvolle, kostbare Leben rettete.

Beide Giraffen sind seit Langem tot. Und das bin ich demnächst auch, was gewiss kein Verlust ist. Allerdings hat der Mann im Fernsehen gerade gesagt, dass es auf der Welt bald keine Giraffen mehr gibt, dass sie genau wie die Tiger und die Elefanten und die Tauben des Alten Mannes aus der Welt verschwinden. Und obwohl ich auf den Fernseher eingeschlagen habe, damit der Mann den Mund hält, wusste ich, dass er womöglich die Wahrheit sagte.

Irgendwie weiß ich aber auch, dass du noch da bist. Und da ist auch immer noch diese Geschichte, die ebenso sehr deine wie meine ist. Es wäre eine Schande – *für mich* –, wenn sie mitsamt meinen alten Knochen ebenfalls verschwinden würde. Denn wenn ich je behaupten könnte, dass ich Gott gesehen habe, dann in den riesenhaften Gesichtern jener Giraffen. Und wenn ich je etwas hinterlassen wollte, dann diese Geschichte: für sie und für dich.

Bevor es also zu spät dafür ist, schreibe ich hier und jetzt alles auf. Vielleicht liest irgendeine gute Seele diese Zeilen und sorgt dafür, dass sie bei dir ankommen.

Die Veteranenbetreuerin wickelte die Kordel vom ersten Stoß – Zeitplan hin oder her – und nahm den ersten Schreibblock zur Hand …

… Ich bin älter als Dreck.

Und wenn man älter als Dreck ist, kann man sich in Erinnerungen verlieren, in der Zeit, sogar im Raum.

Ich sitze in meiner kleinen Kammer und habe das Gefühl, dass ich … weg war. Ich bin mir nicht einmal sicher, wie lange ich hier bereits sitze. Ich nehme an, schon die ganze Nacht, seit sich der Nebel in meinem Kopf verzogen hatte und ich mich plötzlich inmitten von anderen alten Säcken wiederfand, die alle einen schicken Fernseher anstarrten. Ich weiß noch, dass der Mann im Fernsehen von den letzten Giraffen der Erde berichtete und ich im Rollstuhl hinfuhr, um ihm eins überzubraten. Ich weiß auch noch, dass ich in Windeseile hierher zurückgeschoben wurde und eine Schwester mir die Fingerknöchel verband.

Dann erinnere ich mich nur noch daran, dass mir ein Pfleger eine Beruhigungstablette verabreichte, die ich nicht nehmen wollte.

Aber das war das letzte Mal. Weil ich jetzt mit einem Bleistift in der zittrigen Hand eine spezielle Erinnerung aufschreiben will.

So schnell ich kann.

Ich könnte diese Stunden, die sich wie meine letzten klaren Stunden anfühlen, damit verbringen, dir von der Dust Bowl zu erzählen. Oder vom Krieg. Oder von den Pfingstrosen in Frankreich. Oder von meinen Ehefrauen – ja, es gab mehrere. Oder von den Gräbern – und da gab es viele. Oder von den Abschieden – und auch da gab es viele. Diese Erinnerungen kommen und gehen, jetzt, gegen Ende. Sofern sie denn überhaupt noch kommen. Aber diese eine spezielle nicht: *Diese* Erinnerung ist immer bei mir, immer lebendig, immer in Reichweite und immer bunt wie das Leben, vom tödlichen Anfang bis zum bittersüßen Ende, ganz gleich, wie alt ich werde. Oh, wie ich euch vermisse – Rotschopf, Alter Mann, Wilder Junge und Wildes Mädchen!

Ich muss meine müden Augen nur für den winzigsten Moment schließen.

Und es geht los.

1

Im New Yorker Hafen

Schiffe flogen durch die Luft, Straßen strömten wie Flüsse, Stromkabel explodierten wie Feuerwerk, und Häuser voller schreiender Menschen wurden hinaus aufs Wasser gefegt – es war der 21. September, der Tag des Großen Hurrikans 1938. Die komplette Küste vom New Yorker Hafen bis Maine wurde so hart getroffen, dass der Tag in die Geschichte einging – siebenhundert Seelen, die ihrem Richter nass wie Makrelen entgegengingen.

Damals gab es noch keine Warnsysteme. Man sah etwas über dem Wasser aufziehen und stellte eben noch fest, wie düster die Wolke dort aussah, als der verheerende Sturm und der Regen auch schon einsetzten und man um sein Leben rannte. Der Pfahl am Bootssteg, um den ich meinen dürren Jungenleib geschlungen hatte, schleuderte durch die Luft. Dann weiß ich erst wieder, dass ich in einem Graben zu mir kam und ein Landstreicher an meinen Cowboystiefeln ruckte. Sowie er sah, dass ich von den Toten auferstanden war, lief er kreischend davon. Irgendwie war ich am Stück geblieben, wenn auch grün und blau und blutig, und hatte nur meine Hosenträger eingebüßt. Während der Rest der lebenden Welt anfing, um Hilfe und nach Leichenwagen zu rufen, wischte ich mir das Blut aus dem Gesicht, zog mir die Hose hoch und kam auf die Beine. Das Bootshaus, vor dem ich gestanden hatte, war verschwunden, genau wie Cuz, mein Vetter dritten Grades und Boss. Wiedergefunden habe ich ihn in einer seichten Pfütze aus Bootssplittern. Der Mast einer Slup hatte ihn durchbohrt. Ich selbst war schon vor der Abreibung durch den Hurrikan nicht gerade ansehnlich gewesen – ein zu lang geratener Farmboy mit frischen Pickelnarben im Gesicht und einem Muttermal von der Größe einer preisgekrönten Tomate am Hals –, aber besser als Cuz sah ich allemal aus. Ich würde ja sagen, dass ich Glück gehabt hatte, nur konnte ich mit dem Wort kaum etwas anfangen, sodass ich es nie benutzte. Ich würde ja sagen, dass ich Pech gehabt hatte – nur war ich über Pech schon weit hinaus, so viel stand fest. Ich hätte nie gedacht, dass ich für den Rest meines Lebens noch Größeres zu sehen bekäme als diesen Hurrikan.

Aber da lag ich falsch.

Weil zwischen gekenterten Booten und brennenden Hütten und herabbaumelnden Leichen und heulenden Sirenen zwei Giraffen das Letzte sind, womit man rechnet.

Ich war keine sechs Wochen hier gewesen, der Staub der Dust Bowl lag noch immer auf meiner Halbstarkenlunge – denn trotz einer gottesfürchtigen Ma war ich genau das: ein Halbstarker von irgendeiner Farm, ursprünglich wie ein Kuhfladen, abgefeimt wie ein Keiler und bereits gut mit dem County Sheriff bekannt, und der Staub über jedem Atemzug ließ dem Heiligen Geist nur wenig Raum, sich mir einzuhauchen. In Cuz' Schiffsrattenfalle von einem Bootshaus war ich nur deshalb gelandet, weil die Dirty Thirties so heftig über unser Eckchen des nördlichen Texas hinweggefegt waren, dass meilenweit jeder Siedler und Pächter einfach von der Landkarte gewischt worden war. Einige – wie meine Ma, mein Pa und meine kleine Schwester – endeten auf die harte Tour, sechs Fuß tief unter der Erde. Andere nahmen mit den Okies die Straße nach Kalifornien. Der Rest – wie ich beispielsweise – zog weiter zu jeder Art von Verwandtschaft, die einen noch bei sich aufnehmen wollte. Nun war die einzige Verwandtschaft, die mir geblieben war, ein Ostküstenfremder namens Cuz, der für einen Siebzehnjährigen aus Nordtexas ebenso gut der Mann im Mond hätte sein können. Aber es ist nun mal eine Sache, allein zu sein, und eine andere, in der vernichteten Ödnis eine gottverdammte Waise zu sein und Gräber für alle auszuheben, die man je geliebt hat, ohne dabei irgendjemand anderen um Hilfe bitten zu können als den Sheriff – was ich mich nicht traute, aus Gründen, die ich noch nicht weiter ausführen will.

Während ich noch an den Gräbern meiner Ma, meines Pa und meiner kleinen Schwester saß, ging der Abend irgendwann in den Morgen über. Immer noch mit dem tödlichen Staub bedeckt, der uns den Garaus gemacht hatte, buddelte ich das Einmachglas meiner Mutter mit den Münzen aus dem verkümmerten Beet und stolperte mit tränentrockenen Augen in Richtung Highway. Erst als ein Pritschenwagen hielt und der Fahrer mich fragte, wo ich hinwolle, fand ich heraus, dass ich stumm war.

»Bist'n Okie?«

Ich versuchte zu antworten. Ich brachte nichts heraus.

»Hast deine Zunge verschluckt, was?«

Immer noch bekam ich kein Wort heraus. Er musterte mich, wies mit dem Daumen auf die leere Ladefläche und ließ mich am Bahnhof Muleshoe raus – genau gegenüber vom Sheriff's Office. Mit der Tür im Augenwinkel wartete ich auf den nächsten Zug. Ich wusste genau, dass ich dem Sheriff keine der Fragen beantworten könnte, die er sicher hätte, wenn er mich entdeckte, und gerade als der Zug einfuhr, kam er tatsächlich herausgeschlendert und sah mir in die Augen.

Unterwegs rechnete ich bei jedem Halt mit dem Schlimmsten, doch ich schaffte es mit den Münzen meiner Ma bis Chattanooga. Dort kletterte ich in einen Güterwaggon, bis ich ein paar Tramps einen Landstreicher aus dem Zug werfen sah, nachdem sie ihm zuvor die Schuhe geklaut hatten. Als Nächstes stibitzte ich ein Motorrad, fuhr, bis der Sprit verbraucht war, und stahl unterwegs Essen wie ein Straßenköter, bis irgendein Lump mit einer scharfen Rasierklinge es mir seinerseits stahl. Daraufhin trampte ich auf direktem Wege zu Cuz, wo ich mich mehr Wasser gegenübersah, als meine ausgedörrten Augen fassen konnten. Als Cuz mich fragte, wer zur Hölle ich sei, musste ich meinen Namen mit einem Stück Kohle auf den Kai schreiben. Er schnaubte. »War ja klar«, schnaubte er bloß, »von *der* Seite der Familie war nur zurückgeblieben zu erwarten«, und ließ mich als Erstes für mein Abendbrot schuften. Vierzig stumme Tage und Nächte lang nannte ich ein muffiges Feldbett ganz hinten im Bootshaus mein neues Zuhause.

Und jetzt hatte ich nicht mal mehr das. Es war niemand mehr da, um nach mir zu suchen, und es war niemand gestorben, um den ich noch hätte trauern wollen, weil Cuz ein derart hartherziger Dreckskerl gewesen war, dass ich schon überlegte, mir sein Geld unter den Nagel zu reißen und das Weite zu suchen.

Inmitten der Trümmer zog ich mir also die Hose hoch und stand auf wackligen Beinen vor den Überresten des Mannes, dessentwegen ich durch die halbe USA gereist war. Dann griff ich um den blutigen Mast herum und tastete Cuz' tote Taschen ab. Als ich nichts weiter als seine Hasenpfote fand, fing ich in meiner Hurrikanwut an, auf ihn einzutreten, bis ich mit einem Mal die Sprache wiederfand – ich trat auf Cuz ein und verfluchte ihn, den grauen Himmel, das schwarze Meer, die Verwesung in der Luft, den ach so lieben Herrn Jesus meiner Ma und seinen grausamen allmächtigen Vater, bis ich ausrutschte und mit zum verregneten Himmel gerichtetem Blick auf dem Allerwertesten landete. Und damit war die Blockade in mir gelöst: Ich lag nur noch da und heulte wie der einsame Junge, der ich ja auch war.

Irgendwann kam ich wieder auf die Sohlen, knotete mir mit einem triefenden Stück Bootsleine die Hose und schlurfte zurück zum Kai.

Dort saß ich wie ein Häuflein Elend und sah zu, wie ein Schiff nach dem anderen in den Hafen trudelte.

Bis ich die Giraffen entdeckte.

Am Kai wurde ein sturmgebeutelter Frachter entladen. Ich kann mich weder erinnern, aufgestanden noch hingelaufen zu sein. Ich weiß nur noch, dass ich plötzlich inmitten von Seeleuten in blauen Kattununiformen stand und glotzte. Und unter dem baumelnden Kettenzug eines Schiffskrans, mit dem sie wie eine Ladung Reifen umgesetzt worden waren, sah ich zwei Giraffen: Eine war noch am Leben und schwankte in ihrer ramponierten, aber intakten Kiste, und der Kopf des riesigen Tiers ragte baumhoch über allem auf, während die zweite leblos der Länge nach auf der Kaimauer lag. Die Transportkiste war wie ein Akkordeon um den Giraffenleib zusammengequetscht. Damals wussten wir noch nicht viel über Giraffen, aber in der kurzen Zeit, in der ich zur Schule gegangen war – bevor der Staub kam –, hatte ich mal ein Foto von ihnen gesehen, deshalb konnte ich dieses Wunder zumindest benennen. Als ich das niedergestreckte Tier anstarrte, war ich mir sicher, den echten Kadaver einer echt toten Giraffe vor mir zu sehen … bis der Kadaver ein kastanienbraunes Auge aufschlug und zu mir hochguckte. Der Todesblick aus diesem Auge jagte mir einen wohlvertrauten Schauder über den Rücken.

Ich wusste alles über Tiere. Mit einigen arbeitete man, andere molk man, wieder andere aß man, oder man knallte sie ab, und das war es auch schon. Man lernte früh, sich nicht mit einem Ferkel anzufreunden, sonst hieß Pa einen alsbald Jesus danken, dass man es bis auf das Grunzen komplett aufessen konnte. Einen Straßenköter zu füttern, bescherte einem eine Tracht Prügel, weil es bedeutete, dass der Familie weniger zu essen blieb. »Was stimmt nicht mit dir? Das ist nur ein Tier!«, hatte mein Pa immer gesagt. Wenn man seinen Kleinjungen-Knickerbockern erst entwachsen war, gab es für derlei Schwäche keine Entschuldigung mehr, besonders wenn der übelste Zweibeiner mehr wert war als irgendein seelenloser Vierbeiner – zumindest war mir das so beigebracht worden. Nur spürte ich, wann immer ich einem Tier in die Augen sah, mehr Seele als bei jedem Menschen, den ich bis dahin gekannt hatte, und was ich im Auge der hingestreckten Giraffe sah, ging mir durch Mark und Bein. Das Auge rührte sich nicht mehr und verblasste, wie ich es in Tieraugen schon allzu oft gesehen hatte, ehe Pa entschied, ob er es essen, verscharren oder verbrennen wollte. Ich ging näher heran, obschon ich damit rechnete, dass die Seeleute – allesamt ebenfalls bis auf die Knochen nass – mich dorthin zurückschickten, wo ich hingehörte.

Stattdessen bildeten sie eine Gasse wie ein schmutzig blaues Rotes Meer.

Ein blitzblanker, brandneuer Truck rollte auf uns zu: mitsamt Holzaufbau, der auf der langen Pritsche befestigt war und Rube Goldberg stolz gemacht hätte. Der Aufbau hatte in etwa die Form eines mächtig gestauchten Ts und sah aus wie ein selbst gezimmerter zweigeschossiger Güterwaggon, der auf die gesamte Länge der Ladefläche geplumpst war. Oben befanden sich Fenster- und unten Einstiegsluken, und an beide Seiten waren kurze Steigleitern genagelt worden. Ich sprang aus dem Weg, als der Fahrer – ein finsterer Kerl mit Blumenkohlohren und hinreichend Dapper-Dan-Pomade im Haar, um damit einen Motor zu ölen – den Truck mit einem Ruck zum Stehen brachte.

Die Beifahrertür schwang auf, und ein wettergegerbter alter Mann mit Muligesicht sprang heraus. Genau so habe ich ihn über die Jahre genannt – »Alter Mann« –, aber jetzt, da ich dies hier niederschreibe und selbst älter als alt bin, würde ich glatt wetten, dass er gerade einmal Anfang fünfzig war. Er trug eine zerknautschte Jacke, ein gilbweißes Hemd mit Krawattenkordel, und auf seinem Hinterkopf saß ein alter, derart ramponierter Fedora, als wüsste der Hut selbst nicht mehr, ob er einst einen runden oder einen eingekniffenen Kopfteil gehabt hatte.

Der Mann schmetterte die Wagentür hinter sich zu und schien zunächst auf den backenbärtigen Hafenmeister zu-

zustürmen, der schon mit ein paar Telegrammen nach ihm winkte. Stattdessen marschierte er am Hafenmeister vorbei auf die Giraffen zu, als hätte er, abgesehen von den beiden Tieren am Kai, keine lebende Seele zur Kenntnis genommen.

Erst hielt er auf die intakte Transportkiste mit der stehenden, schwankenden Giraffe zu – dem Bullen – und fing an, auf das Tier einzuflüstern, als wollte er ihm ein Geheimnis verraten. Der Alte Mann schob die Hand in die Kiste und streichelte es, und die Giraffe hörte auf zu schwanken. Dann ging er vor der niedergestreckten Giraffenkuh in die Hocke und hob zum gleichen leisen Flüstern an. Sie fing an zu zittern. Er schob die Hand zwischen die geborstenen Latten, und während die Giraffe immer noch todgeweiht dalag, strich er ihr mit der merkwürdig knotigen Hand über den riesigen Kopf, bis sie die Augen schloss. Einen Moment lang waren über das Platschen der Wellen an der Kaimauer hinweg nur das mühsame Atmen der Giraffe und das beruhigende Flüstern des Alten Mannes zu hören. Dann kam der Hafenmeister herübergestampft, um ihm die Telegramme vor die Nase zu halten. Der Alte streifte sie bloß mit dem Blick, wischte sie zu Boden, und auf seinem Gesicht blitzte ein Zorn auf, wie ich ihn nur zu gut kannte. Auch er schien ein hitziges Temperament zu haben.

Im nächsten Moment tauchte der Kapitän des Frachtschiffs aus Richtung Hafenmeisterbaracke auf. Seine Uniform war zerrissen, das Gesicht mit blauen Flecken übersät, und die Männer drehten sich wie auf Kommando alle zu ihm um.

Der Alte Mann funkelte ihn an. »Haben *Sie* meine Giraffe auf dem Gewissen?«

»Mister«, ging der Hafenmeister dazwischen, »die haben draußen einen Kameraden verloren. Es ist ein Wunder, dass sie es überhaupt hergeschafft haben, sei es mit oder ohne Ihre schicken Tierchen – falls das für Sie irgendeine Bedeutung hat.«

Nach seinem Gesichtsausdruck zu urteilen war das eindeutig nicht der Fall.

Schlagartig schlug die Stimmung um. Ich rechnete schon damit, dass die Seeleute über ihn herfallen würden, und so wie er dreinblickte, schien er es regelrecht herauszufordern.

»Wir haben sie hergebracht …!«, rief jemand, und man konnte förmlich hören, wie die Fortsetzung gewesen wäre: *Und jetzt kümmere dich selbst, du Drecksack.*

Immer noch mit der Hand auf dem Schädel der niedergestreckten Giraffe, rührte der Alte Mann sich keinen Millimeter.

Doch gerade als das Murren lauter zu werden drohte, rumpelte ein verbeulter grauer Kastenwagen von der Straße her direkt auf sie zu. Der Schriftzug auf der Tür war so verblasst, dass ich nur »Zoo« entziffern konnte. Ein blank gewienerter, untersetzter Mann stieg aus und schob sich eine schwarze Arzttasche unter den weißen Kittelarm. Er schlenderte an uns vorbei, als wäre er im Urlaub, und trat auf den Alten Mann zu.

»Wir müssen sie auf die Beine stellen«, sagte er anstelle eines Grußes, »oder aber das war's.«

Der Alte Mann nickte in Richtung Hafenmeister, der ein paar mit Stemmeisen bewaffnete Hafenarbeiter herbeipfiff. Sie machten sich sofort an der zerschmetterten Transportkiste rund um die verhedderte Giraffe zu schaffen. Nur ging es dem Alten Mann nicht schnell genug. Er fing selbst an – Krüppelhand hin oder her –, zerknickte Latten beiseitezuwerfen. Als nichts mehr übrig war, was er hätte beiseitewerfen können, spannte sich der Kettenzug – die Schlinge, die daran befestigt war, lag immer noch um Latten und Giraffenleib –, und es ächzte von oben, als wäre der Kran ein lebendiges Wesen. Dann zog er die Giraffe auf die Beine. Als sie ins Taumeln geriet, stürmten die Seeleute an mir vorbei und gingen dem Alten Mann zur Hand, um das Tier oben zu halten. Noch ein Ruck, und wie der Blitz – fast gewaltsam – kam die angeschirrte Giraffe auf drei von vier Beinen zum Stehen, und alle außer dem Alten Mann machten einen Satz rückwärts. Und da stand sie nun. Ihr rechtes Hinterbein sah vom Knie bis zum Fesselgelenk aus, als hätte es jemand mit einem Schlosserhammer bearbeitet. Sie strauchelte und hatte Mühe, auf den unversehrten drei dürren Beinen zu stehen.

»Ruhig, Mädchen … ruhig …«, gurrte der Alte Mann, während der Zooarzt die Giraffe abtastete.

»Sieht nicht nach inneren Verletzungen aus«, stellte er fest. »Aber das Bein …«

Erst hielt ich es für eine gute Nachricht, bis mir wieder einfiel, dass Pferde für wesentlich weniger abgeknallt wurden.

Er machte seine schwarze Tasche auf, säuberte, schiente und verband das Bein und ging aus dem Weg, damit die Hafenarbeiter Ladepaletten um sie herum zusammennageln konnten. Sobald sie fertig waren, griff der Alte Mann, der immer noch in Giraffensprache vor sich hin gurrte, in das Gatter und machte die Schlinge los.

Das Mädchen schwankte. Und stand zu guter Letzt auf eigenen Beinen.

Sofort begannen der Alte Mann und der Zooarzt, hektisch und leise zu beratschlagen. Ich trat ein Stück näher heran.

»Aber wenn ich sie zurückweise, weil sie nicht gesund ist«, sagte der Alte Mann, »ist das ihr Todesurteil, und das wissen Sie auch.«

Stirnrunzelnd beäugte der Zooarzt den T-förmigen Aufbau des Trucks. »Wie lange wollten Sie denn unterwegs sein?«

»Zwei Wochen, wenn alles glattgeht.«

Der Zooarzt schüttelte den Kopf. »Sie brauchen besser nur die Hälfte.«

Der Alte Mann riss die Arme hoch. »Und wie soll das gehen? Wir müssen langsam fahren – und jetzt wegen des Beins noch viel langsamer!«

»Genau *wegen* des Beins müssen Sie es in einer Woche schaffen. Sie fangen am besten gleich an zu überlegen, wie Sie das hinkriegen wollen.«

»*Na schön.* Und jetzt?«

Wutschnaubend drehte der Zooarzt sich in Richtung der Sirenen in der Ferne um. »Zeichnen Sie die beiden ab, los. Wir haben ja noch die Quarantäne, um zu sehen, ob das Weibchen auf den Beinen bleibt – sofern wir sie überhaupt *dorthin* kriegen. Aber … Jones, wenn ich Sie wäre, würde ich Mrs Benchley die Wahrheit sagen. Selbst wenn das Weibchen noch steht, bis Sie sich auf den Weg machen, ist es nicht sehr wahrscheinlich, dass es die Reise übersteht. Besser, Mrs Benchley weiß es von vornherein, als dass Sie unterwegs überlegen müssen, was Sie mit einer toten Giraffe anstellen.«

Sobald der Zooarzt verschwunden war, hielt der Alte Mann auf den Hafenmeister zu und zeichnete ein paar Papiere ab. Dann wurden die Giraffen in ihren geflickten Transportkisten mit dem Kran auf einen Frachtauflieger umgesetzt, wo die Hafenarbeiter sie verzurrten und sich dann schulterklopfend zerstreuten. Der Alte Mann tätschelte die Motorhaube des Trucks, um dem Fahrer ein Zeichen zu geben, und stieg ein – und ich sah das Ganze an mir vorbeiziehen: zwei riesenhafte Wesen aus dem Märchenbuch, vom anderen Ende der Welt, auf der Ladefläche eines Hafentransporters und mit einem Truck samt Aufbau im Schlepp.

Ich starrte den Giraffen nach, und mir war klar: Sobald ich sie nicht mehr vor mir hätte, müsste ich mich meiner jähen Rückkehr ins Streunerleben widmen. Die Wunderwelt anderer Lebewesen wird schlagartig bedeutungslos, sobald man sich der eigenen Realität stellen muss. Im selben Maße, wie die zwei Fahrzeuge kleiner wurden, schien meine eigene unstete, elende Zukunft sich immer höher vor mir aufzutürmen. Ich holte tief Luft. Meine Rippen wummerten, und während die Trucks sich weiter entfernten, schnürte sich in mir alles zusammen.

Etwas verrutschte unter meinem Absatz. Als ich nach unten sah, stand ich auf den Telegrammen, die der Alte Mann aufs nasse Dock geschleudert hatte. Ich klaubte sie auf und überflog sie – bis heute kann ich mich an den Wortlaut erinnern.

Das Erste lautete folgendermaßen:

WESTERN UNION

22 Sept 38 = 0600A

An: Mrs Belle Benchley
San Diego Zoo
San Diego, Kalifornien

Lieferung durch Hurrikan beschädigt.
Giraffen leben. Bitte weiteres Vorgehen klären.

East Afr Shipping Co.

Das Zweite lautete folgendermaßen:

WESTERN UNION

22 Sept 38 = 0715A

An: Mr Riley Jones
Hafenmeisterei
New York Harbor, New York

[Abruf]

Beraten Sie mit Dr. med. vet. des Bronx Zoo,
ob transportfähig bis Kalifornien.

BB

Die durchweichten, zerfledderten Telegramme glitten mir aus den Händen. Doch dieses letzte leuchtende, strahlende Wort stand mir weiter vor Augen – ein Wort, das für einen Jungen, der die Dust Bowl hinter sich hatte, noch viel mehr nach Märchen klang als »Giraffe«.

Kalifornien.

Die Giraffen würden ins Gelobte Land überführt werden. Moses und Gottes erwähltes Volk hätten sich nicht inniger danach sehnen können, als sich notleidende Farmleute nach »Californy« sehnten. Es war weithin bekannt, dass man nur irgendwie hinkommen musste, ohne auf Straße oder Schiene zu sterben, und dann konnte man leben wie ein König und Früchte von Bäumen und Weinbeeren von Reben pflücken.

Und wie sollte man dort nicht hinfinden, wenn man einfach ein paar Giraffen folgen konnte?

Vermutlich blickte ich genauso fassungslos drein, wie die Vorstellung unfassbar war: Ich war bis auf die Knochen nass und am Ende, hatte ein halb zugeschwollenes Auge, diverse lockere Zähne, eine Rippe, die wie ein Tomtom pochte, und der Arm wollte mir nicht recht gehorchen. Doch all das war nicht mehr wichtig. Denn mit diesem einen leuchtenden, schimmernden Wort vor Augen hatte ich etwas, was sonst keine Dust-Bowl-Waise hatte, und auch wenn ich in einer Zeit lebte, in der einen so etwas das Leben genauso gut kosten wie retten konnte … Ich hatte Hoffnung.

Die Giraffen bogen um die Ecke und verschwanden außer Sicht.

Im selben Moment rannte ich los und pflügte durch Pfützen und Dreck hinter ihnen her, so schnell meine geschundenen Beine mich trugen.

Eine Meile weit rannte ich auf der Spur der Giraffen über Stock und Stein. Arbeiter, die die Straßen räumten, hatten ihre Schaufeln fallen gelassen, um ihnen hinterherzugaffen. Feuerwehrmänner, die gerade eine Leiche aus einem Ablauf geborgen hatten, standen wie vom Donner gerührt da. Monteure, die an den zerstörten Stromleitungen zu Werke gingen, hielten inmitten elektrischen Zischelns bei der Arbeit inne. Straßenzug um Straßenzug beugten sich hurrikangebeutelte Leute aus Fenstern und riefen Freunde hinzu, die gucken kommen sollten, während ich hinter den langsamen Trucks herrannte ohne die geringste Ahnung, wohin sie unterwegs waren oder was als Nächstes passieren würde. Vor der gesperrten Ausfahrt des Holland Tunnel blieben beide Fahrzeuge stehen, und ein Motorrad kam auf sie zugeschossen: Der Cop rief den zwei Truckfahrern zu, er werde sie in Richtung Uptown lotsen, obwohl der Weg unter zig Hochbahnen hindurchführte, unter denen sie sich mitsamt den hoch aufragenden Transportkisten hindurchquetschen müssten.

Vor der Hochbahn an der Ninth Avenue sprang ein Mann aus dem Frachtlader, schob mithilfe einer Stange knisternde Stromkabel aus dem Weg und überprüfte die Durchfahrtshöhe.

»Sind bloß Millimeter«, rief er nach hinten. Der Hafentransporter glitt langsam darunter hindurch.

Ein paar Straßen weiter näherten sie sich der nächsten Hochbahn. Wieder sprang der Mann mit der Stange raus auf die Straße. »Ein halber Zentimeter!«

Ein paar Straßen weiter …

»Ein guter Zentimeter!«

So ging es weiter, mal hierhin, mal dorthin, quer durch die Stadt, und Minuten wurden zu Stunden. Der überflutete East River stand nach wie vor in den Straßen, und zwischendrin brannte eine Fabrik, sodass der Cop uns gen Westen dirigierte. Wir kamen am Central Park vorbei, wo Dutzende verzweifelte Leute unter triefenden Unterständen hervorlugten und große Augen machten angesichts der vorüberfahrenden Giraffen, als wäre all dies ein Traum. Wir zogen noch weiter – bis vor uns die George-Washington-Brücke in Sicht kam. Der Cop wollte uns nach New Jersey lotsen. Ich geriet in Panik. Über die Brücke konnte ich nicht laufen.

Mein Blick blieb an einem Kerl hängen, der auf der anderen Straßenseite von seinem Motorrad sprang, in einen Laden rannte und über die Schulter auf die Giraffen zeigte. Wie ein Schrottrad hatte er seine Maschine über den nassen Straßenbelag rutschen lassen. Sie war kaum hingeknallt, als ich auch schon aufsaß und mit einem Seitenblick in Richtung des Motorradcops zweimal kräftig Gas gab, nach links und nach rechts schlitterte, als hätte ich einen buckelnden Bronco bestiegen. Aber ich blieb oben.

Bis ich auf der Brücke zu den Giraffen aufgeschlossen hatte, war aus heiterem Himmel ein halbes Dutzend Pressefahrzeuge aufgetaucht, die zu beiden Seiten neben mir herfuhren. Fotografen hingen aus den Wagenfenstern, und vor dem düsteren Himmel blitzten die Kameras.

Am anderen Ufer übernahmen zwei Motorradcops aus New Jersey die Eskorte, manövrierten um Unrat und Treibgut herum, bis die beiden Trucks vor einem verwaisten Betriebshof Geleise überquerten und vor einem verschlossenen Tor stehen blieben, an dem ein Schild befestigt war: *US-Veterinärüberwachung*. Hinter dem Zaun standen Klinkerbauten mit gegiebelten Blechdächern, so weit das Auge reichte. Wir hatten die Bundesquarantänestation erreicht, in der Tiere, die in die USA eingeführt wurden – von Kühen und Pferden über Kamele und Ochsen bis nun hin zu Giraffen –, erst einmal untersucht wurden.

Die Reporter drängelten sich um das Tor, während ein Wachmann die beiden Trucks durchwinkte. Ich selbst hielt an einer riesigen entwurzelten Eiche am Straßenrand und hatte das Motorrad kaum abgewürgt, als sie alle auch schon zu ihren Autos zurückliefen – mit einer Ausnahme: Hinter mir kam ein schicker grüner Packard rumpelnd zum Stehen. Ein Reporter in Anzug und Schlips und mit einem perfekt schräg sitzenden Fedora stieg auf der Fahrerseite aus und hielt auf die Wachhütte zu.

»Warte hier!«, rief er seinem Fotografen über die Schulter

zu, der bereits Anstalten machte, auf die Kühlerhaube zu klettern. Ein Moment, der sich mir in allen Einzelheiten in die Netzhaut einbrannte und selbst in diesem Augenblick taufrisch in meiner Altmännererinnerung auftaucht – weil der Fotograf nämlich eine Fotografin war.

Sie war ein gutes Stück jünger als der geleckte Reporter und hatte rote Locken – einen feurigen Heiligenschein aus wildem Haar, das sie unter Garantie jeden Morgen erst bändigen musste –, und sie trug eine Hose: die erste Frau in meinem Leben, die ich eine Hose tragen sah. Und da stand sie und schoss in ihrer weißen Mädchenbluse, in zweifarbigen Schuhen und dieser zweibeinigen Hose von der Kühlerhaube des Packard aus Fotos. Und ich selbst stand da und fühlte mich zum zweiten Mal an diesem Tag wirbelwindgepeitscht. Wenn das nicht Liebe auf den ersten Blick war, dann doch etwas schmerzhaft Ähnliches.

»Oh, hallo, Schlaks. Auch wegen der Giraffen hier?«, fragte Rotschopf von oben. Ihre Augen versetzten mir gleich den nächsten Schlag. Sie waren haselnussbraun und müssen mich mit einem Bann belegt haben. Unwillkürlich war ich auf sie zugegangen, und als sie das nächste Foto schoss, kam ein so heller Blitz, dass er einen Blinden geblendet hätte – und mich eben auch.

»Lionel! Komm schnell!«, hörte ich sie rufen.

»Hey! Lass sie in Ruhe!«, brüllte der Reporter und schubste mich weg, während ich mir immer noch das Blitzlicht aus den Augen blinzelte. Strauchelnd wich ich zurück.

»Was sollte das denn?«, hörte ich sie als Nächstes fragen, während ich hinter der umgestürzten Eiche in Deckung ging. »Ich dachte, du würdest für deinen Artikel vielleicht mit ihm reden wollen, Mister Starreporter!«

»Verdammt noch mal, Augie, das ist doch nichts weiter als irgend so ein Herumtreiber, der dir für ein paar Münzen die Kehle aufschlitzt. Wie naiv bist du denn? Der hatte es auf dich abgesehen«, entgegnete der Reporter. »Los, fahren wir. Der

Wachmann sagt, die Giraffen müssen hier für zwölf Tage in Quarantäne. Ich habe alles, was ich brauche, und du hast für deine Fotos alle Zeit der Welt, auch ohne dass du hier irgendwelche Streuner unterhalten müsstest.«

Keine Minute später waren sie verschwunden. Die Cops waren verschwunden. Die Giraffen waren verschwunden. Und ich war meilenweit vom nächsten Ort entfernt, an dem ich mich ausgekannt hätte. Der Abend brach an, und ich hatte keine Ahnung, was ich als Nächstes tun sollte.

Ich versteckte das Motorrad hinter der Eiche und setzte mich in der Nähe eines Rinderkadavers hin, um zu warten. Im selben Moment, da ich die Mücken gründlich satthatte, die sich in meinem Versteck an mir gütlich taten, tauchte der graue Zookastenwagen wieder am Tor auf und kam holpernd zum Stehen. Als der Wachmann den untersetzten Zooarzt durchwinkte, fing ich an, mir Sorgen zu machen, dass die lahme Giraffe es nicht geschafft haben könnte. Also beschloss ich, nach ihr zu sehen.

An einer Stelle, wo sich ein Waschbär unter dem Zaun hindurchgebuddelt hatte, quetschte ich mich auf die andere Seite. Mit einer dicken Schlammschicht auf dem Hosenboden lief ich geduckt auf das größte, höchste Gebäude zu, während sich hinter mir der Zookastenwagen, der entladene Frachtauflieger und ein paar Kerls in Khakiklamotten auf den Heimweg machten. Ich spähte hinein. Das Gebäude war voller Schatten, die Wände voller Heuballen. Linker Hand stand ein Feldbett, in der Mitte der Truck und rechts ein himmelhoher Gitterpferch – mit beiden Giraffen. Die geschiente Giraffe stand immer noch auf eigenen Beinen. Nachdem sie endlich aus ihren Transportkisten hinausgelassen worden waren, standen sie sich gegenüber, berührten sich an den Hälsen und waren so nah aneinandergerückt, dass man nicht hätte sagen können, wo eine aufhörte und die andere anfing – ebenso wenig, wie die beiden wohl glauben konnten, dass sie überhaupt noch am Leben waren, und sich nun zusammengetan hatten, damit das auch weiter so blieb.

Der Alte Mann – laut Telegramm ein gewisser Mr Riley Jones – war nirgends zu sehen. Allerdings hatte sein Fahrer sich aus der Kabine des Trucks einen großen Apfel geholt, den er jetzt an sein Gefährt gelehnt verspeiste. Ich sah zu, wie er ihn sich bis auf den letzten Bissen einverleibte, das Kerngehäuse ins Heu warf – und merkte mir die Stelle. Ich hatte zuletzt vor dem Hurrikan etwas gegessen, sodass in absehbarer Zeit sogar ein Kerngehäuse mit Truckerspucke verlockend wäre. In den Elendsjahren war Hunger im Grunde ein ständiger Begleiter, zumindest für die allermeisten, die ich bis dahin gekannt hatte. Nachdem der Staub das Vieh umgebracht hatte, hatten die Dust Bowlers angefangen, Präriehund und Klapperschlange zu essen und aus Steppenläufer Suppe zu kochen. Wenn man nicht mehr weiß, wo die nächste Mahlzeit herkommen soll, geht es im Leben nur mehr darum – man wird zu einem verwilderten Tier, für das jede Minute des Tages von Hunger geprägt ist.

Der Fahrer wischte sich mit dem Ärmel den Mund ab, schlenderte auf den Pferch zu und rüttelte an der Tür, verschreckte damit die Giraffen, *lachte* und rüttelte gleich noch einmal. Mit geballten Fäusten wippte ich auf meinen Stiefelabsätzen auf und ab. Ich hätte ihn so liebend gern um seine Schneidezähne erleichtert, dass ich gar nicht hörte, wie der Alte Mann wiederkam, ehe es fast zu spät gewesen wäre. Hinter dem nächstbesten Heuballen ging ich in Deckung.

Der Alte Mann marschierte an mir vorbei. »Earl«, donnerte er. »Hierher!«

Dann schickte er den Fahrer in den Feierabend, wuchtete die quietschende Stalltür hinter ihm zu … und ich saß in der Falle. Ich hätte mich ohrfeigen können. Bis mir einfiele, wie ich hier unentdeckt wieder hinauskäme, kauerte ich mich in mein Versteck.

Draußen wurde es Nacht, und die einzigen Geräusche im

Gebäude waren das Schnauben und das Stampfen der Giraffen. Der Alte Mann legte einen Hebel an einem Schaltpult hinter seinem Feldbett um, die Deckenlampen gingen an, es war schlagartig wieder taghell – und da saß ich nun. Nur ein Heuballen zwischen uns. Wenn er hergeschaut hätte, hätte er mich entdeckt. Doch er hatte nur Augen für die Giraffen. Mit einem zärtlichen Blick, den ich an einem solchen Mann nicht recht einordnen konnte, fing er erneut an, so sanft in Giraffensprache zu säuseln, dass er jetzt *mich* damit beruhigte. Sobald er verstummte, war wieder nur das leise Schnüffeln der Giraffen zu hören. Er legte den Schalter um, das Licht ging aus, und der Stall war bis auf ein wenig Licht, das durch die vergitterten Deckenluken von draußen hereinschien und Schatten warf, vollkommen dunkel. Dann ließ der Alte Mann sich auf das Feldbett fallen und fing bald darauf an, wie eine Kreissäge zu schnarchen.

Natürlich wäre dies meine Chance gewesen, die Flucht zu ergreifen – andererseits waren da immer noch Lebensmittel, die es mir zu greifen galt. Ich schlüpfte lautlos hinter den Truck, stieg auf das Trittbrett und entdeckte auf der Sitzbank zwei Jutesäcke: einen mit Äpfeln, den anderen mit süßen Zwiebeln. Ich griff einmal in jeden Sack, schob mir die Zwiebel in die Tasche und den Apfel zwischen die Zähne. Es hätte nur noch gefehlt, dass ich ihn mit einem Happs verschlungen hätte.

Als ich gerade nach einer zweiten Zwiebel greifen wollte, spürte ich, dass mich jemand anstarrte.

Ich machte mich schon auf einen Schlagabtausch gefasst und wirbelte herum, nur um festzustellen, dass ich gleich mehrere Zuschauer hatte: Keine zwölf Schritte entfernt waren die Giraffen an die Gitterstäbe getreten und reckten die Hälse, um mich zu beäugen. Es gibt eine Menge Dinge, bei denen man schlagartig stillhält. Zwei Zweitonner, die einen durch ein mickriges Gitter anstarren, gehören ganz bestimmt dazu. Ich hätte den Rückzug antreten sollen. Stattdessen ging ich langsam auf sie zu, bis ich vor dem Verschlag stand und sie in ihrer ganzen lebensgroßen Pracht betrachten konnte – von den gewaltigen Hufen über die prallen Leiber und hoch, höher und an den gefleckten Hälsen noch weiter hinauf bis zu den zapfenartigen Hörnern. Sowie ich die Riesenhaftigkeit dieser Tiere bestaunte, gab mein eigener Hals ein Knacken von sich. *Die könnten das Gitter einfach niedertrampeln,* schoss es mir durch den Kopf, das weiß ich noch. Aber nichts dergleichen passierte. Tatsächlich hatte der Giraffenbulle die Augen zugemacht. *Der schläft im Stehen, wie mein alter Gaul,* dämmerte es mir, und bei der Erinnerung musste ich schlucken. Das Weibchen indessen schaute mich immer noch mit diesen großen, runden, kastanienbraunen Augen an, genau wie im Hafen, nur dass sie diesmal auf mich herunterschaute. Ziemlich tief herunter.

Hast du je einem Tier in die Augen gesehen? Ein Haustier versucht, einen zu durchschauen, will wissen, was man als Nächstes vorhat und was dies für das Tier selbst bedeutet. Bei einem Wildtier bleibt einem das Herz stehen, während es seinerseits abschätzt, ob es ein Abendessen oder einen Grund zur Flucht vor sich hat. Doch der Blick der Giraffe war anders. Es schien weder Angst noch eine Absicht darin zu liegen. Durch den Zaun beschnüffelte sie mit ihren melonengroßen Nüstern lediglich meinen Scheitel, und ich ließ sie gewähren – und wenn es nur war, weil meine Beine mir nicht mehr gehorchten. Ein warmes, muffiges Schnauben, und sie hinterließ Giraffenspeichel auf meinem Schopf. Dann stieß sie mit der Schnauze gegen das Gitter, wie um an die Zwiebel zu kommen, die ich noch immer in der Faust hielt. Ich streckte sie ihr hin. Die lange Zunge schlängelte sich durch die Gitterstäbe und schnappte sie sich. Dann nahm die Giraffe den Kopf hoch, damit die Zwiebel mit einem gewaltigen Schluck den langen Schlund hinabgleiten konnte, und kam abermals näher, sodass ihr Geruch mir entgegenwehte. Sie roch nach Fell … und Meer … und süßem, fremdartigem Dung. Ohne auch nur darüber nachzudenken, schob ich die Hand durch das Gitter und berührte einen Fleck an ihrer Seite, der groß war wie ein breit gesessener Altweiberhintern und aussah wie ein auf der Seite liegendes Herz.

Einen endlosen Augenblick lang standen wir genau so da – ich mit ihrem rauen Fell unter der flachen Hand –, bis mit einem Mal eine weitere Zunge über meine Finger leckte. Der Bulle hatte den langen Hals ausgestreckt. Panisch zog ich die Hand zurück, doch seine Zunge folgte nach, schob sich durchs Gitter und tastete nach meiner Hosentasche. Er war auf die Zwiebel aus, die ich eingesteckt hatte. Ich schob die Hand in die Tasche, um sie ihm zu geben – und zog versehentlich Cuz' Hasenpfote mit heraus. Sie segelte durch den Zaun und landete direkt neben dem riesigen Huf der Giraffenkuh. Einen Moment lang starrte ich meinen verlorenen Talisman reglos an … bis die Zunge des Bullen über mein Handgelenk tastete und ich ihm die Zwiebel hinhielt.

Während beide Giraffen angesichts der Zwiebelleckerei aufstampften und mit den Schwänzen peitschten, wanderte mein Blick zurück zu Cuz' Hasenpfote neben dem Huf des wilden Weibchens. Weil ich selbst alles Glück brauchte, das ich bekommen konnte – und ganz gleich, wie sehr das »Glück« dem toten Cuz hold gewesen war –, beschloss ich, mir die Hasenpfote zurückzuholen.

Ich war mir sicher, dass ich einfach zwischen den Gitterstäben hindurchkriechen und mir die Hasenpfote würde schnappen können. Doch kaum dass ich die Finger um den Hasenpelz gekrümmt hatte, bewegte Wildes Mädchen die Hufe – und erwischte mich mit dem verletzten Bein. Als sie daraufhin ihren massigen Leib herumwuchtete, kickte sie mich so heftig zur Seite, dass ich bei der Landung erst mal einen Hüpfer machte. Ich robbte rückwärts und schlängelte mich aus dem Pferch. Als ich mich umdrehte, warf sie mir einen so beleidigten Blick zu, dass ich mich fast bei ihr entschuldigt hätte.

Im selben Moment stieß der Alte Mann ein derart lautes Grunzen aus, dass er damit schier das ganze County aus dem Schlaf und mich aus dem Giraffenbann riss. Ich stopfte mir die Hasenpfote in die Tasche und lief geduckt auf das Scheunentor zu. Ich war schon halb dort, als mir die Lebensmittel im Truck wieder einfielen, und verdammt soll ich sein – ich brauchte einen Nachschlag. Ich war kaum zur Fahrerkabine geschlichen und hatte mir die Arme vollgeladen, als mir mit einem Mal aufging, dass der Alte Mann nicht mehr schnarchte. Stattdessen hörte ich, wie seine Stiefel über den Boden stampften. Wenn ich jetzt stehen bliebe, würde er mich erwischen, es sei denn, ich ließe die Äpfel und Zwiebeln fallen und nähme die Beine in die Hand.

Und ich war nicht bereit, die Äpfel und Zwiebeln fallen zu lassen.

Links von mir etwa auf Hüfthöhe befand sich eine der Luken im Transporteraufbau. Ohne meine Beute loszulassen, ruckte ich daran, und zu meiner Überraschung ging die Luke auf. Ich sprang hinein, landete in einem Haufen Fasertorf – doch meine Beute kullerte mir aus den Armen. Und weil ich keine Zeit mehr gehabt hatte, die Luke hinter mir zuzuziehen, machte ich mich mit hämmerndem Herzen darauf gefasst, am Ohr gepackt und hinausbefördert zu werden.

Aber es passierte … nichts. Ich hörte nur das süße Giraffensäuseln des Alten Mannes und zog behutsam die Luke hinter mir zu. Im nächsten Moment schlurften seine Stiefel auch schon wieder an mir vorbei, das Schnarchen setzte von Neuem ein, und mein Puls beruhigte sich. Ich stopfte alles in mich hinein, was ich ertasten konnte, und ließ mich zurücksinken, damit meine geplagten Knochen sich einen Moment lang ausruhen konnten, ehe ich mich hinausstehlen wollte. Stattdessen fielen mir von ganz allein die Augen zu – ich konnte wirklich nichts dagegen tun. Dieser besondere Tag forderte seinen Tribut.

Und noch während ich in einen totengleichen Schlaf driftete, war ich mir sicher, dass ich bereits träumte, weil ich mir einbildete, dass die Giraffen einander *zusummten*. Es war ein leises, schnurrendes, vibrierendes *Drrrrrrmmmmm* … und es war ebenso beruhigend wie die Giraffensprache des Alten Mannes.

New York Sun

22. September 1938

HURRIKAN-GIRAFFEN IN QUARANTÄNE

ATHENIA, N.J. – 22. Sept. (Abendausgabe) Die beiden Giraffen, die den verheerenden Hurrikan auf hoher See überlebt haben, sind heute auf ihrem Weg in die Nutztier-Quarantänestation des US-Landwirtschaftsministeriums in Athenia, New Jersey, durch die überfluteten, gesperrten Straßen Manhattans gekreuzt. Im Anschluss an die erforderliche Quarantäne steht ihnen auf Beschluss der berühmten Zoodirektorin Mrs Belle Benchley eine abenteuerliche Reise quer durch die Vereinigten Staaten zum San Diego Zoo bevor.

… »Morgen, mein Guter! Frühstück!«

Irgendwer platzt hinter mir ins Zimmer, und mir bleibt fast das Herz stehen, weil ich so sehr ins Schreiben vertieft bin.

Ich reibe mir über die Brust und will dem Pfleger schon ein *Verschwinde!* hindonnern, als ich im Augenwinkel Wildes Mädchen entdecke – ihr langer Hals schiebt sich in mein Fenster im vierten Stock, und sie schnaubt mir ein schnüffelndes Speicheltröpfchen entgegen. Noch während ich dieses schier unmögliche Wunder anstarre, spüre ich, wie sich mein Herz zusammenkrampft, genau wie damals, als ich sie und Wilder Junge unten im Hafen erstmals zu Gesicht bekam, und ich bin froh, noch am Leben zu sein, um dieses Gefühl erneut empfinden zu können.

»Wie ich gehört habe, waren wir gestern Abend unartig und haben auf den Fernseher eingeschlagen – du liebe Güte!« Der Pfleger in seinem gestärkten Kittel bleibt stehen. »Und jetzt sind wir auch noch zu spät dran fürs Frühstück.«

Ich kann diesen Pfleger nicht leiden. Er hat genauso speckige Haare wie Earl, der Truckfahrer, und spricht mit mir, als wäre ich zurückgeblieben. Seine Stimme ist nervig wie Sackkrätze. Er steht nur wenige Zentimeter von Wildes Mädchen entfernt, und ich habe Angst, dass er sie verjagen könnte.

»Ich komme nicht«, sage ich eilig.

Er packt die Griffe an meinem Rollstuhl. »Aber sicher doch. Los geht's.«

Ich halte mich an meinem Tisch fest. »Ich kann nicht, ich hab zu viel …« *Zu tun,* hätte ich sagen wollen, doch mein Herz stammelt bloß ein *Mmmmfg,* und fast lasse ich den Bleistift fallen.

Speckie macht einen Schritt zurück. »Schon gut, schon gut!«

Ich klammere mich an die Tischplatte – ein Segen! – und spähe zu Wildes Mädchen. Sie sieht mich empört an. »Guck nicht so«, fauche ich in ihre Richtung, »ich hör schon nicht auf, Ehrenwort. Ich erzähl ihr die ganze Geschichte«, sage ich und schreibe genau das nieder. »Siehst du, Mädchen?«

»Was für ein Mädchen?«, will der Pfleger wissen. »Mit wem reden Sie denn da, mein Guter?«

Ein zweiter Pfleger steckt den Kopf durch die Tür. »*Diese* schrumpelige Bohnenstange hat den Fernseher zertrümmert?«, flüstert er Speckie vom Flur aus zu. Er glaubt wohl, dass ich es nicht höre.

»Ja, und jetzt spricht er auch noch mit einem toten Mädchen«, flüstert Speckie zurück.

»Und meldest du es?«, fragt Flurstimme.

»Nah, dann müssten wir alle melden«, antwortet Speckie gedämpft.

»Erschieß mich, okay, wenn ich mal so alt werde«, murmelt Flurstimme. »Ich sag dir was: Reg ihn bloß nicht so auf, dass er in deiner Schicht den Löffel abgibt. Das ist echt fies. Hat gestern einer mit mir gemacht. Hey, was macht er denn da? Der schreibt ja wie ein Irrer ... Moment – der schreibt doch nicht auf, was ich gerade gesagt habe?«

»Darauf kannst du einen lassen!«, sage ich und schreibe noch schneller.

»Nur die Ruhe, mein Guter«, gurrt Speckie. »Wir gehen dann wieder, okay?«

»Und Tür zu!«, brülle ich. »Ich sitze in der Transportkiste fest, und gleich fahren wir los!«

2

In Athenia

Hush-a-bye / Don't you cry / Go to sleep, little baby.
Kastanienbraune Augen schauen … die Flinte feuert …
»Woody Nickel, sag mir, was da passiert ist, und zwar auf der Stelle!«

Tags darauf wurde ich von wütenden Stimmen aus dem Albtraum gerissen, der mich, seit ich von zu Hause fortgegangen war, jedes Mal heimsuchte, sobald ich einschlief.

»Halten Sie sich mit den Äpfeln und Zwiebeln zurück, Earl!«

»Aber ich schwöre es, ehrlich, ich hab mir nur meinen Anteil genommen, Mr Jones!«

»Wer soll sie sich denn sonst genommen haben? Die Giraffen?«

Benebelt und mit glasigem Blick setzte ich mich auf – bis mir wieder einfiel, wo ich war und warum. Licht fiel durch die Luke über mir. Ich hatte die ganze Nacht über geschlafen. Ächzend ließ ich mich in den Fasertorf zurücksinken. Wenn ich jetzt nicht die Flucht ergriffe, würde ich Idiot für den restlichen Tag in der Giraffentransportkiste feststecken.

Nun gab es schlimmere Orte, an denen ein Dust-Bowl-Junge feststecken konnte. Hier war es trocken – und das war ich ebenfalls, erstmals seit zwei Tagen. Also klopfte ich mir den Torf von der Hose und sah mich erst einmal um. Diese Transportvorrichtung war kleiner als ein Güterwaggon – eher ein schicker Pullmanwagen für Giraffen, mit einem breiten Spalt in der Trennwand, damit die Tiere einander sehen konnten. Eisenbahntramps wären aus so einem Waggon nie wieder ausgestiegen. Die Wände der Kiste waren mit grobem Sackleinen gepolstert und die Böden so hoch mit Fasertorf ausgelegt, dass man hier besser aufgehoben war als in jedem Tornadoschutzraum oder in der hintersten Ecke von Cuz' Bootsschuppen – verdammt, besser sogar als in jener Baracke von Farmhaus, in der ich aufgewachsen war und wo der Wind durch jede Ritze gepfiffen hatte, dass selbst ein Heiliger wahnsinnig geworden wäre.

Ich kletterte an den Latten hinauf, mit denen die Kiste verstärkt war, und schob eine der Luken gerade weit genug auf, dass ich den Pferch sehen konnte. Die Giraffen standen auch diesmal wieder nah beisammen und berührten einander an den Hälsen. Earl war mit zwei Wassereimern hingeschlurft, und während Wilder Junge sanft wie ein Lämmchen war, schien Wildes Mädchen hinreichend Hummeln im Hintern für zwei zu haben: Denn als Earl den Pferch betrat, um die Eimer abzusetzen, ging sie sofort auf ihn los. Er stürzte so schnell wieder heraus, dass er stolperte und auf dem Hosenboden landete. In Earls Richtung grummelnd, trat nun der Alte Mann in den Pferch und schob sich um Mädchens Hinterbein herum, weil er die geschiente Verletzung begutachten wollte. Der Zooarzt hatte sie gut bandagiert, womöglich zu gut, weil Mädchens langer Hals anfing, hin und her zu pendeln, links, rechts, links, rechts, und kaum dass der Alte Mann die Schiene berührte, hob sie das verletzte Hinterbein an, trat *seitlich aus* ...

BAMM!

... und traf den Alten Mann so hart am Oberschenkel, dass er samt Fedora quer durch den Pferch flog.

Ich winselte in mich hinein. Giraffen *treten*. Es hätte in der Nacht zuvor *mich* treffen können ... Ein austretendes Muli kann einen erwachsenen Mann umbringen oder für alle Zeiten verkrüppeln, von einer zwei Tonnen schweren Giraffe ganz zu schweigen. Vermutlich war der Alte Mann entweder tot oder wünschte sich, er wäre es. Doch während ein Muli nur eine Art hatte auszutreten, schien die Giraffe auf mehrere Arten ihren Unwillen kundtun zu können – auch weniger tödliche. Denn statt nun tot oder noch schlimmer zugerichtet dazuliegen, griff der Alte Mann nur nach seinem Hut und kroch aus dem Pferch. Wenn ein Muli nach Pa getreten hatte, hatte der es anschließend mit dem Griff einer Axt verprügelt. Anders der Alte Mann: Er bedachte die Giraffe nicht mit einem einzigen bösen Wort.

Earl eilte auf ihn zu, um zu helfen, doch der Alte Mann winkte bloß ab, als würde er tagtäglich von Giraffen getreten. »Ich muss ein Telegramm verschicken«, brummte er nur und setzte den Hut wieder auf. Dann hielt er – darauf bedacht, nicht zu humpeln – auf das Scheunentor zu.

Im selben Moment, da ich das Tor quietschen hörte, wusste ich: Dies war meine Chance. Doch dann spürte ich, wie der Truck sich bewegte, und spähte hinaus. Earl stand auf dem Trittbrett und beugte sich ins Führerhaus. Mit einem Flachmann in der Hand tauchte er wieder auf, nahm einen großen Schluck und schob den Flachmann zurück in sein Versteck. Erst als ich hörte, dass er sich außer Sicht auf dem Feldbett niederließ, schob ich behutsam die Luke auf, kroch rückwärts hinaus, tastete nach dem Boden …

… als dieses verfluchte Scheunentor abermals quietschte.

Und ich dem Alten Mann gegenüberstand.

»Was zum …«

Meine Stiefel hatten kaum den Boden berührt, als ich seine Hand auch schon an meinem Arm spürte, und ich tat, was ich immer tat, wenn mich jemand packte: Ich holte aus. Aber der Alte Mann hatte wohl damit gerechnet und schlug meine Faust beiseite, woraufhin ich das Einzige tat, was mir noch übrig blieb: Ich stürzte mich auf ihn und riss uns beide zu Boden.

Eilig rappelte ich mich hoch und stürmte durchs Tor, während ich ihn noch lauthals schreien hörte: »Earl!«

Ich schlüpfte durch meinem Waschbärentunnel, rannte, bis ich die Quarantänestation hinter mir nicht mehr sehen konnte, und lehnte mich an einen abgeknickten Baumstamm, um wieder zu Atem zu kommen und nachzudenken. Mit den Giraffen nach Kalifornien zu reisen wäre wohl doch nicht so leicht; der Alte Mann hatte mich entdeckt. Und weil ich nicht wusste, was ich sonst machen sollte, ging ich einfach los – die Art von zielloser Wanderung, die umhertreibende, arbeitslose Typen damals in den Elendsjahren unternahmen, indem sie einfach einen Fuß vor den anderen setzten, wieder und immer wieder. Meine Wanderung führte mich in einen Laden, wo ich einen Laib Brot stibitzte.

»Das hab ich gesehen, du Stück Straßendreck!«, brüllte der Ladenbesitzer, packte mich am Hemd, als ich versuchte davonzurennen, und riss mir schier den Stoff vom Leib. Das Brot landete in einer Pfütze, ich klaubte den durchweichten Laib auf und nahm die Beine in die Hand. »Du und deinesgleichen, lasst euch hier nie wieder blicken«, rief der Mann mir hinterher, »sonst hetze ich den Sheriff auf euch!«

Ich stopfte mir ein Stück Brot in den Mund und lief und lief, bis ich mich wieder sicher fühlte. Mit nur mehr einem löchrigen Unterhemd über der dürren Brust, das mich vor dem Wind schützte, hielt ich auf ein Wanderarbeitercamp an einer Bahnlinie zu, als gerade ein Güterzug daran vorbeirauschte – und mit einem Mal wusste ich, was der Ladenbesitzer mit »meinesgleichen« gemeint hatte. Ich schlang den Rest Brot hinunter, sah zu, wie einer der Tramps neben einem Waggon herlief, der bereits voll war mit blinden Passagieren, wie er die Knie hob, um nicht Gefahr zu laufen, unter die Räder zu geraten – und schlagartig stand mir meine Zukunft als Streuner vor Augen. Wem hatte ich weismachen wollen, ich könnte mich ihr entziehen?

Doch noch immer träumte ich davon, mit den Giraffen nach Californy zu reisen, in jenes Land, in dem Milch und Honig flossen, und weil ich zum Äußersten entschlossen war, loderte das Flämmchen der Hoffnung sofort wieder auf. Das passierte damals beim leisesten Hoffnungsschimmer: Er brachte einen dazu, Pläne zu schmieden und Träume zu träumen – selbst wenn es die von zwei Giraffen bewohnten größten Luftschlösser waren. An diesen Träumen hielt man verbissen fest, nährte sie, hegte und pflegte sie, weil einen nur dies von all den umherziehenden Gestalten mit leerem Blick unterschied, die innerlich längst gestorben waren.

Allein deshalb führte mein Weg mich schon bald zurück zum Tor der Quarantänestation mitten im Nirgendwo, wo sich rein gar nichts verändert hatte, auch nicht die Kuh, die dem Hurrikan zum Opfer gefallen war. Sogar mein geklautes Motorrad lag noch hinter der riesigen umgestürzten Eiche, hinter der ich es zurückgelassen hatte.

Womit ich indes nicht gerechnet hatte, war der grüne Packard.

Rotschopf und der geleckte Reporter standen an exakt derselben Stelle, an der ich sie zuletzt gesehen hatte. Ich kroch bis auf ein paar Meter heran, blieb aber hinter der Eiche in Deckung. Sie standen neben ihrem Wagen, und wie er mit ihr sprach, gefiel mir nicht.

»Lionel Abraham Lowe – das *Life Magazine!*«, rief sie und legte einen neuen Film in die Kamera ein.

»Kannst du in Gottes Namen endlich damit aufhören? Los jetzt. Ich hab dir den Gefallen getan und dich wieder hergefahren, aber jetzt reicht's.«

»Du weißt genau, dass ich nicht selbst fahren kann«, entgegnete sie und nahm die Kamera hoch. »Und ich brauche mehr Fotos. Es ist das *Life!*«

»Augie, ich muss weiter!«

Als sie immer noch nicht aufhören wollte, tat der Reporter etwas Ungeheuerliches: Er packte sie am Arm. Ohne auch nur darüber nachzudenken, rannte ich auf ihn zu und verpasste ihm eins.

Jaulend und mit der Hand an der Nase fiel er rückwärts

gegen den Packard. »*Du* schon wieder! Dafür landest du im Knast, du kleiner Scheißer!«, fluchte er. »Augusta, mach ein Foto von ihm! Und dann sag den Wachleuten, dass sie die Cops rufen sollen!«

Stattdessen starrte Rotschopf mich an, der ich – immer noch mit geballten Fäusten – sie anstarrte. Ich war derart von ihr verzaubert, dass ich zwar zugeschlagen, dann aber vergessen hatte, Reißaus zu nehmen.

»Verdammt, das Hemd ist im Eimer!«, jaulte der Reporter und zückte ein Taschentuch, um das Blut aufzutupfen. »Augie, ich hab gesagt, mach ein Foto von diesem Hurensohn!«

Doch anstatt ein Foto von mir zu schießen, hauchte sie tonlos in meine Richtung: *Lauf!*

Und endlich ging mir auf, dass ich besser die Flucht ergreifen sollte.

Während ich auf die Weiterreise der Giraffen wartete, verbrachte ich meine Nachmittage damit, überall – außer beim letztmaligen Ladenbesitzer – Essen zu klauen, und die Nächte lag ich zusammengekauert auf einer verwaisten Laderampe der Quarantänestation. Ich versuchte, nicht einzuschlafen, weil ich befürchtete, dass mein Albtraum mich erneut heimsuchen würde. Doch seit ich von zu Hause fortgegangen war, waren die wachen Stunden in der Dunkelheit, in denen ich mit meinen Gedanken allein war, kaum je besser gewesen als der geplagte Schlaf. Wiederholt standen mir die Gräber meiner Lieben vor Augen, und ich hörte, wie meine Ma und meine kleine Schwester um Luft rangen, während die Staublunge sie allmählich erstickte. Aus diesem Albtraum gab es kein Erwachen.

Als ich jedoch in jener ersten Nacht in der Quarantänestation unter dem Sternenhimmel lag, sah ich weder die Gräber, noch hörte ich rasselnde Atemzüge. Stattdessen waren da die wundersamen Bilder und Geräusche von Rotschopf und den Giraffen. Dass ich Rotschopf besser nicht wiedersah, seit ich den Reporter geschlagen hatte, war mir natürlich klar, doch an meinem Plan, bis Californy zu kommen, wollte ich weiter festhalten – und ich wünschte mir, ich hätte die Giraffen besuchen können. Während ich dalag und darüber nachdachte – schlaflos, aber immerhin weniger einsam –, spürte ich gleichsam, wie sie an meinen Haaren geschnüffelt und an meiner Hosentasche geknabbert hatten. Ohne es bemerkt zu haben, war ich ihrem Giraffenzauber verfallen – und zwar weit mehr, als es mein Waisenjungenplan je vorgesehen hatte.

Bis zum nächsten Nachmittag hatte ich mir von einer Wäscheleine ein Hemd mitgenommen, das die Mücken fernhalten sollte, ehe ich zur Quarantänestation zurückkehrte. Sobald ich wieder dort war, verging die Zeit langsamer. Ich scheuchte Fliegen beiseite und setzte mich um, wann immer der Wind drehte, weil die tote Kuh inzwischen prall von Verwesungsgasen war. Ich sah den Wachmann, wie er auf etwas herumkaute und ausspuckte. Ich sah Trucks ein- und ausfahren. Das war alles.

Bis Rotschopf auftauchte. Allein – am Steuer. Und sie fuhr echt miserabel.

Sie manövrierte den schicken Packard über die Geleise und kam mit einem Satz zum Stehen. Das arme Getriebe. Eine gefühlte Ewigkeit starrte sie lediglich geradeaus zu dem verrammelten Tor und schoss kein einziges Foto. Ich wiederum saugte den feurigen Anblick förmlich in mich auf, und mit jeder roten Locke, die sie sich aus dem Gesicht strich, wurde mir flau im Magen.

Als sie zu guter Letzt ausstieg, um vom Tor aus Fotos zu schießen, ertappte ich mich dabei, wie ich in das offene Fenster des Packard spähte. Wenn sie mich dabei erwischt hätte, hätte ich sagen können, dass ich nach Essen Ausschau hielt, dabei war das mitnichten der Grund. Ich wollte mehr. Mehr von *ihr.* Ich wäre schon mit einem Hauch ihres Parfüms in der Luft glücklich gewesen – doch auf dem Autositz lag ein nagelneuer Notizblock.

Sie fuhr wieder weg, ohne bemerkt zu haben, dass der Block verschwunden war, und ich ließ mich damit neben meinem Baumstamm nieder und schlug das Deckblatt um. Dahinter steckte ein Zeitungsausschnitt. Der Artikel stammte von »Mister Starreporter« Lionel Abraham Lowe.

New York World-Telegram

22. September 1938

GIRAFFEN ÜBERLEBEN HURRIKAN AUF HOHER SEE

NEW YORK – 22. Sept. (Sonderausgabe) Nach dem Großen Hurrikan, der gestern die Ostküste verwüstete, erreichte am heutigen Morgen die schwer angeschlagene SS *Robin Goodfellow* den Hafen von New York. Mit an Bord: zwei todgeweihte Giraffen …

Das nächste Blatt war übersät mit ihrem Gekritzel:

Hurrikan auf See überleben Wunder … Manhattan überflutet brennt …
Motorradpolizei … NY und NJ.
Piepnormaler Truck … spezieller Aufbau.
Verwesende, aufgeblähte Kuh … Steppengras.
Tierarzt vom Bronx Zoo … warum?
Großer, ausgemergelter, gut aussehender Junge mit netter Frisur … wer war das?
Erste Giraffen in Kalifornien. Erste Frau, die einen Zoo leitet.
Erstmals Transport quer durch USA. Lincoln oder Lee Highway?
12 Tage für Recherche.

Rotschopf hatte *mich* erwähnt! Und was noch viel besser war: Sie hatte mich als *gut aussehend* beschrieben – das hatte zuvor noch niemand getan. In der Hoffnung auf mehr blätterte ich um, aber da stand weiter nichts. Erst auf der allerletzten Seite hatte sie eine Liste erstellt:

DINGE, DIE ICH TUN WERDE, BEVOR ICH STERBE

- **Treffen mit**
  - **Margaret Bourke-White**
  - **Amelia Earhart**
  - **Eleanor Roosevelt**
  - **Belle Benchley**
- **eine Giraffe streicheln**
- **die Welt sehen, zuvorderst Afrika**
- **Französisch lernen**
- **fahren lernen**
- **eine Tochter bekommen**
- **meine Fotos im *Life Magazine* unterbringen**

Tags darauf kam sie wieder, und als sie gerade nicht hinsah, warf ich den Notizblock durchs Fenster zurück auf den Sitz. Ihr Lächeln, als sie ihn wiederfand, war die reinste Herrlichkeit.

Von da an wartete ich an der Quarantänestation ebenso sehr auf sie wie auf die Giraffen. Ihr täglicher Anblick hielt nachts die Albträume und düsteren Erinnerungen an Texas fern, weil ich stattdessen stundenlang nur an sie dachte. Ich fing mit ihren Haaren an und rief mir jede einzelne feurige Locke ins Gedächtnis. Dann sah ich ihr Lächeln vor mir, den spitzen Haaransatz, jede Sommersprosse auf ihrer Nase, die Kontur ihres Gesichts, ihres Körpers, und genoss jede Einzelheit: von der seidig weißen Bluse über die maßgeschneiderte Hose bis hin zu den zweifarbigen Lederschuhen – selbst die Kamera, die sie wie einen Geliebten umklammerte –, bis ich zu guter Letzt innehielt und mich nur mehr in die Erinnerung an ihre haselnussbraunen Augen vertiefte. Und dann, zu fortgeschrittener Stunde, stellte ich mir vor, wie ich sie küsste. Doch sosehr ich von ihr verzaubert war – so verblendet war ich nun auch wieder nicht, dass ich mir einbildete, Rotschopf je wirklich zu küssen. Vermutlich würde ich ihr nie wieder auch nur nah genug kommen. Trotzdem verbrachte ich Stunden damit, es mir auszumalen – wie ich meine Hand zwischen die lodernden Locken in ihrem Nacken schob. Wie sich die dichten Strähnen um meine Finger legten. Wie ich mich ihr entweder langsam und süß und zärtlich näherte oder sie mit großer Geste, furchtlos und lustvoll und wie ein erwachsener Mann an mich zog. Und ich schäme mich auch nicht einzugestehen, dass diese Vorstellung selbst einen vor sich hin kritzelnden greisen Mann erwärmt – jetzt, da ich mich wieder daran erinnere, wie ich mich damals an sie erinnert habe.

Und wann immer der Schlaf mich dort auf der Verladerampe der Quarantänestation zu überwältigen drohte, fing ich wieder von vorne an.

Nun kann niemand den Schlaf für immer fernhalten. Nach einer Handvoll Nächten döste ich trotz aller Anstrengungen ein – und hatte prompt den immer selben, wohlvertrauten Albtraum.

Hush-a-bye / Don't you cry / Go to sleep, little baby.
»Zeit, dass ich einen Mann aus dir mache!«
»Woody Nickel, sag mir, was da passiert ist, und zwar auf der Stelle!«
Kastanienbraune Augen schauen … die Flinte feuert … und reißendes Wasser rauscht …
… »Kleiner, mit wem redest du?«

Panisch schreckte ich hoch und fing an, auf und ab zu tigern. In meinem Kopf konnte ich immer noch die Teile meines Albtraums hören, die ich nur zu gut kannte – meine singende Ma, mein brüllender Pa, die Flinte –, und wie immer war ich überrascht, nicht die Pranke des Sheriffs zu spüren, der mich in Muleshoe aus dem Zug zerrte. Diesmal jedoch hatte sich etwas Neues in meinen Albtraum geschlichen.

Und das haute mich um.

Es gibt da eine Geschichte, die Ma immer gern erzählt hat: wie ich als Kleinkind aus meinem Gitterbettchen krabbelte und sie mich bei unserem alten Klepper in der Scheune wiederfand, wo ich vor mich hin brabbelte. »Kleiner, mit wem redest du?«, fragte sie mich, und als ich daraufhin auf das Pferd zeigte, nahm sie mich hoch und sang mir das *Hush-a-bye*-Wiegenlied. Anderntags fand sie mich draußen im hohen Präriegras, und als sie mich fragte: »Kleiner, mit wem redest du?«, zeigte ich zu einem Erdloch, in das ein Kaninchen oder eine Eidechse oder eine Feldratte verschwunden war. Als mein Gebrabbel jedoch irgendwann Dinge umfasste, von denen ich keine Ahnung haben konnte – etwa dass der Priester vorbeikommen würde, dass ein Sturm aufzog oder dass unser Hahn hopsgehen würde –, beschwor Ma unseren Herrn Jesus Christus und nannte es die Gabe des Zweiten Gesichts, die auch ihre Tante Beulah hatte, die mit Vögeln sprach. Bei Pa begannen die Kiefermuskeln zu zucken, und er beschloss, es mir auszutreiben.

Mehr war es nie gewesen, bloß eine Geschichte, die Ma gern erzählte ... bis ich irgendwann vom Staub verstummte, nur um von einem Hurrikan bewusstlos gepeitscht zu werden und zu guter Letzt mitten im Nirgendwo in einer Quarantänestation auf und ab zu tigern ... weil ich soeben nicht nur Mas Frage gehört hatte, sondern auch reißendes Wasser. Und wenn wir in Texas etwas *nicht* gehabt hatten, dann war das *Wasser*, ob nun reißend oder nicht. Während ich also auf und ab tigerte und benebelt an Tante Beulah und ihr Zweites Gesicht dachte, schwor ich mir, dass ich nie wieder einschlafen würde. Nicht mal der Gedanke an die Giraffen und an Rotschopf bescherte mir noch Ruhe.

Nach jenem Erlebnis zählte ich – schlaflos und übernächtigt – nur mehr die Tage und Nächte, bis die Giraffen losreisen würden. Die Laderampe verließ ich kaum noch, weil ich Angst hatte, sie zu verpassen.

Irgendwann kehrte der Kastenwagen des Zooarztes zurück und fuhr durchs Tor.

Es war so weit.

Ich rannte zu meinem Waschbärentunnel, schob mich hindurch und sprintete auf das große Gebäude zu. Die Scheunentore standen sperrangelweit offen, der Wagen des Tierarztes parkte direkt davor. Ich spähte daran vorbei, obwohl ich vielleicht besser in Deckung geblieben wäre – aber ich hätte schon mit einem Viehtransporter in die Scheune einfahren müssen, damit sie sich nach mir umgedreht hätten, vor allem der Alte Mann. Denn der hatte ganz andere Probleme. Er versuchte gerade, die Giraffen zum Einsteigen zu bewegen. Doch die Giraffen weigerten sich.

Der Truck war vor den Pferch gefahren, und die komplette Seite des Aufbaus war geöffnet worden, sogar die oberen Luken. Mir war nicht klar gewesen, dass das überhaupt ging. Über Scharniere am Boden und Schnallen an der Oberkante war die gesamte Seitenfront aufklappbar. So sah das Innere der ausgepolsterten Kiste groß, geräumig und richtiggehend einladend aus. Zwei kurze Rampen führten aus dem Pferch in die Transportkiste, in denen die Giraffen ihre nächste Reiseetappe zurücklegen sollten. Allerdings wussten sie wohl, wozu derlei Kisten gut waren – und wenn sie noch so hübsch ausgepolstert waren. Und sie wussten, was ein Truck war. Sie hatten beide zwei Schritte auf die Rampe gesetzt, erkannt, was vor ihnen lag, und waren stocksteif stehen geblieben.

Ich hätte nicht sagen können, wie lange sie schon auf der Rampe standen, aber so abgekämpft, wie der Alte Mann aussah, war es wohl schon eine ganze Weile. Er war – im Unterhemd – in die Hocke gegangen, knautschte seinen Fedora und sah die Giraffen unverwandt an. Der Zooarzt stand neben der Rampe und beäugte die Schiene an Mädchens Bein. Earl wiederum stand mit ein paar in Khaki gekleideten Kerls schwer atmend ein gutes Stück abseits. Dann richtete sich der Alte Mann wieder auf. Mit einem zutiefst frustrierten Gesichtsausdruck griff er sich ein Seil, und dann versuchten er, der Zooarzt und die Khakikerle, die Giraffen wie Kälber am Strick in die Transportkiste zu ziehen. Doch die riesigen Tiere rührten sich nicht. Der Alte Mann kauerte sich abermals hin und sah aus, als wüsste er nicht mehr weiter.

Mit einem Mal fingen die Nüstern von Wildes Mädchen an zu beben. Sie reckte den Hals in Richtung des Torflagers, in dem ich geschlafen hatte, und machte einen Schritt vor. Und noch einen. Sie schob die große Schnauze in die Ecke der offenen Kiste – und richtete sich stampfend auf. Sie hatte eine der Zwiebeln gefunden, die ich im Torf hatte fallen lassen.

Der Alte Mann war sofort auf den Beinen. Blöd war er nicht. Er schnappte sich einen der Jutesäcke aus der Fahrerkabine, verteilte Zwiebeln in der Transportkiste, und ohne zu zögern, betrat Wildes Mädchen den Torfboden und fing an zu suchen. Der Alte Mann verteilte den Rest der Zwiebeln im zweiten Abteil, und Wilder Junge folgte.

Von allen Seiten eilten sie auf die Klappe zu, um sie zu verriegeln. Und sowie die beiden Giraffen die großen Köpfe durch die Fensterluken schoben und sich die Schnauzen leckten, um den Zwiebelgeschmack auszukosten, nahm der Alte Mann seinen Hut ab und stieß einen tiefen Seufzer aus. Dann marschierten er und der Zooarzt auf dessen Kastenwagen zu – auf mein Versteck! Panisch schlüpfte ich hinter ein Fass.

»Sie müssen die Wunde weiter mit Sulfa behandeln«, erklärte der Zooarzt. »Wie oft, hängt von den Straßenverhältnissen ab und davon, wie lange Sie letztlich fahren müssen. Sofern sich die Wunde nicht doch noch entzündet, hat sie eine reelle Chance.« Er nahm eine weitere schwarze Tasche aus dem Kastenwagen, stellte sie auf die Kühlerhaube, ging kurz den Inhalt durch – Bandagen, Schienen, Medikamente – und schob sie auf den Alten Mann zu. »Das hier habe ich für sie zusammengestellt. Auch für Sie und den Fahrer.« Dann gab der Zooarzt dem Alten Mann die Hand, stieg mit einem letzten »Viel Glück!« in seinen Wagen und fuhr davon.

So wie es aussah, wollte der Alte Mann den Giraffen für den Rest des Tages Zeit geben, sich an ihr neues Reisegefährt zu gewöhnen. Also kauerte ich mich hinter mein Fass und blieb dort über Nacht.

Noch vor Sonnenaufgang schob der Alte Mann das Scheunentor auf. Earl saß bereits am Steuer, der Motor lief, und die Giraffen hatten die Köpfe aus den Fenstern gestreckt. Nach einem letzten Kontrollblick stieg der Alte Mann ins Führerhaus ein, und der Truck setzte sich in Bewegung.

Ich rannte hinüber zu meinem Tunnel und hatte am Tor fast wieder zu ihnen aufgeschlossen. Dahinter warteten bereits zwei Motorradcops mit grell leuchtenden Scheinwerfern, um die Giraffen zurück auf die Straße zu eskortieren.

Ich zerrte mein geklautes Motorrad hinter der gefällten Eiche hervor, kickte es unter Stottern und Fauchen und Fehlzündungen ins Leben zurück, und mit einem beherzten Griff um Cuz' Hasenpfote fuhr ich ihnen nach. *Californy, here we come.* Von unserem Ziel am anderen Ende des Landes trennte uns nichts weiter als ein ganzer Kontinent, von einer Küste bis zur anderen.

Was ich zu diesem Zeitpunkt nicht wusste: Ich war nicht der Einzige, der Giraffenpläne geschmiedet hatte. Und schlimmer noch: Die Pläne der anderen besagten, dass die Giraffen Kalifornien niemals erreichen würden.

WESTERN UNION

5 Okt 38 = 0334P

An: Mrs Belle Benchley
San Diego Zoo
San Diego, Kalifornien

Giraffen verladen. Abreise bei Sonnenaufgang.

RJ

WESTERN UNION

5 Okt 38 = 0402P

An: Mr Riley Jones
US-Veterinärüberwachung
Athenia, New Jersey

[Abruf]

Viel Glück. Zwischenmeldung, wenn möglich.

BB

WESTERN UNION

5 Okt 38 = 0501P

An: Mrs Belle Benchley
San Diego Zoo
San Diego, Kalifornien

Transport zweier Giraffen via sondergefertigtem Fahrzeug genehmigt. Addentiert: Pannen. Höhere Gewalt. Tornados. Staubstürme. Überschwemmungen. Inkrafttreten bei Eingang 150 $.

A. Pettigrew
Lloyd's of London
12 Leadenhall Street
London EC3

Newark Evening News

6. Oktober 1938

HURRIKAN-GIRAFFEN UNTERWEGS
GIRAFFENPÄRCHEN DURCHQUERT HEUTE NEW JERSEY

ATHENIA, N.J. – 6. Okt. (Sonderausgabe) Nachdem sie unlängst auf See den verheerenden Hurrikan überlebten, werden nun erstmals in der Geschichte zwei Giraffen einen ganzen Kontinent durchqueren. Sie verlassen heute die Bundesquarantänestation in Athenia, und bis sie den San Diego Zoo erreichen, liegen rund 3000 Meilen vor ihnen. Die State Police eskortiert sie am Vormittag auf einer festgelegten Route durch New Jersey und bittet die Bürger, entlang der Straßen die Augen nach dem »Giraffen-Reisezug« offen zu halten.

Chicago Tribune

7. Oktober 1938

SAN-DIEGO-GIRAFFEN AUF TRANSKONTINENTALREISE

NEW YORK – 7. Okt. Mit der ersten Etappe der Giraffen-Transkontinentalreise bricht heute ein neues Zeitalter des Tiertransports, der Tierhaltung und der damit einhergehenden Probleme an. Mrs Belle Benchley vom San Diego Zoo, erste Zoodirektorin der Welt, hat ihren erfahrensten Mann, Mr Riley Jones, mit der Aufgabe betraut, die angesichts der schwindelerregenden Höhe der Fracht und zarter Giraffenknochen besondere Risiken mit sich bringt. Sollte Jones die hoch aufgeschossenen Kostbarkeiten tatsächlich unter Hochbahnen und Überführungen, über überdachte Brücken und unter tief hängenden Ästen hindurch bis ans Ziel bringen, wird es das erste Mal in der Geschichte der Spezies sein, dass jemand zwei Giraffen – oder auch nur eine – von einer Küste zur anderen befördert hat. »Es handelt sich um Jungtiere, sie sind noch nicht ausgewachsen, wir haben es also mit knapp drei Meter neunzig zu tun«, erklärt Jones, der die geeignete Strecke persönlich ausgetüftelt hat. »Wenn nötig, kann ich auch noch Luft aus den Reifen lassen.«

Auf die Frage, wie er die Angelegenheit einschätze, antwortet Mr Edward Bean, Direktor des Brookfield Zoo in Chicago: »Jones ist ein guter Mann. Wenn er obendrein einen guten Fahrer hat, dann schaffen sie es …«

… »Herzchen?«

Schon wieder ist jemand an meiner Tür und stört mich beim Schreiben. Bevor ich mich dagegen wehren kann, marschiert der nächste Pfleger herein. Ich will ihn schon anknurren, doch es ist eine Sie. Sie ist rothaarig. Sieht vage vertraut aus.

Dann fällt es mir wieder ein. Es ist die stämmige Rothaarige, die ich gut leiden kann – Rose? Rosie? Richtig. *Rosie.*

»Sie sind nicht zum Frühstück erschienen, Herzchen. Der Seelsorger kommt gleich. Soll ich Sie in die Kapelle bringen?«

Es ist Sonntagmorgen. Ich gehe nie in die Kapelle, was Rosie nicht daran hindert, immer wieder zu fragen. Sie glauben hier, es wäre eine nette Geste – immerhin könnte für uns alte Gauner jeder Sonntag der letzte sein, an dem wir noch etwas geradebiegen. Und natürlich könnte es heute auch für mich die letzte Gelegenheit sein. Ich sehe sie einen Augenblick lang an, wende mich dann aber wieder meinem Schreibblock zu. »Ich bin beschäftigt.«

»Ach, Herzchen. Erkennen Sie mich denn nicht mehr?«

»Selbstverständlich«, murmele ich über die Schulter.

»Es ist schon so lange her, mein Lieber! Ich musste mit Ihnen immer erst eine Runde Domino spielen und mir Ihre Geschichte anhören, bevor Sie Ihre Tabletten genommen haben, wissen Sie noch? Ich hab von den Giraffen gehört. Tut mir sehr leid.«

Dann höre ich, wie sie das Fenster zuschiebt.

Ich wirbele so schnell herum, dass mein Rollstuhl gegen das Bettgestell kracht und ich fast herausfalle. »AUFLASSEN! AUFLASSEN!«

Sie macht das Fenster wieder auf. Wildes Mädchen ist immer noch da. Mein Herz stammelt erneut ein *Mmmmfg* vor sich hin, und ich reibe mir über die Brust, was Rosie nicht entgeht.

»Ich rufe besser die Schwester, damit sie Ihnen eine Tablette gibt.«

»Nein. Keine Schwestern! Keine Tabletten! Ich muss klar denken, wenn ich das alles für sie aufschreiben will!«

Rosie stemmt die Hände in die breiten Hüften und mustert mich von Kopf bis Fuß, genau wie der Alte Mann es immer getan hat. Dann schiebt sie sich eine ergrauende Strähne hinters Ohr. »In Ordnung. Aber ich bleibe, bis Sie sich wieder beruhigt haben.«

»Meinetwegen«, sage ich betont ruhig, beuge mich über meinen Schreibblock und hoffe, dass sie den Mund hält. Tut sie nicht.

»Wer ist denn ›sie‹, Herzchen? Für wen schreiben Sie ›das alles‹ auf?«

Ich antworte ihr nicht.

»Ist es Augusta Rotschopf?«

Ich verrenke mir fast den Hals, als ich sie ansehe. »Woher kennen Sie sie?«

»Sie kam in sämtlichen Geschichten vor, die Sie mir beim Domino erzählt haben. Augusta Rotschopf, der Alte Mann und die Giraffen. Schreiben Sie *das* auf – die Reise? Sie meinten doch immer, die sei nicht wichtig?«

»Hab mich getäuscht«, murmele ich. Ruhig. Und schreibe weiter.

Ein paar Minuten lang bleibt die stämmige Frau auf meiner Bettkante sitzen. Dann höre ich, wie sie aufsteht, sehe, wie sie die Tür hinter sich zumacht, und ich kann mich an alles erinnern.

Eine Partie Domino und eine Geschichte …

3

Durch New Jersey und Delaware

Nun waren wir also unterwegs.

Nur dass so ein Roadtrip entgegen gewisser Songs kein bisschen romantisch ist – nicht für einen Streuner. Es gibt nichts Erbärmlicheres als einen Straßenköter, der nie Straßenköter hat sein wollen. Wann immer einer in die Nähe unserer Farm in den texanischen Panhandle kam, hatte er längst diesen furchterregenden Es-ist-alles-zu-spät-Ausdruck, der selbst meine an Heiligkeit grenzende, fromme Ma dazu brachte, ihn schleunigst davonzujagen. Sie hätte es weit von sich gewiesen, das Gleiche mit einem streunenden Jungen zu tun, und das würdest du von dir sicher auch behaupten. Allerdings waren damals Tausende von uns unterwegs, glück- und skrupellose Jungs, und was, wenn man da an Bahngleisen wohnte? Oder an einem der Highways? Was, wenn es sich herumgesprochen hatte, dass man ein guter christlicher Haushalt war, weichherzige Gutmenschen, sodass zu jeder Tages- und Nachtzeit völlig verwilderte Gestalten bei einem anklopften? Verriegelte man da nicht die Türen und zog sämtliche Vorhänge vor? Sperrte eilig die Kinder weg? Was, wenn ein Landstreicher angesichts der Konkurrenz im Gesträuch eine Rasierklinge oder eine scharfkantige Scherbe zog? Rief man da nicht den Sheriff oder griff nach der eigenen Waffe?

Du wirst dich an jene Zeit nicht mehr erinnern – und das ist auch besser so. Ich selbst habe versucht zu verdrängen, was ich als Streuner auf dem Weg zu Cuz erlebt habe. Nach den ersten paar Elendstagen war ich kaum mehr ein Mensch, und je länger ich unterwegs war, desto weniger war mir das wichtig. Wenn der leere Magen vor Hunger schmerzt, ist Menschlichkeit schnell vergessen, und zwar mit jedem Tag mehr, bis sogar ein streunender Hund mehr Herz und Seele hat als man selbst.

Und dann die Straßen an sich. Was sich damals »Highway« schimpfte, war kaum für den Transport von Menschen gemacht, geschweige denn von Giraffen. Die zwei einzigen »Transkontinentalverkehrsstraßen«, die Ost- und Westküste verbanden, waren derart besonders, dass sie sogar Namen hatten, Lincoln und Lee. Allerdings befanden wir uns fernab von beiden. An den meisten Verbindungsstraßen wies einen bestenfalls der örtliche Tankwart in die richtige Richtung – oder ins Verderben. Auf diesen Straßen unterwegs zu sein, bedeutete in den Elendsjahren, sein Leben zu riskieren, was ich vermeiden wollte, indem ich mich an die Giraffen dranhängte.

Obwohl mir also bei der Aussicht, abermals auf Reisen zu gehen, angst und bange hätte sein müssen, war ich halbwegs guter Dinge, solange ich den Transporteraufbau vor mir sah. Doch sobald die Sonne aufging, fing der an zu schwanken, fast als wüssten die vom Tageslicht verschreckten Giraffen nicht, wie sie in dieser neuerlichen Hölle von einer Transportkiste sicher stehen sollten. Sie streckten in einem fort die Köpfe nach draußen, zogen sie sofort wieder zurück, und der Aufbau auf der Ladefläche wackelte und schwankte. Als auch noch die Reifen vom Straßenbelag abhoben, rechnete ich bereits damit, dass sie umkippen und sich die Hälse brechen würden, noch ehe wir richtig losgekommen waren. Der Alte Mann brüllte Earl an, bis der das Gefährt auf Schritttempo drosselte, sodass die Giraffen das Gleichgewicht wiedererlangten und sich die Lage wieder beruhigte.

Und damit konnten die Motorradcops uns endlich quer durch New Jersey geleiten.

Im ersten Städtchen waren die Leute so überrascht, dass

sie lediglich ein paar verschlafene, hälsereckende Hickser hervorbrachten, bis wir schon wieder verschwunden waren.

Im zweiten jedoch schien man schon gehört zu haben, dass die Giraffen kommen würden. Bereits an der Stadtgrenze wurden sie von einem Streifenwagen empfangen, und während die Cops und der Truck im Schneckentempo durch das Stadtzentrum krochen, fand ich mich unversehens inmitten eines spontanen Festzugs wieder: Autos und Fahrräder strömten herbei, alte Männer winkten von Klappstühlen, Vordertreppen und Verandas, Frauen in Hauskleidern hoben ihre Babys hoch. Auf den Gehwegen hielten Anwohner Zeitungen in die Höhe, und ein Junge, der neben mir herlief, fuchtelte mit seiner Zeitung so lange vor meinem Gesicht herum, bis ich sie ihm aus der Hand riss und noch während der Durchfahrt einen Blick auf die Titelseite warf. Auch wenn ich mich damals nicht weiter darum scherte, würde diese Schlagzeile schon sehr bald Geschichte schreiben.

EINIGUNG MIT HITLER – »FRIEDEN FÜR UNSERE ZEIT«

Wenn ich heute daran zurückdenke, läuft es mir eiskalt den Rücken hinunter. Es ging um das Münchner Abkommen, das zunächst klang, als würde es wohl kaum den Weg in die Geschichtsbücher finden, nur dass sich die ganze Welt bald nur allzu gut daran erinnern sollte. Hitler hatte Österreich annektiert, beanspruchte nun einen Teil der Tschechoslowakei und versprach im Gegenzug, von Kriegsplänen abzusehen, und weil die verschreckten Großmächte den Märchen eines Verrückten Glauben schenkten, traten sie die sudetendeutschen Gebiete an ihn ab. Aber was hatten Ereignisse am anderen Ende der Welt für mich damals schon zu bedeuten? An Adolf Hitler verschwendete ich keinen Gedanken, sondern drehte die Zeitung herum, und dort stand, was alle außer mir längst gesehen hatten:

Ich fuhr rechts ran, um die Meldung zu lesen, kam aber über die Überschrift nicht hinaus, weil ich aus den Augenwinkeln etwas entdeckte, woraufhin ich herumwirbelte und die Zeitung fallen ließ. Ein grüner Packard! Er fuhr in nächster Nähe an mir vorbei. Rotschopf hing aus dem Fenster und schoss Fotos, während der Reporter den Wagen lenkte. Als wir die Stadt hinter uns ließen, rechnete ich insgeheim damit, dass sie kehrtmachen und zurückfahren würden wie schon zuvor, aber sie blieben dran.

Also blieb ich ebenfalls dran.

Den Vormittag über fanden wir in eine Art Rhythmus: stilles Ackerland, sprachlose Tramper, Kleinstädte, örtliche Polizisten, spontane Korsos, jubelnde Städter, die immerfort das Gleiche riefen.

»Wie ist das Wetter da oben?«

»Ich hab wohl Flecken vor den Augen!«

»Niedrige Brücke!«

Und mit einem Mal verabschiedeten sich die Motorradcops aus New Jersey mit der Hand an der Mütze von dem Alten Mann und verschwanden in die Richtung, aus der sie gekommen waren. Wir hatten die Grenze des Bundesstaats erreicht. Nur dass diese Grenze ein Fluss und weit und breit keine Brücke zu sehen war. Lediglich eine Fähre. Kaum mehr als ein Floß. Das uns auf die andere Seite bringen sollte. Und *das* war nun wirklich keine Kleinigkeit mehr, wenn man bedachte, dass ausgerechnet Wasser sowohl die Giraffen als auch mich fast das Leben gekostet hatte.

Auch der Alte Mann sah nicht sonderlich glücklich aus. Sobald der Truck am Anleger zum Stehen kam, sprang er heraus und riss das Fährseil hoch, damit der Fährmann sie bemerkte. Er zog sich den verbeulten Fedora vom Kopf, wischte sich mit dem Ärmel über die Stirn und sah zu, wie der Fährmann Earl anwies, auf den Kahn aufzufahren. Als der Truck sicher stand, setzte der Alte Mann seinen Hut wieder auf, atmete tief durch und ging an Bord. Weitere Fahrzeuge fuhren auf die Fähre, während ich immer noch auf den geeigneten Augenblick wartete. Ich schloss die Faust um meine Hasenpfote, holte tief Luft und schob das Motorrad hinauf.

Als die Fähre ablegte, verließ jeder, wirklich jeder seinen Wagen, um die Giraffen zu bestaunen. Vom Anblick der riesigen Giraffenköpfe, die sich durch die Fensterluken geschoben hatten und die sich im blanken Flusswasser spiegelten, war auch ich vor Ehrfurcht wie erstarrt. Es war schlichtweg magisch. Mein Halbstarken-Ego kämpfte zwar gegen das erwärmende Gefühl an, aber es kommt mir bis heute wie ein Wunder vor: Wir setzten mit Giraffen auf dem Delaware River über, sogar ohne Motor, wenn ich mich nicht irre. Am gelassensten waren die Giraffen selbst. Ob nun der Fluss so ruhig war, dass sie nicht bemerkten, dass sie erneut auf dem Wasser fuhren, oder ob sie sich mit ihrer Pullmanreise abgefunden hatten – sie waren auf alle Fälle völlig entspannt.

Ich sah mich nach Rotschopf um, hoffte, dass sie Fotos von ihnen schoss, aber der grüne Packard war nirgends zu sehen. Ich suchte das Flussufer ab – und da parkte er, an der Anlegestelle. Rotschopf und der Reporter standen davor, und das Gefühl der Wärme schlug um in rasende Wut, als ich sah, was als Nächstes passierte.

Er zeigte zum Wagen.

Sie hob die Hände.

Er packte sie am Arm.

Sie machte sich von ihm los.

Er stieg ein, zog die Tür hinter sich zu und ließ den Motor aufheulen, damit sie nachkäme.

Sie kam aber nicht nach. Zumindest nicht gleich.

Stattdessen drehte sie sich wieder um und sah den Giraffen hinterher.

Während sich die Fähre zusehends entfernte, ließ ich Rotschopf nicht mehr aus den Augen. Auf ihrem Gesicht zeichneten sich Dinge ab, die ich nicht verstand, mir aber unbedingt einprägen wollte, ehe Rotschopf außer Sicht verschwand. Ich war mir sicher, dass ich sie nie wiedersehen würde … und ich starrte immer noch in ihre Richtung, auch als ich das grüne Auto und ihr feuriges Haar schon lange nicht mehr ausmachen konnte.

Als die Fähre am gegenüberliegenden Ufer anlegte, ließen die Leute den Giraffen samt Gefährt den Vortritt, als wäre der Alte Mann der Kaiser von China und hätte allerhand flüchtige Wunder im Gepäck. Keiner bewegte sich, selbst als die Giraffenköpfe jenseits der Uferbefestigung außer Sicht gerieten. Im Bann von Giraffen und Fähren und dem stillen Fluss blieben die Leute so lange wie erstarrt stehen, dass ich schon glaubte, ich käme nie zurück auf festen Boden. Irgendwann schob ich mein Motorrad zwischen ihnen hindurch und gab hektisch Gas, weil ich Angst hatte, die Giraffen aus den Augen zu verlieren – doch da waren sie wieder, mit stolz erhobenen Köpfen und unmöglich zu übersehen, und ich schaltete einen Gang runter.

Im Handumdrehen hatten wir die nächste Grenze erreicht; die Bundesstaaten schienen hier so dicht beieinanderzuliegen wie die Countys in Texas. *Willkommen in Maryland,* besagte ein Schild. Der Truck wurde noch langsamer als zuvor, die Straße mäanderte hierhin und dorthin, und Traktoren, Pick-ups und sogar Pferdekarren fuhren eine Zeit lang zwischen uns her. Dann beschrieb die Straße eine scharfe Kurve, und der Truck geriet erneut außer Sicht.

Im nächsten Moment hörte ich quietschende Reifen, gefolgt von einem widerlichen Aufprall und einem Schrei, der mir durch Mark und Bein ging. Langsam rollte ich um die Kurve, war schon auf alles gefasst – und steuerte bei dem Anblick, der sich mir bot, an den Straßengraben. Der Truck war mitten auf der Straße stehen geblieben, und vor seinem rechten Kotflügel lag etwas Großes halb in Richtung Graben. Ich war mir sicher, dass Earl einen Tramper erwischt hatte. Doch es war ein räudiger Köter, wenn auch groß wie ein Pony, und ihm hingen die Eingeweide aus dem blutigen, zerfetzten Fell.

Der Alte Mann hieß Earl sitzen bleiben. Er selbst nahm ein Gewehr aus der Halterung in der Kabine, trat auf das sterbende Tier zu und ging mit der Waffe im Schoß in die Hocke. Der Hund lag in den letzten Zuckungen. Als das Japsen und Zucken nicht aufhören wollte, stand der Alte Mann auf und lud durch. Der Hund japste und zuckte noch ein letztes Mal. Dann blieb er reglos liegen. Der Alte Mann ließ die Waffe wieder sinken. Nach einem kurzen Moment ging er abermals in die Hocke, legte dem toten Hund die Hand auf den Pelz und hielt inne, als wollte er ihm eine Art Alter-Mann-Segen erteilen.

Unwillkürlich stand mir ein anderes Bild vor Augen. Ich war mit unserem Pick-up im Panhandle unterwegs, als uns etwas Gelbes vor den Wagen lief und im Buschwerk verschwand. Pa sprang nach draußen, schimpfte über den verbeulten Stoßfänger, und ich hatte gerade die Flinte aus der Halterung genommen, als Pa seinen Zorn auf mich richtete: *GottVERDAMMT NOCH MAL! Wo willst du hin? Wenn das ein Kojote war, dann knallen wir ihn ab, weil's ein Kojote ist! Und wenn's ein Straßenköter war, vergeuden wir auf den keinen Schuss! Hör auf, so zu tun, als wärst du ein Kleinkind! Das sind nur Tiere!*

Ein Stück entfernt stand der Alte Mann auf, packte den Hund am Bein und schleifte ihn von der Straße. Die Giraffen hatten die Köpfe herausgestreckt und ließen ihn nicht aus den Augen. Er stieg die Leiter hoch, tätschelte beiden den Hals, und der Wind wehte mir sein Giraffensäuseln entgegen. Dann kletterte er zurück in den Truck, das Gefährt setzte sich in Bewegung und verschwand um die nächste Kurve. Behutsam manövrierte ich um den Kadaver herum und nahm mir vor, später über den Vorfall nachzudenken. Denn erst einmal hatte ich andere Probleme. Die Tanknadel neigte sich bedenklich gegen null, und ich hatte keinen Cent mehr in der Tasche.

Ich fuhr einfach weiter. Was hätte ich sonst machen sollen?

Im Abendrot hielten wir auf die Gemeinde Conowingo zu, die mir nicht nur wegen des klangvollen Namens in Erinnerung geblieben ist. Rechter Hand säumten Bäume die Straße, die ihrerseits auf einen reißenden Fluss zu- und schließlich am Ufer entlangführte.

Dann zwei Schilder.

Auf dem ersten stand: *Einspurige Brücke.*

Und auf dem zweiten: *Niedrigwasserbrücke.*

Ich war fassungslos. Würden sie mit den Giraffen wirklich quer durch den Fluss fahren?

Doch von einer Sekunde auf die andere spielte nichts davon mehr eine Rolle, weil das Motorrad anfing zu gluckern und zu tuckern und dann röchelnd erstarb.

Ich zog den Kupplungshebel durch, sprang auf dem Starterpedal herum, als könnte ich so Sprit in die Maschine pumpen, und machte wider alle Vernunft immer weiter, bis ich vollends aus der Puste war.

Keuchend starrte ich dem sich entfernenden Truck hinterher, als mir dämmerte – und es fühlte sich an wie ein Schnitt ins Herz –, dass hiermit mein Traum von Kalifornien geplatzt war. *Es ist aus,* dachte ich und überlegte noch, wie und wem ich meine Seele verkaufen könnte, damit es irgendwie weiterginge. Und wenn man bedenkt, dass ich mit meiner Seele bis dahin nicht groß in Kontakt getreten war, kam diese Überlegung doch recht überraschend. Dann rannte ich mit der gleichen Verzweiflung, die mich im Hafen gepackt hatte, kurzerhand los: Denn statt jetzt stehen zu bleiben und zuzusehen, wie auch der letzte Hoffnungsschimmer erlosch, konnte ich ebenso gut in mein Verderben rennen.

Vor mir – noch diesseits des Flusses – tauchte der vorankriechende Truck wieder auf, und ich fragte mich, ob ich meine wertlose, diebische Seele tatsächlich eingetauscht hatte – weil der Truck bereits im nächsten Moment zwischen ein paar Bäume abbog, an denen ein Schild stand:

Stellplätze & Hütten
Hier abbiegen

Sofort machte ich kehrt und schob mein totes Motorrad auf das Schild zu. Mein Herz hämmerte so sehr, dass ich nicht mehr normal atmen konnte.

Bis ich es zu der Einfahrt geschafft hatte, parkte der Truck bereits vor der Rezeption, die zugleich als Imbissschalter diente; zumindest ließen acht besetzte Barhocker darauf schließen.

Ich huschte außer Sicht, als der Alte Mann mit dem Betreiber aus der Tür trat. Der Betreiber wies ihm den Weg, und langsam rollte der Truck auf die hinterste in einer Reihe kleiner Hütten zu, die allenfalls groß genug waren für ein Einzelbett, und parkte unter einer üppigen Platane. Ich schob das Motorrad ins Unterholz und ging hinter einem Feldstein in Deckung. Der Alte Mann öffnete die Dachluke, und die Giraffen reckten die riesigen Schnauzen, um sich an den Platanenblättern gütlich zu tun.

Im nächsten Moment hielten sie unvermittelt im Fressen inne und drehten die zuckenden Schnauzen in meine Richtung, als hätte die Brise meine Witterung zu ihnen geweht. Ich duckte mich weg. Als ich erneut hinüberspähte, sahen sie immer noch her. Wildes Mädchen blähte sogar die Nüstern, als wollte sie sich vergewissern. Ich war mir sicher, dass sie mich verraten würden, also kauerte ich mich hinter dem Felsbrocken zusammen und blieb reglos dort sitzen, bis ich die Seitenluken aufgehen hörte und Earl von dem Alten Mann beauftragt wurde, den Giraffen Wasser zu bringen. Ich konnte die Giraffenhufe in der Transportkiste sehen. Der Wassereimer für Wilder Junge stellte für Earl keine Herausforderung dar. Doch als er sich in Mädchens Abteil beugte, trat sie so fest nach seinem Arm, dass er zu meiner großen Freude fluchend zurücktaumelte.

Fest entschlossen, nach ihrem verbundenen Bein zu sehen, schien nun der Alte Mann sein Glück mit ihr versuchen zu wollen. Er wartete ab, bis ihre geschiente Fessel vor der Öffnung auftauchte, und griff hinein. Sie trat aus. Er wich ihr aus, sie trat nach, und er ließ sich schwer auf das Trittbrett fallen und funkelte Earl finster an, der sich so weit zurückgezogen hatte, dass er schon fast neben mir stand.

Im nächsten Moment kam der Rezeptionist mit einem Tablett voller Hamburger auf sie zumarschiert – und mit zig Leuten auf den Fersen: Hinter ihm tauchten die versammelte Imbisskundschaft und sogar der Fahrer des schimmernden Milchlasters auf, der an der Straße gehalten hatte. Der Fahrer reichte Kannen mit frischer Milch zu den Burgern herum. Und der Duft dieser Burger machte mich schier verrückt. Damit ich nicht auf dumme Gedanken kam, kramte ich eine geklaute rohe Kartoffel hervor und biss hinein. Als der Rezeptionist seine Gästeschar irgendwann weiterwinkte, war ich mir sicher, dass nun das gesamte County erfahren würde, was auf dem Campingplatz logierte.

Während die Sonne allmählich unterging, knabberten die Giraffen weiter an der Platane, doch wann immer die Brise umschlug, richteten sie ihre schnuppernden Schnauzen nach mir aus, und ich blieb in Deckung, bis das einzige Licht weit und breit das der Laterne über der Rezeption war, das durch das Laub gefiltert wurde.

Aus meinem Versteck beobachtete ich, wie der Alte Mann Earl in Richtung Hütte scheuchte, sich dann erneut auf dem Trittbrett des Trucks niederließ und eine Lucky Strike aus seiner Schachtel klopfte. Dass er sich Filterzigaretten leisten konnte, statt sich selbst Zigaretten zu drehen, war für meine Farmboy-Augen ein beeindruckender Anblick. Als er dann auch noch ein Zippo aufschnappen ließ, schlussfolgerte ich, dass in Kalifornien jeder reich wie ein Rockefeller sein musste – und umso mehr brannte ich darauf, ihnen nachzureisen. Ich beäugte den Milchlaster, träumte von Milch, wenn schon nicht von Honig, und biss erneut in meine Kartoffel, während ich im Geiste bereits Weinbeeren von einer kalifornischen Rebe pflückte. An einer vermoosten Stelle hinter meinem Felsbrocken ließ ich mich für die Nacht nieder und sah zu, wie der Alte Mann eine Lucky nach der anderen rauchte. Er zündete sich die jeweils nächste an der vorigen an. Wie immer wollte ich, falls es sich vermeiden ließe, lieber nicht einschlafen, sondern blieb genau wie der Alte Mann stundenlang wach und überlegte, wie ich ihnen am besten hinterherkäme.

Weil ich jedoch nicht allzu gut darin war, Pläne zu schmieden, kam ich nicht besonders weit ... Ich konnte die Zapfsäule vorn an der Straße benutzen, nur müsste ich dafür erst ein paar Münzen in anderer Leute Taschen finden. Ich konnte mir ein neues Gefährt besorgen, allerdings waren diejenigen, die einen Diebstahl wert gewesen wären, längst weitergefahren. Das einzige Fahrzeug, das auf dem Campingplatz übrig war, war der Milchlaster, der mir zwar einen vollen Magen beschert hätte, als Diebesgefährt aber nicht tauglich wäre. Je später es wurde, umso verzweifelter und verquerer waren meine Überlegungen. Als ich irgendwann anfing, ernsthaft darüber nachzudenken, hinten auf den Truck aufzuspringen wie auf einen Güterwaggon, warf ich das Handtuch.

Nach einer Weile ging der Alte Mann Earl wecken, damit der die Wache übernahm, erinnerte ihn daran, die Dachluke zu schließen, und verschwand nun selbst in der Hütte. Earl schob sich einen Tabakpriem in die Backe und strich sich beidhändig das Haar zurück. Und als hätte er die Dachluke schon wieder vergessen, tat er, was ich befürchtet hatte: Mit einem letzten Schulterblick zur Hütte des Alten Mannes kramte er den Flachmann aus seinem Versteck und spülte den Tabaksaft mit Alkohol hinunter – eine Kombination, die nur Säufern schmeckte. Noch während er auf dem Trittbrett Platz nahm, streckten beide Giraffen die Köpfe durchs Fenster, bedachten Earl mit einem einzigen Blick und zogen sich sofort wieder zurück, allerdings erst, nachdem Mädchen ein letztes Mal die Nüstern in meine Richtung gebläht hatte.

Bestimmt eine Stunde lang sah ich Earl dabei zu, wie er abwechselnd trank und ausspuckte, bis er irgendwann den schweren Kopf gegen die Tür des Trucks lehnte. Das Einzige, was ihn noch aufrecht hielt, war der Tabaksaft, der ihm in die Kehle sickerte und Hustenanfälle auslöste – was vielleicht sogar die Absicht dahinter war.

Als er zu guter Letzt zur Seite kippte, meinte ich, irgendwo jenseits des Trucks ein leises Kichern zu hören. Augenblicklich kam ich auf die Beine. Aus dem Schatten tauchten drei Kerle auf, einer mit genügend Fleisch auf den Rippen, dass es für zwei von meiner Sorte gereicht hätte, einer nur in Latzhose und der dritte ein Winzling mit Topfschnitt. Sie stupsten den schlaff zusammengesackten Earl kurz an – neuerliches Kichern –, dann klopfte der Dicke an die Transportkiste. Sofort schoben sich die zwei Giraffenköpfe aus den Fensterluken. Doch schon beim ersten Blick auf die Typen war den Giraffen klar, dass sie den Kopf besser wieder zurückzogen, genau wie sie es zuvor bei Earl gemacht hatten, woraufhin der Winzling beschloss, an der Transportvorrichtung emporzusteigen, um seinerseits durch die Luken zu spähen. Der Dicke machte ihm die Räuberleiter, und der Winzling kletterte hoch, während die anderen beiden immer noch kicherten.

Und dann wurde es schlimm.

So richtig schlimm.

Die Giraffen begannen aufzustampfen und zu schnauben und gegen die Transportkiste zu poltern, sodass der Winzling abrutschte. Allerdings unternahm er sofort den nächsten Versuch, und in diesem Moment sah ich, was der Winzling gesehen hatte und was die Giraffen anscheinend längst wussten:

dass die Dachluke immer noch offen stand. Dort wollte der Winzling hin.

Mit diversen Überlebensregeln für die Straße im Hinterkopf und der Stimme meines Pa im Ohr stand ich in der Dunkelheit reglos da und ballte die Fäuste. Als Halbstarker bin ich stets der Typ hinterhältiger Kojote gewesen: Selbst wenn mein Temperament mit mir durchging, tat ich nie mehr, als zuzuschlagen und sofort Reißaus zu nehmen – und ich legte mich auch nie mit mehr als einem einzigen Gegner an.

Als aber nun der Winzling erneut nach oben kletterte, polterte er abermals gegen den Aufbau, und die Giraffen schoben die Köpfe heraus und sahen panisch und flehentlich in meine Richtung.

Dann war der Winzling oben angekommen.

Für das, was als Nächstes passierte, fehlen mir die angemessenen Worte.

Weil ihnen nirgends ein Fluchtweg offen stand, weil sie nach nichts und niemandem treten konnten und keiner da war, der ihnen zu Hilfe geeilt wäre, müssen die Giraffen geglaubt haben, das Ende sei nahe. Sie hoben zu einem Jammerlaut an, der einem so sehr durch Mark und Bein ging, dass mich selbst die Erinnerung daran zermürbt. Es heißt immer, Giraffen machen keine Geräusche – aber ich schwöre, sie tun es, und was ich in jenem Moment hörte, war ein stöhnender, heulender, jaulender Angstlaut, wie er ganz sicher auch über den Hurrikan hinweg zu hören gewesen war: ein Geräusch, das ansonsten wohl nur ein Löwe hörte, wenn er seine Fänge in ihren Hals schlug. Ich hielt mir die Ohren zu, aber es nützte nichts. Der Laut vibrierte in meiner Brust, und ich spürte die Angst der Giraffen, als wäre es meine eigene. Ich konnte nicht länger an mich halten. Ohne groß darüber nachzudenken, rannte ich auf den Truck zu, wich dem Dicken aus, verpasste der Latzhose einen Faustschlag und setzte zum Sprung an, sodass ich das Bein des Winzlings erwischte. Die zwei Kerls am Boden packten ihrerseits meine Beine und spreizten sie wie eine Wünschelrute. Doch noch während sie sich überlegten, was sie sich wünschen sollten, geriet der Aufbau erneut ins Schwanken, und der Winzling stürzte durch die Luke.

Als Nächstes waren über dem Giraffenheulen eine Menge Giraffentritte und Winzlingskrakeel zu vernehmen – gefolgt von einem Geräusch, das ich schon tausendmal gehört hatte: dem Durchladen eines Gewehrs.

Der Alte Mann stand in Unterhosen vor uns und nahm die Waffe in den Anschlag.

Winzling schoss aus der Dachluke wie der Korken aus einer Flasche, die Kerle am Boden suchten Schutz zwischen den Bäumen, und ich ging hinter meinem Feldstein in Deckung, als der Schuss auch schon über die Wipfel hinweghallte und dann schlagartig alles verstummte – zu meiner großen Erleichterung auch das Giraffenheulen.

Während der Alte Mann sein Gewehr erneut durchlud, zwang ich mich, nach dem Transporter zu sehen. Er schwankte immer noch, die Giraffen schnaubten und stampften nach wie vor auf, allerdings drillte der Alte Mann jetzt Earl die Gewehrmündung halb in die Nase.

»Wo zur Hölle sind Sie gewesen?«, brüllte er ihn an.

»Ich war die ganze Zeit hier …«, stammelte Earl. »Das sehen Sie doch.«

»Und ich *rieche* es obendrein! Sie Volltrottel! Gesoffen haben Sie!« Er schob sich das Gewehr unter den Arm und klaubte Earls Flachmann vom Boden auf. Ich rechnete schon damit, dass er Earl damit eins überziehen würde, doch stattdessen pfefferte er ihn zwischen die Bäume. »Das Einzige, was ich noch weniger leiden kann als einen Lügner und einen Dieb, ist ein Säufer.«

Earl kam schwankend auf die Beine. »Ich bin kein Säufer. Ich hab's im Griff. Ich schwör auf die Bibel.«

»Setzen Sie sich wieder hin«, befahl der Alte Mann.

Earl setzte sich wieder hin.

»Wenn den Giraffen irgendetwas passiert, nur weil Sie sich volllaufen lassen, dann schwöre ich bei Gott, ich schieße Sie zu Brei, und anschließend darf Mrs Benchley ran«, fauchte der Alte Mann. »Haben Sie das verstanden?«

Earl nickte, rührte sich aber nicht – abgesehen davon, dass sein Blick dem Flachmann hinterherhuschte.

Mit dem Gewehr unter dem Arm kletterte der Alte Mann an der Transportkiste hoch, um die Giraffen mit seinem Giraffensäuseln zu beruhigen. Dann schloss er die Dachluke und kam wieder herunter. »Vielleicht machen wir uns besser gleich auf den Weg, bevor noch mehr von diesen Rüpeln aufkreuzen.« Earl hatte sich immer noch nicht gerührt. »Bringen Sie ihnen Wasser, während ich mir etwas anziehe und den Sheriff anrufe. Das heißt – sofern Sie überhaupt fahren können? Wenn nicht, nüchtern Sie sich besser schleunigst aus, oder ich überlasse Sie den Cops, Freundchen.«

Bei der Erwähnung der Polizei fing Earl an, vor sich hin zu stammeln. Inzwischen sah er hinreichend verängstigt-nüchtern aus. Was eine Knarre vor der Nase doch bewirken kann. Nun war Earl natürlich alles andere als nüchtern. Brabbelnd kam er auf die Beine und sah sich nach dem Wassereimer um. Als er ihn nicht finden konnte, zog er Mädchens Luke auf, steckte den Kopf in ihren Verschlag und …

BAMM!

… segelte rückwärts und landete – alle viere von sich gestreckt – auf der Erde. Blut sickerte ihm aus der Nase.

Der Alte Mann kam zurückgerannt und hatte das Gewehr schon wieder erhoben, als er Earl am Boden entdeckte. Wutschnaubend starrte er auf seinen Fahrer hinab, der aussah, als wären bei ihm die Lichter ausgegangen. Er stieß ihn mit der Fußspitze an. Earl rührte sich nicht.

Der Alte Mann lehnte das Gewehr an den Truck, griff sich Mädchens Eimer, der an seinem vorgesehenen Platz bei den Wasserkanistern stand, füllte ihn an einer nahen Pumpe und kippte ihn über Earl aus.

Und der Trottel erwachte wieder zum Leben.

Er hielt sich mit beiden Händen die Nase, kam auf die Beine und fing an zu jaulen und zu fluchen. »Die Giraffe wollte mich umbringen!«, blökte er. Blut sickerte zwischen seinen Fingern hervor. »Sie hat mir die N-nase gebrochen!«

Der Alte Mann sah zu der offenen Luke. »Und was hatte Ihre Nase da drin zu suchen? Jesus, Maria und Josef, was für einen Trottel hab ich mir da bloß eingehandelt.« Er griff zu seinem Gewehr. »Waschen Sie sich, los. Wir fahren.«

»Aber ich sehe doppelt …«

»Sehen Sie *nicht*.« Der Alte Mann kniff die Augen zusammen. »Sie müssen den Truck fahren. Sie wissen genau, dass ich es nicht kann, und wenn wir das Weibchen lebend ans Ziel bringen wollen, dürfen wir keine Zeit verlieren. Sie haben gehört, was der Tierarzt gesagt hat.«

»Aber die Giraffe wollte mich umbringen«, heulte Earl weiter.

»Sie bringt Sie nicht um«, blaffte der Alte Mann. »Wenn sie das gewollt hätte, hätte sie Ihnen den Schädel zertrümmert wie eine Nuss. Sie sehen doch, was sie mit mir macht – und ich stehe auch immer noch auf zwei Beinen.«

»Nichts da. Ich kündige«, jaulte Earl.

Der Alte Mann riss sein Gewehr hoch wie einen Revolver. »Wir fahren, Sie verdammter Trottel! Sie lassen uns nicht im Stich! Und jetzt halten Sie endlich die Klappe!«

Earl hielt die Klappe.

»Setzen Sie sich mit Ihrem erbärmlichen Arsch da hin!«

Earl setzte sich mit seinem erbärmlichen Arsch hin.

Der Alte Mann ließ das Gewehr sinken. »Ich besorge Ihnen einen Kaffee und Verbandszeug, dann geht es Ihnen gleich besser – oder Sie reden es sich eben ein. Sie fahren. Es gibt keine Alternative.«

Und damit marschierte er in Richtung Rezeption.

An der Straße flammten die Scheinwerfer eines Lasters auf. Der Milchlaster, der allem Anschein nach gleich weiterfahren würde. Als der Motor aufröhrte, drehte Earl sich danach um, und immer noch mit der Hand an der Nase rannte er schnurstracks darauf zu. Schneller, als man es von einem getretenen, blutenden, halb betrunkenen Trottel erwartet hätte, riss er die Beifahrertür auf und sprang hinein, als der Laster schon auf die Straße und in die Richtung rollte, aus der wir gekommen waren. Es ging alles so schnell, dass ich ihn nicht einmal hätte aufhalten können, wenn ich gewollt hätte – was aber auch gar nicht der Fall war.

Mit Kaffee und Verbandszeug beladen und seinem Gewehr unter dem Arm kehrte der Alte Mann von der Rezeption zurück. Als er näher kam, starrte er die Stelle an, an der Earl hätte sitzen müssen, und konnte nicht fassen, dass der Kerl verschwunden war. Als dann auch noch eine Wagentür zuschlug, während der Laster bereits auf die Straße fuhr, muss er eins und eins zusammengezählt haben. Er ließ Kaffee und Verbandszeug fallen, rannte zur Straße und zielte auf den davonfahrenden Laster.

Ich war mir sicher, das Nächste, was ich zu hören bekäme, wäre eine weitere Gewehrsalve. Doch der Alte Mann blieb lediglich stehen. Und starrte. Ließ das Gewehr sinken. Es sah aus, als würde die Erkenntnis, dass sein Fahrer futsch war, erst nach und nach bei ihm einsickern. Als er es vollends begriffen hatte, fauchte und fluchte er in Richtung Straße, als könnte allein sein Zorn Earl wieder zurückbeschwören. Dann fing er an, wütend auf und ab zu tigern, sodass die Erde unter seinen Sohlen aufstob, und hob zu einer Schimpftirade an, die der schwarzen Nacht die Röte ins Gesicht trieb – »dieser lausige, armselige, arschgesichtige Trottel!« kam gleich mehrmals vor –, ehe er zu guter Letzt kehrtmachte, sich auf das Trittbrett des Trucks sinken und das Gewehr in den Dreck fallen ließ und sich die Hände vors Gesicht schlug.

So saß er eine Zeit lang da. Dann nahm er unvermittelt das Gewehr hoch, stand auf, dehnte den Rücken und hielt auf die Hütte zu.

In diesem Moment kam mir eine Idee. Ich lief schnurgerade auf den Truck zu. Unter den Blicken von Wildes Mädchen und Wilder Junge sprang ich aufs Trittbrett, beugte mich in die Fahrerkabine und inspizierte das Getriebe – hoch konzentriert, ausgiebig … und zu lange. Als ich zurück auf die Erde sprang, warteten dort der Alte Mann und ein Gewehrlauf auf mich.

Ich riss die Hände hoch. *»Nicht schießen!«*, schrie ich und war selbst erschrocken, weil dies das Erste war, was ich überhaupt äußerte, seit ich Cuz mit Flüchen und Tritten bedacht hatte. »Ich war keiner von den Rüpeln! *Ich bin's!* Wissen Sie nicht mehr? Aus der Quarantäne?«

Er ließ die Waffe sinken und kniff angesichts meines Anblicks, meiner verschlissenen und mit Quarantäneschlamm besudelten Sachen die Augen zusammen.

»Was zur … Fährst du uns *nach?*« Er nahm das Gewehr in die andere Hand, und im selben Moment dämmerte mir, warum er nicht fahren konnte. Die knotige Hand, die mir schon im Hafen aufgefallen war, war seine rechte, die Schalthand. Und prompt platzte meine Idee, die ich nicht annähernd zu Ende gedacht hatte, gleichsam aus mir heraus: »Ich kann übernehmen! Sie können mit Wilder Junge und Wildes Mädchen doch nicht allein weiterfahren!«

»Mit *wem?*«

»Mit den Giraffen. Ich kann Sie nach Californy fahren!«

Seine Augenbrauen wanderten in die Höhe, dass ich schon glaubte, sie würden gleich abheben. »Wer zur Hölle hat dich denn gefragt? Und wie kommst du darauf, dass ich dich wollen würde?«

Ich nickte in Richtung Straße. »Ihr Fahrer hat Sie gerade sitzen lassen – so komme ich darauf. Mister, ich bin ein echt guter Fahrer, ich schwöre es bei Gott! Ich schlafe nicht viel, bin kein Rüpel und erst recht kein Säufer. Sie können mir glauben!«

»Dir glauben? Ich kenne dich nicht mal!« Der Alte Mann

musterte mich von Kopf bis Fuß, und sein Blick blieb an meiner mit Bootsleine geschnürten geerbten Hose hängen, die kaum bis auf meine Stiefelschäfte reichte. »Wie alt bist du überhaupt?«

»Achtzehn«, flunkerte ich. »Ich kann alles fahren, was sich bewegt, und ich bin ein Ass, was Motoren angeht, wirklich.«

»Und gleich erzählst du mir, dass du auch ein Ass bist, was Giraffen angeht, was?«

Ich reckte das Kinn vor. »Besser als Ihr Fahrer bin ich allemal.«

»Ach ja?«

Ich schob meine rechte Hand in die Hosentasche. »Zum einen weiß ich, dass ich meine Nase lieber nicht in die Nähe von Tierhufen halte«, flunkerte ich, obwohl ich genau das getan hatte, als ich mir Cuz' Hasenpfote zurückgeholt hatte, die ich gerade nahezu blank rieb.

Der Alte Mann sah an mir vorbei. »Wie bist du überhaupt hergekommen?«

»Auf einem Motorrad.« Ich nickte in Richtung der Maschine, die im Schatten der Bäume lag.

Er kniff die Augen zusammen. »Und das ist deins? Ich kann Diebe und Lügner nicht ausstehen.«

»Immerhin bin ich damit hergekommen, oder?«, erwiderte ich und stellte damit nur unter Beweis, dass ich beides war.

Ein Streifenwagen bog in den Lichtkegel vor der Rezeption ein, und ich machte einen Schritt rückwärts in den Schatten.

Was dem Alten Mann nicht entging.

»Es reicht«, knurrte er. Er klemmte sich das Gewehr wieder unter den Arm, marschierte auf mein geklautes Motorrad zu, riss eine Handvoll Kabel heraus und marschierte zurück zu seinem Truck. »Wenn ich dich noch ein einziges Mal zu Gesicht bekomme, gibt's einen Gesetzeshüter in jeder Stadt, dem ich dich übergeben kann – und ich nehm an, das ist nicht in deinem Interesse. Und Jesus, Maria und Josef, bist du in einem Stall aufgewachsen? Wasch dich! Hier ist ein Fluss in der Nähe. Du verströmst einen solchen Gestank, dass meine Augen brennen.« Dann kletterte er auf den Fahrersitz und schob das Gewehr zurück in die Halterung, drückte sich den Fedora tief in die Stirn, probierte jeden einzelnen Gang aus, bis endlich einer einrastete, und ruckte und ruckelte Truck und Giraffen in Richtung Straße.

Ich ließ mich auf den Boden sinken und starrte die herausgerissenen Kabel an meinem leer gelaufenen Motorrad an. Und fühlte mich selbst leer gelaufen. Weil das Motorrad nicht mehr zu retten war. Zumindest nicht von mir. Ich hatte von Fahrzeugen nämlich keine Ahnung – mal abgesehen davon, dass ich den Trittstarter der einen oder anderen geklauten Maschine betätigen konnte. Ich hätte dem Alten Mann sogar erzählt, dass ich Tote zum Leben erwecken könne, wenn ich geglaubt hätte, dass er mich so auf seine Reise mitnehmen würde. Und meine ach so gewitzte Idee, den Fahrer zu spielen? Nach Art törichter Jugend glaubte ich tatsächlich, dass ein Fahrzeug wie das andere wäre – und dass es keine Rolle spielte, dass ich nie etwas Größeres als den altersschwachen Model T meines Pa gesteuert hatte. Oder dass ich nie weiter als die zwanzig Meilen in die Stadt gefahren war, über unseren texanischen Highway, der so schnurgerade verlief, dass das selbst eine kurzsichtige alte Hutzel geschafft hätte. Trotzdem hatte ich mit meinem Traum von Kalifornien noch nicht abgeschlossen, und auch wenn ich es in jenem Moment nicht wusste, hatten die Giraffen auch noch nicht mit mir abgeschlossen.

Erlösung jeglicher Art ist nun mal eine schleichende Entwicklung.

Ich saß also neben dem fahruntüchtigen Motorrad auf dem Boden und hörte von ferne, wie der Alte Mann das Getriebe malträtierte. Als das jüngste Kreischen eine geschlagene Minute andauerte, glaubte ich, ich müsste gleich durchdrehen – und war im nächsten Augenblick wieder auf den

Beinen. Der entscheidende Moment war gekommen. Der Lügner in mir hatte versagt, nicht aber der Dieb, und wenn ich jetzt nicht in die Gänge käme, hätte ich nicht mehr die geringste Chance. Und wieder rannte ich in meinen Cowboystiefeln gleichsam um mein Leben, stampfte wie eine Lokomotive voran, um die Giraffen einzuholen – und zu meiner aufrichtigen Überraschung schloss ich allen Ernstes zu ihnen auf. Es war immer noch stockfinster, jene Art tiefer Dunkelheit, kurz bevor die Dämmerung einsetzt. Von der anderen Seite der Niedrigwasserbrücke sah ich das Blaulicht am Wagen des dortigen Sheriffs aufblitzen, während die Scheinwerfer des Trucks immer noch diesseits festzuhängen schienen. Der Alte Mann zauderte. Und im Scheinwerferlicht sah ich jetzt auch, wie das Wasser über die Brücke strömte, die an sich kaum mehr als ein verstärkter Betonklotz war, den man in den Fluss gesetzt hatte. Die Giraffen hatten erneut die Köpfe nach draußen gestreckt und brachten – garantiert, weil sie angesichts des Rauschens scheuten – den Transportaufbau gefährlich ins Wanken … bis sie meine Witterung aufnahmen. Sofort drehten sich beide in meine Richtung und blickten mir entgegen, der ich ihnen so schnell entgegenrannte, wie meine Stiefel mich trugen. Ich war nur noch wenige Schritte entfernt, als der Alte Mann den nächsten Gang einlegte. Ein Blick hinab ins Wasser, auf die Rückwand des Trucks, und ich war schier verzweifelt. Und wenn man verzweifelt ist, greift man zu den verzweifeltsten Mitteln.

Unter den Blicken des Giraffenpublikums setzte ich zum Sprung an, sprang auf den Truck auf, als wäre er ein Güterwaggon, und konnte mich gerade so festhalten, als der Truck auch schon in den Fluss hineinfuhr und meine Stiefel auf dem überschwemmten Stoßfänger kaum noch Halt fanden. Irgendwie kam der Truck rumpelnd zur anderen Seite, und ich stand immer noch, doch mit jeder Sekunde, die verstrich, ging mir mehr Kraft aus, und es nützte auch nichts, dass die Giraffen sich mit ihren langen Hälsen zu mir herabbeugten –

Junge sogar so weit, dass er mir über den Scheitel schleckte. Fast verlor ich den Halt, als ich versuchte, seine lange Zunge beiseitezufuchteln.

Sobald der Truck in das nächste verschlafene Städtchen einfuhr, sah ich mich nach etwas um – nach irgendetwas –, was ich mir würde stibitzen können. Aber da war nichts. Wir passierten das Ortsausgangsschild, als just die Sonne am Horizont hervorkam, der Streifenwagen machte kehrt, und ich war verzweifelt, das kannst du mir glauben. Ich war drauf und dran, den Halt zu verlieren, meine Sohlen rutschten zusehends vom Stoßfänger. Ich musste entweder hochklettern, oder ich würde auf die Straße stürzen – nur noch wenige Sekunden, und ich würde in den Straßengraben kullern. Dann bliebe mir nichts weiter, als meine Wunden zu lecken und dem Truck und meinem Traum nachzusehen. Und weil Junge mir bloß über die Haare leckte und immer noch keine Hilfe war, griff ich nach oben und zog mich bis auf das Dach der Transportkiste hinauf. Und dort lag ich nun, streckte alle viere von mir und tastete verzweifelt nach einem Halt, während der Alte Mann weiter die Straße entlangschlingerte.

Bis der erste Gaffer des Tages erschien.

Vom frühmorgendlichen Anblick zweier Giraffen auf seiner Landstraße offenbar wie vom Donner gerührt, geriet auch er am Steuer ins Schlingern, fuhr zu nah an unserem Truck vorbei, und der Alte Mann muss das Lenkrad herumgerissen haben – weil ich in hohem Bogen vom Dach segelte und auf meinen geschundenen Rippen im Straßengraben landete. Ich muss dabei ziemlich laut aufgeheult haben, weil ich mich im nächsten Moment dem Alten Mann gegenübersah.

»Heilige Scheiße! Hast du etwa da obendrauf gelegen, Junge? Du Vollidiot hättest dir den Hals brechen können! Was war das denn bitte für eine Nummer? Nein! Ich will die Antwort nicht hören.« Er zerrte mich auf die Füße. »Noch alles dran?«

Meine Hose war zerrissen, und mein Knie blutete. Unter dem beifälligen Schnauben der Giraffen tastete er mit seinen schwieligen Händen meine dürren Gliedmaßen ab. Dann ließ er mich auf wackligen Beinen stehen, lief den Koffer des Zooarztes holen, riss mein Hosenbein noch ein Stück weiter auf und versorgte mein zerschrammtes Knie, pinselte ein wenig zu großzügig Mercurochrom darauf – ein fieses rotes, beißendes Desinfektionsmittel, das wir damals »Affenblut« nannten und bei dem ich derart aufkreischte, dass die Giraffen umso lauter schnaubten.

»Wirst schon nicht daran sterben.« Er zog einen Dollarschein aus seiner Brieftasche und warf ihn in meine Richtung. »Hier, ein Dollar. Halt den Daumen raus«, riet er mir, schnappte sich seine Arzttasche und drehte sich wieder zu dem Truck um.

»Sie lassen mich einfach hier stehen?«

»Irgendwer nimmt dich schon mit zurück in die Stadt, und dort rufst du deine Leute an und fährst wieder nach Hause.«

»Ich hab keine Leute mehr und auch kein Zuhause«, rief ich ihm nach. »Ich will nach Californy!«

»Nicht mein Problem«, blaffte er über die Schulter.

Die Giraffen schnaubten inzwischen aufgeregt und drehten sich zwischen uns hin und her. Ich schluckte trocken und straffte die Schultern.

»Nein, *Ihr* Problem ist, dass die Giraffen von Ihrem Fahrstil noch ein Schleudertrauma kriegen – und was hält Mrs Benchley wohl *davon*?«

Bei der Erwähnung des Namens, der mir von den Telegrammen im Gedächtnis geblieben war, stockte er kurz, zog dann aber bloß den Fedora in die Stirn und stampfte weiter.

Als Nächstes hörte ich, wie ich ihm überdies nachrief: »Sie brauchen jemanden, der Ihnen zur *Hand* geht.«

Eine selten bescheuerte Formulierung, doch der Alte Mann blieb jäh stehen, wirbelte herum und ertappte mich dabei, wie ich auf seine knotige Hand hinabstarrte.

»Was hast du gerade gesagt?«, grollte er und bedachte mich mit dem tödlichsten aller Todesblicke, woraufhin ich fürs Erste wohlweislich den Mund hielt. Dann riss er die Fahrertür auf, stieg ein und ließ den Motor aufjaulen.

Der Motor stotterte kurz und soff ab.

Er versuchte es erneut.

»Nicht so viel Gas! Seien Sie behutsamer mit dem Pedal!«, rief ich. Und als der Motor schließlich in Gang kam, fügte ich hinzu: »Was, wenn er nicht mehr gezündet hätte? Sie *brauchen* mich!«

Was ich in Wahrheit hatte sagen wollen, war vielmehr, dass ich sie brauchte.

Der Alte Mann hämmerte den Gang rein, und die Giraffenhälse ruckten heftig im Takt, als der Truck sich zurück auf die Fahrspur buckelte. Und weil ich nun abermals das Nachsehen hatte, begann ich allmählich, die Zuversicht zu verlieren.

Dann blieb der Truck stehen.

Der Alte Mann winkte mich zu sich.

Ich rannte hin, so schnell es mein blutiges Knie zuließ, und kaum dass ich auf der Fahrerseite stehen blieb, fragte er: »Kennst du dich wirklich mit Motoren aus? Und lüg mich jetzt nicht an!«

»Ich bin wirklich ein Ass«, log ich ihn an.

»Führerschein?«

»'türlich.«

»Und du kannst dieses Ding fahren?«

»Es hat eine Kupplung und Gänge, oder?«

»Wir werden sehen … Du musst uns auch nur nach D.C. fahren.«

»Aber … Sie fahren doch nach Californy?«

»Stimmt – du aber nicht.«

»Aber warum denn D.C.?«

»Weil da die Südverbindung losgeht. Wollte dort eigentlich nicht halten … Das hat mir Earl, dieser Mistkerl, eingebrockt«, grollte er. »Vom dortigen Zoo bekommen wir einen neuen Fahrer. Das heißt – sofern die Chefin dort darum bittet, und ich bin, ehrlich gesagt, nicht darauf versessen, dieses Gespräch mit ihr zu führen. Am schlimmsten ist, dass wir dort für mindestens einen Tag, wenn nicht länger festhängen, und mit jedem zusätzlichen Tag steigt für die Schätzchen das Risiko. Aber ich hab keine andere Wahl«, murmelte er und fügte noch ein leises »Mistkerl!« an. »Wenn – *falls* – du uns sicher nach D. C. bringst, spendiere ich dir die Fahrkarte zurück nach New York.«

»Ich will aber gar nicht zurück! Ich kann Sie bis nach Californy bringen, ich schwöre es beim Grab meiner Ma – ich schaffe das!«

Sein Blick hätte einem Nashorn Einhalt geboten. »D. C. reicht vollkommen, Junge. Oder aber du bleibst hier an der Straße und wartest auf irgendeinen guten Menschen, der dich von hier mitnimmt. Also, wie entscheidest du dich?«

Ich nickte. Er stieß die Tür weit auf, rutschte zur anderen Seite hinüber, und ich zog mich eilig hoch – nicht dass er es sich noch anders überlegte.

Es ruckelte ein paarmal ordentlich, bis ich zu guter Letzt durch die ersten Gänge geschaltet hatte. Als ich dann aber mit jeder Meile geschmeidiger fuhr, hatte ich mit einem Mal ein gänzlich unvertrautes Gefühl. Ich war mir nicht sicher, weil ich so etwas nie zuvor gespürt hatte, aber ich glaube, ich fühlte mich … glücklich.

Etwa im selben Moment bemerkte ich einen Wagen, der im Rückspiegel sekündlich größer wurde, bis er vom Gas ging und sich an uns dranhängte.

Es war ein Packard. Ein grüner.

Und in meinem ersten Anfall von purem Glück hätte ich glatt ein Vermögen darauf verwettet, dass darin eine flammend rothaarige Frau mit Kamera und Hose saß.

… »Hab Ihnen Frühstück gebracht, Herzchen!«

Es ist wieder die stämmige Rothaarige. Sie hat mit der Hüfte die Tür aufgeschoben.

»Ich will keins«, blaffe ich über die Schulter.

»Ich hab's extra für Sie aufgewärmt«, sagt sie und stellt das Tablett mit dem Omelett aus Trockenei und dem grässlichen Kaffee auf das Bett am Fenster. Wildes Mädchen schnüffelt kurz und schüttelt den riesigen Kopf.

»Sie müssen fürs Schreiben doch bei Kräften bleiben?«, fragt Rosie, um mich in ein Gespräch zu verwickeln.

Ich schreibe ungerührt weiter.

»Warum legen Sie nicht mal ein Päuschen ein? Wir könnten eine Runde Domino spielen – eine Partie und eine Geschichte, so wie früher.« Dann sieht sie mir über die Schulter. »Scheint ja gut zu laufen!«

Ich schreibe ungerührt weiter.

»An wen, meinten Sie, soll all das gehen?«

Ich schreibe ungerührt weiter.

Sie seufzt. »Okay, Sie haben mich durchschaut. Ich lasse Sie jetzt in Ruhe.« Doch bevor sie sich abwendet, drückt sie meine Schulter und sagt: »Also, Herzchen … Geht das an Augusta Rotschopf? Denn wenn ja … Wo wollen Sie es denn hinschicken?«

Schlagartig bekomme ich Herzflattern. Ich spähe zu Mädchen am Fenster, die friedlich vor sich hin käut. Dann angele ich mein Taschenmesser heraus, spitze den Bleistift und wende mich wieder meiner Fahrt mit den Hurrikan-Giraffen zu.

Newark Star-Eagle

8. Oktober 1938

ÜBERRASCHUNGSBEGEGNUNG AUF DEM HIGHWAY

ATHENIA, N.J. – 8. Okt. (Abendausgabe) Sie sind heute Morgen auf der Straße einem Giraffenpärchen begegnet? Sparen Sie sich den Arzttermin. Die Flecken, die Sie vor Augen hatten, waren tatsächlich echt …

Los Angeles Examiner

8. Oktober 1938

ZWEITER REISETAG FÜR AUFSEHENERREGENDE GIRAFFEN

NEW JERSEY – 8. Okt. Die ersten Giraffen Südkaliforniens sind zur zweiten Etappe ihrer motorisierten Transkontinentalreise aufgebrochen, wie mehrere Nachrichtenagenturen melden, und das zum Entsetzen vieler Fahrzeugführer, zur Freude unzähliger Zeitungsreporter und zum großen Vergnügen der Anwohner entlang der Strecke. Kleinstädter hätten glotzäugig am Straßenrand gestanden und für alle Zeiten dem Alkohol abgeschworen, während andere dem Gefährt spontan tierische Witzeleien nachgerufen hätten …

Jersey Journal

8. Oktober 1938

HUSARENSTÜCK ERSTER GÜTE

ATHENIA, N.J. – 8. Okt. (Sonderausgabe) Was würden Sie tun, wenn Sie mit einem Giraffenpärchen im Gepäck einmal quer durch die Staaten fahren müssten? Was Mr Riley Jones vor sich hat, kann nur als Husarenstück bezeichnet werden …

Boston Post

8. Oktober 1938

GIRAFFEN VERDREHEN ALLEN DEN KOPF

NEW JERSEY – 8. Okt. Es sei nicht nur die erste Transkontinentalreise zweier Giraffen, sondern zudem ein Wettlauf gegen die Zeit, so Mrs Belle Benchley, Direktorin des San Diego Zoo und weltweit einzige Frau an der Spitze einer zoologischen Einrichtung. Aus gesundheitlichen Gründen sei für die zartgliedrigen Geschöpfe Eile geboten …

4

Durch Maryland

Tja. Und so kam es, dass ich, Woody Nickel, zwei Giraffen chauffierte – und das obendrein mit einer sommersprossigen Schönheit im Schlepp. Und weil auch ein blinder Straßenköter mal einen Knochen findet, war heute anscheinend mein Tag gekommen. Ich hatte weiß Gott ein bisschen Licht in der Finsternis verdient, ob ich nun an derlei Dinge glaubte oder nicht; dass ich sie eher ablehnte, hat mich – wie die meisten – nie daran gehindert, trotzdem darauf zu bauen. Und hier und jetzt, da ich älter als alt bin, habe ich lange genug gelebt, um öfter gläubig zu sein, dann nicht mehr, dann wieder, dann nicht mehr, als ich zählen könnte, weil das Leben nun mal eine einzige Berg- und Talfahrt ist. Aber so viel kann ich sagen: Womöglich war es tatsächlich eine glückliche Fügung. Doch wenn ich je das Gefühl hatte, vom Schicksal begünstigt zu sein – mich größer zu fühlen, als ich tatsächlich war, auf etwas zuzusteuern, das besser war als ich selbst –, dann in jenem Moment, in dem ich mit dem grünen Packard im Rückspiegel die Giraffen chauffierte. Ich wusste noch nicht, was ich mit diesem Gefühl anfangen sollte, konnte kaum atmen, aus Angst, jenes Größere, Bessere fortzujagen, und sah alle paar Sekunden in den Außenspiegel, kniff die Augen zusammen und versuchte, mich zu vergewissern, dass wirklich Rotschopf am Steuer des Packard saß. Und zwar allein.

»Knöpf das zu.« Der Alte Mann starrte missbilligend mein Hemd an.

Das Hemd – natürlich geklaut – war zu klein für mich, um

es komplett zuzuknöpfen, trotzdem versuchte ich es, soweit es mit einer Hand ging. »Entschuldigung, dass ich in der Quarantänestation versucht habe, Sie zu schlagen«, murmelte ich und spähte in seine Richtung.

»Wenn du mehr als es nur *versucht* hättest, würdest du jetzt nicht hier sitzen«, sagte er und starrte den letzten offenen Knopf an, von dem wir beide wussten, dass er nicht zugehen würde. »Schon gut. Fahr.«

Ich hielt auf die nächste Kurve zu. Das Gefährt neigte sich zur Seite, und wir starrten beide in die Außenspiegel, um nach den Giraffen zu sehen. Elegant legten sie sich in die Kurve. Wir waren mit rund fünfunddreißig Sachen unterwegs.

»Das war gut. Weiter so.«

Sein Blick verharrte auf meiner Jammergestalt, und zwar so lange, dass ich nervös wurde.

»Was ist mit deinen Leuten passiert?«, fragte er nach einer Weile.

»Alle unter der Erde.«

»Und was ist mit der Farm passiert?«

»Die hat der Staub verschluckt.« Ich warf einen Blick zu Rotschopf im Spiegel, und das Flämmchen der Hoffnung loderte himmelhoch auf. »Ich kann die komplette Strecke fahren. Wirklich. Ich will nach Californy.«

Er schnaubte. »Wie jeder Okie.«

»Ich bin kein Okie.«

»Natürlich. Das höre ich doch.«

»Ich bin aus Texas. Aus dem Panhandle.«

»Kommt doch aufs Gleiche raus.«

Zu Hause hätten wir dafür die Messer gewetzt. Wenn man sich aber mit nichts weiter als den Klamotten, die man am Leib trug, auf den Weg in ein besseres Leben gemacht hatte, dann spielte es keine Rolle, ob man aus Kansas oder Arkansas oder Texas kam – da war man ein Okie.

»Vergiss das mit Californy. Es ist dort nicht so, wie du es dir vorstellst.« Er sah erneut zu mir her. »Wann hast du zuletzt was gegessen?«

»Ich hab keinen Hunger«, flunkerte ich ihn an, weil ich befürchtete, dass er nur nach einer Ausflucht suchte, um mich an die Luft zu setzen. »Ich brauche nicht viel.«

Als Nächstes musterte er die blauen Flecken an meinen Armen und die Schrammen in meinem Gesicht. »In den Hurrikan geraten?«

Ich nickte und befühlte meinen lockeren Zahn mit der Zunge.

»Wenn du willst, dass er ausfällt, mach nur so weiter.«

Ich hörte damit auf.

»Und der Schorf da in deinem Gesicht, stammt der auch vom Hurrikan?«

Ich nickte.

»Sieht aber älter aus«, stellte er fest. »Fast wie ein Streifschuss.«

Ich antwortete nicht. Allmählich dämmerte mir, dass er die Sorte Mann war, der einem binnen Sekunden die Wahrheit aus der Nase zog, sobald er nur annähernd die Gelegenheit dazu bekam, und ich war nicht bereit, die Wahrheit zu sagen.

»Wie heißt du überhaupt, Sohn?«

Ich war in Gedanken immer noch beim Streifschuss. »Nennen Sie mich nicht ›Sohn‹«, erwiderte ich und fügte hinzu, nachdem ich den auflodernden Zorn hinuntergeschluckt hatte, der Grund für diese erste Replik gewesen war: »Sir.«

Inzwischen studierte er mich wie eine Zuchtsau bei einer Auktion. Also richtete ich mich gerade auf und gab ihm eine richtige Antwort.

»Ich heiße Woodrow Wilson Nickel. Aber man nennt mich Woody.«

Er sah mich von der Seite an und gluckste. »Du heißt *Woody Nickel?*«

»Wüsste nicht, was daran lustig wäre.«

Doch mein Name schien ihn zu besänftigen. »Ich heiße Riley Jones«, sagte er. »Man nennt mich Mr Jones.« Und mit diesen Worten schob er den Ellbogen ins offene Fenster und fing an, mir Giraffenfahrerbefehle zu erteilen. »Also, pass auf: Wir fahren nie mehr als drei Stunden am Stück. Dann halten wir, damit sie sich erholen können. Wir suchen uns einen Baum, machen die Dachluke auf, und die Schätzchen können sich strecken und ein bisschen fressen. Wir fahren erst weiter, wenn sie anfangen wiederzukäuen. Sie kriegen pünktlich morgens, mittags und abends Futter und Wasser, auch wenn sich die Fahrt irgendwo verzögert. Wir kontrollieren regelmäßig, wie sie die Fahrt vertragen. Sie strecken gern die Köpfe nach draußen, wenn die Luken nicht verschlossen sind. Pass also auch seitlich auf, nicht bloß in der Höhe. Wenn eines der Schätzchen eins über den Schädel kriegt, sitzt du sofort am Straßenrand. Wir sind knapp drei neunzig hoch, wenn wir unter Überführungen durchmüssen, steuere die also langsam an. Und wir fahren nicht schneller als vierzig, egal, was ringsum passiert. Hab den Tacho und hab die Tiere im Blick. Verstanden?«

Ich nickte, und er hielt den Mund. Mir war klar, dass ich das ebenfalls tun sollte, doch als ich in den Rückspiegel geschaut hatte, hatte ich einen Blick auf sein Gewehr in der Halterung erhascht. »Hätten Sie diese Rüpel gestern Nacht wirklich erschossen?«

»Wenn es nötig gewesen wäre«, sagte er ein wenig zu schnell. »Allerdings bin ich kein guter Schütze.«

Ich zögerte kurz. »Dann würden Sie für die Giraffen jemanden umlegen?«

Er schnaubte. »Die Chefin legt *mich* um, wenn ich sie nicht sicher zu ihr bringe.« Dann sah er, dass ich es ernst meinte. »Ob ich für diese Schätzchen töten würde? Könntest genauso gut fragen, ob ich für sie sterben würde. Die vernünftige Antwort wäre wohl Nein. Aber wenn du es wirklich wissen willst: Es ist mir immer schon falsch vorgekommen, dass ein Tierleben weniger wert sein soll als ein Menschenleben. Leben ist Leben.«

Ich warf einen Blick in den Außenspiegel zu diesen riesenhaften afrikanischen Tieren, die die Schnauzen in den amerikanischen Wind hielten, und fragte ihn, was ich mich vom ersten Moment an gefragt hatte: »Wie sind die überhaupt hier gelandet?«

Kurz verdüsterte sich sein Gesicht. »Sie haben einfach nur das getan, was sie immer getan haben. Waren die Jüngsten oder die Langsamsten aus ihrer Herde – diejenigen, die Tag für Tag den Löwen zum Opfer fallen. Bis zwei laute, zweibeinige Löwen auf vier Rädern und mit Gewehren und langen Seilen angerauscht kamen, die gesamte Herde aufscheuchten und sich die zwei Trödler schnappten ... oder Schlimmeres. Es gibt auch Jäger, die sich nichts dabei denken, wenn sie das Muttertier abknallen, um sich anschließend die Waisenkälber zu schnappen. Die Kadaver lassen sie für die Hyänen liegen oder verkaufen sie als Buschfleisch im nächstbesten Dorf.«

»Buschfleisch?«

»Fleisch aus dem Busch – von Wildtieren.«

»Sie essen dort *Giraffenfleisch?*«

»Wir reden von Afrika. Da ist der Tisch vielfältig gedeckt«, kommentierte er. »Wir sind alle Löwen – mal abgesehen von einer Handvoll Schätzchen wie diesen. Gottesgeschenke.«

Ich verzog das Gesicht, und der Alte Mann sah mich an, als wüsste er genau, was mir durch den Kopf ging, obwohl mir klar war, dass er meilenweit danebenlag.

»Glaubst du wohl nicht, hm? Nie einen Hasen zum Abendessen geschossen?«

»Natürlich.« Ich reckte das Kinn vor. »Einen Rammler erwische ich aus einer Viertelmeile Entfernung und breche ihn noch vor Ort auf.« Mit den Worten meines Pa im Ohr fügte ich hinzu: »Sind doch nur Tiere.«

»Wenn du das wirklich denken würdest, wärst du jetzt nicht hier«, entgegnete der Alte Mann. »Und du bist bestimmt froh zu hören, dass die Chefin Jäger nicht ausstehen kann. Hauptsächlich handelt sie mit Zookollegen aus aller Welt. Aber unsere zwei Schätzchen hier sind tatsächlich gerettet worden, nachdem ein Großwildjäger sie ihrem Schicksal überlassen hatte. Sie konnten sie nicht mehr auswildern, weil Giraffen nun mal Herdentiere sind und die Herde nicht mehr da war. Also hat sie einen Anruf gekriegt, und hier sind sie nun – weil doch jeder eine Giraffe sehen will. Und einige *müssen* sie sogar sehen. Wenn man bedenkt, was du auf dich genommen hast, um hier zu sein, scheinst du zu denen zu gehören, die sie sehen *müssen.*«

Ich muss einfach nur nach Kalifornien kommen, schoss es mir durch den Kopf.

»Ah, du denkst jetzt bestimmt: Du willst einfach nur nach Kalifornien kommen«, fuhr er fort, noch ehe ich überhaupt fertig gedacht hatte. »Aber du musstest auch die Giraffen sehen – du weißt nur nicht, warum, hab ich recht? Ich sag es dir. Weil Tiere das Geheimnis des Lebens kennen.«

Ich war lediglich an einem einzigen Geheimnis interessiert: zu überleben. Außerdem war ich überzeugt davon, dass er mich bloß auf den Arm nehmen wollte, und ich wartete nur darauf, dass er wieder anfing zu kichern. Stattdessen warf er den Giraffen mit derselben resoluten Zärtlichkeit, die ich schon in der Quarantänestation an ihm beobachtet hatte, über den Außenspiegel einen Blick zu und redete weiter.

»Tiere sind so, wie sie sind: vollkommen. Sie leben nach Regeln, die wir nicht kennen, und verfügen über ein Wissen, das über unseren eigenen dürftigen Horizont weit hinausreicht. Und Giraffen scheinen noch viel mehr zu wissen. Elefanten, Tiger, Affen, Zebras … Was immer du in ihrer Nähe fühlst – in der Nähe von Giraffen ist es noch mal etwas anderes. Gilt eindeutig auch für unsere beiden – trotz der Hölle, durch die sie gegangen sind.« Er hatte die Giraffen nicht aus den Augen gelassen. Dann stahl sich ein Lächeln auf sein Gesicht. »Mach dir ihretwegen aber keine Gedanken. Sie kommen in den San Diego Zoo, wo es hübsch warm ist und grün wie im Paradies und wo das ganze Jahr über eine angenehme Meeresbrise weht. Sie werden nie wieder Angst haben müssen, nichts zu fressen zu finden oder den Löwen zum Opfer zu fallen, und die ganze Stadt wird sie lieben – allein dafür, dass wir sie dort kennenlernen dürfen. So zumindest soll es sein. Denn diese elende Welt braucht dringend eine Art Naturwunder, das sie das Geheimnis des Lebens lehrt.« Er sah in meine Richtung. »Du hast zwei von diesen Schätzchen auf deiner Ladefläche. Du solltest die Gelegenheit beim Schopfe packen und sie danach fragen, solange du die Möglichkeit hast.«

Eine Bö fegte durchs offene Fenster, und er nahm seinen Hut ab und wedelte damit zwischen uns herum.

»Himmel noch mal, Junge, du musst dich echt waschen! Du stinkst wie ein ganzer Schweinekoben!« Ein paar Meilen vor uns tauchte die nächste Stadt auf. »Da. Da halten wir, besorgen uns etwas zu essen und suchen die nächstbeste Wasserpumpe. Anschließend parken wir an der Ausfallstraße und legen eine anständige Ruhepause ein.«

Und Rotschopf würde mich beim Giraffenchauffieren sehen! Ich sah in den Rückspiegel, doch der Packard war verschwunden, was mir merkwürdig vorkam.

Dann tat auch der Alte Mann etwas Merkwürdiges. Als ein gelb-roter Kastenwagen vor uns an einem Bahnübergang rechts ranfuhr, war er schlagartig angespannt und starrte die Geleise entlang, während wir darüber hinwegholperten.

Ich hingegen starrte etwas ganz anderes an. Ein Stück voraus am Ortseingangsschild parkte ein Streifenwagen – das gleiche Modell, das auch der Sheriff aus meinem County gefahren hatte. Ich war wie versteinert, bis mir aufging, dass es bloß der hiesige Cop war, der nun aus seinem Wagen sprang und uns zu sich winkte.

Lang wie breit kam er uns mit großen Augen entgegengewatschelt, um sich die Giraffen anzusehen. Dann bugsierte er uns auf einen Diner zu, aus dem Gäste strömten und Bedienungen samt zwei mit Schinken und Eiern beladenen Tellern auf uns zukamen. Sie stellten die Teller auf der Motorhaube ab, und im Handumdrehen hatte ich alles in mich hineingestopft – ehe mir dämmerte, dass ich auch die Portion vom Alten Mann verdrückt hatte. Ein Lokalreporter hatte ihn aufgefordert, mit den Giraffen für ein Foto zu posieren. Wilder Junge leckte gerade mit der langen Zunge dem dicken Cop übers Gesicht, während Mädchen ihm die Mütze vom Kopf stupste und die Menge vor Vergnügen johlte.

Während der Alte Mann auf ein neuerlich zubereitetes Frühstück wartete, sah er mit hochgezogener Augenbraue zu mir herüber. »Genug gegessen?«

Ich nickte belämmert. Dann tat ich ihm den Gefallen, lief zur Wasserpumpe des Diners und wusch mich notdürftig. Trotzdem war ich noch immer ein Dust Bowler, der keinem Frieden traute, nicht mal dem eigenen vollen Magen, weswegen ich durch den benachbarten Laden schlenderte und dort eine Kartoffel einsteckte. Als ich zu guter Letzt wieder am Steuer saß und der Alte Mann auf den Fahrersitz krabbelte, ließ er ein in braunes Papier eingeschlagenes Paket und einen Jutesack voller Zwiebeln und Äpfel zwischen uns fallen und fragte erneut: »Genug gegessen?«

Wieder nickte ich nur.

»Gut«, sagte er. »Denn wenn du noch mal etwas klaust, dann lasse ich dich am Straßenrand stehen. Ich kann Diebe und Lügner nicht ausstehen. Das will ich nicht noch einmal sagen müssen.«

»Yessir«, antwortete ich und tastete schon nach der Kartoffel in meiner Tasche, weil ich mir sicher war, dass er sie gleich von mir einfordern würde.

Stattdessen schob er das Päckchen in meine Richtung. »Mach das auf.«

Ich zerrte das Packpapier herunter. Darin lag eine Arbeitskluft, ein komplettes Outfit. Nagelneu.

»Zieh das an«, sagte er.

Ich starrte darauf hinab. Ich hatte keine Ahnung, was ich tun sollte – als wüsste ich nicht, wie man sich ankleidet. Allerdings ... wusste ich es *wirklich* nicht. Nicht, wenn es um neue Klamotten ging. Ich war siebzehn Jahre alt und hatte noch nie neue Klamotten bekommen, nicht einmal Unterhosen. Ich hatte immer nur abgelegte Sachen besessen. Ich nestelte an meinem geklauten Hemd.

»Jesus, Maria und Josef – Farmboy!«, maulte der Alte Mann. »Zieh dich dahinten um – und wasch dich diesmal erst *ordentlich.*«

Also suchte ich mir einen geeigneten Baum, hinter dem ich mich umziehen konnte, warf meine verschlissenen Sachen beiseite, schrubbte mich diesmal an der Pumpe *ordentlich* sauber und stieg anschließend in meine neuen Sachen. Es war bloß Arbeitskleidung – trotzdem fühlte es sich an, als würde ich feinsten Millionärszwirn anlegen. Bis zum heutigen Tag habe ich vermutlich nie wieder dieses Gefühl gehabt, das mir jene ersten brandneuen Kleidungsstücke bescherten. Ich streifte das löchrige Unterhemd ab, zog mir das neue über und badete gleichsam in der Vorstellung, dass meine Haut die erste war, die es berührte. Als Nächstes kam das neue Drillichhemd dran, und mit jedem Knopf strich ich es abermals glatt. Dann zog ich die Denimhose an, krempelte die Hosenbeine hoch, die wundersamerweise zu lang waren, und schnallte den neuen Gürtel so eng wie nur möglich. Der Alte Mann hatte mir sogar ein Paar Socken gekauft. Zuletzt kickte ich meine Stiefel von mir und zog stattdessen wahre Schönheiten an, die mir von all jenen Sachen das sündhaft-reichste Gefühl bescherten.

Auf dem Rückweg zum Truck zupfte ich alles zurecht. Der Alte Mann musterte mich und schnupperte in meine Richtung. »Schon besser.«

Weil ich mit Dankesbezeugungen nicht viel Erfahrung hatte, wusste ich nicht, was ich sagen sollte. »Ich zahl das zurück«, murmelte ich – was einem Dank so nah kam, wie es mir nur möglich war, und nach seinem Schulterzucken zu urteilen, hätte er mehr auch nicht entgegengenommen.

Ich ließ den Motor an, und die Leute fingen an zu johlen.

»Nehmen Sie bloß keine *wooden nickels* an!«, rief der dicke Cop uns nach, während ich wieder auf die Straße fuhr. Ich schnaubte leise. Nur weil mein Name ähnlich klang wie gewisse Wertmarken aus Holz, musste sich doch nicht alle Welt darüber lustig machen. Doch auch der Alte Mann konnte sich das Gackern nicht verkneifen. Mit einem amüsierten Seitenblick auf mich rief er zurück: »Zu spät!«

Was soll's, sagte ich mir. Ich war Giraffenchauffeur und fuhr diesen großen, schicken Transporter. In neuen Klamotten. Ich – Woodrow Wilson Nickel. Ich saß kerzengerade da, beäugte im Rückspiegel die leere Straße und war in Gedanken bei Rotschopf. Wenn sie mich nur so sehen könnte!

»Denk daran, du fährst uns nur bis D. C.«, sagte der Alte Mann, aber angesichts meiner Gefühlslage stieß er bei mir damit auf taube Ohren. Vielmehr löste sein Geschenk bei mir etwas gänzlich anderes aus: das Bedürfnis, ihm zu beichten, was an meinem letzten Dust-Bowl-Tag geschehen war und was mich bis in meine Albträume hinein verfolgte. Ja, so etwas bewirkte eine einzige freundliche Geste bei einem siebzehnjährigen Waisenjungen, der erstmals einen Hauch Glück empfand. Andererseits wusste ich auch, dass meine Chancen, bis Kalifornien weiterzufahren, mit meinem schuldbefeuerten Gestammel über eine grässliche Untat schlagartig zunichte wären. Also hielt ich den Mund.

Wir rumpelten einige Meilen weiter, und der Alte Mann hielt Ausschau nach einer geeigneten Stelle für die Giraffenpause. Als er ein Stück von der Straße zurückversetzt einen schön hohen Laubbaum entdeckte, gab er mir ein Zeichen, und ich brachte den Truck behutsam zum Halten. Der Alte Mann setzte sich seinen Fedora auf und stieg aus, und auch ich sprang nach draußen.

»Was meinst du – kannst du ein bisschen klettern, ohne dir dabei den Hals zu brechen?«, fragte er.

»*Yessir.*«

»Dann hör jetzt gut zu. Wir haben es hier mit Wildtieren zu tun und nicht mit Vieh von der Farm. Und für Wildtiere gilt: Sie sind entweder Jäger oder Gejagte. Jäger haben Pfoten, Gejagte haben Hufe. Giraffen – also Gejagte – können mit jedem ihrer Hufe jederzeit so tödlich zutreten, dass sie einem Löwen den Schädel oder das Rückgrat zerschmettern. Wenn du sie reizt, bringen sie dich mit den Vorderhufen um, und mit den hinteren machen sie dich zum Krüppel. Reiz sie also nicht. Sie treten sofort aus, allein schon, wenn sie nervös werden, und ich muss mich um diese Schiene kümmern … Bis hierhin, verstanden?«

»*Yessir.*«

»Gut. Dann mach jetzt die Dachluke auf, damit die Schätzchen ein bisschen was zu knabbern kriegen.«

Kaum dass der Alte Mann seinen Vortrag beendet hatte, war ich bereits nach oben geklettert und hatte die Luke entriegelt. Mädchens Schnauze schob sich mir entgegen – nur von Junge war nichts zu sehen. Ich spähte über die Kante nach unten. Er lag am Boden, hatte den riesenhaften Leib zusammengerollt, die Beine untergezogen, und was am allerschlimmsten war: Sein Hals war quer über den Rücken nach hinten verdreht. Panisch sprang ich nach unten und keuchte: »Junge liegt am Boden!«

Der Alte Mann öffnete die Einstiegsluke zu Junges Abteil. Das Tier lag direkt dahinter, sodass er es hätte berühren können. Der Alte Mann spreizte die Finger seiner knotigen Hand, so gut es ging, und strich Wilder Junge über den Hals. Der hob den Kopf, schleckte sich angesichts der Berührung genüsslich die Schnauze und kam neben Mädchen auf die Beine.

»Ein gutes Zeichen«, murmelte der Alte Mann in meine Richtung. »Sie mögen deine Fahrweise. Und das heißt: Ich mag deine Fahrweise.«

Ich war immer noch wie vom Donner gerührt. »Giraffen legen sich *hin?*«

Er zuckte mit den Schultern. »Haben sich die Pferde auf deiner Okie-Farm nie hingelegt?«

Schon. Aber das waren nun auch keine Giraffen gewesen. Und der Alte Mann hatte mit den Schultern gezuckt …

»Haben *Sie* schon mal gesehen, dass sich Giraffen hinlegen?«

»Kann ich nicht behaupten.« Er öffnete Mädchens Luke. »Und die paar wenigen Zoogrößen, die Giraffen halten, dürften dir sogar weismachen wollen, dass sie es *nicht* tun – außer sie sterben.«

Sterben? »Und woher wissen Sie dann, dass das so in Ordnung ist?«

»Das spüre ich«, sagte er. »Nur dass sie es wahrscheinlich nie gleichzeitig tun, schätze ich mal … nicht bis das Bein des Weibchens verheilt ist.«

»Und warum?«

»Wegen der Löwen. Einer muss Wache halten.« Dann bereitete er sich darauf vor, durch die Luke hindurch Mädchens Schiene zu kontrollieren, und schob die Schulter vor, bestimmt weil er glaubte, dass er ihr wieder ausweichen müsste. Sie stampfte bereits leicht auf, hatte schon mit ihm gerechnet. »Bleib auf Abstand!«, befahl er mir.

»Ich kann Ihnen helfen …«

»Nichts da«, blaffte er, schob erneut die Schulter vor, und Wildes Mädchen trat zu.

BAMM!

Ächzend taumelte er zurück.

Bevor er mich wieder zurückpfeifen konnte, griff ich tief in den Jutesack, kletterte die Steigleiter hinauf und hielt Mädchen durch die Dachluke eine Zwiebel hin. Sie schnappte sie mir gierig aus der Hand und erwartete sofort Nachschlag. Und genau wie in jener ersten Nacht in der Quarantäne beschnupperten mich beide nach weiteren Leckereien. Der

Alte Mann sah sich das Ganze eine Minute lang an. Dann brachte er vorsichtig seine Untersuchung zu Ende, während Mädchen dafür, dass sie nicht noch einmal austrat, eine Zwiebel nach der anderen bekam – und Junge bekam sie, weil Mädchen sie bekam und weil es so nur gerecht war.

Noch während die Giraffen mich erneut mit der Schnauze anstupsten, spürte ich den musternden Blick des Alten Mannes. Dann fischte er seine Schachtel Lucky Strike aus der Hemdtasche, klopfte eine Zigarette heraus, zündete sie an, ging an den Baumstamm gelehnt in die Hocke und winkte mich von der Leiter herunter. Ich sprang auf die Erde. Er hielt mir die Zigarettenschachtel hin. Tabak hatte damals in etwa die Begehrlichkeit von Kaugummi – sogar meine fromme Ma hatte zu Schnupftabak gegriffen, was nun wirklich das Widerwärtigste war, was man sich vorstellen konnte. Allerdings hatte ich für mein junges Alter schon mehr als genug Hustenanfälle gehabt und war klug genug, nicht auch noch zu rauchen; damit würde ich erst später anfangen, im Krieg. Als ich den Kopf schüttelte, schob er die Schachtel zurück in die Tasche, nahm einen tiefen Zug, lehnte sich am Baumstamm zurück und stützte die Arme auf den Knien auf. Die Zigarette hing zwischen seinen verstümmelten Fingern. Erstmals bekam ich sie richtig zu sehen – einer war nur noch zur Hälfte da, die anderen sahen aus, als hätte ein Raubtier darauf herumgekaut und sie wieder ausgespuckt, nur dass sie falsch verheilt waren.

»Wenn ich dir erlaube, dass du mir mit den Schätzchen hilfst«, sagte er langsam, »dann lass dich bloß nicht in der Transportkiste erwischen. Sie haben kein Gespür für ihre Größe. Selbst wenn sie dich lieben wie ihre eigene Mutter, brechen sie dir, ohne es zu wollen, den Arm oder das Bein. Und lass dich auch nicht davon täuschen, dass sie noch jung sind. Nach allem, was sie durchgemacht haben, und bei alledem, was wir ihnen abverlangen, sind sie genauso nervös, wie du es in ihrer Lage wärst. Haben wir uns verstanden?«

Ich nickte.

Er holte das Letzte aus seiner Zigarette heraus, schnippte den Filter auf die Straße, griff nach einem Wasserkanister und befüllte den ersten Eimer, während die Giraffen sich bereits zu ihm herunterbeugten. Als er begann, in seiner Giraffensprache auf sie einzureden, kam ich mir vor, als würde ich unerlaubt einer privaten Unterredung lauschen.

»Sie haben einen Sinn für Tiere, was?«, hörte ich mich selbst murmeln.

Er hielt mir den vollen Eimer hin. »Kann man so sagen.«

»Mein Pa meinte immer, das ist eine Schwäche.«

»Hört, hört.« Der Alte Mann befüllte den zweiten Eimer. »Sehe ich vielleicht schwach aus?«

»Nein … Aber er meinte immer, Gott hat uns die Tiere geschenkt, damit sie uns nützen, das ist die natürliche Ordnung, und wenn ein erwachsener Mann sich nicht daran hält, macht er sich zum Narren, weil wir sie doch nur essen oder abknallen, damit wir selbst überleben.«

»Und wir müssen weiß Gott überleben«, murmelte er vor sich hin.

»Sie sehen es also auch so?«

Sarkasmus war nichts, womit ich auf der Farm groß Kontakt gehabt hatte.

»Was?« Er hatte nur halb hingehört.

»Sehen Sie es wie mein Pa?«

»Na ja.« Er drückte mir den zweiten Eimer in die Hand. »Ich habe ja schon gesagt, dass wir alle Löwen sind. Und Löwen müssen sich wie Löwen verhalten, da haben sie keine Wahl. Wir Menschen schon. Im Übrigen hast du doch auch einen Sinn für Tiere, ob es dir und deinem Pa nun gefällt oder nicht.« Er nickte in Richtung der Giraffen. »Diese Schätzchen haben das sofort bemerkt. Bei Earl wussten sie ja auch, was für ein Mistkerl er war, und haben sich entsprechend verhalten, oder nicht?«

Die Giraffen stampften leicht auf, damit wir uns mit den

Eimern beeilten. Sobald ich sie zu den Luken trug, ließ der Alte Mann sich auf dem Trittbrett des Trucks nieder, zündete sich eine weitere Zigarette an und begann abermals, mich zu mustern. Ich spürte, wie sich mir die Nackenhaare aufstellten, je länger er mich anstarrte wie ein Berglöwe. Und je länger es anhielt, umso mehr bereute ich, dass ich ihn aufgefordert hatte weiterzureden.

»Weißt du, was eine Abdeckerei ist?«, fragte er schließlich. »Da hatte ich meinen ersten Job – obwohl ich dort in meinem Alter nie hätte sein dürfen. Nicht mit zwölf. Zum Abdecker wurden ausgediente Pferde gebracht, aus deren Knochen später Leim hergestellt wurde. Wir waren dafür zuständig, die Tiere zu erschießen und zu häuten. Die Felle wurden verkauft und das Fleisch an die anderen Tiere verfüttert. Die Aufgabe der Pfleger war es, die eigenen Tiere gesund und am Leben zu halten, und dafür brauchten sie Pferdefleisch. Sie kamen mit ihren riesigen Messern und schnitten sich die Stücke heraus, die sie für die Fleischfresser brauchten, für die Tiger und Löwen.«

»Im San Diego Zoo?«

»Lässt du mich mal ausreden? Nein, nicht im Zoo. Mein Job war es, den Judas zu spielen – ich habe die Pferde in seliger Ruhe zur Schlachtbank führen müssen, und im Handumdrehen war ich derjenige, der die Fleischstücke für die Fleischfresser herausschneiden musste. Ich habe mich nie daran gewöhnt. Ein Pferd ist so edel, wie ein Tier es nur sein kann. Aber weil ich im Grunde bloß ein kleiner Junge war und es mir nicht leisten konnte zu kündigen, bin ich stattdessen philosophisch geworden. Hab mir zurechtgelegt, wie dies womöglich eine letzte noble Geste dieser noblen Tierart war, verdammt … Und jetzt verrate ich dir ein Geheimnis: Ich habe ziemlich früh damit angefangen, mich bei jedem einzelnen Pferd zu bedanken – genau wie Lederstrumpf.«

Ich muss ihn ratlos angesehen haben.

»Lederstrumpf? *Wildtöter, Der letzte Mohikaner?* Grundgütiger, Junge – das sind *Bücher!* Von einem gewissen Mr Fenimore Cooper. Habt ihr die nicht in der Schule gelesen? Herrgott noch mal, ich hatte kaum das ABC gelernt, da hab ich sie alle verschlungen!« Mit leuchtenden Augen und weitschweifender Geste – mit derselben Hand, in der er auch die Lucky hielt – rief er: »›Des Raubes kann sich ein Mensch nirgends im Frieden erfreuen.‹«

Ich war mir recht sicher, dass er soeben aus einem Buch zitierte, aber das einzige Buch, aus dem ich je Zeilen gehört hatte, war die Bibel, und aus der hatte niemand je mit einer Zigarette in der Hand zitiert.

Er beugte sich zu mir vor. »Lederstrumpf hat in der Kolonialzeit gelebt, als Grenzmann – und war mit seinem überlangen Gewehr eine Legende. Der konnte auf einhundert Schritt einen springenden Hirschbock erlegen. Damals«, fuhr er fort und fuchtelte mit seiner Zigarette über Kopf, »gab es noch Wandertaubenschwärme, die so groß waren, dass sie den Himmel verdunkelten! Dass die Sonne gar nicht mehr zu sehen war! Die Leute haben sie mit ihren Donnerbüchsen zum Spaß oder um alberner Hutfedern willen vom Himmel geholt, bis die Vögel für immer verschwunden waren. Aber nicht dieser großartige alte Gauner. Lederstrumpf hat kein Tier je ohne guten Grund getötet, und wenn er sich einen Bock schoss, weil er etwas essen musste, hat er immer kurz innegehalten, um dem Bock dafür zu danken, dass er mit seinem Leben ein anderes rettete.« Der Alte Mann lehnte sich zurück. »Das hat mir als kleinem Jungen im Schlachthaus doch sehr zugesagt. Also hab ich es ihm gleichgetan. Tu ich noch heute. Andere sprechen ein Tischgebet, aber ich bedanke mich bei dem, was auf meinem Teller liegt. Ein Leben, das sich für mich geopfert hat.« Er legte eine Pause ein und rieb sich die verkrüppelte Hand. »Nicht mehr lange, und ich kann mich dafür revanchieren – und wenn es nur für die Würmer ist. Wenn es zu Ende geht, sind wir letztlich doch alle nur Fleisch. Im natürlichen Lauf der Dinge. Mir doch egal, was aus meinem Fleisch wird, wenn ich es nicht mehr brauche.« Er stemmte sich hoch. »Nicht dass ich mich nicht freuen würde, wenn sich dann jemand bei mir bedankt.«

Er nahm einen letzten Zug von seiner Zigarette, zermalmte den Stummel unter seinem Stiefel und kletterte in den Truck – und überließ es mir allein, uns abreisefertig zu machen, sei es, weil er in Gedanken immer noch bei Lederstrumpf war oder weil er mir inzwischen vertraute. Ersteres, nahm ich an. Allerdings würde ich ihm beweisen, dass ich auch Letzteres wert wäre. Ich stellte die Eimer zu den Kanistern, wo sie hingehörten, schloss die Luken, und als ich schließlich einstieg, saß er bloß da und betrachtete die Straße. Ich legte bereits den Gang ein, als er endlich meine Frage beantwortete, die ich selbst schon fast vergessen hatte.

»Leben ist Leben, Junge, ganz gleich, um welches es geht – und man muss es respektieren. Wenn einer das nicht versteht, dann ist er nichts wert.« Er gestikulierte vage in Richtung Straße. »Und jetzt los, sonst wird es gleich dunkel.«

Als ich den Truck zurück auf die Straße steuerte, war ich immer noch leicht verwirrt, weil mehr auf mich eingeprasselt war, als mir insgeheim lieb war. Der Alte Mann war von Pa und Cuz und jedem anderen erwachsenen Mann, den ich gekannt hatte, so weit entfernt, wie man nur entfernt sein konnte, auch wenn man es ihm nicht ansah. Äußerlich wirkte er ebenso raubeinig wie jeder andere, aber sobald er den Mund aufmachte, kam eine Überraschung nach der anderen. Dass da noch viel größere, mich vollends überwältigende Überraschungen warteten, ahnte ich nicht. Genau genommen war ich noch immer derart überfordert von allem, was er gesagt hatte, dass es eine geschlagene Meile dauerte, bis ich erstmals wieder daran dachte, den Rückspiegel nach Rotschopf abzusuchen.

Doch die Straße war immer noch leer.

Eine ganze Zeit lang waren wir wohltuend schweigend unterwegs. Als dann aber vor uns der nächste Bahnübergang auftauchte, schien der Alte Mann erneut nervös zu werden. Noch während wir auf den Übergang zufuhren, blinkte die Warnleuchte auf, und die Schranken wanderten nach unten. Ein Zug näherte sich. Kein Personenzug und auch kein Güterzug wie jene, auf die ich schon aufgesprungen war – es war ein Zirkuszug, in leuchtendem Gelb und Rot, den gleichen Farben, die auch den Kastenwagen geziert hatten, der früher am Tag vor uns hergefahren war. Nicht dass der Zug ein Dutzend Waggons gehabt hätte, doch in meinen Augen sah er unendlich lang aus. Der Bahnübergang lag inmitten ebenen Weidelands, hier und da ein paar zerzauste Bäume, und ich konnte die Bilder auf den Waggons schon von ferne erkennen. Wie würde es erst sein, wenn wir direkt vor den Geleisen stünden – wir hätten Tiere und Menschen direkt vor Augen!

Doch der Alte Mann hielt mich zurück. »Stopp – wir bleiben *hier.*«

Auf Höhe der zerzausten Bäume fuhr ich rechts ran. Binnen weniger Sekunden musste ich gleich zwei Fahrzeuge an uns vorbeiwinken – eine Oldsmobile-Limousine mit Nummernschildern aus New Jersey und einen rostigen Chevy. Glotzend krochen sie an uns vorbei, und dann waren sie es, die sich Auge in Auge den Zirkusleuten gegenübersahen, als der Zug tutend und pfeifend den Bahnübergang erreichte.

Bowles & Waters Wanderzirkus Extravaganza, stand auf dem schicken Pullmanwaggon, der vorneweg fuhr. Als Nächstes kam die Zirkusorgel auf einem eigenen Wagen, anschließend ein Löwe in einem verschnörkelten Käfig. Dann die Elefanten und Pferde – jede Menge Pferde. Aber keine Giraffen. Damals hatte außerhalb Afrikas kaum einer je eine Giraffe gesehen. In feinen Ostküstenzoos versuchten sie in einem fort, welche zu bekommen, doch die Kälte brachte die Tiere ziemlich bald um. Auch Zirkusse versuchten, Giraffen zu halten, nur dass das ständige landauf, landab für die Tiere nicht das Richtige war und sie noch schneller starben als im Zoo. Obwohl ich natürlich gewusst hatte, dass sie besonders waren, war mir nicht klar gewesen, *wie* besonders – und wie begehrt. Aber das würde ich alsbald herausfinden.

Die Giraffen reckten die Hälse nach dem laut ratternden Zug, und die Nerven des Alten Mannes waren zum Zerreißen angespannt. Unvermittelt stieß er die Beifahrertür auf und sprang hinaus. »Hilf mir, die Köpfe reinzudrücken! Wir wollen keinen Ärger!«

Das hörte sich nicht gut an – vor allem weil es längst zu spät dafür war, die Luken zu schließen. Der Zug war schließlich schon da.

Und im selben Moment auch der Packard.

Als ich gerade die Steigleiter nach oben kletterte, schoss er wie ein grüner Blitz an uns vorbei. Nachdem sie schlitternd hinter den anderen Wagen am Bahnübergang zum Stehen gekommen war, sprang Rotschopf in ihrer lockigen Pracht mit der Kamera in der Hand auf die Straße. Sie fotografierte den Zug, die Waggons, dann uns – und als sie mich entdeckte, war sie so überrascht, dass sie die Kamera sinken ließ und nur mehr mich anstarrte, der ich sie anstarrte. Und *wie* ich sie anstarrte.

»Beeilung, Junge!«, brüllte der Alte Mann zu mir hoch.

Aus dem alten Chevy kam ein Mann auf uns zugerannt. »Da soll mich doch der Teufel holen! Sind das nicht Giraffen? Gehört ihr zum Zirkus?«

Ich war so sehr damit beschäftigt, Mädchen zurückzudrängen, um das Fenster zu schließen, dass ich nicht antwortete. Ich brauchte mehrere Versuche, ihren riesigen Schädel dorthin zurückzuschieben, wo er nicht hingeschoben werden wollte, und riss irgendwann die Arme hoch und sah zu dem Alten Mann, der mich gleich unter Garantie zusammenstauchen würde. Doch inzwischen war der Zug vorübergefahren, und er glotzte ihm so konzentriert hinterher, dass ihm fast die Augen aus dem Kopf fielen.

Die Familie aus dem Oldsmobile gesellte sich ebenfalls zu uns. »Ich weiß, wer Sie sind!«, frohlockte die Mutter, die ihre kleinen Kinder vor sich her manövrierte. »Ich hab über Sie in der Zeitung gelesen! Guckt mal, Kinder – die fahren nach Kalifornien! Das sind die Hurrikan-Giraffen! Sie ziehen zu Belle Benchley in den San Diego Zoo! Wir haben Mrs Benchley in den Nachrichten gesehen, nicht wahr, Kinder?«, fuhr sie fort, doch der Alte Mann hörte gar nicht hin. Sein Blick war immer noch auf den kleinen roten Zirkuszug-Begleitwaggon gerichtet, von dem ein Banner flatterte: *Heute Abend D. C.!* Als der Zug in eine Kurve fuhr und schon fast außer Sicht war, trat ein dickwanstiger, schnauzbärtiger Mann auf die hintere Trittstufe und starrte gerade noch rechtzeitig zu uns zurück. Mit stählernem Blick.

Der Alte Mann fluchte in sich hinein.

Obwohl die Bahnschranken jetzt wieder nach oben wanderten, wollte niemand der Wartenden aufbrechen, solange wir nicht aufgebrochen wären, weshalb wir sie letztlich sogar überholen mussten. Während die Giraffen den Wagen nachsahen, überquerten wir die Geleise und fuhren kurze Zeit später um dieselbe Kurve wie zuvor der Zug. Ich sah im Außenspiegel nach hinten zu Rotschopf, bis sie außer Sicht war, und fragte mich insgeheim, ob der Alte Mann sie bemerkt hatte. Doch er schien in Gedanken immer noch bei dem Zirkuszug zu sein.

Als die Straße sich irgendwann von den Geleisen entfernte, verkündete der Alte Mann: »Wir halten hier irgendwo, übernachten und fahren erst morgen nach D. C.« Es war noch eine volle Stunde bis Sonnenuntergang, insofern fand ich auch das reichlich merkwürdig. Aber nachdem er immer noch vorhatte, mich in D. C. loszuwerden, und ich dringend mehr Zeit benötigte, um ihn vom Gegenteil zu überzeugen, hielt ich lieber den Mund.

Keine Meile später bogen wir ab auf eine kleine Anlage namens Round's Roadside Auto Rest. Im Großen und Ganzen bestand sie aus vier baufälligen Hütten und ein paar Peddigrohrstühlen, die im Kreis um eine Feuerstelle im Hof herumstanden. Eine untersetzte Dame mit grauem Dutt und zwei erwachsene Töchter begleiteten den Alten Mann nach draußen, um sich die Giraffen anzusehen. Alle drei Frauen wischten sich die Hände an ihren Schürzen ab. Dass es sich bei dem Autohof um ein Familienunternehmen handelte, war nicht zu übersehen, weil das holzverkleidete Wohnhaus an der Straße zugleich als Büro und Café diente, sofern man einen Tisch und sechs Stühle als Café bezeichnen wollte. Die Mutter zeigte auf die letzte Hütte in der Reihe, die einem hübschen Eichenwäldchen am nächsten stand und ihrer Meinung nach für unser Gefährt der beste Halteplatz wäre. Dort ließen wir uns häuslich nieder. Nachdem wir die Giraffen versorgt hatten – einschließlich des obligatorischen Trittes nach dem Alten Mann, Zwiebelablenkung und Laubknabbereien –, brachten die drei Frauen uns Fleischpasteten, Kartoffeln und Kokoskuchen. Staunend beobachtete ich, wie höflich und zuvorkommend der Alte Mann sich ihnen gegenüber verhielt; so kannte ich ihn bislang nicht. Du hättest hören sollen, wie er die Damen umgarnte: »Aber Mrs Round, das wäre doch nicht nötig gewesen!«, und: »Verbindlichsten Dank, Ma'am!« Ein echter Charmeur.

Als sie wieder weg waren, ertappte er mich dabei, wie ich ihn skeptisch ansah, und scheuchte mich in Richtung der Hütte. »Ich übernehme die erste Schicht. Leg du dich schlafen.«

»Ich bin noch nicht müde«, erwiderte ich, weil ich ihm nicht erzählen wollte, dass ich lieber gar nicht schlief.

»Meinetwegen, dann tauschen wir. Ich löse dich später ab.«

Und da stand ich nun mit den Händen in den Taschen und überlegte, was ich tun sollte.

Er zeigte in Richtung des Feuers. »Da stehen Stühle. Von dort kannst du die Giraffen sehen.«

Also schlenderte ich hinüber und setzte mich.

Mittlerweile war es dunkel geworden. Nur ein weiterer Wagen stand auf dem Autohof, allerdings konnte ich ihn nicht genau erkennen, weil das einzige Licht mein kleines Feuerchen war. Ich kniff die Augen zusammen – und setzte mich jäh auf.

Es war ein Packard. Und je fester ich die Augen zusammenkniff, umso grüner wurde er.

Ich stellte den Stuhl so hin, dass ich sowohl den Truck als auch den Packard sehen konnte, und wartete ab. Richtete meine neuen Klamotten und setzte mich hin, als wäre ich dürrer Tropf ein erfahrener, entspannter Trucker. Über mir flammte ein Stern nach dem anderen auf. Der Große Wagen schwebte über mir. Dann ging die Tür zu einer der Hütten auf, und *sie* kam heraus.

»Schlaks, *du* bist das!«, rief Rotschopf, kam näher – »Darf ich mich zu dir gesellen?« – und setzte sich. Im Licht des Lagerfeuers loderte ihr Haar so rot, dass ich schon glaubte, es würde in Flammen aufgehen. Aus der Nähe konnte ich sehen, dass sie überall Sommersprossen hatte, diese für Rothaarige typischen Sommersprossen, die Frauen sonst gern mit einer dicken Schicht Schminke vertuschten. Sie nicht. Überdies stellte ich fest, dass sie nicht allzu viel älter sein konnte als ich, trotz ihrer schicken Klamotten und des schicken Wagens. Sie war sicher kaum älter als neunzehn oder zwanzig, sah aber erwachsener aus, als gut für sie war – und in jenem Moment auch gut für mich.

»Ich kann nicht fassen, dass *du* die Giraffen fährst!«, sagte sie. »Ist der andere weg?«

Ich nickte.

»Ich selbst bin ja nicht gerade die beste Fahrerin … Hab erst vor Kurzem angefangen. Stadtkind, du weißt schon. Du musst echt ein Spitzenfahrer sein«, sagte sie.

Ich lächelte und machte mich größer. Wenn ich nicht bald etwas herausbrächte, würde sie mich für komplett verblödet halten. Ich räusperte mich, fand meine Stimme wieder. »Fährst du uns nach?«, fragte ich einen Hauch zu laut.

»Macht euch doch nichts aus, oder?«

Ich schüttelte den Kopf.

Sie spähte zum Truck. Von hier konnten wir die Giraffen sehen, wie sie die Schnauzen aus der Dachluke reckten und an den Zweigen knabberten. Sie grinste von einem Ohr zum anderen. »*Giraffen!* Ist das zu glauben?«

Ich zuckte mit den Schultern – ziemlich frech, als wäre es das Normalste auf der Welt. »Sind doch nur Tiere.«

»Nur Tiere?« Sie sah mich an, als wären mir zwei Köpfe gewachsen. »Das sind *nur Tiere?* So wie das Empire State Building *nur ein Gebäude* ist?« Ihr Blick wanderte zu dem riesigen Muttermal an meinem Hals. Sobald sie bemerkte, dass ich es bemerkt hatte, hielt sie ihr Handgelenk hoch – auch sie hatte ein Muttermal. Es sah aus wie ein Vogel. »Ein Muttermal bringt Glück, stimmt's?«

»Also, ich weiß nicht ...« Zu Hause hatte ich immer gehört, dass es ein Teufelsmal sei, aber das würde ich ganz sicher nicht erwähnen.

»Also, du scheinst mir wirklich ein Glückspilz zu sein«, fuhr sie fort. »So was von!« Eine Weile sahen wir den Giraffen zu, und es war unangenehm lange still, bis sie schließlich fragte, ohne mich dabei anzusehen: »Warum hast du eigentlich Lionel geschlagen?«

Ich setzte mich aufrecht hin. »Weil er dich am Arm gepackt hat.«

»Ich kann auf mich selbst aufpassen, weißt du?« Trotzdem schien sie sich insoweit zu entspannen, als ich schon glaubte – hoffte! –, dass ihr meine Antwort gefallen hatte.

Im selben Moment fingen die Giraffen an wiederzukäuen und zogen die Schnauzen zurück.

»Oh ... Oh nein!« Sie sah erschüttert aus. »Wäre es möglich ... dass ich sie noch mal sehe? Oder ist es dafür schon zu spät?«

Jetzt hatte meine Stunde geschlagen. Hatte der Alte Mann nicht den lieben langen Tag Leute an die beiden herangelassen? Außerdem hatte ich Rotschopfs Notizen gelesen. Sie wollte eine Giraffe streicheln – und ich konnte ihr diesen Wunsch erfüllen.

Ich zögerte kurz. Sie sah mich offen wie eine frisch erblühte Rose an – und es war um mich geschehen.

Nachdem ich die Ohren gespitzt und den Alten Mann schnarchen gehört hatte, führte ich sie durch die Schatten des Feuerchens auf unseren Truck zu. Sobald ich den ersten Schritt auf das Trittbrett gesetzt hatte, schoben die Giraffen abermals die Köpfe aus den Fenstern, und ich hörte, wie Rotschopf aufkeuchte – ein Laut, wie man ihn für alle Zeiten hören wollte. Ich sprang wieder nach unten und wollte ihr schon auf die Trittstufe helfen, aber sie brauchte keine Hilfe. Sie setzte bloß einen ihrer zweifarbigen Schuhe auf, den anderen stemmte sie gegen die Felge, und dann streckte sie sich nach den Giraffen aus.

Während sie deren Bekanntschaft machte und die Beine mal hierhin, mal dorthin ausstreckte, war ich vom Anblick ihrer Hose wie gebannt. Genau wie ich sie dabei ertappt hatte, wie sie mein Muttermal angestarrt hatte, ertappte sie mich nun dabei, wie ich ihre Beine anstarrte.

»Schlaks?«

Mir stieg die Hitze in die Wangen. »Ich hab noch nie eine Frau in einer Hose gesehen.«

Sie lachte. »Na, ich werde bestimmt nicht die Einzige bleiben, darauf kannst du wetten!« Dann kletterte sie gelenkig wie eine Katze bis hinauf aufs Dach, setzte sich rittlings auf die Trennwand zwischen den Giraffenabteilen und grinste mich an, als wollte sie fragen: *Worauf wartest du noch?*

Ich drehte mich so hektisch nach der Hütte des Alten Mannes um, dass nicht viel gefehlt hätte, und mir wäre der Kopf von den Schultern geflogen. Sein dröhnendes Schnarchen war immer noch unüberhörbar, also straffte ich die Schultern und kletterte ebenfalls hoch. Im selben Moment, da ich ihr gegenüber auf die Trennwand rutschte, zogen die Giraffen die Köpfe zurück, die sie durchs Fenster gestreckt hatten, nur um sie anschließend aus der Dachluke zu schieben. Mädchen stupste mich so hart nach Zwiebeln an, dass ich mich an ihrem großen Kopf festhalten musste, um nicht herunterzufallen. Rotschopf hatte unterdessen eins von Junges Hörnern berührt und wurde dafür mit Giraffenspucke getauft, was bei den meisten Frauen wohl Schreikrämpfe ausgelöst hätte – nicht jedoch bei Rotschopf.

Sie wischte sich lachend mit der Hand über das Gesicht und die seidige Bluse, während sie mit der anderen Hand Junges breiten Kiefer tätschelte. Das Tätscheln ging in liebevolles Streicheln über, und sie schien sich vollkommen zu entspannen. »Ich berühre eine Giraffe …« Sie seufzte auf und klang dabei so entrückt, als würde sie gleich entschweben. »Sie nur zu *betrachten,* ist schon wunderbar! Ich kann Afrika gleichsam vor mir sehen … all die Wunder dieser Welt, die nur darauf warten, gesehen zu werden.« Sie bedachte mich mit einem Blick voller ungezügelter, überbordender Freude, sodass ich schon glaubte, gleich würde sie mich küssen. Und obwohl ich mir in der Quarantänestation Nacht für Nacht vorgestellt hatte, wie ich Augusta Rotschopf küssen würde, verspürte ich in diesem Augenblick eine Heidenangst. Vielleicht hätte ich ja tatsächlich herausgefunden, wie es sich in Wirklichkeit anfühlt, hätte Mädchen mich nicht im selben Moment zur Seite gestoßen. Und Rotschopf richtete all ihre Aufmerksamkeit wieder auf Wilder Junge, den sie mit Liebkosungen überschüttete. »Sie *sind* aber auch unfassbar, findest du nicht?«

Ich versuchte verzweifelt, beim Anblick dieser Streicheleinheiten nicht vollends zu zerfließen, überlegte fieberhaft, was ich sagen konnte und sollte, und unwillkürlich platzte eine der Warnungen des Alten Mannes aus mir heraus: »Sei vorsichtig, ja? Sie haben kein Gespür für ihre Größe.«

Junge leckte sich die Schnauze, während Rotschopf ihn weiter streichelte. »Aber sie sind doch nicht gefährlich?«

Im selben Moment stieß Mädchen mich abermals mit dem Kopf an. »Wenn sie austreten, können sie mit ihren Hufen den Schädel eines Löwen zertrümmern«, murmelte ich und tastete grummelnd nach einem besseren Halt.

Rotschopf hielt inne. »Du hast gesehen, wie sie *austreten?*«

»Diese hier, ja.« Ich nickte auf Mädchen hinab, die inzwischen fast die ganze Schnauze in meine Tasche geschoben hatte. »Sie hat den Alten Mann ordentlich erwischt. Nicht dass sie ihn in die ewigen Jagdgründe schicken wollte – zumindest *noch* nicht ...«

»Dann ist sie temperamentvoll. Das ist gut.« Rotschopf tätschelte ihr den Kopf. Dann sah sie wieder zu Junge. »Aber der hier ist ein Gentleman, stimmt's?« Er reagierte, indem er seine Schnauze in Rotschopfs Schritt schob, woraufhin sie anfing, sich zu winden, und ich ihm für sein unfeines Benehmen fast einen Klaps verpasst hätte. Als er mit seinem Giraffenunschuldsblick aufsah, musste sie wieder lachen. »Ein Gentleman *und* ein Schlitzohr – umso besser!« Dann versank sie erneut in Träumereien, fuhr mit den Fingerspitzen über einen diamantförmigen Fleck auf seinem Kiefer, als könnte sie gar nicht glauben, dass der Fleck echt war. Selbst ihre Stimme klang weich und verträumt. »Wusstest du, dass du nicht der Erste bist, der eine Giraffe quer durch ein Land befördert? Vor ungefähr einhundert Jahren hat der Herrscher von Ägypten dem König von Frankreich mal eine geschenkt. Sie wurde erst per Schiff und die restlichen fünfhundert Meilen auf dem Landweg nach Paris gebracht. Kannst du dir das vorstellen?« Und noch weicher, noch verträumter: »Das ganze Land war schier verrückt danach – Frauen trugen Giraffenfrisuren, Männer himmelhohe Giraffenhüte ... Es heißt, *einhunderttausend* Leute hätten staunend die Straßen gesäumt, als die königliche Kavallerie die Giraffe bis in den Königspalast eskortiert hat.« Sie strich an Junges Hals entlang, und er rekelte sich genüsslich. »Und bereits ein paar Hundert Jahre zuvor hatte ein ägyptischer Sultan eine Giraffe nach Florenz verschickt. Auf einigen Plätzen der Stadt und in Parks kann man tatsächlich noch Fresken und Gemälde davon sehen. Es gibt sogar ein Sternbild, das danach benannt wurde!« Sie blickte in den Himmel. »Angeblich kann man es über Nordmexiko sehen. Vielleicht sehen wir es ja, wenn wir durch die Wüste fahren?« Dann seufzte sie wieder, diesmal so leise, dass ich es fast überhört hätte, und ich hätte es wirklich, *wirklich* nicht überhören wollen.

Junge fing erneut an wiederzukäuen, und Mädchen gab ihre Suche nach Zwiebeln auf und tat es ihm gleich. Dabei hinterließ sie Speichel auf meinen neuen Klamotten. Ich wischte ihn ab. »Du weißt eine Menge über Giraffen.«

Als ich sie wieder ansah, betrachtete sie die beiden auf die gleiche Weise wie der Alte Mann. »Sie stehen für all das, was ich nie getan oder gesehen habe, außer vielleicht in Büchern. Sie könnten genauso gut aus einem Loch im Himmel auf der Erde gelandet sein – durch einen Hurrikan direkt vor meinen Augen an Land geweht! Sobald ich sie zu Gesicht bekam, wusste ich, was ich zu tun hatte.« Sie streichelte die Giraffen ein letztes Mal und sprang zurück auf die Erde, ohne dass ich auch nur die Chance gehabt hätte, ihr nach unten zu helfen.

Als ich neben ihr landete, presste sie sich die Hand an die Brust und strahlte mich an. »Das war … wunderbar«, keuchte sie. »Oh, Schlaks, ich …« Unversehens nahm sie mich so fest in die Arme, dass sich meine gebrochene Rippe unsanft bemerkbar machte. Dann trat sie genauso schnell wieder zurück, als hätte die Umarmung sie selbst überrascht. »Tut mir leid … aber du ahnst nicht, was mir das gerade bedeutet hat. Vielen, vielen Dank!« Sie versuchte, wieder einigermaßen zu sich zu finden.

Ich selbst war mitnichten in Eile, zu mir zu finden, weil ich immer noch den warmen Schmerz ihres Körpers fühlte, der sich an mich gepresst hatte, und die Erleichterung darüber, dass der Alte Mann mich genötigt hatte, mich zu waschen.

Als wir zu unserem Feuer zurückschlenderten, holte sie tief Luft und seufzte abermals auf. Dann strich sie sich fast geschäftsmäßig die Locken aus dem Gesicht und zückte ihren Schreibblock. »Weiß Mr Jones, dass ich euch hinterherfahre?«

»Ich glaube nicht.«

»Dann erzähl ihm noch nichts. Ich will erst die Möglichkeit haben, ihn zu beeindrucken. Vielleicht könntest du uns später miteinander bekannt machen?«

»Klar, aber woher weißt du überhaupt, wie er heißt?«

»Stand in der Zeitung. Die Giraffen haben überall Schlagzeilen gemacht.« Sie zog einen Zeitungsausschnitt aus ihrem Block und drückte ihn mir in die Hand. Im flackernden Licht des Lagerfeuers erkannte ich den Artikel wieder, den ich an der Quarantänestation in ihrem Schreibblock entdeckt hatte: **GIRAFFEN ÜBERLEBEN HURRIKAN AUF HOHER SEE** von »Mister Starreporter« Lionel Abraham Lowe. Und ja, da stand der Name des Alten Mannes, *Riley Jones.*

»Behalt ihn.« Sie grinste. »Es stand in der Zeitung, und somit geht es in die Geschichte ein. Und auch du gehst in die Geschichte ein.«

Während ich den Artikel in meine brandneue Brusttasche schob, war Rotschopf derart aufgedreht und wippte so eifrig auf ihren Absätzen, dass die Sommersprossen zu verrutschen drohten. Trotzdem war sie in meinen siebzehnjährigen Augen schön wie ein Leinwandstar. Ich spürte, wie mir erneut die Hitze in die Wangen stieg, und sah eilig weg, weil ich mir sicher war, dass die Schatten meine hochroten Wangen diesmal nicht verhehlen konnten. Ich trat von einem Fuß auf den anderen und befahl mir stumm, mich schleunigst wieder zu beruhigen.

»Erzähl mir deine Geschichte, Schlaks«, hörte ich sie sagen.

Ich tat so, als musterte ich das Lagerfeuer, und murmelte: »Ich habe keine Geschichte.«

»Aber klar. Jeder hat eine Geschichte.«

Ich drehte mich zu ihr um. »Und wie geht deine?«

Schlagartig sackten ihre Mundwinkel nach unten, und sie hörte mit dem aufgeregten Wippen auf. Dann bedachte sie mich mit einem angespannten Lächeln, das ich nicht deuten konnte.

»Niemand mag traurige Geschichten«, sagte sie schließlich. »*Du* hingegen hast eine, die gut ist, das kann ich spüren. Du hast ein Gesicht wie von einem Dust-Bowl-Foto – bist du ein Okie? Erzähl mir, was dich hierhergeführt hat, und es wird im *Life Magazine* stehen.«

Sogar Farmboys hatten hier und da Ausgaben des *Life Magazine* zu Gesicht bekommen – näher an einen Fernseher kam unsereins damals nicht heran. Die Zeitschrift war auf jeder schimmernden, bunt bedruckten Seite randvoll mit Bildern der Welt, besonders mit Bildern von schönen Frauen. »Du arbeitest für das *Life Magazine?*«

»Ich mache eine Fotoreportage«, erklärte sie und nahm die Hände hoch, als zückte sie ihre Kamera. »›Während die Nation angesichts der Wirtschaftskrise und des drohenden Kriegs in Europa zusehends ins Wanken geriet, sorgte ein Giraffenpärchen, das auf hoher See einen Hurrikan überlebt hatte, allenthalben für dringend benötigte Aufmunterung, als es quer durch das ganze Land zum San Diego Zoo chauffiert wurde, wo Zoodirektorin Mrs Belle Benchley bereits auf sie wartete.‹« Dann zuckte ihr Zeigefinger, als würde sie ein Foto schießen. »Es sind die Fotos, die so eine Geschichte ausmachen. Ohne Fotos könnte es die nächste Wiederauferstehung Christi sein, und *Life* würde es nicht bringen. Ich will auch eine Fotoreportage über Belle Benchley machen, sobald ich dort bin. Ich werde die nächste Margaret Bourke-White!«

»Die nächste *wer?*«

»Die erste Frau, die ihre Fotos im *Life* untergebracht hat«, erklärte sie. »Wenn du das *Life* jemals in der Hand hattest, hast du ihre Fotos gesehen. Sie ist eine der ganz Großen.«

Meine Unwissenheit fühlte sich an, als würde ich am Ufer eines Meeres aus Rosenwasser bis zum Hals in Pferdemist stehen, und mit einem flüchtigen Blick auf den Packard im Schatten war ich drauf und dran, es noch schlimmer zu machen. Damals fuhren Frauen nicht auf dem Highway, nicht als *Fahrerinnen.* Erst recht keine Damen. Nie im Leben. Und so platzte es aus mir heraus: »Hast du keine Angst, so allein auf der Straße?«

Sie stutzte. »Wie kommst du darauf?«

»Na ja, du bist doch ein Mädchen«, erwiderte ich spontan.

Etwas flammte in ihren Augen auf, und sie bedachte mich mit einem so entnervten Blick, als hätte er ein Eigenleben und wollte mich anfahren: *Oh, Schlaks, nicht du auch noch!*

Ich hätte mich entschuldigen sollen. Stattdessen wurden mir unter dem feurigen Blick aus ihren haselnussbraunen Augen die Knie weich, und ich spürte, wie ich wieder errötete. In dem verzweifelten Versuch, darüber hinwegzutäuschen, murmelte ich: »Ich meine ja nur, hier draußen allein – das ist doch gefährlich.«

Ich war ein hoffnungsloser Fall, und sie sah es mir an. Das Lodern in ihrem Blick beruhigte sich wieder. Dann spähte sie zurück zum Truck, und der Hauch eines Lächelns kehrte zurück. »Na ja, jetzt bin ich ja nicht mehr allein, oder?« Lässig reckte sie das Kinn vor und fragte: »Wie wär's mit folgendem Deal? Du hilfst mir, diese Story zu landen, und ich revanchiere mich mit etwas, was du dir aussuchen darfst.« Sie hielt mir die Hand hin. »Einverstanden?« Sie war eindeutig auf einen Handschlag aus, also schlug ich ein, und ihr Händedruck war fest wie der eines Mannes.

»Wir halten das hier rein geschäftlich«, sagte sie, während sie mir noch immer die Hand schüttelte.

»Okay.«

»*Rein* geschäftlich.«

»Okay.«

»Mich braucht keiner zu retten oder zu beschützen«, fuhr sie fort.

»Okay.«

»Dann haben wir einen Deal«, sagte sie, und wir hörten auf, uns die Hände zu schütteln. Oder vielmehr: Sie hörte auf.

Im schwindenden Licht des Lagerfeuers hatte ich das Gefühl, dass sie gleich gehen würde. »Ich heiße Woody«, sagte ich. Meinen Nachnamen verschwieg ich, weil ich befürchtete, sie könnte ebenfalls lachen, wie der Alte Mann.

»Ich heiße Augusta.«

»Augie«, murmelte ich. So hatte der Reporter sie genannt.

»So nennt mich nur ein Mensch auf der Welt, und das auch nur, um mich zu ärgern.« Wieder dieses angespannte Lächeln. Dann wandte sie sich in Richtung der Hütte, ihre Locken wippten auf und ab, als wären sie ebenso lebendig wie Augusta selbst, und es zerriss mir schier das Herz. »Wir sehen uns dann unterwegs, Woody«, sagte sie über die Schulter.

Ich hätte gern noch etwas gesagt, was ein echter Giraffenfahrer sagen würde, oder irgendetwas, was ein Clark Gable gesagt hätte. Stattdessen rief ich ihr hinterher: »Mit Nachnamen heiße ich Nickel.«

Sie sah zu mir zurück. »Dann fahr schön vorsichtig, Woody Nickel.« Und sie lachte nicht.

Ich sah ihr nach, bis die Dunkelheit sie vollends verschluckt hatte. Anschließend schürte ich das Feuer an, setzte mich und hielt noch ein paar Stunden Wache, und mir schwirrte der Kopf vor lauter Mädchenhosen und Magazinen und Paris und alten Gemälden und Giraffen, die auf die Erde herabschwebten. Die Zeit verging wie im Flug. Ich meinte sogar, die Giraffen wieder summen zu hören, genau wie ich es mir in der Quarantäne eingebildet hatte. Doch als ich näher ging, um zu lauschen, hörte ich lediglich den Wind im Laub wispern. Also kehrte ich zurück ans Feuer und zu meinen wirren Gedanken.

Der Alte Mann tauchte erst auf, als das Feuer bereits heruntergebrannt war und die Sterne weitergezogen waren, ohne dass ich es bemerkt hatte. »Du bist mit Schlafen dran, Junge.« Er fachte das Feuer wieder an. »Und mach die Dachluke zu, bevor du gehst.«

5

Im Schlaf

In der Hütte des Autohofs, in der ich noch immer Rotschopfs warme Umarmung im schmerzenden Brustkorb spürte, fühlte ich mich in die Quarantänestation zurückversetzt und zu jenem Kuss aller Küsse, zu dem es wunderbar gefahrlos bloß in meinem Kopf gekommen war. Doch diesmal hielt mich die Erinnerung daran nicht wach, ganz im Gegenteil: Ich schlief augenblicklich ein. Es war der erste tiefe Schlaf, seit ich jene Nacht in der Transportkiste verbracht hatte. Ich wanderte mit Wildes Mädchen durch Frankreich, führte sie am Halfter wie meinen alten Gaul, und dann …

Hush-a-bye / Don't you cry / Go to sleep, little baby.
When you wake / You shall have / All the pretty little horses.
»Kleiner, mit wem redest du?«
Kastanienbraune Augen schauen.
»Woody Nickel, sag mir, was da passiert ist, und zwar auf der Stelle!«

Ich wusste, dass ich wieder meinen altvertrauten Panhandle-Albtraum träumte … bis ich *aus der Ferne einen Zug höre und in gleißendem Tageslicht an einem Maisfeld stehe … und eine Giraffe zwischen den verdörrten Stängeln hindurchbricht, ins Schlingern gerät und unter dem Knallen von Lassos in der Luft stürzt …*

Ich krachte auf dem Boden auf, rappelte mich panisch hoch und stürmte aus der Tür.

Es war immer noch dunkel.

Der Alte Mann hatte auf dem Trittbrett gesessen und war aufgesprungen, als er mich in Unterhose, barfuß und mit panischem Blick hatte auftauchen sehen. Ich versuchte, nicht an Tante Beulah zu denken, und lief auf den Truck zu. Inzwischen war ich hellwach. Ich teilte dem Alten Mann mit, dass ich draußen bleiben würde. Er sah mich finster an. »Aber nicht in Unterhose.«

Erst als ich vollständig bekleidet wiederkehrte, schlurfte der Alte Mann zurück in die Hütte, um noch ein paar Stunden zu schlafen und mich mit den Giraffen und meinem Maisfeld-Albtraum bis zum ersten Sonnenstrahl allein zu lassen. Ich ließ mich auf dem Trittbrett nieder und starrte mit schreckgeweiteten Augen in die ländliche Dunkelheit – es war so dunkel, wie es nur werden konnte. Sobald es zu dämmern begann, lief ich auf das Gelände hinter den Hütten zu, weil ich überzeugt davon war, dass sich dort ein Maisfeld und Geleise befanden. Aber dort standen nur junge Kiefern. In meinem ganzen Leben war ich nie glücklicher gewesen, ein paar Kiefern zu sehen.

Erst da fiel mir Rotschopf wieder ein. Ich drehte mich zu ihrer Hütte um. Der Packard war weg.

San Diego Free Press

8. Oktober 1938

GIRAFFEN ZU UNS UNTERWEGS!

Hurra! Die ersten Giraffen Südkaliforniens haben an der Ostküste ihre Reise angetreten! »Ich habe den Kindern aus San Diego versprochen, dass sie Giraffen bekommen, und jetzt kann sie nichts mehr aufhalten«, so unsere überaus beliebte Zoodirektorin, Mrs Belle Benchley …

6

Nach Washington, D. C.

Erinnerungen binden sich an Dinge. Aus heiterem Himmel steigt dir etwas in die Nase, dringt an dein Ohr, dein Blick bleibt an etwas hängen, und du bist zwar am anderen Ende des Landes oder der Welt oder sogar in einem anderen Jahrzehnt, bekommst aber von einer rehäugigen Schönheit einen Kuss oder wirst von einem besoffenen Kumpel niedergeschlagen. Du hast keine Kontrolle darüber, nicht die geringste. Der Hauch von Staubgeruch, wenn sie mein Zimmer putzen, und ich bin wieder zurück im Panhandle und starre einem braunen Sturm entgegen. Mein Blick schweift eine pinkfarbene Pfingstrose, und ich bin zurück in Frankreich, im Krieg, an einem frisch zugeschütteten Soldatengrab.

Das Heulen einer alten Polizeisirene, und ich sitze wieder in der Fahrerkabine des Trucks und stehe kurz vor einem Nervenzusammenbruch, als wir nach Washington, D. C., einfahren.

Keine Stunde zuvor hatten wir die Giraffen versorgt, bevor wir Round's Roadside Auto Rest verlassen wollten. Der Alte Mann hatte mit keiner Silbe erwähnt, was er von meinem bizarren Verhalten in der vergangenen Nacht hielt, und ich war froh darüber. Denn sobald wir wieder unterwegs waren, tauchte vor uns ein Hinweisschild nach D. C. nach dem nächsten auf. Als es hieß: *Washington, D. C. – 3 Meilen,* war die Stadt schon zu sehen – und im Zentrum etwas Riesiges, Spitzes. Das Washington Monument. Was ich natürlich nicht wusste. Aber ich wollte den Alten Mann auch nicht fragen. Er nestelte schon wieder an seinem Fedora, und ehe ich auch nur darüber nachdenken konnte, wusste ich auch, warum. Der Highway war um eine Spur breiter geworden, und um uns herum waren überall Fahrzeuge. Im selben Moment donnerte ein Streifenwagen mit schrillender Sirene so schnell über den Standstreifen an uns vorbei, dass ich das Lenkrad herumriss und der Alte Mann gegen das Armaturenbrett flog – und sein Fedora in den Fußraum. Fluchend klaubte er ihn wieder auf, nur um im nächsten Augenblick gegen die Tür zu krachen, weil die Giraffen in ihrer Transportkiste zu schaukeln begannen. Verzweifelt umklammerte ich das Lenkrad und glaubte schon, ich müsste mich übergeben, als mir schließlich dämmerte, wozu ich mich bereit erklärt hatte: Ich würde zwei riesige afrikanische Wildtiere mitten hinein in den Großstadtverkehr kutschieren.

Mein Magen rumorte wie wild, und ich schluckte trocken. Mit aller Macht konzentrierte ich mich darauf, den Truck stabil zu halten, während ringsum Autos an uns vorbeirasten und die Giraffen weiter hin und her schwankten.

Der Alte Mann legte seinen Fedora zwischen uns auf die Sitzbank, saß kurz da wie erstarrt, und dann sagte er mit einer Stimme, die jener ganz ähnlich war, mit der er die Giraffen beruhigte: »So. Langsam jetzt. Behutsam und ruhig. Was drumherum passiert, ist dir egal.«

Vor uns tauchte ein ganzer Wald aus Schildern auf. Eins wies den Weg zum *National Zoo* via *Francis Scott Key Bridge*. Der Verkehr wurde dichter, trotzdem fuhr ich wie ein altes Weib – langsam, langsam, langsam. So langsam, dass ein Motorradcop mit Blaulicht zu uns aufschloss. Der Alte Mann sah kein bisschen überrascht aus, nickte dem Cop bloß zu, und der fädelte sich hinter uns ein.

Ich wusste, binnen Sekunden würde er mir auftragen, in Richtung des Zoos abzubiegen. Doch als ich ihm einen flüchtigen Seitenblick zuwarf, sprudelte es plötzlich nur so aus ihm heraus: »Hör mir jetzt gut zu. Wir lassen die Giraffen unter keinen Umständen aus dem Transporter, denn wenn sie erst draußen sind, gibt es keine Garantie, dass wir sie je wieder hineinbekommen – und das wäre für sie der Tod, auf welche Weise auch immer. Man sagt einer Giraffe nicht, was sie tun soll. Man bittet sie – und sie mögen vielleicht einen Narren an dir gefressen haben, aber das hat nichts mehr zu bedeuten, wenn sie zu einem späteren Zeitpunkt entscheiden, dass es nichts mehr zu bedeuten hat. Sie sind weder Kuscheltiere noch dein alter Gaul. Du betrachtest sie als Wildtiere, verstanden?«

Ich nickte so nachdrücklich, dass meine Zähne klapperten. *Ich würde bis Kalifornien fahren.*

»Okay, dann fährst du uns nach Memphis.«

Ich war mir sicher, dass ich mich verhört hatte. »Californy«, korrigierte ich ihn.

»Memphis«, wiederholte er. »Bis dahin geht es schön schnurgeradeaus, du fährst ordentlich, und wir kommen gut voran. Und es geht nur noch darum, schnell voranzukommen. Die Schätzchen haben verdammt zarte Knochen. Es ist noch eine gute Weile hell, und das sollten wir ausnutzen. In Memphis gibt es auch einen Zoo, ich muss nur anrufen und einen neuen Fahrer dorthin beordern. Hier würden wir bloß einen ganzen Tag oder mehr vergeuden.« Vor uns tauchte das Abfahrtsschild zur Brücke auf.

»Ich kann die ganze Strecke fahren«, erwiderte ich.

»Friss oder stirb, Junge.« Der Alte Mann nickte in Richtung Brücke. »Du musst dich jetzt entscheiden.«

Also entschied ich mich.

Und der Alte Mann sah zurück auf die Straße. »Gut. Langsam. Behutsam. Genau wie bisher.«

Ein zweiter Motorradcop tauchte auf – ebenfalls mitsamt Sirene und Blaulicht. Der Alte Mann gab ihm mit einer Geste zu verstehen, dass wir weiter geradeaus fahren würden. Hinter uns begann es sich bereits zu stauen. Und so fuhren wir quer durch die Innenstadt. Am jenseitigen Stadtrand verengte sich die Fahrbahn erneut auf zwei Spuren, die Cops bogen ab, und die Giraffen streckten die Köpfe nach draußen, um ihnen hinterherzusehen, während ich immer noch versuchte, mich zu beruhigen.

Sowie es ringsum ländlicher und wieder still wurde, warf ich einen Blick in den Außenspiegel, weil ich mir insgeheim wünschte, Rotschopf zu sehen, mich aber auch fragte, was da gerade geschehen war. »Warum haben die Cops uns denn nicht zum Zoo eskortiert?«

»Weil ich dort nie angerufen habe.«

Das musste ich erst verdauen. »Und woher wussten sie dann, dass wir kommen würden?«

»Von der Chefin.«

Auch das musste ich erst verdauen. »Ist die Chefin Mrs Benchley?«

»Ganz genau.«

»Und sie ist die Chefin vom *kompletten* San Diego Zoo?«

»Ganz genau.« Er schob den Arm ins Fenster. »Sieht aus wie ein Großmütterchen, kleidet sich wie eine Schulmamsell, flucht wie ein Seemann und wickelt trotzdem all die hochnäsigen Zooleute mit ihren ach so feinen Studien um den Finger.«

»Wie hat sie den Job denn gekriegt?«

»Soweit ich weiß, hatte der Herr, der nach dem Krieg aus einer exotischen Tierschau einen echten Zoo erschaffen wollte, von der Stadt einen Buchhalter angefordert. Sie hatten damals kaum das Geld für einen Tierpfleger, geschweige denn für Verwaltungsleute. Daraufhin kam Mrs Benchley, und die kümmerte sich irgendwann mehr oder weniger um alles – vom Ticketverkauf bis zur Pflege von kranken Tieren –, bis sie den Laden schließlich übernahm. Dann fing sie an, diese Radiosendungen zu machen und Wochenschauen, in denen sie Geschichten aus dem Zoo erzählte. Aber eins sag ich dir: Da gibt's noch ganz andere Geschichten, die sie dort nie erzählt hat.«

»Zum Beispiel?«

»Na ja, als sie zum Beispiel einmal zu einem wild gewordenen Pavian ins Gehege spaziert ist.«

»Aus Versehen?«

»Die Frau ist nicht blöd, Junge. Ich habe mitangesehen, wie ein neunzig Pfund schwerer Pavian einen erwachsenen Mann quer über den Hof geschleudert hat. Nein, das Tier war irgendwie hinter den Affenkäfig geraten und hatte den Spaß seines Lebens, riss an den Gittern der kreischenden Affen und führte dort ein wahres Tänzchen auf. Bis ich dort ankam, waren bereits fünf Wärter mit Knüppeln zugange und versuchten, es in sein Gehege zurückzuscheuchen. Aber je näher die Männer ihm kamen, umso panischer und wilder und durchgedrehter wurde der Pavian – und du hast noch keinen durchgedrehten Pavian gesehen, bis du einen durchgedrehten Pavian gesehen hast! Ich war mir sicher, dass er auf uns losgehen würde. Und in derselben Sekunde, ich schwöre es, kam die Chefin von der gegenüberliegenden Seite. Sie hatte in ihrem Büro gesessen und den Aufruhr gehört, glaubte wohl, wir würden bloß Ratten verscheuchen, und wollte uns eigentlich nur mitteilen, dass wir die Besucher störten. Wir schrien sie an, sie solle sofort verschwinden, aber noch bevor sie kehrtmachen konnte, rannte der Pavian direkt auf sie zu.« Der Alte Mann schüttelte den Kopf. »Ich machte mich schon auf das Schlimmste gefasst, das kann ich dir sagen. Und natürlich wusste die Chefin im nächsten Moment selbst, dass sie in Lebensgefahr schwebte. Wäre der Pavian ihr an den Hals gegangen, hätte er ihr – *zack* – das Genick brechen können. Und was macht sie? Bleibt einfach stehen. Lächelt – und breitet die Arme aus. Und was macht der Pavian? Springt ihr in die Arme und heult wie ein kleines Kind.«

»Und was hat sie dann gemacht?«

»Was wohl? Sie hat dieses Riesenvieh zurück in sein Gehege getragen – während sechs ausgewachsene Männer ihr wie vom Donner gerührt dabei zusahen. Insgeheim haben wir damit gerechnet, dass wir dafür zusammengestaucht würden. Stattdessen war sie so wütend auf uns, dass sie eine geschlagene Woche nicht mit uns gesprochen hat.«

Er erzählte noch andere Geschichten von seiner Chefin – wie sie zum Beispiel einmal eine ausgebüxte Klapperschlange eingesammelt hatte. Und mit der Straßenbahn heimgefahren war – mit einem kranken Kängurubaby in einem Korb. Und wie sie einem Flohzirkus an der Ostküste per Post Flöhe geschickt hatte – bis die Post davon Wind bekam.

Er erzählte eine verrückte Zoogeschichte nach der anderen, und eine klang aufregender als die vorherige, bis wir zu guter Letzt die Grenze von Virginia erreichten.

»Da wären wir«, sagte er und zeigte auf ein Straßenschild mit dem Namen der Straße: *Lee Highway.* Wir hatten es bis zu jener »Transkontinentalverkehrsstraße« geschafft, die der Alte Mann ausgewählt hatte – die »Südverbindung«. Und je weiter wir über diese wunderbar glatte Straße fuhren, umso sicherer war ich mir, dass mein Wunsch doch noch wahr werden und ich es bis nach Kalifornien schaffen würde. Wenn ich eine Straßenkarte gehabt hätte, hätte ich vor mir gesehen, wie dieser schicke Highway zweispurig quer durch die Wüste bis San Diego führte, und der glatte Asphalt klang für jemanden, der bislang allenfalls bis zur nächsten Entkörnungsmaschine geholpert war, wie die reinste Zukunftsmusik.

Auf der Straßenkarte hätte ich jedoch auch gesehen, dass der Lee Highway alles andere als gen Süden führte. Was den Straßenverlauf anging, waren wir bereits im Süden. Ich hatte »Südverbindung« gehört und mir ausgemalt, was vom Panhandle aus südlich gelegen hätte und dass wir durch Louisiana bis an die texanische Golfküste und dann an der mexikanischen Grenze entlangfahren würden. Doch schon am folgenden Tag würde die Straße einen Bogen beschreiben und dann schnurgerade gen Western verlaufen – zurück in Richtung Panhandle, jenem nördlichsten Zipfel von Texas, aus dem ich stammte. Und dort konnte ich nicht wieder hin –

aus Gründen, die ich dem Alten Mann lieber nicht darlegen wollte.

Ich ahnte noch nicht, dass es vermutlich meine Rettung gewesen wäre, nur bis Memphis zu fahren und dort ausgesetzt zu werden. Während ich unsere Hurrikan-Giraffen über den hübschen Highway kutschierte, immer noch an meinem kalifornischen Traum festhielt und Gott den Allmächtigen samt himmlischen Heerscharen an meiner Seite glaubte, hatte ich nicht die geringste Ahnung, was ich am Steuer gerade riskierte: nämlich weit mehr als die Unversehrtheit zweier unendlich kostbarer Tiere. Ich riskierte auch selbst Kopf und Kragen.

Nach einer Weile schienen wir an Hö…

… »Mittag, mein Guter!«

Speckie poltert durch die Tür und reißt mich aus meiner Erzählung.

»Sie haben mich mitten im Satz unterbrochen!«, keife ich ihn an.

»Aber es ist Zeit fürs Mittagessen, mein Lieber, die beste Zeit des Tages, und Sie haben Ihr Frühstück noch nicht mal angerührt. Das ist aber gar nicht artig.«

»Hören Sie auf, mit mir zu sprechen, als wäre ich ein kleines Kind, Sie Würstchen! *Verschwinden Sie!* Sehen Sie nicht, dass ich beschäftigt bin?«

Er packt schon wieder die Griffe an meinem Rollstuhl. »Kommen Sie schon …«

Ich hämmere die Bremsen rein.

Er löst sie.

Ich hämmere sie wieder rein. Der Stift rutscht mir aus der Hand, und mein Herz … bleibt stehen.

»He«, höre ich seine Stimme wie aus weiter Ferne. »He, hallo – *verdammt!* Sterben Sie gerade? Ich hole die Schwester!«

Er rennt aus meinem Zimmer, und mein Herz beginnt wieder zu schlagen. *Mmmmfg.*

»Whoa.« Fassungslos reibe ich mir über die Brust, hole tief Luft und sehe mich um. Am Fenster schürzt Mädchen die wulstigen Lippen. »Hättest mir ja mal helfen können.« Mit einem mulmigen Gefühl nehme ich den Stift hoch und versuche, mich wieder zu konzentrieren.

Und höre das Klappern von Dominosteinen.

Unendlich langsam drehe ich mich um. Und da auf der Bettkante sitzt Rosie und mischt die Steine. Allerdings ist sie jetzt jünger, ihr Haar sieht heller aus, länger ... und kein bisschen grau.

Ich blinzele.

Sie ist immer noch da.

Eine Partie und eine Geschichte ... sagt sie. »Und anschließend nehmen Sie Ihre Tabletten. Warum erzählen Sie mir nicht noch mal von dem Alten Mann? Von Riley Jones? Ich liebe Männer mit dunklen Geheimnissen! Oder vielleicht erzählen Sie mir von der Nacht, in der Sie im Führerhaus mit Sie-wissen-schon geschlafen haben? Nein, warten Sie! Die Berge! Das war *so* aufregend! Ja, das war immer eine meiner Lieblingsgeschichten.«

Dann ist sie plötzlich verschwunden.

»Sie war doch da, oder?«, frage ich Mädchen.

Mädchen nickt.

Ich hole erneut tief Luft. »Ah. Gut. Ich hab mich schon gefragt, ob ich Gespenster sehe.« Dann drehe ich mich wieder zu meinem Schreibblock um. Wir sind unterwegs in die Berge.

7

Über die Blue Ridge Mountains

Nach einer Weile schienen wir an Höhe zuzulegen. Ich spürte es daran, dass ich öfter schalten musste. Auch wenn der Alte Mann behauptet hatte, dass es bis Memphis schnurgeradeaus ginge, wusste ich natürlich, dass zwischen uns und dem flachen Ende von Tennessee ein Gebirgszug lag.

Ich hatte noch nie einen Berg gesehen, geschweige denn war ich einen hinaufgefahren – und erst recht nicht mit zwei Tonnen schweren Giraffen auf der Ladefläche.

Immerhin, so redete ich mir ein, gab es in den Bergen keine Maisfelder.

Nachdem wir am Vormittag am Straßenrand haltgemacht hatten, damit die Giraffen ein bisschen Laub knabbern, die Hälse strecken, der Alte Mann nach Mädchens Verband hatte sehen und sich einen Tritt hatte einhandeln können, überquerten wir eine Steinbrücke, die aussah, als hätte George Washington persönlich sie schon überquert. Und ab da ging es aufwärts. Daran bestand kein Zweifel mehr.

Kurz hinter einer Siedlung namens Thornton's Gap wurde der Highway einspurig, und wir umrundeten die erste Anhöhe, dann die nächste und die übernächste. Ich schaltete runter. Hoch. Wieder runter. Mir wurde abwechselnd heiß und kalt. Die Giraffen schwankten vor und zurück und verlagerten in einem fort das Gewicht. Selbst der Alte Mann hielt sich lieber an der Karosse fest.

Dann kamen die Schilder.

Auf dem ersten stand: *Zufahrt Blue Ridge Mountains und Shenandoah-Nationalpark.*

Auf dem zweiten stand: *Panoramaroute – erste Abfahrt links.*

Unter anderen Umständen hätte ich bestimmt gesagt, dass eine Panoramaroute eine verdammt sehenswerte Sache wäre. Doch es waren nun mal keine anderen Umstände.

Dann kam das dritte Schild: *Lee Highway – geradeaus.*

Ich war erleichtert.

»Einfach dem Schild nach«, sagte der Alte Mann. »Ich hab das vorab überprüft. Es geht nur hoch und wieder runter und dann zurück auf den Asphalt.«

Ich war umso erleichterter. Bis wir auf das bislang größte Schild zufuhren.

Unmittelbar auf Höhe der ersten Abzweigung links war die Straße abgesperrt, und ein Umleitungspfeil so groß wie Dallas zeigte zur Panoramaroute hinauf.

»Was zur …«, murmelte der Alte Mann.

Keine fünfzig Meter weiter auf der Umleitungsstrecke führte ein etwa footballfeldlanger Tunnel durch einen Felsen, und über der Einfahrt hing ein weiteres Schild mit dem Namen – als wäre da jemand mächtig stolz darauf: *Mary's Rock Tunnel – bitte Licht einschalten!*

Ich trat auf die Bremse. Der Alte Mann sprang aus dem Truck, marschierte an der Absperrung vorbei und ein gutes Stück weiter. Was er dann entdeckte, führte dazu, dass er laut fluchend seinen Fedora auf die Straße schleuderte. Er nahm ihn wieder hoch, drückte ihn sich tief in die Stirn und fing an, neben dem Truck auf und ab zu tigern, und die Giraffen folgten jeder seiner Bewegungen – bis er zu guter Letzt stehen blieb und in die Richtung zurücksah, aus der wir gekommen waren. Er dachte eindeutig darüber nach zu wenden. Wenn wir das täten, wäre ich die längste Zeit Truckfahrer gewesen.

Er kletterte wieder auf den Beifahrersitz. »Die Leitplanke ist abgeknickt, und zwar so weit das Auge reicht«, knurrte er. »Da ist wohl etwas dagegengekracht – entweder ein Felssturz oder ein Wagen, der über den Abhang gerast ist.« Er nestelte an seinem Fedora. Und drehte sich zu mir um. »Bist du schon mal in den Bergen gefahren, Junge? Und lüg mich nicht an.«

Ich wollte nicht lügen, also flunkerte ich nur ein bisschen. »Nicht oft …«

Er sackte gleichsam in sich zusammen, als er die Panoramaroute emporsah. Dann riss er sich erneut den Hut vom Kopf und donnerte ihn auf den Sitz – ein sicheres Zeichen, wie ich inzwischen wusste, dass er es leid war zu denken. »Tja, das heißt ja wohl, dass wir sie zurück nach D. C. bringen und dort abwarten – auch wenn das bedeutet, dass wir sie aus der Transportkiste lassen müssen. Was wiederum bedeutet, dass wir *Tage* verlieren … wenn nicht noch viel mehr …« Er drehte sich abermals zu mir um und sah mir direkt ins Gesicht. »Jetzt wäre der Zeitpunkt gekommen, mir zu sagen, was du von alledem hältst.«

Der Alte Mann hatte sich noch nicht entschieden. Eigentlich wollte er weiterfahren. Er wollte nur nicht, dass wir in den Abgrund rasten. Ich musste jetzt lediglich sagen, dass ich es schaffen würde. Stattdessen sah ich zum Tunnel und hörte mich fragen: »Da müssen wir durch?«

Er hielt den Atem an, und ich glaubte schon, das wäre das Ende.

»Hoch genug wäre er«, sagte er dann. »Ich könnte dich einweisen. Was mir allerdings Sorgen macht, ist das, was danach kommt.«

»Was danach kommt?«

»Engstellen, Serpentinen, Kammstraßen … auf denen du dich um Sinn und Verstand schaltest, bis wir irgendwann wieder runtermüssen, um zum Lee zurückzukehren.«

»Und wie weit ist das?«

»Darüber zerbrich dir jetzt nicht den Kopf.«

Die Art, wie er es sagte, behagte mir nicht.

»Wenn wir dort durchfahren, dann gibt es kein Zurück, und es gibt auch keine zweite Chance«, fuhr er fort. »Wir könnten auch nach D. C. zurückfahren – es wäre keine Schande, und ich würde dir immer noch den Rückfahrschein nach New York bezahlen. Ich hatte dort die Gelegenheit, auf einen kundigen Fahrer zu warten, aber wir waren ordentlich vorangekommen, und die Schätzchen mochten dich, also hab ich die Gelegenheit verstreichen lassen, und das nehme ich natürlich auf meine Kappe«, sagte er und fügte dann sehr viel leiser hinzu: »Wenn wir hier in den Bergen im Abgrund landen, nehme ich das natürlich auch auf meine Kappe … Aber in dem Fall dürfte es niemanden mehr interessieren.«

Das waren also die Alternativen. Entweder hatte er meinen Flunkereien wirklich geglaubt, oder er verschwieg mir etwas, und das hielt ich für wesentlich wahrscheinlicher. In jenem Moment konnte ich jedoch nur daran denken, woran mein Halbstarken-Ich die ganze Zeit gedacht hatte, seit es den Hafen verlassen hatte: Californy …

Ich drückte den Rücken durch, und mit der Überheblichkeit des egoistischen Jünglings, der nichts zu verlieren und alles zu gewinnen hatte, erwiderte ich: »Ich schaffe das.«

»Ich hoffe bei Gott, dass ich es nicht bereue«, murmelte er und biss die Zähne zusammen. »In Ordnung. Du machst jetzt Folgendes: Du fährst so langsam, wie es nur geht, in den Tunnel ein, sodass unsere Fahrgäste weder durchgeschüttelt werden noch sich den Kopf stoßen. Der Tunnel ist lang, und du wirst instinktiv an der dem Berg zugewandten Seite entlangfahren wollen. Nur siehst du dort nichts – also fährst du über die gelbe Mittellinie. Immer schön mit dem Reifen draufbleiben. Wenn du auch nur den Hauch eines Zweifels hast, dann müssen wir jetzt die Luke zumachen. Aber wenn wir das machen, dann wird für eine Weile keine geeignete Stelle mehr kommen, an der wir sie wieder aufmachen können, und das wiederum könnte zum Problem werden, falls die beiden nervös werden. Weil es hinter dem Tunnel um eine Kurve nach der anderen geht, bis wir irgendwann wieder nach unten fahren, und unterdessen sehen sie nichts. Wir müssen uns jetzt entscheiden, wie wir es angehen wollen – mit zwei Zweitonnern, die blind in ihrer Transportkiste hin und her geschubst werden, oder mit offenen Fenstern, damit sie zumindest sehen, was auf sie zukommt, und den Truck mit ausbalancieren können.«

Ich starrte ihn einen Moment lang an, sah dann empor zu den Giraffen, die bereits jetzt so nervös auftraten, dass es in der Fahrerkabine zu spüren war.

»Auf oder zu?«, fragte er verbissen.

Ich schob die Hand in die Tasche, um über Cuz' Hasenpfote zu reiben. Sie war nicht mehr da … Ich hatte sie mitsamt der Dollarnote des Alten Mannes in der Tasche meiner alten Hose stecken gelassen! Fast wäre es aus mir herausgeplatzt, doch dann hielt ich den Mund. Eher würde ich an diesem Berg abstürzen, als ihm jetzt zu erzählen, dass ich unsere Zukunft an der Pfote eines Karnickels festmachen wollte. »Auf.«

»Also dann«, sagte er. »Bereit?«

Und so manövrierte ich uns ohne die Hilfe von Cuz' Glücksbringer auf die Panoramaroute zu. In der Tunneleinfahrt holte ich einmal tief Luft und befürchtete insgeheim, dass es der letzte erquickliche Atemzug für lange Zeit wäre. Ich schaltete die Scheinwerfer ein, und wir fuhren in das schwarze Loch hinein. Das winzige Lichtlein am anderen Ende war das Einzige, was wir noch vor uns sahen. Langsam und stetig rollten wir in die Dunkelheit. Ich klebte am Mittelstreifen, und die Giraffen hielten still; die Dunkelheit schien sie zu beruhigen. Dann kam uns ein Auto entgegen, blendete auf, und ich spürte, wie die Giraffen einen Satz machten. Die Scheinwerfer, die uns entgegenkamen, wurden größer und immer größer … bis der Wagen an uns vorüberschoss, und ich schwöre, ich konnte hören, wie wir unisono ausatmeten.

Irgendwann hatten wir das andere Ende erreicht – doch für Erleichterung blieb keine Zeit. Genau wie der Alte Mann es vorhergesagt hatte, beschrieb die Straße sofort eine Kurve.

Und schlimmer noch: Wir befanden uns auf der dem Berg abgewandten Seite, und nur ein hölzernes Geländer trennte uns vom dahinterliegenden Steilhang. Mit aller Macht klammerte ich mich ans Lenkrad. Am liebsten hätte ich ein Geständnis abgelegt: dass ich ein elender Riesenlügner war und er ein Idiot, weil er mir vertraut hatte. Doch dafür war es zu spät, jetzt ging es nur noch in eine Richtung. Schneller, als mir lieb gewesen wäre, lernte ich, was eine Spitzkehre war – wir fuhren hin und her und hin und her, und das auf unebenem Gelände. Ich hielt mich verzweifelt auf dem Mittelstreifen, versuchte, über die Kreuze am Straßenrand hinwegzusehen, auch wenn mir klar war, dass jedes davon für einen Menschen stand, der es nicht geschafft hatte – und mit Sicherheit hatte keiner von ihnen eine Fuhre nervöser Giraffen dabeigehabt. Mit jeder neuerlichen Kurve spürte ich, wie sich unser Fahrzeug zur Seite neigte – denn was tut man wohl, wenn man mit so viel Gewicht in eine Kurve fährt? Man legt sich hinein. Insbesondere, wenn man eine Giraffe ist. Doch je mehr sie sich in die Kurve legten und je verzweifelter ich mit der Schaltung kämpfte, umso deutlicher stand mir vor Augen, wie wir bei einer dieser Kehren abheben würden und das Letzte, was ich je zu hören bekäme, das reumütige Kreischen des Alten Mannes wäre. Ich wurde *noch* langsamer. Nach der Beschilderung zu urteilen, war die Regierung anscheinend der Ansicht, dass man auf dieser Strecke mit fünfzehn Meilen pro Stunde auf der halbwegs sicheren Seite wäre, und wir waren mit nicht einmal zehn Sachen unterwegs, während ich immer noch auf der Suche nach dem Gang war, der für uns der beste wäre – und ihn zu guter Letzt fand. Ich hatte ihn. Es funktionierte. Die nächste Kurve ging wesentlich glatter und die nächste umso mehr! Ich stellte mir bereits vor, wie der Alte Mann Loblieder singen würde, sobald wir zurück auf dem Highway wären, als ich von hinten plötzlich einen Motor stottern hörte.

Bevor ich auch nur mit der Wimper zucken konnte, tauchte

in meinem Außenspiegel ein Fahrzeug auf – ein grüner Packard.

Und auch der war nicht mit fünfzehn Sachen unterwegs.

Allerdings mit mehr als zehn.

Und …

BAMM!

Der Packard stieß den Truck von hinten an, wir machten einen Satz nach vorn, die Giraffen einen zur Seite – allerdings zur falschen, zur bergabgewandten Seite. Im Außenspiegel der Beifahrerseite konnte ich sehen, wie sie die Köpfe in Richtung Abgrund streckten – und dann neigte sich das komplette Gefährt gerade so weit hinüber, wie es überhaupt ging, ohne dass wir umkippten.

»STOOOOOOOOOPP!«, brüllte der Alte Mann.

Ich trat auf die Bremse. Die Giraffen richteten sich zwar halbwegs gerade auf, aber es reichte nicht. Inzwischen hatten sie Todesangst. Der Truck ruckte und schwankte, und vom Absturz trennte uns nur mehr ein windiges Geländer, das bloß für Autos gemacht war.

Hinter uns sprang Rotschopf aus ihrem Wagen.

»Wollen Sie uns alle umbringen? Bleiben Sie in Ihrem Wagen sitzen!«, brüllte der Alte Mann ihr zu und schob mich aus der Tür. »Kletter an der Seite hoch und ruf die Giraffen zu dir, während ich uns nach unten bringe!«, befahl er mir und rutschte bereits hinters Steuer.

»Aber Sie können doch nicht …«

»Beeilung! Du weißt genau, dass *sie* mich nicht ausstehen kann. Beug dich in Richtung Berg und lock sie zu dir her! Hinter der nächsten Kurve ist eine Abzweigung – wir sind schon fast da –, aber erst musst du sie beruhigen, sonst schaffen wir es nicht mal mehr dorthin!«

Es war das erste Mal, dass ich den Alten Mann panisch erlebte. Also beeilte ich mich, kletterte nach oben, lehnte mich, soweit es am kippelnden Transporter ging, in Richtung Berg und fing an, auf die Giraffen einzureden – und das ohne eine einzige Zwiebel. Mit der freien Hand winkte ich sie zu mir, machte sämtliche Geräusche für Tiere, die mir einfielen, was kaum mehr als ein »Put-put-put« für Hühner und ein Zungeschnalzen für Pferde war, während der Alte Mann vorsichtig Gas gab. Allerdings neigte der Truck sich auch weiterhin zur Seite, und die Giraffen hatten weiterhin Panik. In ihren weit aufgerissenen Augen stand die blanke Angst, und jede Faser in ihnen schrie nach Flucht, nach Reißaus. Ich versuchte es mit der Giraffensprache des Alten Mannes, nur dass mir die Stimme versagte. Und das Gefährt neigte sich umso stärker. Als der Alte Mann mehr Gas gab, verlor ich den Halt, griff hektisch um – und im selben Moment sprang die Angst in den braunen Giraffenaugen auf mich über. Ich sprach auch nicht mehr in Giraffensprache, ich bettelte, betete, heulte – *bitte, bitte, vertraut mir, oh bitte, bitte, bittebitte, kommt her, bitte!*

»Jetzt kommt schon!«, brüllte ich.

Und sie taten wie geheißen.

Ihr Gewicht verlagerte sich, die Transportkiste richtete sich auf – weg vom Abgrund, weg von unser aller Todesurteil.

Wenn ich auch nur eine Hand freigehabt hätte – ich hätte ihre riesenhaften Köpfe umarmt. Allerdings konnte ich nichts weiter tun, als mich festzuklammern, während der Alte Mann noch ein Stück vorwärtsfuhr, die Spitzkehre hinter sich ließ und endlich ausrollte.

Vor einem Haltepunkt, der kaum lang genug für unser Gefährt war, würgte er den Motor ab, sprang vom Fahrersitz und atmete zuallererst ein paarmal tief durch. Auch ich sprang nach unten, rannte dann aber weiter zum Aussichtspunkt, weil meine Blase mehr Aufregung erfahren hatte, als sie ertragen konnte. Im selben Moment, da ich fertig war und mit den brandneuen, engen Hosenknopflöchern hantierte, fuhr der Packard im Schritttempo an uns vorbei.

Ich starrte Rotschopf an, die mich anstarrte, bis sie außer Sicht war.

»Los, weiter!« Der Alte Mann saß bereits wieder auf dem

Beifahrersitz. »Ich muss die Schiene untersuchen, aber nicht hier!«

Eilig rutschte ich hinters Steuer und ließ den Truck zurück auf die Straße rollen. Noch war es nicht ausgestanden. Nicht nur ging es weiter bergauf – es hatte obendrein angefangen zu nieseln.

»Oben zwischen den Gipfeln liegt ein Plateau mit Rastplatz und zig Parkplätzen. Vielleicht noch drei Kurven, und wir sind da.«

So gut es auf der nassen Straße ging, schaltete ich durch die Gänge und fuhr behutsam um die erste Kurve herum, dann um die zweite, und vor mir konnte ich das Plateau bereits sehen …

Doch als wir um die dritte Kurve bogen, kam vor uns zu beiden Seiten der Straße eine ganze Kompanie Arbeiter in Sicht. Bei ihrem Anblick schlug der Alte Mann so hart mit der flachen Hand aufs Armaturenbrett, dass ich zusammenzuckte.

Und er … *lächelte.* »Grundgütiger – das ist der CCC! Unser Zoo würde ohne die Arbeitsbeschaffungsbehörde gar nicht existieren!«

Allem Anschein nach gehörten die Arbeiter zum Civilian Conservation Corps, einer der zahlreichen Institutionen, die Roosevelt ins Leben gerufen hatte, um die Folgen der Weltwirtschaftskrise abzufedern. Die Arbeitsbeschaffungsbehörde etwa sorgte dafür, dass Arbeitslose bei Bauarbeiten im ganzen Land eingesetzt wurden. Dieser Straßentrupp, in dem kaum einer älter war als ich, sicherte und pflasterte die Straße, sanierte die Zufahrt zum Rastplatz, auf dem ein weiterer Trupp den Bewuchs rodete und den Beschnitt abtransportierte, und ihre Schaufeln blitzten in den spärlichen Sonnenstrahlen, die es durch die Nieselregenwolken geschafft hatten. Der entgegenkommende Verkehr stand derzeit still, auch wenn der Arbeiter, der für die Verkehrsführung eingeteilt worden war, im Augenblick rein gar nichts führte, weil er viel zu sehr damit beschäftigt war, die Giraffen anzustarren. Wie im Übrigen auch alle anderen. Als die Ersten unser Gefährt entdeckt hatten, hatte einer den anderen mit dem Ellbogen angestupst, und einer nach dem anderen hatte aufgekeucht und die Schaufel sinken lassen.

Im Schneckentempo rollte ich an ihnen vorbei und fuhr auf den Parkplatz. Die Hütten und Picknickbänke waren so neu, dass der Geruch frischen Holzes in der Luft hing. Die Giraffen blähten die Nüstern und hielten die Schnauzen in den Wind.

Ich parkte den Truck unter einem großen Baum gleich in der Nähe der Raststation, während der Regen stärker und die Wolken immer schwärzer wurden. Die Schaufelkompanie rückte in unsere Richtung vor. So schnell wir konnten, überprüften wir alles: ich den Truck und der Alte Mann die Schiene an Mädchens Bein. Für mich sah alles eindeutig besser aus, als es nach diesem Teufelsritt hätte aussehen können, während dem Alten Mann das Lächeln vergangen war.

Mittlerweile war der Truck komplett umringt – der gesamte Einsatztrupp hatte sich um uns geschart. Ihre hageren Gesichter waren von der Sonne verbrannt, und ein paar Männer hatten sich das Hemd ausgezogen. Einige trugen Khaki-, andere Denimhosen, und sie alle hielten Schaufeln, Pickel oder Kugelhammer in der Hand. Der Alte Mann gab mir ein Zeichen: Ich sollte die Dachluke öffnen, damit die Giraffen vor CCC-Publikum ein bisschen an den Bäumen knabbern konnten. Ich kletterte hinauf, doch noch bevor ich auch nur nach der Luke greifen konnte, erstarrte ich angesichts der Aussicht. Von oben blickte ich an der Bergflanke entlang über das Shenandoah Valley, das in Sonnenlicht badete. Nichts in meinem Panhandle-Leben hatte je so grün und üppig ausgesehen. Der Anblick kam dem Traum vom Paradies eines jeden Dust Bowlers gleich. Es sah aus wie Californy.

»Die Dachluke!«, rief der Alte Mann zu mir herauf.

Ich musste meinen Blick regelrecht gewaltsam losreißen,

warf die Luke auf und blieb noch kurz oben, um die Giraffen zu beruhigen. Was aber gar nicht nötig war. Trotz des Riesenschreckens – oder vielleicht gerade deswegen – glotzten die Giraffen schon im nächsten Moment auf die versammelten Glotzer am Boden hinab und wiegten sanft die Hälse.

Während das Publikum zu Beifall anhob, sah ich einen Blitz im Augenwinkel. Rotschopf war da – und so schnell sie konnte, zog sie eine Blitzlampe nach der anderen aus ihrer Kameratasche, um für ihre Fotos das Nebelgrau aufzuhellen.

Blitz. Blitz. Blitz.

Die jugendliche Schaufelarmee wiederum rückte angesichts einer rot gekrönten Schönheit in Reichweite zusehends näher zu ihr auf – zu nah, wie ich fand. Ich sprang nach unten, schob mich durch die Menge und stellte mich mit ausgebreiteten Armen beschützend vor sie. Ich erwartete schon, dass die Männer es mir übel nehmen würden. Aber ich hatte mich getäuscht.

»Was soll das?«, fauchte Rotschopf mich an.

»Du hast doch gesagt, du bräuchtest meine Hilfe«, erwiderte ich.

Ihr Blick war genauso feurig wie ihre Locken. »So war das nicht gemeint! Ich brauche keinen Beschützer!«

»Wie du meinst.« Ich trat beiseite, und sie war von der Schaufelarmee so schnell umringt, dass ich sie aus den Augen verlor.

Ich wollte schon wieder eingreifen, ganz gleich, was sie gesagt hatte, als eine Sirene aufjaulte und ein State Trooper auf seinem satteltaschenbewehrten Motorrad vorfuhr. Mit Mountie-Hut und Watstiefeln hielt er vor der Meute und stieg ab. Der Trupp wich zurück, als der Polizist auf den Alten Mann zumarschierte, ohne die Giraffen eines Blickes zu würdigen. Als er an Rotschopf vorbeilief, trat auch sie zurück, und zwar ein gutes Stück weiter als die anderen, was merkwürdig war, weil allein der Hut des Troopers ein Foto wert gewesen wäre.

Der Alte Mann unterhielt sich kurz mit ihm und winkte

mich zu sich. Ich sah mich nach Rotschopf um. Als ich sie in der Menge nirgends entdecken konnte, sagte mir mein Instinkt, dass ich zur Straße schauen sollte – und ich sah gerade noch aus dem Augenwinkel, wie der grüne Packard davonfuhr.

Binnen weniger Minuten waren wir zurück auf der Panoramaroute, und der Trooper fuhr mit Blaulicht hinter uns her – zweifellos auf Wunsch des Alten Mannes. Nach ein paar weiteren Haarnadelkurven ließen wir den gebirgigen Niesel hinter uns, und ich konnte endlich wieder leichter atmen, auch wenn ich immer noch angegriffen war bis ins Mark. In der Nähe eines Städtchens namens Luray tauchten wir schließlich ins Tal ein, der Trooper winkte freundlich und fuhr die Panoramaroute wieder hinauf.

Wir hielten am erstbesten Laden entlang der Hauptstraße, den wir entdeckten, einem kleinen Schindelgebäude mit einer Zapfsäule vor der Tür. Ein abgehalfterter Trapper mit Schlapphut, an dem Blätter klebten, belud vor dem Eingang sein Maultier. Und noch während ich unser Gefährt um ihn herummanövrierte, schwang die Tür auf, und heraus stürzte ein Mann mit Weihnachtsmannbart in der neuesten, blauesten, gestärktesten Latzhose, die ich je gesehen hatte, dicht gefolgt von einem flachsblonden Kind, das ebenfalls so eine Latzhose trug.

»Ich werd nicht mehr! Heutzutage weiß man wirklich nicht mehr, was einem auf der Straße entgegenkommt!«, rief der Mann und versetzte sich selbst einen Klaps aufs Knie. »Echte, lebende Giraffen! Vor *meinem* Laden!« Er rannte wieder hinein und kam mit einer kleinen Kamera wieder heraus, um eilig ein Foto zu schießen. »Das hänge ich so auf, dass es jeder sieht!« Er legte den Arm um den Alten Mann und führte ihn nach drinnen, während das Kind zur Zapfsäule flitzte, um für uns aufzutanken.

Ich selbst ließ mich auf dem Trittbrett nieder und versuchte, meine Nerven unter Kontrolle zu kriegen. Drinnen sah ich, wie der Alte Mann Gegenstände auf den Ladentresen legte und nach seiner Brieftasche griff, der Besitzer jedoch abwinkte. Daraufhin schüttelte der Alte Mann dem bärtigen Mann die Hand, kritzelte etwas auf eine Postkarte und reichte sie ihm über den Tresen. Mit Zwiebelsäcken, die er sich unter die Arme geklemmt hatte, und einer Limonade und einem Bier in den Händen kam er zurück.

»Hier, ein Sarsaparilla«, erklärte er. »Immerhin musst du noch fahren. Ich zum Glück nicht.« Er ließ die Säcke einfach zu Boden fallen, plumpste neben mir aufs Trittbrett, schob seinen Fedora zurück und nahm einen großen Schluck Bier.

Ich selbst zögerte meinen Schluck hinaus, weil ich verhindern wollte, dass der Alte Mann sah, wie sehr ich immer noch zitterte. Stattdessen versuchte ich es mit Small Talk. »Sie haben eine Postkarte geschrieben?«

Er nickte.

»An wen denn?«

»An die Chefin.«

»Aber die schlechten Sachen schreiben Sie ihr nicht?«

»Nicht, solange es sich vermeiden lässt.« Er kippte das restliche Bier in sich hinein, griff sich einen Zwiebelsack, stieg die Außenleiter hinauf und kippte den Inhalt zu gleichen Teilen in die zwei Transportabteile, wie eine Art Friedensangebot oder zum Dank, während er erneut in Giraffensprache säuselte. Sobald die Giraffen begeistert aufstampften, kletterte er wieder herunter und sah sich durch die Seitenluke Mädchens Verletzung an. Dann setzte er sich wieder neben mich.

»Geht es ihrem Bein gut?«, fragte ich.

Statt zu antworten, sagte er: »Das hast du ziemlich gut gemacht, Junge, aber … Nimm's mir nicht krumm. Das war meine Schuld. Ich hätte das nie von dir verlangen dürfen. Mit so einem verdammten Umweg hatte ich nicht gerechnet. Aber wenn wir umgekehrt wären …« Er stockte, sprach den

Satz nicht zu Ende. »Trotzdem. Ab Memphis brauche ich einen erfahrenen Mann für den Rest der Reise.«

Zitternde Hände hin oder her – das nahm ich ihm übel und hätte auch fast etwas gesagt. Schließlich war nicht *ich* es gewesen, der uns beinahe in den Abgrund bugsiert hätte – daran waren nur Rotschopf und der Packard schuld. Bis sie auf uns aufgefahren war, war ich ganz wunderbar zurechtgekommen. Aber ich nehme an, wenn man gerade erst fast ins Verderben gestürzt war, erinnerte man sich nur noch an den Schrecken.

Er kann es sich ja noch anders überlegen, redete ich mir gut zu, während ich dem Trapper nachsah, der sich soeben auf den Weg machte. *Immerhin,* dachte ich und holte tief Luft, *was kann jetzt noch Schlimmeres passieren, als fast von einem Berg abzustürzen?*

Wie zur Antwort auf diesen jugendlich naiven Gedanken brüllte der abgehalfterte Trapper laut auf.

»Gib mir meinen Hut zurück!«

Er hatte Mädchen angebrüllt. Sie hatte den Hals zur Gänze aus der Fensterluke gestreckt, bewegte ihn jetzt unnatürlich ruckartig hin und her, und aus ihrem Schlund kam ein so grässliches Geräusch, dass ich davon heute noch eine Gänsehaut kriege – sie würgte.

Hatte sich an dem Hut verschluckt.

Der Alte Mann sprang sofort auf, und auch der Ladenbesitzer stürmte heraus. »Verdammt noch mal, Phineas! Sie hat deinen komischen Tarnhut für einen Baum gehalten!«

Auch ich war auf die Beine gekommen, doch ich konnte nichts weiter tun, als dem wild kreiselnden Giraffenhals hinterherzusehen, weil ich nicht fassen konnte, was gerade passiert war. Sie rang um Luft, japste wie verrückt, war nicht imstande, den Kopf durchs Fenster zurückzuziehen und dann gerade nach oben auszustrecken.

Der Alte Mann schnappte sich den Wasserschlauch von der Zapfsäule, drehte das Wasser voll auf und kletterte erneut nach oben, weil er versuchen wollte, ihr Wasser in den Schlund zu spülen. »Halt den Schlauch fest!«, brüllte er nach unten. Ich packte mir das hintere Stück, und der Alte Mann schob ihr den Schlauch in die Gurgel, sodass das Wasser wie ein reißender Strom über ihren Kehlkopf spülte und dann wie ein Geysir wieder nach oben schoss – mitsamt Hut und allem Drum und Dran.

Mädchen nieste und prustete kräftig und fuhr dann völlig ungerührt fort wiederzukäuen.

Der Trapper schnappte sich den ausgespuckten Hut und kehrte zu seinem Maultier zurück.

Der Alte Mann kletterte wieder herunter, und der Ladenbesitzer drehte das Wasser ab.

Und ich – der ich den Schlauch immer noch verzweifelt umklammert hielt – ließ mich triefnass und japsend aufs Trittbrett fallen.

»Hm«, brummte der Ladenbesitzer und beäugte die Schweinerei am Boden, »man hätte doch meinen sollen, dass er nach unten rutscht und nicht wieder hoch. Oder nicht?«

Mit einem schweren Seufzer ließ der Alte Mann sich neben mich sinken – und sprang sofort wieder auf. Ich ebenfalls, weil ich annahm, wir würden weiterfahren. Stattdessen schlurfte er auf die Ladentür zu. »Du machst die Schätzchen fertig«, murmelte er über die Schulter. »Ich brauche noch ein Bier.«

Ein paar Meilen die Straße runter fuhren wir endlich wieder auf den Lee Highway auf, und die folgende Stunde durchquerten wir eine Landschaft, von der ich mir wünschte, ich hätte sie genießen können – Wald zur einen, ein sattgrünes Tal zur anderen Seite. Nur war ich immer noch leicht zittrig und entsprechend froh, als der Alte Mann beschloss, dass wir an einem Blockhüttencamp am Highway haltmachen sollten. Allem Anschein nach waren wir die einzigen Gäste dort, und sobald der Betreiber mit dem obligatorisch verdatterten

Glotzen fertig war, widmeten wir uns der Versorgung der Giraffen. Allerdings fühlte es sich diesmal anders an. Der Alte Mann starrte länger als zuvor an der Tankstelle auf Mädchens Schiene hinab, und ich ahnte, warum. Die Wunde war aufgerissen. Während der holprigen Fahrt war sie so sehr in Mitleidenschaft geraten, dass sie blutete.

»Hol die Zwiebeln«, sagte der Alte Mann erschöpft. Dann nahm er sich die schwarze Arzttasche aus der Fahrerkabine. Ich kletterte auf die Steigleiter und fütterte Mädchen durch die Fensterluke. Erst wollte sie gar keine Zwiebel. Dann bloß eine einzige. Trotzdem hielt ich sie ihr weiter hin, während der Alte Mann vorsichtig den Verband lockerte, die blutende Wunde mit einem Puder aus einer Flasche bestäubte und sie anschließend frisch bandagierte. Als Mädchen es ohne Zicken über sich ergehen ließ, dämmerte mir, was er mir vor dem Tunnel nicht hatte sagen wollen. Mädchens Bein war in einem schlimmeren Zustand, als er zugeben wollte.

Nachdem er die schwarze Tasche zurück hinter die Sitzbank geschoben hatte, setzte der Alte Mann seinen Fedora auf und starrte abwesend in Richtung der untergehenden Sonne. »Kümmer du dich um den Rest, Junge, ja?« Dann schleppte er sich ohne ein weiteres Wort in die Blockhütte.

Also kletterte ich so weit hoch, dass ich die Dachluke aufmachen konnte. Der Anblick der beiden Giraffen, die dort sicher in ihren Transportabteilen standen, hätte meine strapazierten Nerven beruhigen müssen, doch als sie sich mir erneut zuwandten, genau wie sie es oben am Berg getan hatten, fühlte ich mich dorthin zurückversetzt … *die nächste Haarnadelkurve … Rotschopf fährt uns auf, sodass die Giraffen in Richtung des Abgrunds taumeln … Ich an der Seite, wie ich die riesigen Tiere beknie, anbettele, bete, dass sie auf mich hören mögen … mir vertrauen mögen …*

Zu mir kommen …

Weg vom Abgrund …

Ich hielt mich – auf sicherem, festem Grund – seitlich

an unserem geparkten Truck fest, trotzdem zitterte ich wie Espenlaub, so wie ein Beinaheabsturz in den Bergen einen Menschen zum Zittern bringt, sobald sich die Erkenntnis Bahn bricht, nur um Haaresbreite dem Tod entkommen zu sein. Ich nötigte mich zu atmen, bis ich endlich den Griff wieder lockern konnte. Doch statt einfach abzusteigen, kletterte ich auf das geöffnete Dach. Ich brauchte die Luft, ich brauchte den Himmel, und ich brauchte Gesellschaft, auch wenn ich es mir nicht eingestehen wollte. Ich setzte mich genau wie am Vorabend mit Rotschopf rittlings auf die Trennwand, nur dass die Giraffen mich diesmal nicht um Zwiebeln anstupsten. Stattdessen kamen sie so nah an mich heran, wie sie konnten – genau wie in jener ersten Nacht in der Quarantänestation. Als müssten wir drei zusammenhalten. Von derlei Kolossen umgeben, hätte ich mich womöglich eingeschüchtert und klein fühlen müssen, doch in ihrer riesenhaften Gegenwart fühlte ich mich umso größer – und ruhig und herrlich sicher auf eine Weise, die schwer zu beschreiben und der noch schwerer zu widerstehen ist. Natürlich wusste ich es besser. Trotzdem fühlte ich mich gleichsam überwältigt von meinen Gefühlen und konnte mich nicht zurückhalten.

Sind doch nur Tiere, hörte ich meinen Pa schimpfen, *und du bist kein kleines Kind mehr.*

Auf dem Berg sind sie zu mir gekommen, schoss es mir wieder und immer wieder durch den Kopf. *Sie sind gekommen, und wir sind nicht gestorben.*

Es war Vollmond, einer jener Erntemonde, die eine Nacht so hell ausleuchteten, dass man fast so gut sehen konnte wie am Tag. Während die Giraffen sich nach den Zweigen ringsum ausstreckten, sah ich ihnen zu und lauschte, bis sie aufhörten zu knabbern und anfingen wiederzukäuen. Ich ließ mich rücklings auf die Planke sinken, die die zwei Giraffenabteile trennte, ließ mich von alledem einlullen, von den gleichmütigen Giraffen direkt neben mir, vom leisen Flüstern des Waldes und vom Mond, der riesig und gelb durch die Bäume schien. Ich starrte ihn so lange und beseelt an, dass ich zu meiner Schande eingeschlafen sein muss.

Denn im nächsten Moment zuckte ich zum Geräusch splitternden Holzes hoch – die Giraffen traten so heftig aus, dass sie ihre Abteile demolierten. Etwas hatte sich ihnen genähert, sodass sie glaubten, sich verteidigen zu müssen.

Aufs Schlimmste gefasst, spähte ich über die Kante. Unter uns befand sich ein Bär. Er schnupperte an den Reifen des Trucks, und im nächsten Moment stellte er sich auf die Hinterbeine und stemmte sich mit seinen massigen Tatzen gegen die Transportkiste.

Die Giraffen tobten. Mädchen trat so fest aus, dass ich schon befürchtete, sie hätte ein Loch in die Wand geschlagen, doch der Bär war vollkommen unbeeindruckt. Ich sah mich hektisch nach etwas um, womit ich nach ihm fuchteln oder hätte schlagen können, bis ich fast so weit war, einfach hinunterzuspringen, um ihn zu verscheuchen. Allerdings war dies der erste Bär, den ich im Leben vor mir hatte, deshalb brachte ich es nicht fertig. Stattdessen holte ich tief Luft, um den pelzigen Teufel mit einem lauten Schrei in die Flucht zu schlagen, ehe die Giraffen noch echten Schaden anrichten konnten … als ich mit einem Mal einen *Blitz* sah und alles um mich herum gleißend weiß wurde.

Einen Augenblick lang konnte ich rein gar nichts mehr sehen – ebenso wenig wie der Bär. Und während er die Flucht ergriff und dabei laut rumpelnd mehrere Müllkübel umstieß, hielt ich mich an der Giraffenkiste fest, um nicht vom Dach zu stürzen. Erst als ich mir den Blitz aus den Augen geblinzelt hatte, sah ich Rotschopf heraus ins Mondlicht treten: Sie löste die Blitzlampe aus der Kamera und ließ sie mehrmals in der hohlen Hand auf und ab hüpfen, damit sie abkühlte. Ganz so, als hätte sie soeben eine gemütliche Teeparty verlassen.

Mit immer noch leicht zusammengekniffenen Augen kletterte ich nach unten und inspizierte den Schaden an der Transportkiste. Und tatsächlich: Das Holz war zersplittert. Der Alte Mann würde hellauf begeistert sein … Um Rotschopf nicht entgegentreten zu müssen, kletterte ich wieder aufs Dach.

»Sie hat dem Bären *durch die Planken* einen Tritt verpasst!«, flüsterte Rotschopf aufgeregt in meine Richtung. »Aber es geht ihnen gut, oder?«

Die Giraffen rückten erneut zu mir auf. Ich antwortete nicht.

»Tut mir leid, dass ich oben auf dem Berg auf euch aufgefahren bin«, flüsterte sie weiter.

Und damit platzte der angstbefeuerte Zorn dieses Tages aus mir heraus. »Du hast uns fast *umgebracht*«, fauchte ich. »Bis dahin war alles in bester Ordnung!«

»Schrei mich nicht an«, flüsterte sie zu mir herauf.

»Ich *schreie* doch gar nicht!«, flüsterte ich zurück.

»*Natürlich* schreist du«, flüsterte sie herauf.

Gleichzeitig drehten wir uns nach der Hütte des Alten Mannes um.

Sie seufzte. »Na ja, ich hab's wohl nicht anders verdient«, flüsterte sie ein wenig leiser. »Es tut mir wirklich, wirklich leid, Woody, wirklich! Du und die Giraffen … Ihr wart *fabelhaft*. Darf ich raufkommen?«

Ohne meine Antwort abzuwarten, legte sie die Kamera auf dem Boden ab, kletterte nach oben und setzte sich auf der Mittelplanke mir gegenüber, genau wie in der vorangegangenen Nacht, nur dass ich diesmal ein Stück von ihr wegrutschte. Die Giraffen indes kamen näher – so nah, dass ihr Fell unsere baumelnden Beine streifte. Ich konnte ihre Körperwärme durch meine Hose spüren, ahnte, dass es Rotschopf genauso erging, und allmählich verebbte mein Zorn. »Ich bin eingeschlafen«, hörte ich mich selbst sagen. »Ich schlafe sonst nie ein.«

Sie runzelte die Stirn. »Was? Aber du musst doch schlafen?«

Ich würde ihr ganz bestimmt nicht von meinem Albtraum erzählen. Also zuckte ich bloß mit den Schultern.

»Ich liebe es zu schlafen«, sagte sie. »Das Einzige, was noch besser ist, ist wach zu sein. *Richtig* wach.«

Einen Augenblick lang saßen wir schweigend da. Dann machte Junge einen Schritt zur Seite und beäugte einen Zweig, den er zuvor übersehen hatte. Ich sah, wie Rotschopf sich bewegte, und dachte schon, sie würde wieder nach unten klettern.

Stattdessen schwang sie das Bein über die Planke und sprang in Junges Abteil. Mit einem dumpfen Geräusch – das ich mir ebenso gut eingebildet haben könnte, so verdattert war ich – kam sie auf dem gepolsterten Boden auf. Sie war knietief im Fasertorf gelandet, direkt neben seinen Hufen, am Durchgang zu Mädchen und nur Zentimeter von deren verletztem Bein entfernt. Mir fiel wieder ein, was der Alte Mann gesagt hatte … *Sie haben kein Gespür für ihre Größe. Selbst wenn sie dich lieben wie ihre eigene Mutter, brechen sie dir den Arm oder das Bein …*

»Schau sich einer dieses Polster an – sogar an den Wänden!«, flüsterte sie zu mir herauf. »Das ist ja gemütlicher als meine Hütte.«

»Was *machst* du da?«, wisperte ich nach unten.

»Ich wollte nur sehen, wie es hier drinnen aussieht – für meine Geschichte. Und ich wusste, es würde ihm nichts ausmachen.«

Junge scharrte mit den Hufen, wich vor Rotschopf zurück, und Mädchen schwenkte den Hals, wie sie es immer machte, kurz bevor sie nach dem Alten Mann austrat. Rotschopf würde gleich etwas abbekommen. Ich versuchte, sie zu warnen, brachte aber kein Wort heraus. Sie griff durch die Öffnung, legte die linke Hand an Mädchens Flanke – an dieselbe Stelle, über denselben herzförmigen Fleck, den ich in der Quarantäne berührt hatte. Dann streckte sie sich mit rechts nach Junge aus und tätschelte beide gleichzeitig. Mädchen hörte auf, den Hals zu schwenken, und Junge sträubte verzückt das Fell.

»Eines Tages reise ich nach Afrika«, sagte Rotschopf und tätschelte sie weiter. »Das hier ist mein Sprungbrett, du wirst sehen.« Sie blickte zu mir empor. »Und wie komme ich hier wieder raus? Ah, warte.«

Sie öffnete die Ausstiegsluke, sprang einfach nach draußen und hatte ein Leuchten in den Augen, als hätte sie gerade mit Hundewelpen geschmust. Ich eilte nach unten, schlug die Luke zu und wollte nichts lieber, als ihr zu sagen, dass sie das nie, nie wieder tun dürfte. Aber wenn man bedachte, was sie gerade getan hatte, wären Warnungen wohl ohnehin obsolet.

»Woody, hast du Mr Jones erzählt, wer ich war, als ich auf euch aufgefahren bin?«

Ich hatte kaum hingehört. »Was? Nein.«

»Gut. Warten wir noch ein bisschen mit dem Treffen … nach alledem, du weißt schon. Ich halte mich einfach noch ein bisschen bedeckt.« Und damit hauchte sie mir ein Küsschen auf die Wange – ich erstarrte –, klaubte die Kamera vom Boden auf und verschwand in ihrer Hütte.

Es war noch nicht annähernd spät genug, als dass der Alte Mann mich hätte ablösen müssen, trotzdem kam er keine Minute später herbeigeschlendert, streifte sich die Hosenträger über die Schultern und kniff die Augen gegen das Mondlicht zusammen. »Ich döse seit einer Weile nur noch vor mich hin … konnte nicht mehr schlafen. Geht's den Schätzchen gut? Ich meine, ich hätte Krawall gehört.«

»Da war ein Bär«, sagte ich und stellte mich so hin, dass er das Loch in den Planken nicht sehen konnte. »Aber der ist geflüchtet.«

»Ein Bär?« Er kramte nach seinen Lucky Strikes und setzte sich auf das Trittbrett. »Der kommt wohl nicht wieder. Leg dich aufs Ohr, ich wecke dich bei Tagesanbruch.«

Während ich auf die Hütte zuging, beschloss ich, ihm tags darauf das Loch zu zeigen, falls er es bis dahin nicht selbst entdeckt hätte. Doch in jenem Moment war ich der Ansicht, dass ich für diesen Tag genug durchgemacht hatte.

Sobald ich die Augen zumachte und noch während ich auf ein klein wenig Schlaf ohne Albträume hoffte, sah ich hinter meinen Lidern das Bild des Bären aufblitzen, spürte die Berührung von Rotschopfs Lippen auf meiner Wange – und ich fragte mich, was wohl gefährlicher war: der Bär, die Giraffen oder eine hosentragende Rothaarige mit Kamera.

POSTKARTE

Airmail Par Avion

8. Oktober 1938

Berge problemlos überquert. Giraffen haben währenddessen zwar nicht wiedergekäut, aber auf dem Highway sofort damit weitergemacht.

RJ

AN:

Mrs Belle Benchley
San Diego Zoo
San Diego, Kalifornien

… »Mr Nickel?«

Rosie, Speckie und die Schwester sind in meiner Tür aufgetaucht.

»Dürfen wir reinkommen?«, fragt die Schwester.

»Schau einer an, man fragt erst höflich.« Ich lasse den Stift sinken.

»Ich schwöre Ihnen, sein Herz hatte aufgehört zu schlagen«, jault Speckie.

»Daryl hier meint, Sie hätten eine Art Herzanfall gehabt. Wie fühlen Sie sich?«

»Ich fühle mich fantastisch. Fit wie ein Turnschuh«, antworte ich und spähe zu Wildes Mädchen, die feucht in Speckies Richtung schnaubt.

Speckie nimmt beide Hände hoch und macht auf dem Absatz kehrt. Die Schwester kommt näher, fühlt meinen Puls, hört mich ab – und macht ebenfalls kehrt.

Nur Rosie bleibt stehen. »Okay, mein Lieber. Was ist passiert? Ich erzähle es auch niemandem.«

Statt zu antworten, wende ich mich wieder meinem Schreibblock zu. Sie zögert noch eine Sekunde, seufzt, drückt kurz meine Schulter und geht ebenfalls.

Doch dann höre ich Dominosteine klappern, drehe mich um, und die jüngere Rosie sitzt auf meiner Bettkante und mischt. *Eine Partie und eine Geschichte*, sagt sie wieder. »Also, was kam als Nächstes? Ich weiß es, ich weiß es – jetzt treffen wir Moses, stimmt's?«

In mir zieht sich alles zusammen.

»Oh, Herzchen … Warum quälen Sie sich so?«

Gab es in Ihrem Leben nie eine Geschichte, die Sie jemandem hätten erzählen sollen, bevor es zu spät war? Ich reibe mir über die Brust.

Sie haben sie mir erzählt, erwidert sie.

Nein, nicht die ganze Geschichte – und Sie sind nicht sie. »Ich muss sie *ihr* erzählen«, sage ich laut. Aber es ist niemand mehr da. Ich drehe mich eilig nach dem lieben Mädchen um. *Sie* ist noch da und leckt sich die Schnauze. Ich lecke über die Bleistiftspitze und mache mich wieder auf den Weg.

Baltimore American

9. Oktober 1938

NIEDRIGE BRÜCKE!

8

Nach Tennessee

Bei Sonnenaufgang war das Erste, was ich zu Gesicht bekam, nachdem ich in meine Stiefel gestiegen und aus der Blockhütte nach draußen gestolpert war, der Alte Mann bei der Inspektion des Transportaufbaus, den Wildes Mädchen beinahe zertrümmert hätte. Resigniert hob er die Hände. »Fahren wir.«

Ein Stück entfernt im Schatten stand der Packard. Der Alte Mann hatte ihn noch nicht bemerkt, doch als wir abfuhren, erhaschte ich einen Blick auf Rotschopf, die uns durch den Türspalt aus ihrer Hütte hinterherspähte.

Wir hielten beim ersten Geschäft mit Zapfsäule, an dem wir vorüberkamen, tankten und kauften ein. Während ich nach den Giraffen sah und zugleich nach Rotschopf Ausschau hielt, blieb mein Blick an dem Western-Union-Schild am Laden hängen, und ich fragte mich, ob der Alte Mann wie angekündigt soeben ein Telegramm mit der Bitte um einen neuen Fahrer ab Memphis verschickte. Missmutig setzte ich mich hinters Steuer.

Keine Minute später kam der Alte Mann aus dem Laden gestampft und warf Futtersäcke und eine Zeitung auf die Sitzbank zwischen uns. Er biss in ein Stück Salami, und ich blickte auf die Zeitung hinab, das weiß ich noch. In faustgroßen Lettern stand dort geschrieben: **ANSCHLUSS DES SUDETENLANDS AN HITLERS »GROSSDEUTSCHES REICH«.** Ich nahm davon kaum Notiz, weil ich nur an das Telegramm denken konnte. Hatte er es nun verschickt oder nicht?

Der Alte Mann hielt mir die Salami hin. »Willst du mal beißen?«

Ich schüttelte den Kopf.

Als ich den Truck zurück auf die Straße steuerte, nahm er noch einen Bissen, und mit vollem Mund teilte er mir mit: »Ich hab übrigens den neuen Fahrer angefordert.«

Jetzt war die Sache klar.

»Bring uns ans Ziel, und ich kaufe dir die Zugfahrkarte. Egal, wo du hin…«

Im selben Moment platzte aus mir heraus, was ich mir seit jenem Bergladen zurechtgelegt hatte: »Ich war in den Bergen gut unterwegs, bis wir angefahren wurden! Ich kann die ganze Strecke fahren! Ich schaffe es bis Californy, ich schwöre es bei Gott!«

Der Alte Mann kicherte. »Putz dir die Ohren, Junge. Ich hab gesagt: Ich kauf dir eine Zugfahrkarte – egal, wo du hinwillst.«

»Ganz egal?«

»Hast du dir verdient.« Endlich schluckte er den Bissen Salami. »Sogar nach Kalifornien, wenn du so dringend dort hinwillst.«

»Meinen Sie das ernst?«

»Jepp. So bist du sogar noch vor uns dort.«

So schnell wäre ich in Kalifornien! Schon so bald! Mein Plan war aufgegangen! Ich musste uns nur noch bis Memphis bringen, und im Nu wäre ich unterwegs ins Gelobte Land.

Das Flämmchen Hoffnung in mir loderte himmelhoch auf.

Die folgenden Meilen liegen bis heute völlig im Nebel; ich wundere mich selbst, dass ich uns nicht in den Straßengraben gesteuert habe, so aufgeregt, wie ich war. Ich sah mich nicht mal mehr nach Rotschopf um. Tatsächlich kann ich mich an die Etappe nicht im Geringsten erinnern – bis wir auch schon in Tennessee waren und einen kleineren Gebirgspass überquerten. Doch mit den Smoky Mountains ließen wir gleichzeitig auch die schlimmsten Höhen und Tiefen hinter uns – zumindest geografisch betrachtet.

Allmählich fanden wir wieder in unseren Rhythmus, genau wie an unserem ersten Reisetag, auch wenn es sich für mich diesmal so anfühlte, als wäre alles komplett anders: Ich versuchte nicht mehr, auf einem geklauten Motorrad hinterherzukommen, mauschelte mir nichts mehr zurecht oder schmiedete irgendeine List. Ich kutschierte uns einfach selig voran, Stunde um Stunde, hielt an bildschönen Stellen, und die Bäume erwiesen sich als willkommene Leckereien. Wir kamen an einer Pferdefarm vorbei, und die Tiere begleiteten uns mit wehenden Mähnen und peitschenden Schweifen den lang gezogenen weißen Zaun entlang. Irgendwo unterwegs legte Wilder Junge sich sogar wieder hin: Beim nächsten Rastaufenthalt klappte ich die Dachluke auf, und als ich über die Kante sah, hatte er sich in seinem Abteil auf dem Boden niedergelassen und den Hals um den Leib geschlungen – was mir gegen sämtliche Gesetze der Physis zu sprechen schien.

Doch statt nach dem Alten Mann zu rufen, beugte ich mich diesmal über ihn und flüsterte: »Hey …«

Er entrollte den Hals, kam auf die Beine, richtete sich auf wie ein Giraffenprinz, als wollte er fragen: *Was?* Dann schob er den Kopf an mir vorbei, um gemeinsam mit Mädchen am nächsten Baum zu knabbern … und mit einem Mal stieg etwas Unerklärliches, Bittersüßes in mir auf.

Als wir abermals aufbrachen, betrachtete ich im Außenspiegel, wie die Giraffen die Schnauzen in den Wind hielten … und hatte wieder das gleiche Gefühl. Ich riss den Blick los, sah nach vorn und stellte mir vor, wie ich im Zug nach Kalifornien säße, bis das flackernde Flämmchen wieder kraftvoll loderte.

Den restlichen Vormittag kamen wir ohne Zwischenfälle voran. Das wohl nennenswerteste Vorkommnis war, dass wir an einer Reihe alter Burma-Shave-Werbeschilder vorüberfuhren.

Die Nummer sicher
Ohne jeden Zweifel
Mach's wie die anderen
Sonst geht's zum Teufel
Burma-Shave

Ging nachsehen
Mit dem Zündholz
An den Tank
Jetzt heißt er überall
Der Kahle Frank
Burma-Shave

Besonders an Letzteres kann ich mich noch gut erinnern, weil der Alte Mann laut darüber lachte. Als wir den ersten Nachmittagshalt einlegten, waren wir alle immer noch so gut gelaunt, dass er sogar nach Mädchen sehen konnte, ohne dass sie nach ihm austrat.

Doch kaum dass wir wieder auf die Straße fuhren, hörten wir aus einiger Entfernung das Rattern eines Zuges, und der Alte Mann war schlagartig angespannt.

Das Rattern schien sich von jenseits eines Wäldchens zu nähern und wurde immer lauter – die Geleise verliefen auf die Straße zu. Wir versuchten, zwischen den Bäumen hindurch etwas zu erkennen, und als wir das erste Gelb-Rot aufblitzen sahen, fluchte der Alte Mann in sich hinein.

»Was für ein Zirkus reist denn bitte dieselbe Strecke wie wir?«, fragte ich.

»Ein verdammt windiger«, antwortete er.

Dann wurde der Baumbewuchs lichter, und ich konnte in einem der Viehwagen Elefanten sehen, die die Ohren hängen ließen. »Die sehen nicht glücklich aus …«

»Haben auch keinen Grund dafür«, murmelte der Alte Mann und spuckte aus dem Fenster, was mir jetzt im Nachhinein ebenso sehr wie ein abfälliger Kommentar vorkommt wie ein jähes Bedürfnis, seinem Speichelfluss Herr zu werden, denn im nächsten Moment fuhr er fort: »Ich meine damit nicht einmal die Gaunereien, sondern die Art und Weise, wie sie die Tiere behandeln – da will man ihnen einfach nur den Zorn Gottes an den Hals wünschen.«

Eine gute Meile weit fuhr der Zug hinter vereinzelten Bäumen quasi neben uns her, ehe er an uns vorbeizog. Am roten Begleitwaggon hing ein neues Banner mit der Aufschrift: *Heute Abend Chattanooga!* Zu guter Letzt ratterte er außer Sicht.

Unsere gute Laune war dahin. Während sich um uns herum zusehends Weideland erstreckte, sah ich wiederholt im Außenspiegel zu den Giraffen, deren Pullmanwagen einem Viehwaggon für meine Begriffe eindeutig zu ähnlich sah. Und auch der Alte Mann warf immer häufiger Blicke in den Außenspiegel, allerdings nicht, um nach den Giraffen zu sehen. Er hielt die Straße im Blick, und das für mehrere Meilen. Der Zirkuszug war längst verschwunden, deshalb konnte ich es mir nicht recht erklären, und als ich selbst nach hinten sah, weil ich befürchtete, er hätte den grünen Packard erspäht, war die Straße leer.

Unvermittelt zeigte er zur Seite. »Fahr da runter.«

Ich bog auf einen Schotterweg ab, der auf eine Baumgruppe zuführte.

»Da, in das Wäldchen«, sagte er mit merkwürdig gepresster Stimme. »Und dann die Luken zu!«

Ich tat wie geheißen, und die Giraffen protestierten nicht mal, was mir ebenfalls merkwürdig vorkam.

Wir saßen vielleicht fünf, dann zehn Minuten einfach nur herum und warteten. Ich fing schon an, mir zu wünschen, dass endlich Autos kämen, die mich ablenken würden, als ich einen Farbklecks entdeckte. Gelb … und Rot.

Ein Kastenwagen raste an uns vorbei und dann außer Sicht – derselbe, den wir schon in Maryland gesehen hatten.

Ich warf dem Alten Mann einen überraschten Blick zu und

wollte schon nachfragen, doch er biss sich so fest auf die Zähne, dass ich lieber den Mund hielt. Unsere gute Reiselaune war nicht nur dahin, sie war ins Gegenteil umgeschlagen.

Wir machten die Fensterluken wieder auf, und in den folgenden Stunden durchquerten wir eine Kleinstadt nach der anderen. Am Straßenrand löste ein Werbeschild das andere ab – *Ich geh meilenweit für Camel Filter* und *Mach mal Pause mit Dr. Pepper!* Nicht einmal die üblichen Rufe – »Na, wie ist das Wetter da oben?« – konnten uns aufheitern. Im Lauf des Nachmittags wurde es kühler, wir kurbelten die Fenster zu, und selbst die Giraffen zogen die Köpfe ein. Der Alte Mann brummte, dass wir nur noch zwei Meilen fahren müssten, bis wir die Stelle erreicht hätten, wo wir übernachten würden. Wir kämen dort an, bevor es noch mehr abkühlte – wobei ich mir nicht sicher war, ob er die Luft meinte oder die Stimmung.

Dann näherten wir uns einer Überführung.

Und wenn ich Überführung sage, dann meine ich: was davon übrig war.

Irgendwer hatte es nicht drunter hindurchgeschafft. Auf der Fahrbahnmitte war etwas dagegengekracht, was eindeutig härter gewesen war als ein Giraffenkopf. Betonbrocken und Kabel hingen herab. Und darunter stand, mitten auf der Straße, ein großes Umleitungsschild.

Der Alte Mann stöhnte auf. »O nein.«

Ich ging vom Gas, bis wir in Schrittgeschwindigkeit darauf zurollten und die Giraffen erneut die Köpfe herausstreckten, um zu sehen, was los war. Der Umleitungspfeil zeigte in Richtung einer Nebenstraße, die zwar Anlass zur Hoffnung gab, dass sie schon bald wieder zum Highway zurückführen könnte – nur dass die Straße an sich uns bedenklich stimmte: Sie war durchaus asphaltiert, allerdings von Schlaglöchern und Unkraut durchsetzt und hatte weder einen Straßennamen noch eine Nummer. An der Abzweigung hing lediglich ein handgemaltes Schild, auf dem *Hütten für Farbige* stand.

»Was mache ich denn jetzt?«, fragte ich.

Der Alte Mann schäumte vor Wut. »Da langfahren!«

Rund hundert Meter weit lief es gut, doch dann ging es um eine Kurve, und ich stieg auf die Bremse. Vor uns befand sich eine Bahnüberführung – eine der altmodischen Art, bei der die Straße sich darunter absenkte statt andersherum. Sah verdammt niedrig aus.

Und wenn ich niedrig sage, dann meine ich: richtig niedrig.

Noch dazu war die Durchfahrt kaum breit genug für unser Gefährt.

Wenn es einen Straßenrand gegeben hätte, wäre ich erst mal rechts rangefahren. Doch selbst der Rand neigte sich auf die Unterführung zu, ich musste also auf der Straße stehen bleiben, und sowie wir gehalten hatten, spürte ich, dass jemand mich anstarrte. Erst glaubte ich, es wären die Giraffen, aber dann blieb mein Blick an einem weiß getünchten Shotgun-Haus direkt an den Geleisen hängen. In einem winzigen Fensterchen im Dachvorsprung saß ein kleines schwarzes Mädchen von vielleicht vier oder fünf Jahren, das beim Anblick der Giraffen große Augen machte.

»Spring raus und miss das ab, bevor irgendein Idiot uns noch hinten auffährt.« Der Alte Mann griff unter den Sitz und warf mir einen langen Maßstab zu. Ich stieg aus, eilte zur Unterführung und maß die Höhe ab.

»Drei sechsundachtzig!«, rief ich ihm zu.

Unser Gefährt war in etwa exakt so hoch – wenn nicht sogar ein klein bisschen höher, je nachdem, wie viel Druck auf den warmen Reifen war.

Bis ich wieder beim Truck angekommen war, stand der Alte Mann bereits vorne am Kotflügel und beäugte den Reifen. »Ich hatte gehofft, es würde nicht so weit kommen«, murmelte er und zog die Ventilkappe ab. Unser Truck hatte vorn je einen und hinten je zwei Reifen pro Seite, weil dort das Gewicht der Giraffen lastete und falls mal einer platzte. In

Sekundenschnelle hatte er aus sämtlichen Reifen ein wenig Luft gelassen – stets begleitet von einem weich flüsternden *Pffffff* … bis er beim letzten ankam, in den sich ein Nagel gebohrt hatte. Doch der Alte Mann hatte keine Wahl. Auch dieser Reifen musste abgelassen werden, und als er das Ventil öffnete, schoss mit einem Schlag alle Luft heraus. Der Alte Mann fluchte wie ein Bierkutscher. Dann atmete er tief ein. Der benachbarte Reifen würde uns hoffentlich bis zu unserem Nachtlager und zur nächsten Tankstelle bringen – sofern wir es unter der Unterführung hindurchschafften.

Ich maß erneut nach. Immer noch verdammt eng. Er musste noch ein wenig mehr Luft aus sämtlichen Reifen lassen.

Er war um ein Haar fertig, kniff eben noch den Ventilkörper des Zwillings neben dem platten Reifen zusammen, als ein zweisitziger Sportwagen um die Kurve fegte, uns haarscharf verfehlte und durch die Unterführung donnerte. Nachdem wir schon einmal von einer schlingernden Raserin angefahren worden waren, machte ich einen Satz wie ein zu Tode erschrockener Ochsenfrosch, stieß dabei versehentlich gegen den Alten Mann, der immer noch die Hand am Ventil hatte, es leicht nach hinten bog … und das weiche *Pffffff* wich einem anderen Geräusch. Einem zutiefst beunruhigenden *SCHHHHHH*.

Und dieses Geräusch hörte gar nicht mehr auf. Bis *beide* Zwillingsreifen so gut wie leer waren.

Eine Sekunde lang starrten wir einander reglos an. Dann brüllte er: »Wir müssen da durch, und wenn nur, um von der Straße runterzukommen! Luken zu!«

Ich brauchte eine geschlagene Minute, weil selbst der sonst so fügsame Junge den Kopf nicht einziehen wollte, von Mädchen ganz zu schweigen.

»Vergiss es«, rief der Alte Mann, der zurück in die Kurve gerannt war. Ihn rennen zu sehen war an sich schon beängstigend. »Die Luft ist rein«, rief er mir zu. »Fahr los!«

Immer noch mit dem *SCHHHHHH* in den Ohren, rutschte ich hinters Lenkrad.

»Durch die Mitte, aber langsam – sie brauchen Zeit, um rechtzeitig die Köpfe einzuziehen – und dalli, der Reifen hält nicht mehr lange!«

Während die Giraffen angesichts des Getöses schnaubten und stampften, hieb ich den Gang rein und rollte vorwärts – in der Hoffnung, dass sie beim Anblick der Unterführung ganz von allein die Köpfe einziehen würden. Und gottlob, sie taten es. Langsam, quälend langsam kämpften wir uns unter der rostigen Eisenbahnbrücke hindurch, während das hölzerne Dach unseres Aufbaus darunter hindurchknirschte, dass sich einem die Zehennägel aufrollten.

Wir hatten es *fast* geschafft – es fehlten nur noch wenige Zentimeter –, als sich der annähernd luftleere rechte Hinterreifen mit einem finalen, traurigen *Pfffffft* vollends entleerte, das Gefährt auf den Asphalt sackte und die Unterführung wie ein Stopfen blockierte.

Ich sprang hinaus und schob mich zwischen Aufbau und Wand hindurch zu dem Alten Mann, dem das Entsetzen ins Gesicht geschrieben stand. Nun waren beide Hinterreifen platt, wie sie platter nicht hätten sein können. Und schlagartig war uns auch klar, wie das hatte passieren können: Es waren die Giraffen gewesen. Sobald der Truck vorn die Durchfahrt geschafft hatte, hatten sie wieder die Köpfe nach draußen geschoben – und zwar beide. Gleichzeitig. Zur selben Seite. Das einseitige Gewicht war zu viel für den verbliebenen halb leeren Reifen gewesen.

Der Alte Mann riss sich den armen Fedora vom Kopf, schleuderte ihn zu Boden und trampelte ihn platt. Er ließ eine Tirade vom Stapel, für die ich ihn in jeder anderen Lage bewundert hätte – kreativ wie die Sünde selbst und lang wie ein Rotzfaden im Wind. Ich verstand genau, was in ihm vorging, und hätte mich ohrfeigen wollen. Als die Giraffen sich geweigert hatten, sich von ihrem Ausguck zurückzuziehen, hätte ich sie wenigstens in entgegengesetzte Richtungen locken müssen – Mädchen in die eine, Junge in die andere –, damit das Gefährt zumindest ein paar wenige Sekunden lang im Gleichgewicht wäre. Aber zu spät. Ich lief zurück zum Truck, schob sämtliche Luken zu, damit das Gefährt wenigstens halbwegs ins Gleichgewicht kam – zumindest lange genug, als dass der Alte Mann aufhörte zu fluchen und anfing zu überlegen, was wir jetzt tun sollten. Denn inzwischen schwebten wir in annähernd so großer Gefahr wie zuletzt am Berg. Ich sprintete los, lief in die Kurve, weil einer von uns verhindern musste, dass der nächste Wagen uns hinten auffuhr und tödlichen Schaden anrichtete.

»Komm sofort zurück!«, brüllte der Alte Mann mir nach.

Und als ich über die Schulter sah, stockte mir fast der Atem.

In seiner Verzweiflung hatte der Alte Mann einen blitzblanken, riesigen Wagenheber unter die Hinterachse bugsiert und würde mich gleich pumpen lassen. Allerdings hatten wir es mit zwei platten Reifen, nur einem Ersatzrad und zwei Giraffen zu tun. Und nicht zu vergessen: mit einer Überführung keine fünf Zentimeter über dem Transporterdach. Es würde nicht funktionieren, so viel stand fest. Kein Mensch konnte nur mittels Körperkraft ein Gefährt aufbocken, auf dem zwei Giraffen über zwei platten Reifen standen. Und es gab auch keinen Truck der Welt, der die Giraffen weniger wiegen ließ als zwei Tonnen, ganz gleich, auf welcher Seite sie standen.

Mir war klar, dass der Alte Mann wusste, was ich wusste, aber er sah so verzweifelt und halb von Sinnen aus, dass ich zu ihm zurückmarschierte und mich zum Wagenheber schieben ließ. Ich pumpte und pumpte, bis ich den Alten Mann flüstern hörte – mit einer Stimme, die mir selbst als Erinnerung noch eine Gänsehaut beschert: »Ähm … Junge …«

Ich sah in dieselbe Richtung wie er. Oben auf den Geleisen stand ein Schwarzer in blauer Latzhose. Er war gute eins neunzig, wenn nicht zwei Meter groß. Was mich aber noch viel mehr in Angst und Schrecken versetzte, war die riesige Klinge, die er in der Hand hielt. Nein, keine Klinge – eine Sense, eins jener scheußlichen Farmwerkzeuge, die ich immer nur vor sich hin rostend an Scheunenwänden gesehen hatte, seit in den Great Plains Baumwolle und Traktoren Einzug gehalten hatten. Nur dass diese Sense nicht rostig war: Sie blitzte und war rasiermesserscharf – wie jene, die der Sensenmann aus den Gruselgeschichten unter seinem flatternden Umhang mitführte.

Und nun schlenderte dieser Riese die Böschung herunter zur Schnauze unseres Trucks. Als er dort ankam, stemmte er die Sense in den weichen Boden, als wäre sie der Stab Mose. Eine ewige Sekunde lang stand er bloß da und starrte den Alten Mann und mich stumm an.

»Wir haben euch beobachtet«, sagte er schließlich.

Ich sah mich um, konnte aber keine weitere Menschenseele entdecken, was nur gut war.

Beim Klang der fremden Stimme stieß Wildes Mädchen mit dem Kopf gegen die Fensterluke, sodass die Schließe aufsprang und das Fenster aufschwang.

Moses runzelte die Stirn. »Was haben Sie denn da für Tiere dabei?«

Noch bevor der Alte Mann antworten konnte, schlug auch das zweite Fenster auf. Wilder Junge wollte ebenfalls sehen, was es zu sehen gab. Und nachdem beide Giraffen das Gleiche auf derselben Seite taten, neigte der Truck sich abermals zur Seite, Metall ächzte – und gab nach. So viel zum blitzblanken Wagenheber.

Moses starrte das Werkzeug an.

Dann den Truck.

Dann die Unterführung.

Dann die Reifen.

Dann uns.

»Da haben Sie sich mal 'ne enge Stelle ausgesucht.«

»Ja«, stieß der Alte Mann hervor.

»Und die Luft rausgelassen, um drunter durchzukommen.«

»Ja.«

»Und jetzt stecken Sie fest«, fuhr Moses fort.

»Ja.« Je öfter er das Offenkundige bestätigen musste, umso missmutiger schien der Alte Mann zu werden.

Moses nickte zu den Giraffen empor. »Ich nehm an, die zwei dürfen da nicht raus.«

»Nein.« Der Alte Mann schüttelte derart vehement den Kopf, dass nicht mehr viel fehlte, und der Kopf wäre ihm von den Schultern geflogen. Moses schien allem Anschein nach eine vage Idee für die Giraffen gehabt zu haben, nur dass unser Transporter kein Pferdeanhänger war, den man rückwärtig öffnen konnte. Selbst wenn wir gewollt hätten, hätten wir die Giraffen nicht aus der Transportkiste herausbekommen – nicht ehe der Truck zur Gänze durch die Unterführung hindurch gewesen wäre. Es hätte die komplette Seite freiliegen müssen.

Erneut verschaffte sich Moses einen Überblick. Dann sagte er: »Das kriegen wir hin. Aber erst muss da noch etwas gerichtet werden.«

Ich wusste nicht, was in dem Alten Mann vorging, aber in meinen Ohren klang all das nicht sehr verheißungsvoll.

Moses legte zwei Finger an die Lippen und stieß ein Geräusch aus, das zwischen ermordeter Krähe und balzendem Rotkehlchen lag. Keine Minute später tauchten sechs jüngere, noch stämmigere Versionen seiner selbst auf – samt und sonders in identischen Latzhosen, einer mit dem Latz nur über einer Schulter, andere mit den Trägern über beiden Schultern, einige mit Hemd, andere ohne – und alle mit Ackergerät in den riesigen Pranken.

Sie traten näher an unseren Truck heran, und ein paar von ihnen konnten sich sogar bis zu den Giraffen ausstrecken, ganz ohne auf etwas draufzusteigen. Man hätte meinen sollen, dass sie bei dem Anblick sofort in großes Hallo ausgebrochen wären, wie sämtliche Leute zuvor, aber sie waren still wie der Wind, nickten nur, stemmten die Hände in die Hüften, runzelten die Stirn und taten dann, was zuvor Moses getan hatte: Sie musterten die Reifen, die Unterführung, den Truck und einander.

Und uns.

Unterdessen ließ der Alte Mann die Gerätschaften in den Pranken der Männer nicht aus den Augen. Ich konnte ihm ansehen, dass er sich Sorgen machte, wo all dies hinführen würde. Sein Blick huschte klammheimlich zu dem Gewehr, das wir in der Fahrerkabine mit uns führten. »Bleib in der Nähe«, raunte er mir zu, als könnte ich irgendwas ausrichten, sofern das hier aus dem Ruder liefe.

»Wir rufen die Onkels besser auch dazu«, sagte Moses und legte erneut die Finger an die Lippen. Diesmal klang sein Pfiff eindeutig eher nach Mord denn nach Paarungsruf, und aus dem Nichts tauchten sechs weitere stämmige Männer auf – älter als die ersten, auch wenn sie ihnen zum Verwechseln ähnlich sahen, mal abgesehen von der Haarpracht. Sie gesellten sich zu jenem ersten Trupp und taten, was dieser zuvor getan hatte: Sie machten sich schweigend ein Bild von der Lage, und sie brauchten dabei so lange, dass der Alte Mann und ich schier aus der Haut fahren wollten.

Dann drehten sie sich zu den Geleisen um, weil von dort *noch einer* kam. Allerdings war der anders. Weißbärtig. Er benutzte eine Hacke als Gehstock, seine Latzhose war gestärkt, sein blaues Arbeitshemd frisch gebügelt, und als er neben Moses stehen blieb, hatte er nur Augen für die Giraffen.

Ich hatte schon früher von großen Farmersfamilien gehört und sogar welche gekannt, aber diese war eindeutig eine andere Liga. Ich ließ den Blick über den ganzen Clan schweifen und kam zu dem Schluss, dass der Weißbärtige Big Papa sein musste, die Onkel seine Brüder und der Rest die Söhne, von denen Moses der älteste war.

Noch während Big Papa die Giraffen anstarrte, nickte Moses dem Jüngsten zu – der die meisten Muskeln, wenn auch nicht die Größe hatte –, und der Sohn schlenderte zurück zur Kurve, um dort Wache zu halten. Eine menschliche Absperrung, wie es sie nur geben konnte.

Dann ergriff Big Papa das Wort. »Wir wissen, was wir für diese riesenhaften Schöpfungen aus Gottes reinstem Paradies tun können.« Während Big Papa und Moses eine stumme Pause einlegten, waren die Nerven des Alten Mannes zum Zerreißen angespannt, und mir ging es nicht anders. Ich fragte mich, warum er nicht darauf beharrte zu hören, was sie sich ausgedacht hatten, statt diesen Fremden einfach das Heft des Handelns zu überlassen. Andererseits war mir natürlich klar, warum. Es gab ohnehin nur eins, was wir tun konnten: den Truck bewegen. Doch wie das ohne motorisierte Hilfe funktionieren sollte – und erst recht ohne die Giraffen aus dem Transporter zu lassen –, wusste keiner so genau.

Dann erhob Moses das Wort. »Legen Sie den Gang ein.«

Ich sah zu dem Alten Mann, der zu mir sah. Obwohl klar war wie der helle Tag, dass es ihm insgeheim widerstrebte, nickte er mir zu. Und während ich einstieg und den ersten Gang einlegte, ging mir nur ein einziger Gedanke durch den Kopf: *Wo immer die Giraffen hingehen, gehe auch ich hin.* Ich war selbst überrascht und annähernd erschüttert. Und umso erschütterter, als ich in den Spiegel sah.

In der Kurve war ein grüner Packard rechts rangefahren, als hätte er versucht, dem Absperrungssohn auszuweichen. Davor stand Rotschopf in einem Männer-Trenchcoat, umklammerte ihre Kamera, und die menschliche Absperrung hielt sie am Arm fest.

»Bereit?«

Moses' Stimme holte mich zurück zum Pullman.

Ich nickte.

»Gas geben!«

Der Truck hatte wie schon erwähnt die Unterführung um ein Haar hinter sich gehabt, als die Reifen sich vollends geleert hatten, und blockierte die Durchfahrt. Das Wichtigste war, ihn aus der Unterführung raus und an den Straßenrand zu bekommen – und genau darauf zielte der Big-Papa-Clan ab. Für sie war es egal, ob ich ein paar zusätzliche Pfund zu der Last beitrug – vielmehr hätte ich ebenso gut federleicht sein können. Es war auch egal, dass die Reifen platt waren. Oder dass die Straße hangaufwärts führte. Oder dass die Giraffen sich bewegten, zu beiden Seiten des Aufbaus die Köpfe herausstreckten und dem Treiben aufgeregt zusahen. Während ich Gas gab, hob der Big-Papa-Clan mich, zwei Giraffen, zwei platte Reifen und den Rest unseres Fuhrwerks an und hievte uns das kleine Stück hinaus, das nötig war, um die Unterführung freizumachen. Und unter ein paar letzten Ächzern und Stöhnern und Seufzern und Anfeuerungsrufen landete der Truck schließlich direkt hinter der Unterführung im Schotter neben der Straße.

Als ich den Zündschlüssel abzog, pfiff Moses erneut seinen Rotkehlchenbalzpfiff. Der menschliche Absperrungssohn aus der Kurve trat zur Seite, um vier Wagen durchzulassen, ließ Rotschopf los, die – statt in ihren Packard zu steigen – sofort auf uns zurannte und die Kamera hochnahm. Bis ich aus dem Truck ausgestiegen war, stand der Alte Mann derart verdattert da, wie ich ihn noch nie erlebt hatte, und Rotschopf knipste ein Bild nach dem anderen.

Der Alte Mann sah sie mit großen Augen an. »Und wer sind *Sie?*«

Rotschopf streckte die Hand aus. »Hallo, Mr Jones. Ich dokumentiere Ihre Reise für das *Life Magazine.* Woody kann das bezeugen, nicht wahr, Woody?«

»Das kann doch nicht …« Der Alte Mann stöhnte auf. »Sie sind diejenige, die uns in den Bergen fast in den Abgrund getrieben hat! Verschwinden Sie!« Er wandte sich ab, was sie mitnichten aufhielt: Sie wirbelte lediglich herum und schoss als Nächstes Fotos von den Söhnen und Onkeln. Inzwischen jedoch war auch die menschliche Absperrung da und hielt ihr die Pranke vor das Objektiv.

Rotschopf schluckte trocken.

»Siebter Sohn findet, die Höflichkeit gebietet, erst um Erlaubnis zu bitten, Missy«, übersetzte Big Papa.

Es dauerte einen Moment, ehe Rotschopf verstand, was Big Papa gerade gesagt hatte, weil sie derart auf die Pranke von Siebter Sohn vor ihrem Objektiv konzentriert gewesen war. »Oh. Entschuldigung. Dürfte ich Sie vielleicht fotografieren?« Siebter Sohn schien sich damit zufriedenzugeben und ließ die Hand sinken.

In der Zwischenzeit hatte Moses die platten Hinterreifen inspiziert. »Sie haben ein Ersatzrad«, sagte er. »Das reicht nicht. Sie bräuchten zwei.«

Der Alte Mann biss sich auf die Zunge, weil er ihm nicht abermals beipflichten wollte. »Hätten Sie vielleicht ein Rad dieser Größe, das wir Ihnen abkaufen könnten?«

Moses schüttelte den Kopf.

»Oder einen Kran, mit dem wir den Truck anheben können, um wenigstens das Ersatzrad aufzuziehen? Wir müssen unbedingt noch ein gutes Stück fahren, bis es dunkel wird.«

Wieder schüttelte Moses den Kopf.

Mangels weiterer Ideen drehte sich der Alte Mann zu mir um. Das sah alles nicht gut aus.

»Sicher, dass die zwei Großen nicht rauskönnen?«

Der Alte Mann zögerte. »Wären Sie auch imstande zu helfen, wenn das nicht ginge?«

Big Papa und Moses wechselten einen Blick. Dann nickte Moses bedächtig, und der komplette Clan machte kehrt und verzog sich.

Der Rest von uns hatte keine andere Wahl, als zu warten. Der Alte Mann kochte vor Wut, die Giraffen schnaubten, und Rotschopf nestelte an ihrer Kamera, schob und drehte hier und dort etwas herum, als wäre nichts auf der Welt wichtiger, nicht mal das schicke Automobil, das sie am Straßenrand zurückgelassen hatte. Dann blickte sie auf. Moses war wieder aufgetaucht – mit einem einzelnen Truckrad, das so kahl war wie er selbst, und hinter ihm kamen die Söhne in mehreren Grüppchen: Eins davon schleppte zwei lange Baumstämme herbei, die dick waren wie eine Männerbrust, das Zweite lange Eisenbarren, das Dritte rollte einen Felsbrocken vor sich her, der auf einer Seite flach, auf der anderen abgerundet und mit einer breiten Kerbe versehen war, in die ein Baumstamm passte. Der Brocken landete auf der flachen Seite ein paar Meter hinter dem Transporter auf der Erde.

Die nächsten Handgriffe ließen den Schluss zu, dass sie so etwas schon öfter gemacht hatten: Die Söhne legten Barren und Baumstämme übereinander, schoben sie unter die Hinterachse und hievten das andere Ende über die Kerbe im Felsbrocken, sodass die merkwürdigste Wippe entstand, die ich je gesehen hatte.

Dann stellten sich Söhne und Onkel wie ein Mann auf das Ende, das in die Luft ragte. Die Barren ächzten, die Stämme splitterten, der Truck quietschte, und dann hob das Gefährt hinten ein paar Fingerbreit ab, die Moses ausreichten, um die zwei platten Reifen gegen den Ersatzreifen sowie sein eigenes blankes Rad auszuwechseln.

Sobald Moses sich die Hände abwischte, stiegen Söhne und Onkel nacheinander von der Wippe, sodass der Truck mitsamt Giraffen sanft wieder nach unten sank, die Räder den Boden berührten – und hielten. Und damit wanderten sämtliche Einzelteile der Wippe in denselben Händen derselben schweigenden Männer, die sie herbeigeschafft hatten, wieder denselben Weg zurück, den sie gekommen waren.

Der Alte Mann und ich waren angesichts ihrer Tatkraft und Stärke wie benommen. Siebter Sohn tippte dem Alten Mann auf die Schulter, hielt ihm den zertrampelten Fedora hin, und der Alte Mann nahm ihn entgegen. Dann verschwand auch Siebter Sohn hinter den Geleisen.

Der Alte Mann staubte geistesabwesend seinen Hut ab und drehte sich zu guter Letzt zu Big Papa um. »Was schulden wir Ihnen?«

Big Papa zwirbelte die Hacke herum, die – wenn ich richtiglag – so was wie der Stolz der Familie war. »Wir wollen Ihr Geld nicht.«

»Und wie *können* wir uns bei Ihnen bedanken?«, hakte der Alte Mann nach.

Siebter Sohn kam über die Geleise zurück – diesmal mit dem kleinen Mädchen auf den Schultern, das ich im Fenster des Shotgun-Hauses gesehen hatte. Auf Big Papas Gesicht machte sich ein Lächeln breit.

»Honey Bee würde gern Ihre Tiere kennenlernen«, sagte er, »wenn Sie es ermöglichen könnten.«

Honey Bee flüsterte ihm etwas ins Ohr.

»Und Honey Bee wüsste gern, wie sie heißen«, fügte Big Papa hinzu.

Ich konnte ihm ansehen, dass der Alte Mann wider Willen entzückt war. Mit einem Seitenblick auf mich sagte er: »Nun, Miss Honey Bee, sie haben uns noch nicht verraten, wie sie heißen. Warum nennst du die Giraffenkuh nicht einfach ›Mädchen‹ und den Bullen ›Junge‹? Wäre das in deinem Sinne?«

Und so bekam Honey Bee ihre eigene kleine Privataudienz. Siebter Sohn hob sie weit genug hoch, dass die Giraffen ein hübsch schnaubendes Kennenlernfest mit ihr feiern konnten.

»Das alte Rad wird Sie nicht weit bringen«, sagte Big Papa zu dem Alten Mann. »Wir könnten beide morgen reparieren, denn es wird bereits dunkel. Sie könnten hierbleiben – wir hätten sogar ein gedeihendes Hotelgewerbe.« Er zeigte die Schotterstraße entlang, wo vor einem Kiefernhain keine zehn Meter entfernt ein zweites *Hütten-für-Farbige*-Schild lehnte. »Außerdem«, fuhr er fort, »hätte Honey Bee gern, dass Sie bleiben. Und Honey Bee wird jeder Wunsch erfüllt – stimmt's nicht, Honey Bee?«

Das Mädchen nickte.

»Nach allem, was Sie für uns getan haben, würden wir uns

geehrt fühlen, Ihre Einladung anzunehmen«, erwiderte der Alte Mann, streckte die Hand aus und schüttelte Big Papas Pranke. Mit einem breiten Lächeln – ganz der charmante Mr Jones, wie ich ihn zuvor bei den Damen vom Round's Auto Rest erlebt hatte – wandte er sich zusammen mit Big Papa und Moses in Richtung der Straße um.

»Sie kommen besser auch mit, Missy«, rief Big Papa über die Schulter, und Siebter Sohn und Honey Bee ließen Rotschopf den Vortritt.

Deren Blick wanderte zwischen den *Hütten für Farbige* und Siebter Sohn hin und her. »Ähm, äh … nein danke …« Doch Big Papa war bereits ins Gespräch mit dem Alten Mann vertieft und zu weit weg, um sie zu hören.

Zu Honey Bees vergnügtem Kichern legte ich den ersten Gang ein und rollte über den Schotterweg, während Siebter Sohn die beiden platten Räder mit einer Hand aufklaubte und Rotschopf hinter uns herscheuchte, deren Trenchcoat wie eine Schleppe durch den Staub schleifte.

Wir hielten auf drei kleine Hütten zu, die vor ein paar dicht belaubten Platanen am Waldrand standen: Big Papas gedeihendes Hotelgewerbe. Vor der ersten Hütte parkte ein blitzblankes blaues Oldsmobile, an dessen Stoßfänger ein Paar alter Schuhe gebunden war – und dann trat ein aufgeputztes schwarzes Pärchen heraus, um die herannahende Karawane in Augenschein zu nehmen.

Moses brachte Rotschopf in der zweiten Hütte unter, indem er sie mitsamt ihrer umklammerten Kamera einfach an der schmalen Eingangstür stehen ließ.

Dann hielt er auf die dritte Hütte zu, die ein Stück zurückversetzt an einer Weggabelung stand – deren Abzweig zu dem weiß getünchten Haus und zu einer Scheune führte, die zweimal so groß wie das Wohnhaus war. Der Alte Mann hieß mich warten, während außer mir und den Giraffen alle auf die Hütte zugingen. Ein paar Minuten später kehrten Moses und der Alte Mann wieder, ich ließ den Truck auf die Hütte zurollen, der Alte Mann sprang auf das Beifahrer-Trittbrett, zog die Tür auf, schlüpfte herein und redete hastig auf mich ein: »Mir kam gerade in den Sinn, dass ein Farmboy aus Texas womöglich Anstoß daran nehmen könnte, in einem Hotel von guten Leuten mit dunkler Hautfarbe zu übernachten. Trifft das auf dich zu?«

Ich schüttelte den Kopf.

»Würdest du es mir sagen, wenn es so wäre?«

Ich schüttelte wieder den Kopf.

»Gut. Ich würde es auch nicht hören wollen. Aber ich will, dass du in der Nähe des Transporters bleibst. Die Söhne wollen sich in der Nacht zwar mit dem Wachehalten abwechseln, und da werde ich ganz sicher nicht Nein sagen. Er hat Zweiter Sohn – wie er ihn nennt – für die erste Schicht eingeteilt. Aber du bleibst bei den Giraffen. Ich hab ihnen gesagt, dass das dein Job ist.«

»Deshalb steht dort ein Sohn mit einer Sense?« Ich nickte in Richtung von Zweiter Sohn – wie ich annahm –, der vor einer riesigen Platane seinen Posten bezogen hatte, noch ehe ich den Wagen zum Halten brachte.

»Genau deshalb.« Der Alte Mann stieg wieder aus. »Du kannst hier im Führerhaus schlafen. Wenn das hier in die Hose geht, ist es auch so schon schwer genug, es der Chefin zu erklären. Jede zusätzliche Komplikation wäre zu viel des Guten. Also rühr dich einfach nicht vom Fleck. So, und jetzt kochen Miss Annie Mae und die Schwiegertöchter ein Festessen, wie ich es wahrscheinlich noch nie erlebt habe.« Er nickte in Richtung des Wohnhauses. »Und wir dürfen an ihrer Großzügigkeit teilhaben, ich dort oben und du hier draußen.«

Bis ich den Truck hinter der dritten Hütte geparkt, das Dach geöffnet und den Giraffen Wasser gebracht hatte, kam auch schon Siebter Sohn mit Honey Bee auf den Schultern und einem Tablett auf mich zu, auf dem sich Miss Annie Maes Leckereien türmten. Er stellte das Tablett auf der Motorhaube ab und ging Rotschopf holen.

Während Rotschopf Fotos von Honey Bee schoss, die die Giraffen mit Pfannkuchen fütterte, stopfte ich ein köstliches Festmahl in mich hinein – so köstlich, dass es den ungeplanten Zwischenhalt annähernd wettmachte. Und Großzügigkeit war noch untertrieben. Als Rotschopf endlich die Kamera beiseitelegte, aß sie fast noch schneller als ich. Als wir fertig waren – und das Tablett so gut wie blank geschleckt hatten –, knabberten die Giraffen an den Zweigen, Honey Bee hielt mir den letzten Pfannkuchen hin, und ich muss zu meiner Schande gestehen, dass ich den ebenfalls verdrückte. Dann ging die Sonne unter, Honey Bee und Siebter Sohn brachen auf und scheuchten auf ihrem Rückweg Rotschopf in Hütte zwei. Die Giraffen käuten inzwischen wieder, und dann kam der Alte Mann den Weg heruntergeschlendert. Er sah hochzufrieden aus, stocherte in den Zähnen und hielt auf die dritte Hütte zu, um sich schlafen zu legen.

Und so wurde es allmählich Nacht. Wir – die Giraffen und ich – parkten mitten im allmächtigen Nirgendwo vor einem Hotelbetrieb für Schwarze. Ich warf einen letzten Blick zu Zweiter Sohn, der im Schatten der Bäume stand, schloss die Dachluke und wünschte Mädchen und Junge eine gute Nacht. Mit so vollem Bauch wie nie zuvor in meinem Leben spürte ich, wie ich schläfrig wurde, obwohl ich in einem Truck in einem Wäldchen festsaß und ganz in der Nähe ein Mann mit einer geschliffenen Klinge stand. Ich kurbelte die Fenster gegen die Kälte hoch, streckte mich auf der Sitzbank aus und ließ mich in einen satten Schlummer sinken – als es plötzlich an der Beifahrertür rüttelte.

Ich schoss hoch, sah, wie der Hebel sich umlegte und die Tür aufschwang.

Im nächsten Moment rutschte Rotschopf auf den Sitz. Sie trug immer noch ihren zu großen Trenchcoat.

Keuchend verriegelte sie die Tür von innen und presste sich die Hand aufs Herz. »Ich wollte dich und die Giraffen besuchen … wenn das in Ordnung wäre.« Sie sah sich nach Hinweisen auf den Alten Mann um und fügte dann hinzu: »Du bleibst doch noch eine Weile hier, oder?«

»Die ganze Nacht«, erwiderte ich.

Sie setzte sich kerzengerade auf. »Die *ganze* Nacht?«

Ich nickte.

Sie tätschelte sich die Brust, spähte misstrauisch in Richtung der Silhouette von Zweiter Sohn, der mit seiner Sense im Mondlicht Wache hielt. Dann lehnte sie sich über mich drüber und verschloss auch die Fahrertür. »Ich … hab noch nicht oft mit solchen Leuten zu tun gehabt. Du?«

Ich sah zu Zweiter Sohn und wusste nicht, was ich darauf erwidern sollte. Tatsächlich hatte ich meinen ersten Schwarzen gesehen, während ich als Eisenbahntramp zu Cuz unterwegs gewesen war. Wenn es sie in meiner Ecke im nördlichen Texas gegeben hatte, dann hätte ich nicht gewusst, wo – was sie für meine Begriffe zu schlaueren Leuten machte als sämtliche Weiße, die ich gekannt hatte. Was nicht hieß, dass sie dort willkommen gewesen wären, erst recht nicht während der Elendsjahre mit all den Arbeitslosen, die jemanden brauchten, dem es noch schlechter ging als ihnen selbst.

Mit ihrem Brusttätscheln riss Rotschopf mich wieder aus meinen Gedanken. Sie schien noch immer außer Atem zu sein.

»Hast du Angst?«, wollte ich wissen.

Sie schüttelte den Kopf. Allein die Vorstellung schien sie wütend zu machen. Trotzdem atmete sie nicht richtig. Ich wollte mich schon entschuldigen, weil ich glaubte, ich hätte sie verärgert, als ihr mit einem Mal die Luft vollends wegblieb. Sie griff sich an den Hals, japste – kurze, verzweifelte, flache Japser, wie ich sie seit den Staublungen von Ma und meiner Schwester nicht mehr gehört hatte. Ich war so erschrocken, dass ich mich nicht einmal mehr rühren konnte, und wie erstarrt angesichts der Laute, von denen ich gehofft hatte, ich müsste sie nie wieder hören.

Dann verlangsamte sich ihre Atmung, und das Japsen

hörte wieder auf. Sie schob sich das Haar aus dem Gesicht, seufzte tief und ließ sich neben mir gegen die Lehne sinken.

Ich sah sie mit weit aufgerissenen Augen an.

»Manchmal bekomme ich keine Luft mehr«, erklärte sie.

Ich sah sie weiter mit großen Augen an. Was da gerade geschehen war, hatte mich nachhaltig verschreckt.

Also seufzte Rotschopf erneut. »Mein Herz ist angeschlagen.«

Ich ahnte, dass sie nicht von Liebesdingen redete, und mir war schlagartig bange. »Was soll das heißen?«

»Mein Herz funktioniert nicht mehr richtig.«

Ich wich ein Stück zurück. »Das ist nicht lustig.«

»Ach.«

Ich wusste nicht, was ich denken sollte, von tun ganz zu schweigen, und das muss sie mir angesehen haben. Weil sie im nächsten Moment nach meiner Hand griff und sie sich auf die Brust legte. Über die seidige Bluse. Über die sanft gewölbte Brust.

»Rheumatisches Fieber – als ich ein Baby war«, erläuterte sie mir. »Es flattert eher, als dass es schlägt. Spürst du es?«

Das Letzte, was ich spürte, war ihr Herzschlag. »Was?«, stieß ich hervor.

»Mein Herz. Spürst du es?«

Ich zwang mich durchzuatmen und wartete darauf, dass ich ihren Herzschlag spürte. Vergebens. Ich konzentrierte mich weiter aufs Warten. Als der Herzschlag zu guter Letzt kam, kam er wie … *ta-dam* … *dam* … *ta-ta-dam* … Pause … *dam* … Pause … Pause … Pause … Pause … *dam.*

Ich war so entsetzt, dass ich sie am liebsten fest gepackt hätte – als könnte ich so ihr Herz dazu bringen, richtig zu schlagen. »Soll das heißen, es könnte auch mal eben so … stehen bleiben?«, stammelte ich. »Du könntest einfach so sterben?«

»Könnte passieren.« Sie presste die Lippen zu einem verkniffenen Lächeln zusammen. »Wahrscheinlich aber nicht heute Nacht.«

Ohne zu wissen, warum, war ich plötzlich wütend. Ich zog die Hand zurück. »Und was machst du dann hier *draußen?*«

Sie neigte den Kopf leicht zur Seite. »Woody«, sagte sie leise, »hast du noch nie etwas so sehr gewollt, dass du es eben tun musstest, koste es, was es wollte?«

Natürlich. Zuletzt vor zwei Tagen.

Aber *das hier* war etwas anderes.

Sie spähte hinauf zum Transportaufbau. »Wusstest du, dass Giraffen in freier Wildbahn höchstens fünfundzwanzig Jahre alt werden? Ich nehme an, es liegt daran, dass ihr Herz verschleißt, weil es das Blut ständig den langen Hals hinaufpumpen muss. Ein Segen, dass sie es nicht wissen, aber ... Ah, diese Augen – so himmelweit oben! Damit haben sie die *ganze Welt* gesehen.«

Ich hatte immer noch ihren stolpernden Herzschlag im Ohr und schien nichts anderes mehr hören zu können. Irgendwas hatte sie gesagt. »Was?«

»Ich habe gesagt: War das nicht fantastisch – gestern dort in dem Arbeiterlager?« Sie hatte das Thema gewechselt, wollte eindeutig nicht mehr darüber sprechen, dass sie jederzeit sterben könnte, als wäre es gerade bloß übers Wetter gegangen. »*So* nett! Eine ganze Kompanie von Woodys! Und ich habe mich mehr denn je wie Margaret Bourke-White gefühlt! Hast du mal ihre Dust-Bowl-Fotos gesehen? Oh, Schlaks – du mit deinem Gesicht! Das hättest glatt du sein können!« Sie lehnte sich vor und legte ihre Hände an meine Wangen. Diesmal war ich mir *sicher*, dass sie mich auf den Mund küssen würde. Stattdessen suchte sie mein Präriegesicht ab, als wollte sie es mit den Augen fotografieren. Ich erstarrte. So hatte mich noch nie jemand angesehen, erst recht nicht im Mondschein. Damals hatte ich noch keine Ahnung, was für eine Art Blick das war. Inzwischen würde ich behaupten, dass es die reine Menschenliebe war, doch mit siebzehn – besonders wenn man ohnehin schon vollends durcheinander ist – hab ich es persönlich genommen, und das Prickeln auf meinem Gesicht wanderte auf direktem Wege bis hinunter unter die Gürtellinie. Und weil ich derart verwirrt war von alledem, dankte ich Gott dem Allmächtigen, dass es zu dunkel war, als dass sie es mitbekommen hätte.

»Wie bist du hier gelandet, Woody?«, fragte sie leise. »Wie konntest du die Dust Bowl *und* diesen Hurrikan überleben und Fahrer für die Giraffen werden?« Als ich nicht antwortete, lächelte sie nur und zog ihre Hände zurück. »Tja, ich bin nur froh, dass es eben so ist. Ich wüsste wirklich nicht, wem ich auf dieser Reise vertrauen könnte, aber dir vertraue ich, Woody Nickel.« Sie sah erneut nach oben zu den Giraffen. »Jetzt können wir sie wohl nicht mehr besuchen. Sie fehlen mir!« Sie lehnte den Kopf ans Fenster und schloss die Augen.

Vom Fahrersitz aus konnte ich durch ihr Fenster rein gar nichts erkennen – mit Ausnahme des Schattens von Zweiter Sohn, der im baumgefilterten Mondlicht stand. Aber ich konnte Rotschopf sehen, die sich vor den Schatten abzeichnete. Ich sah sie eine gefühlte Ewigkeit an, und als ich gerade den Mund aufmachen wollte, dämmerte mir, dass ich nie ihren richtigen Namen benutzt hatte. Fast hätte ich gesagt: *Rotschopf?*

Stattdessen flüsterte ich: »Augusta?«, und den Namen auszusprechen fühlte sich merkwürdig an.

Zur Antwort kamen nur langsame, ruhige Atemzüge. Sie schlief. Und in diesem Moment hätte ich sie am liebsten geküsst. Ich hätte sie am liebsten an mich gezogen, meine Hand in die flammenden Locken geschoben und ihr einen Kuss gegeben wie ein erwachsener Mann – als würde jener Kuss aller Küsse, den ich seit der Quarantänenacht im Kopf eingeübt hatte, alles verändern. Doch unvermittelt rollte sie sich wie ein toter Käfer auf der Bank zusammen, und ihre roten Locken streiften mein Bein. Ich blieb stocksteif sitzen und hielt den Atem an, um sie ihrerseits atmen zu hören. Als ich nichts hörte, hielt ich ihr einen Finger unter die Nase, um ihren Atem zu spüren. Und als ich ihn nicht spüren konnte, geriet ich in Panik, schob meine Hand unter ihre Locken, um den Puls an ihrem Hals zu spüren. Immer noch nichts. Es schlug nicht … *doch.* Dann setzte es wieder aus. Jedes Mal, wenn ihr Herz für einen Schlag aussetzte, hielt ich die Luft an, bis ich den nächsten Schlag spürte. Wieder und wieder und wieder. Die meiste Zeit saß ich einfach starr da. Vor Erschöpfung muss ich von alledem eingeschlafen sein, weil ich im nächsten Moment, statt mir Sorgen zu machen, ob ich wohl gerade Rotschopfs letztem Atemzug lauschte, meine Ma nach mir rufen hörte …

»Kleiner, mit wem redest du?«

… Dann renne ich am helllichten Tag quer über die staubige Farm meines Pa, und der Staub unter meinen Füßen weicht einem Maisfeld.

… Ich sehe die Giraffenköpfe daraus emporragen.

… Ich höre Wasser rauschen.

… Und ich höre, wie der Schuss aus einer Flinte widerhallt – aus meiner *Flinte – und ich zum* Kichern eines kleinen Mädchens wach wurde.

Ich schreckte hoch, und Siebter Sohn und Honey Bee starrten mich durchs Fenster an. Ein neuer Tag war angebrochen, und Rotschopf war verschwunden.

Mit wild hämmerndem Herzen kletterte ich aus dem Truck. Siebter Sohn sah kurz zu Rotschopfs Hütte und lächelte mir verschmitzt zu – und allein das brachte mich aus der Fassung. Ich schob mich an ihnen vorbei, öffnete die Luken und begann hektisch, die Giraffen zu versorgen, die leicht aufstampften, als hätten sie sich schon gefragt, wo ich abgeblieben war. Ich füllte die Wassereimer auf, schob sie durch die Luken, dann kletterte ich hinauf und klappte die Dachluke auf, damit sie sich an den Bäumen gütlich tun konnten.

Dort oben schien ich mich unter der Last meiner Gedanken nicht mehr rühren zu können. Schlimm genug, dass mein Maisfeldtraum wiedergekehrt war – noch viel schlimmer jedoch war, was die Sache mit Rotschopf bei mir ausgelöst hatte. Und ich meine mitnichten, was es in jedwedem Halbstarken ausgelöst hätte, wenn eine rothaarige Schönheit seine Hand auf ihre keuchende Brust gelegt hätte. Ich meine Rotschopfs unrhythmischen Herzschlag. Ich meine ihr Jappsen, das dem meiner Ma ähnelte, deren Staublunge irgendwann nur mehr ein letztes, tödliches Röcheln von sich gegeben hatte. Ich meine den Funken, der in den Augen meiner Ma erloschen war – in den einzigen Augen, die mich je mit reiner Zuneigung angesehen hatten.

Bis Augusta Rotschopf aufgetaucht war.

Von unten rief jemand und riss mich aus den Gedanken.

»Komm runter, Junge!«

Der Alte Mann stand dort mit einem Jutesack.

»Lass die Schätzchen noch ein bisschen knabbern«, rief er herauf. »Sie flicken gerade unsere Reifen – aber dann müssen wir allmählich los. Sofern du dort oben nach diesem Mädchen Ausschau halten solltest – die ist schon weg.«

Ich lief verdammt noch mal rot an, schob die Gedanken an Rotschopf beiseite und kletterte wieder nach unten.

»Komm, iss noch ein paar von Miss Annie Maes Würstchen mit Maisgrütze und Soße«, sagte er, während einer der Söhne ein voll beladenes Tablett auf der Motorhaube abstellte. »Ich hab mich bei ihnen schon für die erholsame Nacht bedankt. Und das solltest du auch, wenn du kannst. Zeig ihnen, dass du Manieren hast.« Er wuchtete die Tür zum Truck auf und warf den Sack hinein. »Mr Jackson hat uns Reiseproviant aus seinem Garten für die ›riesenhaften Schöpfungen aus Gottes reinstem Paradies‹ mitgegeben.«

»Mr Jackson?«

»So heißt unser Gastgeber, Junge. Du siehst übrigens nicht gut aus. Iss, dann wird das wieder.«

Also machte ich mich über das Essen her, und Miss Annie

Maes Leckereien sorgten tatsächlich dafür, dass ich mich wieder halbwegs beruhigte.

Während die Giraffen weiter vor sich hin futterten, tauchte nach und nach der ganze Big-Papa-Clan auf – mit Moses an der Spitze, der zwei perfekt geflickte Reifen herbeischleppte. Sie bauten die Wippe wieder auf und wechselten so schnell die Reifen, dass die Giraffen nicht mal beim Frühstück gestört wurden.

Als die Onkel fertig waren, spürte ich abermals, dass Honey Bee mich anstarrte. Ich sah nach unten, und sie stand nur wenige Zentimeter von mir entfernt. Kichernd klammerte sie sich an mein dürres Bein.

Der Alte Mann tätschelte mir glucksend den Rücken. »Bestimmt hält sie dich auch für eine Giraffe – du mit deinem Fleck am Hals!« Er nickte in Richtung meines Muttermals. »Oder, Honey Bee?« Honey Bee nickte. Dann hob Siebter Sohn sie sich auf die Schultern, damit sie sich von den echten Giraffen verabschieden konnte.

Anschließend rutschten der Alte Mann und ich auf unsere Plätze, die Giraffen schoben die Köpfe aus den Fenstern, und wir rollten zurück auf die Umgehungsstraße. Der Big-Papa-Clan sah uns nach.

Was ich in jenem Moment, als wir von dort aufbrachen, im Außenspiegel sah, ist mir in all den Jahren am klarsten in Erinnerung geblieben – die Giraffen, die ihre Hälse in Honey Bees Richtung ausstreckten, Honey Bee, die ihnen ihrerseits von ihrem Posten auf den Schultern von Siebter Sohn hinterherwinkte, und Big Papa und seine Söhne, die samt und sonders zusammengekommen waren, um uns sicheres Geleit zu geben.

… Meine Augen ermüden.

Und mein Bleistift wird kurz.

Trotzdem kann ich nicht aufhören.

Ich drehe mich zum Fenster um, weil ich sehen will, ob Wildes Mädchen noch da ist.

Ist sie. Die Gute. Sie streckt sich und stupst mich mit ihrer großen Schnauze an. »Okay, okay«, sage ich, spitze den Bleistift an, hole tief Luft und will gerade weiterschreiben … kann aber nicht umhin, mich zu fragen …

Liest du dies gerade?

Hat die Geschichte den Weg zu dir gefunden?

Bei der Frage krampft sich mein altes Herz zusammen, und ich kann nicht mehr klar denken. Ich weiß, dass ich Fragen stelle, die keinen Sinn ergeben, aber ich will diesen Folgetag niederschreiben, hier und jetzt, fast neunzig Jahre später, und ist das nicht komisch? Ich hab in diesem Jahrhundertleben weiß Gott ein paar Dinge getan, die mich mehr beschämen sollten. *Die* sollte ich aufschreiben. *Die* geben mir sogar jetzt, da ich so alt bin, immer noch zu denken. Immerhin ist dies hier im Vergleich zu einem Kriegseinsatz eine Nichtigkeit, mehr nicht. Trotzdem treibt mich jener Tag mit den Giraffen, der mir damals bevorstand, mehr um, als es nur annähernd vernünftig wäre. Während Rotschopfs Herz da bereits angeschlagen war, hatte ich von meinem eigenen kaum je Gebrauch gemacht, mir fehlte dafür die richtige Sprache oder Richtung, und das galt gleich doppelt für meine zerzauste Seele. Wenn man mit zwei »riesenhaften Schöpfungen aus Gottes reinstem

Paradies« unterwegs ist und den ersten niederträchtigen Hinweis auf sein eigenes wahres Ich erhascht, kann ich nur vermuten, dass man das einfach nie mehr vergisst, ganz gleich, was man später unternimmt, um es wettzumachen.

Ich spähe erneut zu der süßen Giraffe in meinem Fenster und seufze.

Es tut mir leid, Mädchen.

Bis zum heutigen Tag tut es mir unendlich leid.

9

Durch Tennessee

Nach einigen friedlichen Stunden auf dem Highway fuhren wir in der Nähe von Chattanooga inmitten eines Wäldchens mit leckeren Knabberbäumen eine Texaco-Tankstelle und einen Laden an. Die Reifen taten ihren Dienst, genau wie der Alte Mann es vorausgesehen hatte. Deshalb fuhr ich, sobald der Betreiber in seiner schicken Texaco-Sternenkluft die Giraffen begrüßt und unseren Tank befüllt hatte, an den Waldrand, damit die Giraffen futtern konnten. Anschließend kehrte ich in die Fahrerkabine zurück. Einen Augenblick später kam der Alte Mann mit einer Salami, Limonaden und der aktuellen Zeitung, die er auf die Sitzbank warf.

HITLER WILL DEN KRIEG, stand in großen Lettern auf der ersten Seite, doch mein Blick blieb am Datum hängen – dem 10. Oktober.

Tags darauf hätte ich Geburtstag.

Ich würde achtzehn werden.

Im selben Moment fuhr mit schrillender Sirene der County Deputy vor und schreckte die Giraffen auf, während ich mich wie üblich verkrampfte.

»Da schau einer an.« Der dickwanstige alte Deputy stieg aus und zog sich die Hose zurecht. »Und ich dachte, die Meldung wäre ein Scherz. Da hieß es: Ausschau halten nach einer Frau in einem grünen Packard, die einen Truck mit afrikanischen Viechern der Extraklasse verfolgt. Und da sind sie auch schon.«

Ich zuckte zusammen.

»Eine Meldung?«, hakte der Alte Mann nach.

»Ganz genau.« Er trat an mein Fenster und stellte einen Stiefel aufs Trittbrett. »Aus dem fernen New York. Ich lese eine Menge Fahndungsaufrufe, aber diese hat alles übertroffen. Irgendwas von einer flüchtigen Ehefrau in einem gestohlenen Wagen, die Giraffen verfolgt.«

»Eine flüchtige Ehefrau?«, wiederholte der Alte Mann.

Ich war erneut zusammengezuckt. Diesmal ziemlich heftig.

»Ganz genau. Im Packard ihres Mannes.«

Ich musste mich am Lenkrad festklammern, um nicht die Fäuste zu ballen.

»Und sie hat nicht mal einen Führerschein«, fuhr der Deputy fort. »Kann natürlich sein, dass sie sich gestritten haben und die Lady deshalb durchs halbe Land zieht – aber eine Frau, die allein unterwegs ist, ist an sich schon verdächtig. Eine echte Lady würde so was nie tun. Da liegt es doch näher, dass sie irgendwo ein kleines Stelldichein mit einem anderen hat.« Er schniefte selbstgerecht. »Aber nun – in dieser Gegend hier halten wir auf den *Mann Act* immer noch große Stücke. Und nur für Ihren jungen Fahrer hier«, fuhr der alte Deputy fort: »Beim Mann Act geht es um die außerbundesstaatliche Verbringung einer weiblichen Person durch eine männliche Person zu unmoralischen Zwecken.« Er stand mittlerweile so nah vor mir, dass ich seinen Kautabakatem roch. »Tja, meine Vermutung wäre, dass sie sich einen Sugardaddy gesucht hat. So ist es doch immer, besonders bei den Prachtweibern – und der Beschreibung zufolge ist sie so eine. Ein Flittchen mit lodernd roten Locken.«

»Was sie aber doch nicht zum *Flittchen* macht!«, platzte es aus mir heraus.

Der Deputy spuckte Tabaksaft über die Schulter aus und wischte sich den Mund mit dem Ärmel ab. »Aha«, sagte er mit einem schmutzigen Grinsen, »dann haben wir sie also gesehen?«

Ich schlug den Blick nieder, was genauso dämlich war wie mein voriger Kommentar.

»Könnte schon sein, dass wir ihr begegnet sind«, schaltete der Alte Mann sich ein. »Stimmt's, Junge?«

Ich biss mir auf die Zunge und zuckte mit den Schultern.

»Ist sie allein unterwegs?«, fragte der Deputy.

»Sah ganz danach aus«, antwortete der Alte Mann. »Sie hat Fotos gemacht. Meinte, sie wäre vom *Life Magazine.*« Er hielt kurz inne. »Stimmt doch, oder, Junge?«

Ich zuckte erneut mit den Schultern. Und weil der Deputy mich noch immer anstarrte, ahnte ich, was als Nächstes käme.

»Wie heißen wir denn, Junge?«, fragte der Deputy.

»Sein Name«, antwortete der Alte Mann für mich, »ist Woodrow Wilson Nickel.«

»Klingt vage bekannt. Sind wir uns schon mal begegnet, Mr Woodrow Wilson Nickel?«

Ich schüttelte den Kopf, auch wenn ich mir inzwischen sicher war, dass er auch eine gewisse texanische Fahndungsmeldung gelesen hatte.

»Er ist nach einem Präsidenten benannt. Vielleicht kommt Ihnen der Name deshalb bekannt vor«, mischte sich der Alte Mann erneut ein. »Deputy, er fährt uns jetzt schon seit Tagen und macht einen fabelhaften Job.«

»Trotzdem. Und wenn ich schon mal hier bin, sollte ich vielleicht *seinen* Führerschein kontrollieren. Dann wollen wir den doch mal sehen, Junge.«

Im selben Moment entdeckte ich einen grünen Packard auf der Straße – und hinter dem Lenkrad blitzten rote Locken auf. Ich versuchte, nicht hinzusehen. Ich versuchte es wirklich. Doch ich konnte nicht anders. Und der Deputy folgte meinem Blick.

»Was zur … War das dieses Flittchen?« Der dickwanstige alte Deputy wirbelte so schnell herum, dass es ihn um ein Haar von den Füßen gefegt hätte, als der Packard auch schon beschleunigte und um die nächste Kurve verschwand. »Sie bleiben hier! Sie bewegen sich nicht vom Fleck!«, krächzte er noch, eierte zu seinem Wagen zurück und raste hinter Rotschopf her.

»Der kann uns mal«, sagte der Alte Mann. »Fahren wir.« Während ich uns zurück auf die Straße manövrierte, sah der Alte Mann mich starr an. »Gibt es da etwas, was du mir über das Mädel erzählen müsstest?«

Ich schüttelte ein wenig zu schnell und zu heftig den Kopf.

Obwohl ich über Rotschopf tatsächlich nichts zu erzählen gewusst hätte, verhielt ich mich verdächtig so, als wüsste ich mehr – auch wenn das, was ich wusste, in Wahrheit eher von mir handelte. Es wäre mir egal gewesen, wenn sie eine Bank ausgeraubt hätte, weil mir das selbst nicht allzu ferngelegen hätte. Es wäre mir egal gewesen, wenn sie von zu Hause fortgelaufen wäre, weil auch ich das getan hätte, wenn Ma und Pa nicht zuvor gestorben wären. Aber … *Ehefrau?* Das trieb mich um. Und Gott steh mir bei … sogar mehr als die Sache mit ihrem Herzen. Trotzdem hörte ich mich fragen: »Melden Sie sie, wenn sie noch mal auftaucht?«

»Mir hat schon manch schöne Frau den Kopf verdreht, insofern ahne ich, was in dir vorgeht. Aber wir haben auch so schon genug Ärger am Hals, Junge, insofern … Ja. Ich würde sie melden. Wenn das Mädel sich nicht um Kopf und Kragen schwindelt, dann hat es nichts zu befürchten. Und wenn doch, sind wir besser dran, ohne dass …« Doch dann brachte er seinen Satz nicht zu Ende, sondern hob zu einer seiner Endlostiraden an, und das so laut, dass ich auf meinem Sitz zusammenzuckte. Er starrte an mir vorbei – der Highway führte an einem Bahndepot vorüber, und auf dem Acker zwischen Straße und Geleisen war der Zirkus nach der Vorstellung in Chattanooga gerade dabei zusammenzupacken. Diesmal würden wir die Giraffen nicht mehr rechtzeitig vor ihnen verstecken können. Keine dreißig Meter von uns entfernt befestigten zwei Männer gerade ein neues Banner an dem roten Begleitwaggon: *Heute Abend Muscle Shoals!*

Während der Alte Mann den Blick nicht vom Zirkus losreißen konnte, starrte ich bloß in Richtung Bahndepot. An so einem Betriebshof war ich erstmals auf einen Güterzug aufgesprungen, weil die Münzen aus dem Einmachglas meiner Ma für die Weiterfahrt zu Cuz nicht mehr gereicht hatten. Dort war ich umhergestreift, hatte mir etwas zu essen geschnorrt, mir überlegt, wie es weitergehen sollte, und war Eisenbahntramps in meinem Alter begegnet. Damals reisten Abertausende wie ich zusammen mit Hobos und Tramps in Güterzügen. Einen von ihnen habe ich bis heute im Ohr. *Das ist wahre Freiheit, mein Freund! Mit Pflügen und Kühen bist du ein Verlierer.* Also schloss ich mich ihnen an, und für mich, den Farmboy, fühlte es sich ganz genau so an: nach Freiheit. Inzwischen jedoch waren wir dem Zirkus ziemlich nahe gekommen, und sosehr ich es gewollt hätte – ich konnte das Getöse nicht mehr überhören: Tiergebrüll und Jaulen, wütende Rufe, Peitschenknallen.

»Fahr *schneller!*«, schrie der Alte Mann mich an.

Aber noch während ich beschleunigte, tauchte aus der Gegenrichtung der dickwanstige Deputy auf und gab uns ein Zeichen, dass wir halten sollten.

Als ich rechts ranfuhr, glaubte ich schon, der Alte Mann würde jeden Moment explodieren. Wir hatten auf Höhe jenes herzzerreißenden Getöses gehalten, die Viehwaggons mit den Elefanten waren nur mehr einen Steinwurf entfernt.

Der Deputy fuhr auf Armeslänge an uns heran. »Haben Sie sie gesehen? Ist das Flittchen umgekehrt?«

Wir schüttelten beide den Kopf.

»Diesmal bleiben Sie wirklich! Sie fahren nirgendshin!« Dann wendete er und fuhr abermals davon.

Diesmal blieben wir wirklich, doch je lauter das Brüllen, je schlimmer das Jaulen und je härter das Peitschenknallen wurde, desto lausiger fühlten wir uns. Bis dem Alten Mann schließlich der Kragen platzte. »Schau dir an, wie diese Mistkerle die Elefanten behandeln!«

Ich wollte nicht hinsehen. Ich wollte bei Gott nicht hinsehen. Dann tat ich es doch und konnte nicht mehr wegsehen. Die Elefanten trompeteten laut und jammervoll, während sie von Arbeitern mit angespitzten Stangen auf den Viehwaggon zugetrieben wurden.

»Weißt du, wie die Zirkusleute diese wunderbaren Tiere nennen? Sie nennen sie ›Lederkühe‹!«, spie der Alte Mann aus. »Und siehst du die Stangen, mit denen sie ihre ›Lederkühe‹ antreiben? Das sind ›Bullenhaken‹ – mit einer Klinge vornedran und Widerhaken! Der Elefant hat Stellen am Körper, in denen die Spitzen *elende Schmerzen* verursachen, und in solchen windigen Unternehmungen sind immer ein paar Mistkerle dabei, die ein krankes Vergnügen empfinden, wenn sie die Stellen finden.« Er sprach leise und düster weiter: »Es geht so weit, dass man den Elefanten wünschte, sie wären wie Löwen, die ihre Fänge und Klauen einsetzen … so weit, dass es einem das Herz zerreißt, wenn sie es nicht tun … so weit, dass jeder, der ein Herz hat, dem Mistkerl gerade so lange zusieht, wie der vergnüglich den Bullenhaken einsetzt, bis irgendwann der Moment gekommen ist, da jeder, der ein Herz hat, den Spieß umdreht und diesen Kerl seinen eigenen Bullenhaken spüren lässt.« Und noch ehe ich darüber nachdenken konnte, was ich soeben gehört hatte, fuhr er fort: »Das da ist genau die Art von windiger Unternehmung, die beschließen könnte, sich auf die leichte Tour zwei Giraffen zu beschaffen – zur Hölle mit dem Deputy! Los, bring uns von hier weg!«

Und mit einem Mal dämmerte trotz langer Leitung sogar mir, woher der Alte Mann all das wusste. Er hatte selbst in einem Zirkus gearbeitet, war vielleicht als Kind von zu Hause fortgelaufen, um sich dem Zirkus anzuschließen. Während ich Gas gab, um das Bahndepot hinter uns zu lassen, war ich mir so sicher, dass ich es ihm fast auf den Kopf zugesagt hätte. Er starrte noch immer den Elefanten nach, dachte und wusste Dinge, die ich nicht hören oder wissen wollte – weil ich auch so schon mit zu vielen unerträglichen Gefühlen zu schaffen hatte, mit Albträumen, angeschlagenen Herzen und flüchtigen Ehefrauen, und zwar so sehr, dass ich mir beim Anblick einer Handvoll Eisenbahntramps und blinder Passagiere, die auf einen langsam vorüberrollenden Güterzug aufsprangen, nichts sehnlicher wünschte, als mich ihnen anzuschließen und überall anders zu sein, nur nicht hier.

Freiheit, mein Freund!

Als ich jedoch im nächsten Moment sah, wie einer der Tramps, der sich einen Kochtopf auf den Rücken geschnallt hatte, über die Schwellen strauchelte und verzweifelt versuchte, nicht unter die Räder zu geraten, erhaschte ich einen flüchtigen Blick auf sein Gesicht. Es war das Gesicht sämtlicher Tramps … verwittert, fahl, gramerfüllt … *das Gesicht jenes Mannes, dem sie die Schuhe gestohlen und den sie dann aus dem Waggon in den sicheren Tod gestoßen hatten.*

Die Erinnerung brach so unvermittelt über mich herein, dass ich den Truck um ein Haar in den Graben lenkte, die Giraffen aus dem Gleichgewicht gerieten und der Alte Mann mit noch mehr Wucht als zuvor in D. C. gegen das Armaturenbrett krachte. Man hätte meinen sollen, dass er mir dafür eine Standpauke gehalten und mich angeschrien hätte, doch er jaulte nur kurz auf und kehrte zu seinen finsteren Zirkusgedanken zurück.

Ich brauchte geschlagene fünf Meilen, bis ich wieder halbwegs passabel fuhr, und weitere fünf, bis mir das Gesicht des Tramps nicht mehr vor Augen stand. Inzwischen hatten wir Chattanooga weit genug hinter uns gelassen, ringsum erstreckte sich Farmland, und die Straße war von großen Werbeaufstellern für Marmeladen und Gelees, Hirse und Apfelwein, Royal Crown Cola und Jax Beer gesäumt.

Der Highway verlief zur Fahrerseite hin hinter einer lichten Reihe Kiefern abermals an Geleisen entlang. Meile um Meile spähte der Alte Mann hinüber, und ich wünschte mir inständig, ich wäre wieder unbedarft und wüsste nicht, weshalb er das tat. Dann hörten wir, wie sich ein Zug näherte, und binnen Sekunden raste uns von vorn ein Güterzug entgegen und ratterte so laut, dass die Giraffen gleichzeitig den Kopf hinausstreckten – in dieselbe Richtung und derart mit Schwung, dass der Truck ins Schlingern geriet. Panisch lehnte ich mich zur anderen Seite, als würde das helfen, den Aufbau mit seinem enorm hohen Schwerpunkt davon abzuhalten, in die Bäume zu rauschen. Erst als auch der Alte Mann sich zur Seite lehnte, dämmerte mir, dass er versuchte, mir über das laute Rattern hinweg etwas zuzurufen – und mir bedeutete, rechts ranzufahren. Also trat ich hart auf die Bremse und brachte uns am Straßenrand zum Stehen. Während der Güterzug weiterdonnerte, schnappte der Alte Mann sich Big Papas Jutesack, kletterte an der dem Zug abgewandten Seite nach oben und fing an, durch die Fenster eine Zwiebel nach der anderen in die Giraffenabteile zu werfen. Er wollte die Giraffen dazu bewegen, die Köpfe einzuziehen – was ihm schließlich sogar gelang –, und auch wenn wir mittlerweile wussten, dass die Schließen für die Giraffen kein Hindernis darstellten, verriegelte er die Fenster. Nachdem der lange Zug vorbeigefahren war, blieben der Alte Mann und ich mit klingelnden Ohren in der Fahrerkabine sitzen und regten uns nicht mehr, bis auch das Echo verhallt war.

»Wie lange fahren wir an den Geleisen entlang?«, stieß ich schließlich hervor.

»Den ganzen Tag.«

In der darauffolgenden Stunde ließen wir Geleise und Außenspiegel nicht mehr aus den Augen. Die Giraffen gaben in ihrer Transportkiste Ruhe, und der Himmel wurde zusehends so trübe, wie es unserer Laune entsprach. Ich hielt weiterhin nach Rotschopf Ausschau. Wir waren auf dem schicken Highway zwar nicht allein unterwegs, doch ein grüner Packard war nirgends zu sehen. Wenn sie irgendwo hinter uns war – und ich wusste, dass sie uns folgte –, hielt sie sich vor uns und vor den Gesetzeshütern erfolgreich bedeckt.

Nach einer Weile hörten wir den nächsten Zug, diesmal von hinten. Als im Spiegel das erste Gelb-Rot auftauchte, war klar, dass es sich um den Zirkus handelte. Waggon um Waggon näherte sich, mit Elefanten, Pferden, Löwen und mit riesigen Werbeplakaten, auf denen Clowns und ein Zirkusdirektor mit Zylinder zu sehen waren – bis sie irgendwann zu uns aufgeschlossen hatten.

Diesmal gab es nirgends einen Schotterrand, auf den ich hätte fahren können. Ich musste auf der Straße bleiben. Hektisch hielt der Alte Mann nach einer Abzweigung Ausschau – vergebens.

Der Zug fuhr so nah neben uns her, dass die Löwen ebenso gut bei uns im Führerhaus hätten hocken können – das Einzige, woraus wir noch Mut schöpften, waren die Giraffen, die weiter still und unentdeckt in ihrer Transportkiste standen.

»So ist es gut, Schätzchen … ruhig bleiben«, flüsterte der Alte Mann in einem fort und sah alle paar Sekunden zu den verriegelten Fensterluken. »Bleibt, wo ihr seid.«

Doch dann brüllte eine der Zirkuskatzen auf, und sofort schoben die Giraffen die Köpfe hinaus, um zu sehen, wo die Löwen drohten. Und damit waren sie entdeckt. Eine bärtige Frau an einem der Zugfenster sah sie als Erste. Als Nächstes riss ein dickbäuchiger Mann mit Schnurrbart sein Fenster auf und lehnte sich halb heraus. Es war derselbe, der in Maryland aus dem Begleitwaggon gestarrt hatte.

Ich dachte schon, der Alte Mann würde auf dem Sitz neben mir in die Luft gehen, weil er urplötzlich losbrüllte und auf eine Landstraße zeigte, die ein Stück voraus abzweigte. Ich fuhr so schnell um die Kurve, dass nicht viel gefehlt hätte, und wir wären auf zwei Rädern gefahren. Wir hielten erst an, als wir den roten Begleitwaggon am Ende davonrauschen sahen, an dem das neue Banner flatterte: *Heute Abend Muscle Shoals!*

Bis wir über enge, gewundene Straßen endlich zurück auf dem Highway waren, hatten die Geleise eine andere Richtung eingeschlagen. Der Zirkus war inzwischen unter Garantie in Muscle Shoals angelangt.

Die nächsten zwanzig Meilen auf dem Lee Highway verliefen zum Glück ohne weitere Zwischenfälle. Wir waren schon häufiger schweigend unterwegs gewesen, doch an diesem Tag war unser Schweigen beredt. Während der Himmel immer düsterer und grauer wurde, durchquerten wir eine weite Ebene, über der sich nicht nur ein Unwetter zusammenzubrauen schien, sondern auf der überdies plötzlich Nebel stand. Die Fahrzeuge, die hinter uns herfuhren, hätten ebenso gut verschwunden sein können.

Zehn endlose Minuten lang krochen wir im Schneckentempo voran und hofften inständig, dass alle anderen das Gleiche täten.

Dann schoss aus dem Nebel ein Schild an uns vorbei.

Yeller's Camp – Touristen willkommen!
Ausfahrt in 100 Metern

»Fahr dort ab«, sagte der Alte Mann. »Wir überlegen uns, wie wir morgen dem Zug ausweichen, und fahren früh weiter nach Memphis, während sie noch ihren Zirkus verladen. Wenn wir gut vorankommen, schaffen wir es vor ihnen bis zu ihrem Wendeort, und damit sind wir sie los.«

»Sie fahren wieder zurück?«

»Sofern immer noch alles beim Alten ist – und es ist immer alles beim Alten –, dann ist das ein Zirkus, der nur hier im Süden tourt.«

Keine einhundert Meter später kam erneut ein Schild in Sicht.

Yeller's Camp – Touristen willkommen!
Hier abbiegen!

Um die Zufahrt herum machten wir ein paar Kiefern aus, deren Stämme sonnengelb bemalt worden waren. Ich bog ab und ließ den Truck in Richtung des Rezeptionsschilds rollen, das inmitten des Wäldchens wie ein Nebelwarnlicht grellrot leuchtete.

Es handelte sich um ein Trailercamp, nicht um einen Autohof. Abgesehen von der Unterkunft des Betreibers und ein paar Trailern, die aussahen, als könnte man sie mieten, schien das Camp verwaist zu sein, auch wenn wir uns bei dem dichten Nebel nicht sicher sein konnten. Yeller kam uns persönlich entgegen. Nachdem er seinen Giraffen-Willkommensmoment ausgekostet hatte, bot er uns ein Abendessen aus seiner privaten Trailerküche an, das wir noch an Ort und Stelle in uns hineinschlangen, und er ging eine Laterne holen.

»Ihr könnt froh sein, dass ihr bei dem Nebel unser Schild gesehen habt – erst recht mit den Tieren.« Er nickte zu den Giraffen empor. »Wir sind meilenweit der einzige Halt bis runter nach Muscle Shoals.«

Wir folgten ihm durch den Nebel, und er schaltete unterwegs mehrere Lampen an. Gut dreißig Meter hinter dem Trailer, den wir für die Nacht gemietet hatten, wies er mich an einer Stelle am Rand seines Geländes ein, wo ich den Truck unter ein paar Laubbäume rangierte, deren gelb bemalte Stämme im dichter werdenden Nebel die Grenze der Welt zu markieren schienen. Er hängte die Laterne in einen Baum, winkte und kehrte zurück ins Neonlicht an der Rezeption.

Wenn es neblig ist, fühlt sich die Abenddämmerung gespenstisch an. Wir versorgten die Giraffen, während das Licht ringsum sich von Weißlichgrau zu Grauschwarz verdunkelte, bis das einzige Licht, das überhaupt noch zu sehen war, von den Lampen in dem menschenleeren Camp herrührte. Der Alte Mann teilte mir mit, dass er wie üblich die erste Schlafschicht übernehmen wollte, und verschwand in unserem Trailer.

Ich hingegen tat etwas Unübliches. Weder rollte ich mich

auf der Sitzbank zusammen, noch legte ich mich auf die Planke zwischen die beiden Giraffen, um empor zu den Sternen zu sehen. Ich hätte ohnehin keine gesehen, aber das lag nicht am Nebel. Sobald die Giraffen anfingen wiederzukäuen, schloss ich stattdessen Dach- und Fensterluken, ehe sie die Gelegenheit hätten, sich nach mir auszustrecken, und schloss für diese Nacht auch mein Herz. Dann setzte ich mich überreizt und abgekämpft auf das Trittbrett, sah ermordete Tramps, Lederkühe und flüchtige Frauen vor mir und wusste nicht, worüber ich mich zuerst grämen sollte. Ich rief mir ins Gedächtnis, dass wir morgen nach Memphis kämen. *Nur noch ein Tag, dann spielt all das keine Rolle mehr. Dann bin ich unterwegs nach Kalifornien,* wiederholte ich ein ums andere Mal, und nach einer Weile verlor ich mich endlich in Vorstellungen meiner selbst, der ich in einem schicken Pullman-Express ins Gelobte Land fuhr, wo ich wie ein König lebte, Früchte von Bäumen und Weinbeeren von Reben pflückte und Wasser aus klaren, kalten Bächen trank.

Ich musste nur noch bis morgen durchhalten.

Ich sah mich nach Rotschopf um, machte mich schon auf eine längere Nacht als gewöhnlich bereit, bis mir wieder einfiel, dass ich sie gar nicht hierhaben wollte. Was mich nicht davon abhielt, jeden Moment mit ihr zu rechnen – so sehr, dass ich beim ersten Hinweis auf eine Bewegung aufstand, um Mrs Augusta Rotschopf entgegenzutreten.

Stattdessen schlenderte gelassen wie bei einem Waldspaziergang eine große Gestalt aus den Schatten hervor. Die Person stand mir fast gegenüber, ehe ich ihr Gesicht erkennen konnte. Und was zuerst aus dem Nebel hervorzutreten schien, war ein gewaltiger Schnurrbart. Es war der dicke Mann aus dem Zug – in einem gelben Cutaway mit rotem Schlips und kniehohen Stiefeln. Er sah aus, als wäre er direkt aus dem Werbeplakat an seinem Zug gestiegen – der zum Leben erwachte Zirkusdirektor. Er hatte sogar einen Zylinder auf. Dann entdeckte ich etwas in seiner Hand, einen Stock mit Elfenbeingriff, und ich sehnte das Gewehr des Alten Mannes herbei, weil ich gehört hatte, dass in solchen Stöcken auch Feuerwaffen stecken konnten.

»Percival T. Bowles, stets zu Diensten«, sagte er und tippte sich an den Zylinder. »Und du bist …?«

»Geht Sie gar nichts an«, blaffte ich und beäugte weiter den Gehstock.

Er legte die Hände über den Griff. »Du siehst aus wie ein anständiger junger Mann. Vielleicht hast du ja unseren Zirkuszug gesehen – die Bowles & Waters Wanderzirkus Extravaganza«, erklärte er und bleckte seine Kojotenzähne, was anscheinend ein Lächeln darstellen sollte.

»Hab ich.«

Mit den dicken Fingern trommelte er auf dem Griff seines Gehstocks herum. »Bist eher der kurz angebundene Typ, was? So erkennt man einen klugen Kopf. Magst du Zirkusse, Sohn?«

»Nennen Sie mich nicht ›Sohn‹.«

»Ah, der eigensinnige Typ obendrein! Großen Respekt!«, sagte er und fuhr direkt fort: »Wir übernachten ein Stück die Straße runter. Hatten am Abend zwei Vorstellungen. Bin auf dem Heimweg, wie du siehst.« Er nickte an sich hinab. Dann zückte er aus der Brusttasche ein paar Eintrittskarten. »Hier hast du Freikarten, wenn du vorbeigucken willst. Beste Plätze, gleich an der Manege.«

»Will ich nicht.«

Er bleckte erneut seine Kojotenzähne. »Kann ich dir nicht verübeln. Hast hier ja deinen eigenen Zirkus, nicht wahr?«

Während er die Eintrittskarten zurück in die Brusttasche schob, rutschten die Cutaway-Schöße so weit auseinander, dass ich eine Pistole in einem Hüftholster sah.

Und er sah, dass ich sie sah.

»Ah.« Er streifte mit der Hand darüber. »Hab gar nicht erwähnt, dass ich auch Löwenbändiger bin. Ein Löwenbändiger weiß, wann er seinem Tier den Gnadenschuss geben muss.« Er verschränkte erneut die Hände über dem Gehstockgriff und spähte an mir vorbei zum Transporter. »Netten Job hast du da.«

»Die sind nicht mein Job«, entgegnete ich. »Ich fahre sie bloß.«

»Ah. Ich könnte dir auch einen Job anbieten. Ich bin auf der Suche nach guten Leuten. Hab demnächst nämlich wahrscheinlich selbst Giraffen.«

Mir stellten sich die Nackenhaare auf. Es war das gleiche Gefühl, das ich immer gehabt hatte, wenn ich im Panhandle jagen gegangen war und spürte, wie mich wilde Augen aus einem Versteck beäugten. Mit zusammengekniffenen Augen ließ ich den Blick durch den Nebel schweifen, während der Zirkusdirektor sich den Stock über die Armbeuge legte und erneut in seine Brusttasche griff. Dann öffnete er die Faust und hielt ihn mir hin – einen Double Eagle, eine Zwanzig-Dollar-Goldmünze, die erste, die ich im Leben zu Gesicht bekam, und im Laternenschein sah sie umso goldener aus.

»Achtung!«, sagte er und warf sie mir zu.

Ich fing sie aus der Luft und konnte gar nicht anders, als die Finger darum zu schließen.

»Fühlt sich gut an, oder?« Dann nahm er sie mir wieder ab. »Spielst du gern? Eine Fifty-fifty-Chance würdest du doch bestimmt für anständig halten, oder? Wie gefällt dir der Double Eagle? Du musst dich nur für Kopf oder Zahl entscheiden, und er kann dir gehören.« Er warf die Münze hoch und schlug sie aus der Luft auf seinen Handrücken. »Was soll es sein?«

Als ich nichts sagte, neigte er den Kopf leicht zur Seite. »Komm schon, junger Mann. Was soll es sein? Kopf? Oder Zahl? Du musst sie auch nicht nehmen, wenn du gewinnst. Ist doch nur ein kleiner Spaß.«

Ich zögerte. »Kopf.«

Er hob die Hand, die auf der Münze gelegen hatte. Zahl. Dann drehte er mit einem Grinsen, das so breit und schmierig war, dass ich glatt darauf hätte ausrutschen können, die

Münze um, und auch auf der Rückseite war eine Zahl eingeprägt.

Ich zuckte zurück. »Was soll der Mist?«

»Guter Trick, findest du nicht? Funktioniert jedes Mal wieder.« Er hielt mir die Münze hin. »Sie gehört dir. So ein cleveres Kerlchen wie du kann so etwas doch bestimmt gut brauchen.«

»Will ich nicht«, murmelte ich. »Ich mag solche Tricks nicht.«

»Ah, ehrlich ist er auch!« Er zuckte kurz mit dem Handgelenk, und aus einer wurden zwei Goldmünzen. Wieder ein Zucken, und es war nur noch eine. »Keine weiteren Tricks, junger Mann, Ehrenwort. Nur ein aufrichtiges Angebot. Hier, ein echter Double-Eagle-Gold-Zwanziger. Los, sieh ihn dir an.«

Ich nahm ihn ihm aus der Hand und drehte ihn um. Diesmal schienen die Seiten korrekt verteilt zu sein – einmal Kopf, einmal Zahl.

»Ich will dafür bloß einen Blick auf die Giraffen werfen.« Er nickte in Richtung Transporter.

»Woher wissen Sie …?«

»Aber, aber, junger Mann – ihr seid berühmt! Ihr wart seit eurer Abreise überall in den Zeitungen. Ich dachte mir fast, dass ihr den Lee Highway entlangfahren würdet – und ich hatte recht. Also, was meinst du? Ein Blick, und die Münze gehört dir.« Als ich nicht sofort danach griff, nahm er sie zwischen den fleischigen Daumen und den Zeigefinger und hielt sie mir hin – und sie schimmerte wie verrückt im Laternenschein.

Mit echtem Gold vor der Nase war nicht nur die Trickmünze vergessen, sondern auch die Schimpftirade des Alten Mannes auf den Zirkus – und so gut wie alles andere auch. In einer Zeit, in der man für einen Nickel einen Hotdog und eine Limo bekam, war man mit einer Zwanzig-Dollar-Goldmünze ein John D. Rockefeller. Ich wollte sie nicht nur – ich brauchte sie. Für einen abgerissenen Waisenknaben aus den Elendsjahren hätte es keinen schlimmeren Teufelspakt geben können. Ich hatte mich von Steppenläufersuppe ernährt, hatte mich bei vor Hunger schier durchgedrehten Landstreichern nach über Feuertonnen gebratenem Waschbären verzehrt. Ich würde noch jahrelang – bis weit in den Kriegsdienst hinein – nicht darauf vertrauen, dass ich tags darauf erneut eine Mahlzeit bekäme. *Ab Memphis bin ich wieder auf mich allein gestellt,* rief ich mir in Erinnerung und starrte die Goldmünze an. *Selbst mitsamt Fahrschein nach Kalifornien könnte ich im Handumdrehen wieder pleite und hungrig sein. Oder etwa nicht?* Und im selben Moment fing mein naives Jungengehirn an, sich zu zermartern, wie ich an dieses Goldstück käme, ohne dass den Giraffen oder dem Alten Mann Leid angetan würde. Ich war mir sicher, dass es einen Weg gab, weil ich damals noch nicht gelernt hatte, dass ein Teufelspakt nun mal nicht zum beiderseitigen Vorteil ausgeht und dass man für alles in der Welt mit dem Paradies oder der Hölle bezahlt. Dass es keinen Mittelweg gibt.

Ich griff nach dem Double Eagle.

Er ballte die Faust. »Erst ein Blick.«

Also stieg ich auf den Kotflügel und öffnete die Fenster. Sobald sie mich hörten, streckten die Giraffen die Köpfe heraus.

»Oooooh«, seufzte der Zirkusdirektor verzückt, und seine Augen funkelten. »Sie sind *himmlisch*! Und noch so jung! Perfekt. *Perfekt.*«

Die Giraffen hingegen bedachten ihn mit einem einzigen Blick und zogen sich wieder zurück.

Er brummelte in sich hinein: »Nein, nein, nein, mach, dass sie wieder rauskommen!«

Weil ich längst wusste, dass ich keine Giraffe zu irgendwas zwingen konnte – was er nicht zu wissen schien –, war ich mir sicher, dass es hiermit vorbei wäre. »Sie haben sie gesehen. Deal ist Deal«, sagte ich und starrte seine geballte Faust an.

»Aber ich muss *mehr* von ihnen sehen.« Er öffnete die Goldfaust. »Mehr, und sie gehört dir. Ehrenwort.«

Ich sah abwechselnd die Münze und den Truck an und überlegte, was ich noch tun konnte, um an die Münze zu kommen. Nachdem er die Köpfe bereits gesehen hatte, öffnete ich die Seitenluken, damit er nun auch ihre untere Hälfte betrachten konnte – in der Hoffnung, dass dies genug wäre.

War es aber nicht.

»Komm schon, das geht doch noch besser!«

Das Einzige, was mir noch einfallen wollte, war die Dachluke, die ich öffnen konnte, um ihm einen Blick von oben zu gewähren. Also kletterte ich die Steigleiter hinauf und erwartete schon, dass der pummelige Zirkusdirektor mir hinterherkäme.

»Junger Mann«, rief er von unten und rieb sich den Bauch. »Es gäbe noch einen anderen Weg ...«

Als ich nicht sofort darauf einging, winkte er erneut mit der Goldmünze. Ich wusste nicht, was ich tun sollte; er ließ sie in seiner offenen Hand auf- und abhüpfen, und zwar gerade so, dass sie das Laternenlicht einfing. Da, der Doppeladler, golden und glänzend, und er würde mir gehören ...

»Er gehört *dir*, Junge! Oder willst du ihn gar nicht haben?«

Ich riss den Blick von der Münze los, sah mich um – und hielt angesichts der großen Schließe direkt neben meiner Hand inne. Eine der vier massiven Verschlüsse der Einstiegsrampe an der Seite. *Vielleicht könnte ich die Seite öffnen – nur ein bisschen,* dachte ich, obwohl ich die Schnallen zuvor nicht einmal berührt und keinen Schimmer hatte, wie schwer die Rampe war. *Einen Spaltbreit – weiter nicht,* redete ich mir ein, als handelte es sich um eine Frage des Maßes.

Ich öffnete die obere Schließe und arbeitete mich an der Seite hinab. Der Alte Mann hatte sie fest zugedrückt, damit sie die Fahrt über hielten, und ich musste mächtig daran zerren. Man hätte meinen sollen, dass mir das hinreichend Bedenkzeit beschert hätte, doch der Anblick des Goldstücks, von dem ich immer noch glaubte, ich könnte es diesem trickreichen Geldsack abluchsen, hatte bei mir das Gegenteil bewirkt und mich blind, taub und begriffsstutzig gemacht. Sobald die letzte Schließe aufgestemmt war, streckte ich mich nach der Seitenwand aus, setzte einen Fuß auf den Kotflügel – weiter als auf dessen Höhe würde ich nicht aufmachen –, und ließ, erstmals seit die Giraffen verladen worden waren, die Rampe herab. Ich hätte ebenso gut eine Anleitung zeichnen können, so aufmerksam musterte Mr Percival T. Bowles jeden Handgriff. Dies hier war schlimmer als jede schwachköpfige Mutprobe, es war selbstsüchtig, tödlich, und ich würde es im selben Moment bitterlich bereuen, da es vollbracht wäre: Denn kaum dass ich nach unten abgestiegen war, verlor ich auf dem nebelfeuchten Stoßfänger den Halt und stürzte rücklings in den Dreck, während die offene Seite des Aufbaus auf mich draufkippte, sodass ich bis auf Brusthöhe darunter begraben lag.

Und mit einem Mal trennte die Giraffen von uns nichts mehr als Luft. Sie gerieten sofort in helle Aufregung, bäumten sich auf, brachten den Aufbau zum Schwanken und würden sofort nach jedem austreten, der sich in ihre Nähe wagte. Und ich *war* in ihrer Nähe. Ich sah zu ihnen hoch. In ihren sonst arglos braunen Augen standen so große Angst und Verwirrung, dass mir schier das Herz blutete. Es war, als würde ich ihnen in die Seele blicken und als hätten sie ihrerseits – Gott steh mir bei – begriffen, was für ein Lump aus mir geworden war. Urplötzlich bewegten sie ihre zarten Beine von mir weg. Sie zogen sie an, hatten in mir den Löwen erkannt, der ich war, und nun würden sie jeden Moment mit mir machen, was sie auch mit Löwen machen würden: Sie würden über die Rampe über mich hinwegdonnern und mich tottrampeln, wie ich es verdiente.

Wenn ich jetzt nichts unternähme – und zwar auf der Stelle –, wären wir alle Geschichte.

Ich rappelte mich hoch, stemmte mich mit aller Kraft von

unten gegen die offene Rampe – und irgendwie bekam ich sie hoch, sprang auf den Stoßfänger, wuchtete das schwere Ding aufwärts und verriegelte es, so schnell ich konnte, bis die Schließen oben und entlang der Seiten wieder verrammelt waren.

Dann taumelte ich zurück auf die Erde, sah nach oben zu den Fensterluken und betete, dass sie dort auftauchen würden. Stattdessen hörte ich, wie sie zu jenem Heulen ansetzten, von dem ich gehofft hatte, ich müsste es nie wieder hören – jenem Panikschrei aus der Nacht, als die Rüpel uns angegriffen hatten. Ich stieg die Leiter halb hoch, fing an, das Giraffensäuseln des Alten Mannes zu imitieren, so gut es durch die Planken ging, fürchtete aber – *wusste* –, dass ich ihr Vertrauen verspielt hatte. Doch zu meiner großen Überraschung verebbte ihr Heulen. Ich säuselte weiter. Und binnen Sekunden waren die Giraffen wieder verstummt, hatten mir meinen Verrat verziehen und bewegten sich wieder auf mich zu.

Ich war mit den Nerven am Ende. Für einen kurzen Moment erkannte ich den treuen Blick meines alten Gauls in ihren Augen wieder, durchlebte erneut die Schreckenstat, die dazu geführt hatte, dass ich zu Cuz geflüchtet war, und am liebsten hätte ich den Giraffen zugeschrien: *Wagt es nicht, mir zu vergeben! Wagt es nicht!* Stattdessen sprang ich auf die Erde zurück, beugte mich vor, um nicht in Ohnmacht zu fallen, und wusste, dass ich gerade noch mal davongekommen war.

»Jetzt reiß dich zusammen, Junge«, hörte ich Bowles sagen. »Das sind doch nur Tiere.« Das Einzige, was mich davon abhielt, ihm bei derselben Formulierung, die auch mein Pa verwendet hatte, in sein Mondgesicht zu schlagen, war das Augenpaar, das uns aus dem Nebel beäugte. »Du musst ihnen klarmachen, wer das Sagen hat, das ist auch schon alles«, fuhr er fort. »Und jetzt probieren wir es noch einmal.«

Ich kniff meinen jämmerlichen Arsch zusammen und riss

den Blick von seiner Goldmünzenfaust los. »Da müssen Sie schon jemand anderen fragen, wenn Sie mehr sehen wollen.«

Er schien kurz zu überlegen, und im Laternenschein sah er aus wie Luzifer persönlich. »Ach, und wer sollte das sein?«

»Mr Jones«, murmelte ich.

»Und wo ist dieser Mr Jones?«

»Ich will ihn nicht wecken.«

»Tja.« Er grinste sein Kojotengrinsen. »Die Zwanzig-Dollar-Goldmünze gehört immer noch dir, und wo die eine herkommt, gäbe es noch mehr. Wir leben in einer Zeit der Möglichkeiten, junger Mann. Und es macht sich bezahlt, sich zu nehmen, was man will, denk immer daran. Mein Jobangebot steht. Und es ist gut, einen Percival Bowles als Freund zu haben.« Er sah zurück zum Truck. »So ein Mist aber auch … Diese Tiere sind so schwer zu kriegen und sterben so schnell – und bis sie sterben, haben sie nie auch nur ein Junges gekriegt. Oh, aber solange sie leben, kann man mit ihnen ein Vermögen machen … Hier.«

Ich hatte aufgehört, ihm zuzuhören, als er gesagt hatte: »Die Goldmünze gehört immer noch dir«, und mir dämmerte erst zeitversetzt, was er gesagt und was er damit gemeint hatte. Denn in diesem Augenblick öffnete er die Faust. Da lag mein Double Eagle. Ich schnappte ihn mir, sah mir beide Seiten an und stopfte ihn in die Tasche, ehe Mr Bowles es sich anders überlegen konnte.

»Ich komme am Morgen wieder und spreche mit deinem Mr Jones.« Dann tippte er sich an den albernen Hut und verschwand im Nebel, der – selbst wenn er keinen gelb gewandeten, Zylinder tragenden, schwarz gestiefelten Mann verschluckt hätte – einfach nur gespenstisch wirkte.

Ich ließ mich auf das Trittbrett sinken und zog die Goldmünze wieder hervor, um sie mir im Licht der Laterne genauer anzusehen. Ich muss sehr konzentriert und sehr *lange* darauf hinabgestarrt haben, weil irgendwann der Alte Mann aus dem Nebel auftauchte, um mich abzulösen, und ich sie eilig zurück in die Tasche schob.

»Alles in Ordnung?«, fragte der Alte Mann.

Ich nickte, huschte an ihm vorbei in den gemieteten Trailer, warf mich aufs Bett und starrte in die Dunkelheit. Bis zum Morgen tat ich nichts anderes, als darauf zu hoffen, dass die Nacht schnell zu Ende ginge, über mein Goldstück zu streichen und an meinen Fahrschein aus Memphis zu denken.

Allerdings muss ich im Morgengrauen eingeschlafen sein, weil ich irgendwann wie im Traum erneut das Giraffenjaulen hörte.

Ich setzte mich auf, doch was ich dann hörte, klang wie … Rotschopf.

»WOODY! WOODYYYYYYY!«

Mit nichts weiter als Unterhose und Stiefel am Leib stieß ich die Tür auf, um in die letzten Nebelschwaden zu blicken, die noch zwischen den Bäumen hingen. Was dahinter lag, erschütterte mich bis ins Mark.

Ein Maisfeld.

»WOODY!«

Dreißig Meter von mir entfernt stand Rotschopf vor unserem Truck. Die dem Maisfeld zugewandte Seite sah aus, als stünde sie offen – und Rotschopf starrte durch die Luke hinauf. In die Giraffenabteile.

Ich spurtete über Schotter und Kiefernzapfen auf sie zu, sah dorthin, wo sie hinsah, und ging in die Knie. Junge stand immer noch in seinem Abteil – wenn auch nur halb, weil er sich so weit in Richtung der Öffnung lehnte, dass gleich die Schwerkraft für den nächsten Schritt sorgen würde.

Doch Mädchen war verschwunden.

Hinter mir erklang erneut Giraffenpanikgeheul – diesmal gellend laut und lang gezogen. Ich wirbelte herum und sah, wie sich am entlegenen Ende des Feldes etwas bewegte und Maisstängel in alle Richtungen schlugen. Und dort stand sie – den langen Hals über das Maisfeld ausgestreckt. Zwei Männer bewegten sich auf sie zu, einer hatte ein Lasso um ihren Hals geworfen, der andere schien seins eben werfen zu wollen … und sie trat aus … trat nach den Löwen aus …

Und als wäre dieser Anblick nicht beängstigend genug, stand auf halbem Weg zwischen mir und den Männern auf wackligen Beinen, als hätte er getrunken, der Alte Mann und hatte eine Schrotflinte auf sie gerichtet. Wenn er jetzt schießen würde – mit dieser Flinte! –, würde er eher Mädchen als die zwei Teufel treffen, die hinter ihr her waren. Ich musste ihm Einhalt gebieten.

Im selben Moment hörte ich hinter mir, wie Junge aufstampfte, und wirbelte zu ihm herum. Er trippelte auf die aufgelassene Rampe zu. Er wollte zu Mädchen. Und wieder wuchtete ich mit aller Kraft die Klappe nach oben, um sie zuzuschlagen. Rotschopf packte mit an. Dann schnappte ich mir das Gewehr aus dem Führerhaus und rannte dem Alten Mann hinterher.

Ich hatte halb zu ihm aufgeschlossen, als seine Flinte losging.

Entsetzt geriet ich ins Taumeln, ließ meine Waffe fallen und machte mich schon auf alles gefasst.

Doch der Alte Mann hatte danebengeschossen und war auf die Knie gesunken.

Am anderen Ende des Maisfelds machten die Männer – wohlwissend, dass der Alte Mann sie nicht würde aufhalten können – ungerührt weiter: Einer zerrte am Seil um Mädchens Hals, Mädchen riss ihn herum wie eine Marionette, ehe sie sich aufbäumte und damit dem zweiten Mann ermöglichte, worauf er abgezielt hatte – er erwischte sie mit dem Lasso am Vorderbein. Als er dann das Seil anzog, musste Mädchen die Vorderbeine spreizen, und sie rückten zu ihr auf.

Einen Augenblick lang sah ich sie lediglich wie erstarrt an und hörte nicht einmal mehr meinen eigenen donnernden Herzschlag. Dann klaubte ich das Gewehr auf, ging in Position, zielte und drückte ab.

Während der Mann mit dem Lasso um Mädchens Bein zwischen die niedergetrampelten Maisstängel fiel und der andere in Deckung ging, hörte ich zunächst nichts weiter als das Echo der Flinte aus meinem Albtraum … weil es nicht das erste Mal war, dass ich auf einen Menschen geschossen hatte.

Die Kerle tauchten im Maisfeld unter, und in der nächsten Sekunde sah ich es zwischen den Stängeln gelb und rot aufblitzen.

Zum Rumpeln ihres davonfahrenden Wagens starrte ich dieses herzzerreißende Bild vor mir an: Mädchen stakste immer noch mit einem Seil um den Hals zwischen den Maisstängeln auf und ab.

Endlich hatte der Alte Mann sich aufgerappelt und ging behutsam auf sie zu. Mit hämmerndem Herzen fiel mir wieder ein, was er in D. C. zu mir gesagt hatte.

Wir lassen die Giraffen unter keinen Umständen aus dem Transporter, denn wenn sie erst draußen sind, gibt es keine Garantie, dass wir sie je wieder hineinbekommen – und das wäre für sie der Tod, auf welche Weise auch immer.

Im nächsten Moment fiel der Alte Mann einfach um. Ich rannte auf ihn zu. Blut lief ihm übers Gesicht. Er versuchte, auf die Füße zu kommen, schaffte es aber nicht. Ich packte ihn am Arm, brachte ihn kaum auf die Beine, und plötzlich war Rotschopf da, der die Kamera um den Hals schlenkerte, und hakte ihn von der anderen Seite unter.

»Hol den Truck«, japste er, als er endlich stand.

Ich rannte zurück. Unter dem Lenkrad hingen lose Kabel heraus. Ich stopfte sie zurück, bekam irgendwie den Motor an und rollte den Truck mitsamt Junge mitten in das Maisfeld hinein.

Hinter dem Alten Mann, der in die Hocke gegangen war und in Giraffensprache auf Mädchen einsäuselte, hielt ich an. Mädchen schwankte auf ihren dürren Beinen, und das Seil pendelte mit, als würde sie sich für den nächsten Löwenangriff bereit machen.

»Hol Junge ans Fenster«, rief der Alte Mann über die Schulter.

Ich riss die Fensterluke weit auf. Junge schob den Kopf heraus, und sobald er sie sah, fing er an, gegen die Holzwand zu rumpeln, weil er zu ihr wollte.

»Langsam … ganz ruhig, Mädchen«, singsangte der Alte Mann und flüsterte dann in meine Richtung: »Lass die Rampe runter – wir müssen sie da wieder reinbringen!«

»Aber läuft Junge dann nicht ebenfalls raus?«

»Nicht, solange er nicht herausstürzt. Er wird nach draußen wollen, aber auf sich allein gestellt geht er nicht über die Rampe. Es sei denn, Mädchen haut ab … Dann weiß ich beim besten Willen nicht, was er als Nächstes macht. Aber es wäre nichts Gutes.«

Junge hatte immer noch den Kopf durchs Fenster geschoben und trat jetzt so fest gegen die Planken, dass der Aufbau erzitterte.

Doch sowie Mädchen ihn erblickte, wurde sie langsamer und machte sogar einen holpernden Schritt auf uns zu. Der Alte Mann fluchte in sich hinein, und im nächsten Moment sah ich, was er gesehen hatte – die Schiene an ihrem Bein hing halb nach unten. Und sie blutete. Sie balancierte nur mehr auf drei Beinen, weil sie das verletzte Bein nicht belasten konnte.

Langsam ging der Alte Mann auf sie zu, und Mädchen trat aus – herzzerreißend schwächlich –, sodass der Verband weiter verrutschte. Noch ein Tritt, und sie würde zu Boden gehen und womöglich nie wieder aufstehen.

»Zwiebel …«, raunte der Alte Mann nach hinten. Ich griff mir eine, drückte sie dem Alten Mann in die Hand und wich nach hinten aus.

Mädchen hatte sie sofort gewittert. Der Alte Mann versuchte, sie mit der ausgestreckten Zwiebel zu sich zu locken, aber noch wollte sie nicht. Stattdessen holte sie zu einem weiteren schwachen – und vielleicht ihrem letzten – Tritt aus.

Der Alte Mann wich eilig zurück und ließ die Zwiebel sinken.

Es vergingen ein, zwei Sekunden. Ich ging ein Stück näher, um besser sehen zu können. Mädchen folgte mir mit dem Blick – und der Alte Mann hatte es sofort bemerkt.

»Komm näher«, wisperte er mir zu.

Ich ging näher.

Sie wandte sich ab, sah wieder zu mir, beäugte mich von Kopf bis Fuß.

»Näher!«

Ich nötigte mich zum nächsten Schritt. Jetzt war ich nahe genug an ihr dran, dass sie mich mit dem Huf treffen würde. Erneut streckte der Alte Mann die Zwiebel aus, allerdings diesmal in meine Richtung. Ich hätte sie ihm abnehmen sollen, brachte es aber nicht fertig. Stattdessen kämpfte ich gegen den Impuls an, zwischen die Maisstängel zu flüchten, weil ich nicht derjenige sein wollte, der die letzte Chance auf Rettung der panischen Giraffe vergeben hatte.

»Nimm sie!«

Als ich mich immer noch nicht dazu durchringen konnte, taumelte der Alte Mann auf mich zu, schob mir die Zwiebel in die Tasche und schubste mich vorwärts.

Mit zitternden Nüstern schwankte Mädchen auf mich zu – so nah, dass ich das nutzlose Seil um ihren Hals hätte packen können. Dann senkte sie genau wie in jener ersten Nacht in Quarantäne den Hals, um mich zu beschnuppern. Ich zog die Zwiebel aus der Tasche und hielt sie ihr hin. Die Zunge schnappte danach, der Hals wanderte wieder nach oben, und die Zwiebel wanderte ihre Gurgel hinab.

Der Alte Mann schlich sich von hinten an mich heran und ließ Big Papas Zwiebelsack neben mir fallen. »Füttere sie damit«, flüsterte er. Und noch während ich ihr die nächste Zwiebel aus dem Sack hinhielt, hörte ich ein dumpfes Geräusch von hinten. Der Alte Mann hatte die Rampe aufgemacht, sodass Junge jetzt jederzeit rauslaufen konnte. Als Nächstes zog er eine lange, breite Planke unter dem Truck hervor, von der ich keine Ahnung gehabt hatte, und legte sie wie einen Steg zurecht, auf dem Mädchen mit ihren langen, spindeldürren Beinen sicher würde gehen können.

Er winkte mich zu sich.

Ich fing an, mit dem Sack in der Hand winzige Schritte rückwärts zu machen. Alle paar Sekunden schob ich mir eine weitere Zwiebel in die Tasche, die Mädchen sich würde holen wollen. Quälend langsam stakste sie hinter mir her – aber sie kam. Und wann immer sie abermals ein Stück näher kam, erhielt sie eine Zwiebel, die sie mit ihrer Zunge packte, sich ins Maul bugsierte und dann schluckte, während ich mir die nächste Zwiebel in die Tasche schob.

Das Ganze wiederholten wir zigmal, bis wir den Truck erreicht hatten.

Ich trat auf den Steg, auf die Rampe und in ihr Reiseabteil.

Mädchen blieb draußen stehen.

Junge fing an zu schnüffeln und im Fasertorf aufzustampfen, während Mädchen wiederholt zu mir sah und abzuwägen schien, ob der Geschmack der nächsten Zwiebel wettmachen würde, was sie dafür tun müsste.

Mittlerweile war der Zwiebelsack annähernd leer. Ich machte einen Schritt auf sie zu, winkte mit dem Sack nach ihr und trat wieder zurück in den Aufbau.

Und dann hatte sie sich entschieden.

Ein Bein, zwei, dann drei. Mit dem bandagierten Bein schien sie Schwierigkeiten zu haben, sicheren Halt auf der Rampe zu finden. Ich konnte kaum hinsehen. Dann stand sie darauf, allerdings rückwärts gelehnt – und im nächsten Moment würde sie entweder vorwärtsgehen oder so schnell wieder auf festen Boden zurückweichen, dass keiner von uns sie würde aufhalten können.

Ich warf die restlichen Zwiebeln in den Torf, kletterte hinauf und setzte mich auf die Planke zu Junge – mit einer letzten Zwiebel in der Hand.

Sie streckte den Hals nach vorn aus, schob die lange Zunge in den Zwiebelhaufen und angelte eine nach der anderen hervor. Dann wanderte ihr langer Hals wieder hoch und noch höher, folgte dem Geruch der letzten Zwiebel in meiner Hand, bis sie zu guter Letzt mit allen vier Beinen im Fasertorf stand.

Wildes Mädchen war wieder drinnen.

Schneller, als ich es für möglich gehalten hätte, wuchtete der Alte Mann die Rampe hoch und legte sämtliche Schließen vor, ehe er sich auf das Trittbrett plumpsen ließ, um wieder zu Atem zu kommen. Ich hätte mich am liebsten zu ihm gesetzt, konnte mich aber nicht rühren. Mädchen hatte ihren riesigen Kopf quer über meine Beine gestreckt. In derselben Sekunde, da die Luke zugegangen war, hatte sie sich an mir vorbeigeschoben, um Junge abzuschnuppern. Inzwischen lehnte sie sich mit dem zitternden Leib gegen den Verschlag, hatte die schwere Schnauze in meinen Schoß sinken lassen und die Augen geschlossen, und aus ihren Nüstern kam mit einem bebenden Schnauben ein Seufzer, so groß wie Wildes Mädchen selbst. Ich legte ihr die Hand auf den zitternden Kopf, und irgendwo aus der Tiefe jenseits meiner verkrampften Innereien stieg ein Gefühl in mir auf, das ich schon ganz vergessen hatte. Mein Kleinjungen-Gefühl, das ich – für einen kurzen Moment – in jener Nacht nach den Bergen zugelassen hatte. Hier und jetzt, mit Mädchens mächtigem Schädel auf meinen Beinen, drang es mir bis in die letzte Faser, mein Herz schwoll an und war warm und pur und liebevoll, wie ich es nicht mehr für möglich gehalten hatte. Ich verlor mich darin und ließ zu, dass die durchdringende Warmherzigkeit mir den Atem raubte.

Mädchen schlug die Augen auf, die mich eindeutig zu sehr an die kastanienbraunen Augen meines alten Gauls erinnerten, und während das warme Gefühl in puren Albtraumschmerz umschlug, zog ich ihr das Lasso vom Hals und schleuderte es, so weit ich konnte, ins Maisfeld.

Es dauerte eine Weile, bis wir nach diesem Vorfall weiterfuhren. Mitten im Maisfeld sah unser Truck kein bisschen schlimmer aus als zuvor, wir selbst indessen schon. Ich spähte zurück zum Trailercamp und hielt nach Rotschopf Ausschau, doch sie war wieder mal nicht mehr zu sehen. Also stand ich dort – immer noch in Unterhose und Stiefeln – und betrachtete den Alten Mann, der durch die Luke alles Sulfa, was noch übrig war, auf Mädchens Wunde auftrug, die inzwischen nicht nur blutig, sondern obendrein eitrig war. Sie hatte sich entzündet. Mädchen war derart erschöpft, dass sie an der Wand ihres Verschlags lehnte und ihn einfach gewähren ließ. So gut es ging, verband er die Wunde neu. Wir hielten den Atem an, als sie ein paar wacklige Schritte machte, dann aber endlich auf allen vieren stehen blieb.

Nachdem er die Luke sicher verriegelt hatte, ließ sich der Alte Mann auf das Trittbrett sinken. Erst jetzt hob er die Hand, um über seine eigene Verletzung zu tasten. Die Platzwunde am Kopf hatte zwar aufgehört zu bluten, sah aber immer noch genauso übel aus, wie der Alte Mann wohl den Grund fand, warum sie überhaupt da war. Ich spürte gleichsam Mr Bowles' Gewicht auf meiner Brust, und die Goldmünze in meiner Tasche brannte wie die Sünde selbst. Ich hatte den Alten Mann nicht vorgewarnt. Wenn ich ihm jetzt nicht von der Begegnung erzählte, würde ich mich fühlen wie ein Judas aus Texas. *Aber wozu wäre das gut?*, schoss es mir durch den Kopf. *Er würde mich hier am Straßenrand stehen lassen, noch bevor wir bis Memphis gekommen wären.*

Trotzdem *musste* ich etwas sagen. »Kann ich helfen, das da zu säubern?«

Er antwortete nicht. Er sah nur auf seine gekrümmten Finger hinab, die sich nicht spreizen wollten, und bedachte sie mit Flüchen. Dann fuhr er sich erneut über die verletzte Schläfe und verfluchte auch den Schmiss. Was immer passiert war: Er schien nicht in der Stimmung zu sein, mit mir darüber zu reden.

Ich trat von einem Bein aufs andere. »Mädchen wird wieder gesund, oder?«

Das brachte ihn auf die Beine. »Wir haben Glück, dass wir gerade keine tote Giraffe in diesem verdammten Maisfeld verscharren müssen. Hoffen wir einfach, dass unser Glück anhält, bis wir mehr Sulfa bekommen. Sonst wird es womöglich doch noch dazu kommen …«

Ich hatte die schlimmsten Befürchtungen, was als Nächstes käme – die Polizei und die Fragen, die gestellt würden. Stattdessen packte der Alte Mann die Waffen weg, schob sie beide in die Halterung und sagte: »Wenn irgendwer fragt, Junge: Ich hab geschossen. Du hättest den Typen umbringen können, und das wäre dir nicht zu wünschen gewesen.«

Verwirrt runzelte ich die Stirn. Offenbar stellte er meine Schießkünste infrage. »Ich hab ihn gestreift«, sagte ich. »Wenn ich ihn hätte umbringen wollen, wäre er jetzt tot.«

Die Augenbrauen des Alten Mannes wanderten in die Höhe, als wüsste er nicht, was er davon halten sollte. Einen kurzen Moment lang starrte er mich wieder reglos an – allerdings mit einem Flackern im Blick, das ich nicht recht benennen konnte. »Zieh dich an«, sagte er schließlich. »So schnell du kannst. Wir müssen los.«

»Sie … rufen nicht die Cops?«

»Hast du mir nicht zugehört? Wir müssen nach Memphis«, sagte er, statt mir zu antworten. »Und zwar *jetzt sofort.*«

Ich würde gern behaupten, dass dies das Letzte war, was wir von Percival Bowles zu hören und sehen bekamen, aber so war es nicht. Zurück auf dem Highway sahen wir, wie ein Stück voraus die Geleise erneut parallel zur Straße verliefen. Bis wir in Muscle Shoals ankamen, führte unser Weg sogar direkt am Bahnhof vorbei, wo wir uns nirgends verstecken konnten – und natürlich brach der Zirkus dort just seine Zelte ab.

Vielleicht zehn Meilen hinter der Stadt führten die Geleise erneut an der Straße entlang. Vor uns tauchte ein Ladengeschäft auf, vor dem ein paar alte Leute in Schaukelstühlen auf der Veranda saßen. Seit wir am Vorabend Yellers Reste vertilgt hatten, hatten wir nichts mehr zu uns genommen. Außerdem ging unser Sprit gefährlich zur Neige. Ohne Essen kämen wir noch ein Stück weiter, aber nicht ohne Benzin. Wir mussten dort halten.

Ich steuerte den Truck auf die Zapfsäulen zu. Während die Alten von der Veranda sich mit großen Augen aus ihren Schaukelstühlen stemmten und näher kamen, um sich die Giraffen anzusehen, setzte der Alte Mann seinen Fedora auf und drückte ihn tief über seine Wunde. »Ich weiß, dass du Fragen hast«, sagte er über die Schulter, »aber erst müssen wir dich und die Schätzchen nach Memphis bringen.« Mit einem angespannten Blick die Straße entlang stieg er aus und marschierte in den Laden, und die Giraffen sahen ihm hinterher.

Während der Tankwart zu den Giraffen emporstarrte und so langsam unseren Tank befüllte, wie ich es noch nie erlebt hatte, fuhr auf der anderen Seite der Zapfsäulen ein Kastenwagen vor – ein gelb-roter Kastenwagen. Und vom Beifahrersitz krabbelte Bowles – inzwischen zwar nicht mehr in Zirkusdirektorenkluft mit Zylinder, und auch sein Schnurrbart war nicht mehr gewachst und gezwirbelt, trotzdem sah er so hässlich aus, wie es sich für einen Teufel gehört.

Der wird mich verraten, dachte ich und hielt nach dem Alten Mann Ausschau. Die Giraffen bedachte ich mit einem wehmütigen Abschiedsblick und sah an den Geleisen entlang. Gäbe es dort eine Stelle, an der ich, wenn es so weit wäre, auf den nächstbesten Güterzug aufspringen könnte? Dann rieb ich über die Goldmünze in meiner Tasche und trat Bowles und seinem Fahrer entgegen. Ich wollte schon etwas sagen – irgendetwas –, um zu verhindern, was gleich bestimmt passieren würde, und dachte sogar darüber nach, ihm das Goldstück zurückzugeben, sofern ich ihm damit Einhalt gebieten könnte.

Doch Mr Percival Bowles hatte an einem erbärmlichen Double Eagle gar kein Interesse. Noch während er und sein Fahrer auf mich zumarschierten, zog er ein dickes Geldbündel aus der Brusttasche: eine Rolle aus Hundert-Dollar-Scheinen, die mit einem Gummiband zusammengehalten wurden. Die Rolle war dick wie seine Faust.

Wenn die Goldmünze in meinen Waisenjungenaugen nach John D. Rockefeller aussah, dann sah dieses Geldbündel aus nach Fort Knox. Mit einem Mal ging es nicht mehr nur darum, einen naiven Jungen mit einem Double Eagle zu bestechen. Dies hier reichte für einen ausgewachsenen Mann – ein Vermögen, das man in seine Tasche steckte und nie wieder zurückblickte. Es spielte auch gar keine Rolle, dass die Giraffen Tausende mehr wert waren, als er in der Hand hielt – und auch nicht, dass seine Lakaien die Giraffen gerade erst hatten verschleppen wollen. Bowles glaubte ernsthaft, dass er den Alten Mann bestechen konnte – weil er Mr Riley Jones für einen ebensolchen Elendstrottel hielt wie mich.

Noch hier und jetzt, da die Jahrzehnte in meiner Erinnerung verblassen, bleibt mir bei der unverhohlenen Dreistigkeit seiner »Zeit der Möglichkeiten«, wie er es genannt hatte, die Spucke weg – was für ein Wahnsinn zu glauben, dass jemand sich zwei Giraffen unter den Nagel reißen könnte, ob nun gegen Schmiergeld oder nicht mal das, und damit davonkäme. Eine Giraffe kann man nicht einfach so verstecken, wie wir inzwischen wussten. Doch es gab gute Gründe, warum der Alte Mann derlei Unternehmungen »windig« genannt hatte. Es war immer noch die Zeit der medizinischen Wunderschauen, der bibelverkaufenden Trickbetrüger und aller möglichen anderen Bauernfänger, die im Schutz der Dunkelheit von einer in die nächste Stadt zogen – und dazu zählten eben auch Wanderzirkusse, die an jedem Ort nur für eine Nacht blieben. Vor dem Krieg zu leben bedeutete zu glauben, dass man sein oder tun konnte, was man wollte, indem man einfach immer nur weiter die Straße entlangzog – insbesondere nachdem die Elendsjahre selbst brave Leute zu Schurken gemacht hatten. Und genau darauf vertrauten Geldsäcke wie Bowles: auf die Gier und den Hunger, den er jeder Menschenseele, die ihm begegnete, auf einen Blick ansehen konnte. Auf beides vertraute er auch jetzt.

»Wie gut, dich wiederzusehen, junger Mann«, sagte er und hielt mir die Geldrolle hin, während der dicke Fahrer um den Kastenwagen herumkam und sich neben ihn stellte. »Ich möchte deinem Mr Johnson ein Angebot machen. Allerdings will ich erst, dass du mir gut zuhörst, denn wenn er nicht klug genug sein sollte, mein Angebot anzunehmen, dann hätte deine Stunde geschlagen. In neun von zehn Fällen geht es nur darum, in wessen Besitz etwas gerade ist, und so ein kluger Kopf wie du, der dort auf dem Fahrersitz sitzt, weiß das bestimmt.« Er hielt mir die Scheine so nah vors Gesicht, dass ich sie hätte berühren können. »Verstehst du, was ich damit sagen will?«

Im Angesicht dieses kleinen Vermögens verlor ich allen Sinn und Verstand, den ich mir erst an diesem Morgen zurückerobert hatte. Mein Blick war unverwandt auf Fort Knox gerichtet, und ich hörte mich lediglich flüstern: »Jones …«

»Was?«

»Nicht Johnson … Jones«, nuschelte ich. »Riley Jones.«

Woraufhin er zurückzuckte und die Geldrolle außer Reichweite verschwand. »Was hast du gesagt – *wie* lautet der Name?«

»Riley Jones«, wiederholte ich.

Er machte ein Gesicht, als hätte er ein Gespenst gesehen. Und was er als Nächstes sagte, machte jedes Scheinchen, jeden Verrat, jedes Schmiergeld zunichte.

»Junger Mann«, raunte er mir zu, »du bist mit einem *Mörder* unterwegs.«

Es hätte mich nur wenig dazu gebracht, den Blick von den Scheinen loszureißen. Doch dieses Wort gehörte dazu.

Er spähte an mir vorbei. »Du passt besser auf, wenn du derart kostbare Kreaturen in so einer klapprigen Kiste chauffierst. Bei mir wärst du besser dran. Zumindest weiß ich, dass ein Menschenleben mehr wert ist als das eines Tiers.«

Hinter mir hörte ich das Fliegengitter vor der Ladentür schlagen, und ehe ich michs versah, drückte Bowles mir die Geldrolle vor die Brust und ließ los, sodass ich sie auffangen musste, damit sie nicht in den Straßendreck fiel. Und so kam es, dass ich binnen eines Wimpernschlags mehr Geld berührte, als ich je wieder in Händen halten sollte. Menschen waren für wesentlich weniger gestorben, und in diesem Moment dämmerte mir auch, warum.

Ich würde jetzt nur zu gern schreiben, dass ich nicht gewankt habe. Dass ich die Fackel der Moral hochhielt. Dass ich mir den Diebstahl der Giraffen vor Augen führte, mir meinen Anteil daran vergegenwärtigte – auch den Schuss, mit dem ich den Dieben Einhalt geboten hatte – und dass ich mit vorgerecktem Kinn die Geldrolle zu ihm zurückwarf. Und glaub ja nicht, dass ich nicht versucht gewesen wäre, die Geschichte genau so zu erzählen und vom Radiergummiende meines Bleistifts ausgiebig Gebrauch zu machen. Aber du weißt, dass es so nicht passiert ist. Natürlich hatte ich begriffen, dass Mr Bowles von jeder armen Seele, die sein Geld annahm – sei es hingeworfen oder nicht –, gewisse Gegenleistungen erwartete. Doch derlei Geldsackverpflichtungen mussten warten. Denn sowie meine Hände die Geldrolle berührt hatten, ging es nicht mehr nur um Bowles allein. Es ging auch nicht um den Alten Mann und um die Giraffen. Es ging nicht mal mehr um richtig oder falsch. Es ging einzig und allein um eine Dust-Bowl-Waise und eine fette Geldrolle. Ich tat, was man von solch einem Jungen erwarten würde: Ich stopfte die Scheine in die rechte Tasche zu meiner Goldmünze und schloss die Faust fest darum.

»Junge!«

Der Alte Mann war in der Fliegengittertür aufgetaucht – immer noch in seinem blutigen Hemd. Er fegte auf uns zu, mit einem Zwiebelsack in der einen und einer Tüte voll Proviant in der anderen Hand. Die Proviantttüte warf er durchs offene Wagenfenster und riss die Beifahrertür auf, ohne Bowles und den Fahrer eines Blickes zu würdigen.

»Steig ein!«

»Jetzt mal langsam«, rief Bowles und trat auf den Alten Mann zu. »Ich will nur reden.«

Mit dem Zwiebelsack vor der Brust hatte der Alte Mann den beiden den Rücken zugekehrt. Doch dann legte der Fahrer ihm die Pranke auf die Schulter. Mit einer Links-rechts-Kombination, die ich in dieser Art nie wieder sehen würde, und mit dem Zwiebelsack als Ramme streckte der Alte Mann zugleich den Fahrer und Bowles nieder, der auf seinem Hintern landete.

»Fahr los!«, brüllte der Alte Mann.

Wir sprangen in die Fahrerkabine und rasten mit quietschenden Reifen davon, so schnell es unser Truck zuließ – im Außenspiegel zig Zwiebeln, alte Leute und ein Zirkusfahrer, der versuchte, den rundlichen Zirkusdirektor aus dem Dreck zu hieven.

Unser Fluchtplan hatte natürlich einen Haken. Ein Kastenwagen ohne zwei tonnenschwere Giraffen fuhr naturgemäß schneller als ein Truck *mit* mehreren Tonnen Gewicht, das noch dazu knifflig verteilt war … Ich fuhr schneller, als ich laut dem Alten Mann je hätte fahren dürfen, und die Giraffen torkelten in ihren Abteilen herum, hierhin, dorthin, und ihre Köpfe schlugen gegen die Fenster. Und nur allzu bald hatte der Kastenwagen zu uns aufgeschlossen. Eine Meile weit klebte er an uns dran, während die Geleise erneut immer näher und mitunter keine zehn Meter entfernt an den Highway heranführten. Wiederholt zog der Zirkuswagen auf die entgegenkommende Fahrspur, bis er auf gerader Strecke an uns heranfuhr, als wollte er überholen. Aber weit gefehlt. Er fuhr neben uns her, hielt sich nur Zentimeter von meiner Tür entfernt.

»Was zur Hölle macht der da?«, brüllte der Alte Mann.

Bowles versuchte, meine Aufmerksamkeit zu erregen. Er hielt ein frisches Geldbündel in der Faust, hatte den Ellbogen ins Fenster gestemmt und signalisierte mir mit jedem Blick: *Fahr ran, Junge! Mehr musst du nicht tun! Du kriegst die Kohle. Und hier ist noch mehr … wenn du nur rechts ranfährst.*

Du glaubst jetzt vielleicht, dass es mir leichtgefallen wäre, nicht hinzusehen. Dass eine Geldrolle genug gewesen wäre. Doch für einen Streuner kann es nie genug sein. Wenn eine Tasche voll Geld dafür sorgen konnte, dass ich nie wieder das verzweifelte Nagen eines leeren Magens spüren müsste, dann konnte mit einer zweiten Tasche voll Geld das »nie wieder« umso länger andauern. Es kam mir nicht mal in den Sinn, mich zu fragen, was sie mit dem Alten Mann anstellen würden – geschweige denn mit den Giraffen –, sofern ich mich dazu entschließen würde, auch die zweite Geldrolle anzunehmen. Es gibt so viel mehr Arten des Errettetwerdens als jene, die man in der Kirche erfährt, und in diesem Moment brauchte ich eine, um mich vor mir selbst zu retten. Denn in diesem Moment dämmerte mir erstmals nicht nur, dass meine wankende junge Seele auch eine stinkende Seite hatte, sondern auch, dass das Schicksal eine veränderliche Sache war – dass jede Entscheidung, die man selbst traf, nebst allen Entscheidungen, die um einen herum getroffen wurden, einen in die eine oder in die andere Richtung schubsen konnte, wo unzählige weitere Schicksale warteten. Ich musste eine Entscheidung treffen. Und während ich weiter auf die frische Geldrolle starrte, schien mir die Zukunft, die sich mir mit all diesem Geld eröffnen mochte, überwältigend und unwiderstehlich. Blendend, strahlend – ein reich gedeckter Tisch, den in dieser Art nur ein Waisenjunge vor sich sehen kann. Tief im Innern ist mir heute klar, dass dies meine Entscheidung gewesen wäre – und zugleich mein, nein, *unser* Verhängnis.

Eine Unebenheit im Asphalt bewahrte mich davor.

Wir erwischten ein Schlagloch, das uns Zähneklappern bescherte, und mein Blick verrutschte von der frischen Geldrolle zu Bowles' anderer Hand, mit der er nach einem Gegenstand auf dem Sitz griff: nach der Pistole aus seinem Holster, einem alten Ding wie jener, die mein Pa aus dem Krieg mit heimgebracht hatte. Und jetzt hielt er sie auf eine Weise, die mir instinktiv sagte, dass er sie schon mal benutzt hatte. Bowles hatte einen Alternativplan. Wenn ich nicht rechts ranführe, würde er uns aufs Korn nehmen. Oder vielleicht die Reifen. Oder die Giraffen. Oder mich – ganz gleich, was er zuvor über den Wert eines Menschenlebens gesagt hatte.

Ich konnte den Teufelspakt gerade so lange von mir fernhalten, dass mir auch die Alternativen vor Augen standen, die auf meine Entscheidung folgen würden – all das, was uns *allen* als Nächstes bevorstünde. Immer noch mit Bowles' Pistole im Blick bekam ich aus dem Augenwinkel mit, wie der Alte Mann die Schrotflinte aus der Halterung nahm. Eine Sekunde nach der anderen verstrich, und wir fuhren über den leeren Highway nebeneinanderher, während die Zukunft immer noch darauf wartete, dass ich meine Entscheidung traf.

Nun waren Entscheidungen für mich ebenso schwierig, wie Pläne zu schmieden. Und wie du bereits weißt, fiel mir das Pläneschmieden sehr, sehr schwer. Wenn ich anhielte, würde die Hölle losbrechen. Und wenn nicht, würde sie womöglich immer noch losbrechen …

Ich konnte mich nicht entscheiden.

Und je länger ich mich nicht entscheiden konnte, umso mehr rutschte ich auf meinem Sitz hin und her. Und je mehr ich hin und her rutschte, umso höher wanderte die Geldrolle in meiner Hosentasche – bis die ersten Scheinchen im Fahrtwind flatterten und der Alte Mann sie entdeckte.

Er beugte sich herüber und zog mir die Geldrolle aus der Tasche.

Ich drehte den Kopf in seine Richtung, sah, wie er mich mit waidwundem Blick ansah und genau wusste, woher das Geld stammte. Ich wartete nur darauf, dass er die Flinte in meine Richtung hob. Stattdessen schleuderte er, ohne mich aus den Augen zu lassen, die Geldrolle aus dem Fenster, und die Scheine verwirbelten im Wind. Mir blieb nicht mal eine Sekunde, um aufzukeuchen oder zu jaulen – denn im nächsten Moment sollte es zur Abrechnung kommen.

Links von mir hielt der Teufel eine Pistole und eine Geldrolle in Händen, rechts saß der Alte Mann mitsamt Flinte und der Urteilskraft des Allmächtigen. Und die Zukunft wartete immer noch darauf, dass ich meine Entscheidung traf …

Doch zum ersten und letzten Mal in meinem Leben erwies sich meine Unfähigkeit, eine Entscheidung zu treffen, als beste Entscheidung überhaupt.

Denn auch Geldsacks Plan hatte einen Haken. Und dieser Haken raste direkt auf uns zu. Ein Holzlaster war auf der Anhöhe vor uns aufgetaucht. Der Fahrer des Kastenwagens trat auf die Bremse, um hinter uns einzufädeln. Was er nicht hatte sehen können, war der Wagen, der hinter uns herfuhr: Aus der Zufahrt zu einer Farm war ein Kombi auf den Highway eingebogen und wiederholt am Rand meines Außenspiegels aufgetaucht. Es war ein Packard, und am Steuer saß eine Frau. Ich kniff die Augen zusammen, weil ich so felsenfest glaubte, es müsste Rotschopf sein, dass ich mich schon fragte, ob ich sie heraufbeschworen hatte. Doch dieser Packard war braun und die Fahrerin eine alte Frau mit weißen Häkelhandschuhen und Hütchen. Sie war so dicht auf uns aufgefahren, um die Giraffen zu sehen – Mädchen sah zum einen und Junge zum anderen Fenster heraus –, dass sie nicht zu wissen schien, wie ihr geschah, und schlimmer noch: die Giraffen ebenso wenig. Junges Kopf ragte viel zu weit über die Straße.

Der Holzlasterfahrer drückte auf die Hupe.

Der Zirkusfahrer stieg auf die Bremse.

Bowles' Pistole fiel ihm aus der Hand in den Fußraum.

Wilder Junge – der Gute! – zog den Kopf ein.

Und dann stieg auch die Packard-Oma auf die Bremse – nur dass es für den Zirkuswagen zu spät war, um noch hinter ihr einzufädeln. Der Holzlaster war jetzt auf unserer Höhe. Bowles' Fahrer machte das Einzige, was ihm übrig blieb: Er riss das Steuer nach links, holperte über Gras und zwischen Bäumen hindurch und landete auf den Geleisen. Und zwar so hart, dass wir alle vier Reifen platzen hörten – *plopp, plopp, plopp, plopp* –, gefolgt von dem lang gezogenen Jaulen der Holzlasterhupe – *BÄÄÄÄÄÄÄÄÄÄhhhhh* –, ehe das lange Gefährt an uns vorbeischoss und im nächsten Moment auch schon außer Sicht war.

Zitternd bis in die Zehenspitzen ging ich vom Gas und ließ den braunen Packard an uns vorbeiziehen. Das Gesicht der alten Frau war kreideweiß. Zweifelsohne sah meins genauso aus. Sobald die Geleise sich dankenswerterweise wieder entfernten, riss ich mich zusammen und gab wieder Gas. Der Alte Mann jedoch hielt weiter die Flinte umklammert und behielt die Straße im Blick. Aus Angst, was ich in seinem Gesicht sehen würde, traute ich mich nicht, mich zu ihm umzudrehen. Ich hätte es ihm gern erklären wollen. Zu alledem hatte bloß die Lebenswirklichkeit eines Streuners geführt – aber wie sollte ich ihm das begreiflich machen? Ich war mir dessen doch selbst kaum bewusst. Ich konnte nichts weiter tun, als zu stammeln: »Ich hab nicht … Ich würde nie …«

»War das alles?«, fragte er nur und sah mich nicht einmal an.

»Ja«, log ich, weil ich selbst in dieser Lage nicht imstande war, mich von dem Goldstück zu trennen.

Die folgenden Meilen legten wir schweigend zurück. Dann tauchten vor uns die ersten Schilder nach Memphis auf. Die Flinte lag mittlerweile quer über dem Schoß des Alten Mannes; mich angesehen hatte er immer noch nicht. Ich hatte keine Ahnung, was er als Nächstes tun würde. Insgeheim war ich mir sicher, dass ich meinen Fahrschein nach Kalifornien verspielt hatte, doch ebenso gut konnte er beschlossen haben, mich an den Sheriff von Memphis zu übergeben, und das durfte ich nicht zulassen. Da gab es schließlich noch andere Geheimnisse.

Vor uns markierte ein Schild die Stadtgrenze.

Ich ging vom Gas.

»Fahr weiter«, sagte der Alte Mann. »Wir fahren weiter, als diese Mistkerle mit ihrem Zirkus fahren können, und dann hat dies alles ein Ende. Wenn die Schätzchen uns in diesem Tempo weiterfahren lassen, dann sind es nur noch vier Stunden bis Little Rock.«

Ich verstand die Welt nicht mehr. »Dann halten wir nicht?«

»Fahr weiter.« Mehr sagte er nicht.

Also würde ich gar nicht in Memphis enden – wie immer dieses Ende ausgesehen hätte. Und noch immer lag das Schicksal unserer kostbaren Fracht in meinen verlogenen Lumpenhänden. *Warum schubst er mich nicht einfach aus dem Wagen, solange er die Gelegenheit dazu hat? Legte er sich gerade irgendeine Art Alter-Mann-Urteil für unterwegs zurecht?* Meine Verwirrung wuchs sekündlich an, und vor mir lagen vier weitere Stunden, in denen ich darüber brüten sollte, was an diesem Tag Schlimmes hätte passieren können und wozu all das noch führen mochte – und über den ungeheuerlichen Vorwurf, den Bowles gegen den Alten Mann erhoben hatte.

Und als wäre all das noch nicht genug, bog an einem Obststand, an dem wir vorbeifuhren, ein grüner Packard auf die Straße.

Ich sah nach unten, weil im Fußraum des Alten Mannes etwas im Fahrtwind flatterte. Es war die Zeitung vom Vortag, die er in Chattanooga gekauft hatte.

Der morgige Tag war zum heutigen geworden.

Es war mein Geburtstag.

Ich war achtzehn Jahre alt.

San Diego Daily Transcript

11. Oktober 1938

GIRAFFEN KOMMEN GUT VORAN

SAN DIEGO – 11. Okt. (Sonderausgabe) Die Tierfreunde unter uns harren darauf, die ersten Giraffen Südkaliforniens willkommen zu heißen. Zoodirektorin Mrs Belle J. Benchley verlautbarte anlässlich der Geburtstagsfeierlichkeiten des San Diego Zoo, dass die motorisierte Transkontinentalreise der sehnlich erwarteten langhalsigen Wiederkäuer »nach Plan« verlaufe. Erleichtert dürfe sie ausrichten, ihr Mitarbeiter Mr Riley Jones komme laut Etappenmeldung – oder genauer: laut seinem jüngsten Telegramm aus Tennessee – »völlig problemlos und gut voran« …

… »Na, Pops?«

Schon *wieder* ist jemand an meiner Tür. Diesmal bin ich so sehr ins Schreiben vertieft, dass ich vor Schreck fast einen Satz mache.

»Lasst mich in Gottes Namen endlich in Frieden!«, blaffe ich ihn an und tätschele mein Herz, während der Pfleger einfach hereinmarschiert wie alle anderen auch.

Als ich wieder zu Atem gekommen bin, wende ich mich von der Straße in Memphis ab, um ihn anzusehen.

»Sie sind schwarz.«

»Dann ist mit Ihren Augen ja alles in Ordnung, Pops. Ich soll nach Ihnen sehen, weil Sie den ganzen Tag nichts gegessen haben.«

»Und wer sind Sie?«

»Ach, Pops, das sagen Sie jeden Abend.«

Ich bin niemandes Pops, erst recht nicht seiner. Allerdings erinnert er mich an Siebter Sohn, deshalb knurre ich ihn nicht an. »Ich hab mal in einem Hotel für Schwarze übernachtet«, erzähle ich ihm. »War nett dort.«

»O-*kay*«, sagt er.

»Die Giraffen mochten es dort auch. Stimmt doch, Mädchen, oder?«, rufe ich in Richtung Fenster.

Er runzelt die Stirn. »Sehen Sie eine alte Flamme dort stehen, Pops?«

»Nein, bloß Mädchen.«

»Sie meinen, *Ihr* Mädchen.«

»Nein. Mädchen.« Ich zeige über die Schulter zu ihr hinüber.

»O-*kay*«, sagt er wieder und starrt durch sie hindurch, als wäre sie gar nicht da.

»Sie ist eine Giraffe«, erkläre ich, »und sie steht direkt vor Ihnen, da am Fenster.«

»Pops ...« Er macht ein Gesicht, als wäre er nicht der Hellste. »Wir sind hier im vierten Stock ...«

»Ach?« Ich halte kurz inne. Dann drehe ich mich zum Fenster um. »Ach.«

Mädchen ist weg.

»Hören Sie«, sagt er, »vielleicht sollen Sie mal eine Pause einlegen bei ... was immer Sie da machen. In Ihrem Alter darf man es nicht übertreiben.«

In meinem Alter? Ich sehe auf meinen Schreibblock hinab.

Es ist mein Geburtstag.

Moment, das kann nicht stimmen.

Doch.

Mein Herz kommt erneut aus dem Tritt, als es mir wieder einfällt.

Ich bin über einhundert Jahre alt ...

»Wenn Sie mir versprechen, dass Sie nicht auf den neuen Fernseher losgehen, dürfen Sie gern runter in den Aufenthaltsraum, wenn Sie mögen. Ist doch nicht nötig, dass Sie hier ins Gras beißen. Oder? Pops?«

Ein letzter Blick zum Fenster, und ich schreibe weiter.

Schneller.

10

Nach Arkansas

Ich kannte mal einen Mann, der seinen eigenen Geburtstag nicht kannte. Ein echter Glückspilz. Er lebte jeden Tag wie den anderen, wusste nie, wie alt er gerade war, kannte insofern auch nicht die Zwänge, die mit einem Geburtsdatum einhergehen. Und darauf verzichte ich nur zu gern, danke auch, nachdem ich eindeutig mehr Geburtstage hatte als andere. Die Sache mit Geburtstagen ist ja nun die: Man lebt vor sich hin, so wie man vor sich hin atmet, erlebt Sonnenaufgang um Sonnenaufgang, wird zu dem Menschen, der man irgendwann wird, ohne dass man groß darüber nachdenkt – bis sich plötzlich der Tag jährt, an dem man das Licht der Welt erblickt hat. Und was immer an diesem Tag passiert – sei es gut oder schlecht –, bleibt für immer in deiner Erinnerung, zusammen mit einem Vermerk für verstrichene Zeit, mit einem Datum versehen, an dem man sich gezwungen sieht zurückzublicken, ohne dass man noch etwas ändern könnte, und nach vorn zu blicken, ohne dass man wüsste, was noch auf einen zukommt. Wann immer ich mich an jenen Geburtstag während der Giraffenreise erinnere, erinnere ich mich überdies an mein achtzehnjähriges Ich, das am Ufer des Mississippi River steht, der so breit ist, dass man nicht einmal sieht, wo man landet, wenn man ihn überquert. Ohne jede Vorstellung, was mich erwartete, und ohne Zeit, darüber nachzudenken, was hinter mir lag, legte ich meine Reise gewissermaßen blind zurück.

Nach der Verfolgungsjagd mit Geldsack hatten wir Memphis schleunigst hinter uns gelassen. Die Giraffen hatten sich zurückgezogen, der grüne Packard hielt sich entweder gut versteckt oder war schon vorausgefahren, und ich war noch immer völlig durch den Wind. Als wir die Innenstadt durchquert hatten, hatte ich bei jedem Schild, das zurück zum Memphis Zoo zeigte, meinen Fahrschein nach Kalifornien schwinden sehen und wiederholt zum Alten Mann gespäht, der es sich anders überlegt haben könnte. Insgeheim fürchtete ich nach wie vor seinen Alter-Mann-Vergeltungsschlag. Doch er selbst sah nur immer wieder nach hinten, hielt weiter die Flinte in der Hand – bis schließlich vor uns die Brücke auftauchte und er mich anwies, auf eine Stelle am Flussufer zuzufahren.

Mit der Flinte unter dem Arm fing er an, das Gefährt zu untersuchen, und sofort schoben die Giraffen die Schnauzen nach draußen und blähten die Nüstern, kaum dass sie das Wasser witterten. Ich selbst brachte es nicht fertig, mich vom Fleck zu rühren. Ich konnte bloß dastehen und diese dürre Brücke anstarren, die über den Fluss hinweg außer Sicht verschwand, als würde sie am Rand der Welt ins Bodenlose stürzen – und ich spürte, wie meinem Magen das gleiche Schicksal drohte. *Harahan Bridge*, besagte das Schild, *Gesamtlänge 1516 Meter.* Anderthalb Kilometer! Ich hatte sie schon einmal überquert, auf dem Weg zu Cuz, allerdings in der Nacht und in einem Zug, der durch die Mitte gefahren war. Und nach allem, was ich vom Ufer aus sehen konnte, fuhren Autos und Laster über eine Fahrbahn, die kaum mehr war als mit Brettern belegte Geleise, die zu beiden Seiten der Bahngleise entlangführten.

»*Da* soll ich drüberfahren?«, murmelte ich.

»Keine Wahl«, brummte der Alte Mann zurück. »Und es ist ziemlich holprig. Hilf mir, die Köpfe nach drinnen zu schieben, und hoffen wir mal, dass sie auch drinbleiben.«

Keine Wahl … Dabei sagte mein Bauch mir eindeutig, dass ich eine Wahl traf, indem ich auf diese Brücke auffuhr, obendrein eine Wahl, die ich nicht recht begreifen konnte. Und ich war nicht bereit dazu. Immer noch nicht. Womöglich würde ich es niemals sein.

Im selben Moment trat eine der Giraffen gegen die Transportkiste, und der Alte Mann kletterte an der Seite hoch, um die Fenster selbst zu verriegeln. »Los!«, rief er über das Stampfen und Schnauben hinweg.

Ich bin nur nervös wegen des Wassers, das ist alles … genau wie die Giraffen, sagte ich mir, rutschte hinters Lenkrad und fuhr auf die Auffahrt zur Brücke zu. Mit einem letzten Blick über die Schulter hängte der Alte Mann die Flinte zurück in die Halterung.

Mit einem Holpern und Hopsen waren wir auf der Brücke.

Sämtliche Räder ratterten, und mir klapperten die Zähne, als wir uns langsam vorwärtsarbeiteten. Zur Fahrerseite hin verliefen die Bahngleise, und ich versuchte, nicht darüber nachzudenken, was passieren mochte, wenn jetzt ein Zug käme. Zur Beifahrerseite hin trennte uns bloß ein außen angebrachtes Geländer vom Wasser – Wasser und noch mehr Wasser –, vom Sturz der Giraffen, des Trucks und unsereins in den schlammigen Mississippi River.

»Schön ruhig«, mahnte der Alte Mann, während wir vorwärtsrumpelten und sich hinter uns minütlich mehr Fahrzeuge stauten.

Willkommen in Arkansas, stand auf einem Schild auf halber Höhe der Brücke.

»Ruhig«, wiederholte der Alte Mann, »schön ruhig.«

Mit einem letzten Holpern, bei dem uns erneut die Zähne klapperten, hatten wir das andere Ufer erreicht und rollten wieder über festen Boden, und die Giraffen drückten die Fenster auf, um den Geruch von Erde zu riechen.

Die Landschaft rund um die Flussschleifen war in sämtliche Richtungen so flach und weit, wie wir vier nur gucken konnten, und beim Alten Mann machten sich die ersten Anzeichen von Entspannung bemerkbar. Die Waffe blieb, wo sie war, und er stellte die Schulterblicke ein. Mit einem tiefen Seufzer lehnte er sich zurück, nahm seinen Fedora ab und legte ihn zwischen uns auf die Bank. Während sich draußen die Geleise entfernten, bis sie vollends außer Sicht waren, kehrten wir zu unserem üblichen Reisetempo und dem beruhigenden Rhythmus der Straße zurück – der trotzdem nichts war im Vergleich zu dem beruhigenden Anblick des Fedora, der zwischen uns lag.

Die nächsten paar Meilen betrachteten wir lediglich schweigend das dunkle Land, auf dem sich bis in die Unendlichkeit Baumwollfelder erstreckten. Auf einem Morgen Land nach dem anderen konnte ich die gebeugten Rücken der Pflücker sehen, die ihre Baumwollsäcke hinter sich herzogen; nur ein paar wenige in der Nähe des Highways richteten sich rechtzeitig auf, um den Giraffen hinterherzusehen. Der Alte Mann sah mit dem getrockneten Blut auf dem Hemd und dem verschorften Schmiss an der Schläfe erbarmungswürdig aus. Als er an einer Nebenstraße einen Lebensmittel- und Kurzwarenladen entdeckte, hieß er mich anhalten. Ich steuerte um einen Farmer auf einem klapprigen Mauleselkarren herum und parkte vor dem Geschäft.

Der Alte Mann stieg aus, öffnete Mädchens Luke, und sie war noch immer so geschwächt, dass sie nicht mal nach ihm austrat.

»Bring ihnen Wasser«, befahl er mir, warf finster die Luke hinter sich zu und marschierte zum Laden. Als er zurückkam, trug er ein frisches Hemd, seine Stirnwunde war gereinigt, und er hatte einen Jutesack mit Zwiebeln dabei, der jenen ersetzte, mit dem er Bowles' Fahrer gerammt hatte.

»Ich hab in Little Rock angerufen«, teilte er mir mit, als er auf den Beifahrersitz kletterte. »Wir übernachten dort in ihrem winzigen Zoo.« Und dann fuhr er fort: »Ich hab nicht vergessen, was ich dir für Memphis versprochen habe, Junge. Aber die Dinge liegen inzwischen anders. Wir reden heute Abend.«

Ich tastete kurz über das tröstliche Double-Eagle-Goldstück in meiner Tasche, doch mit einem Seitenblick auf den Alten Mann besann ich mich eines Besseren und fuhr an.

In den folgenden Stunden schien der Alte Mann tief in Gedanken versunken zu sein, was mir Sorgen bereitete. Worüber dachte er nach? Es war Oktober, trotzdem war die Luft immer noch heiß und feucht. Man hätte meinen können, es wäre August. Die Giraffen indes schienen das Klima zu mögen. Sie hatten seit unserer Brückenüberfahrt die Köpfe nicht mehr eingezogen.

Kurz vor Sonnenuntergang näherten wir uns Little Rock. Nadelhölzer säumten den kurvigen Highway. Alles wirkte völlig normal, wir fuhren in eine Kleinstadt ein, die aussah wie alle Kleinstädte, durch die wir gekommen waren … bis vor uns ein großes, selbst gemaltes Schild auftauchte:

Keine Nigger nach Sonnenuntergang!

Als ich noch hier und da in Güterzügen unterwegs gewesen war, hatte ich von sogenannten »Sundown Towns« gehört, in denen sich Durchreisende mit dunkler Hautfarbe nach Einbruch der Dunkelheit besser nicht mehr blicken ließen. Erstmals sah ich ein solches Warnschild mit eigenen Augen. Ich starrte so unverwandt hin, dass ich keine zwanzig Meter dahinter um ein Haar ein Pannenfahrzeug gerammt hätte.

Der alte Model A stand rechtwinklig zur Straße. Auf die Seite war schludrig aufgepinselt worden: *Pekannüsse zu verkaufen.* Im Kühlergrill steckte der Kopf eines toten Hirschbocks mit riesigem Geweih, und aus dem Kühler sprudelte rosafarbenes Wasser. Gerade noch rechtzeitig riss ich das Steuer herum und wich dem Wagen aus, erwischte jedoch das Hinterteil des Bocks. Blut, Fleisch und Pekannüsse stoben quer über den Highway – und noch während wir über das knirschende, glitschige Durcheinander rauschten, huschte ein Schwarzer mit Strohhut zwischen die Bäume.

Wir starrten nach hinten: ich auf den Hirschleib, den ich platt gefahren hatte, der Alte Mann zu den Bäumen.

»Fahr rechts ran!«

Ich nahm an, dass er nach dem Kotflügel sehen wollte. Stattdessen sprang er heraus, lief auf die Bäume zu und rief etwas, was ich nicht verstehen konnte. Eine Antwort schien er jedoch nicht zu bekommen, weil er erneut zu Rufen ansetzte und in Richtung Little Rock, zurück zu dem Schild und zu guter Letzt auf die untergehende Sonne zeigte. Woraufhin der Pekannussmann mit seinem Strohhut in den Händen zwischen den Bäumen hervorkam. Sie unterhielten sich kurz, dann folgte der Pekannussmann dem Alten Mann zu unserem Truck. Er sah abwechselnd die Straße und die zwei Giraffen an, die ihn ihrerseits neugierig beäugten. Als der Alte Mann die Beifahrertür aufmachte und auf die Sitzbank zeigte, schüttelte der Pekannussmann den Kopf.

»Nich', Sir.«

Der Alte Mann redete auf ihn ein, doch der Pekannussmann starrte nur weiter kopfschüttelnd die Straße hinab.

»Nein, *nich'*, Sir.«

Im nächsten Moment war Motorendröhnen zu hören, und Pekannussmann verschwand wieder zwischen den Bäumen.

Sobald der Wagen vorbeigerast war, packte der Alte Mann schnaubend einen der Wasserkanister, die zwischen Fahrerkabine und Transportaufbau steckten, und wuchtete ihn in seinen Fußraum. Dann rief er nach dem Pekannussmann und zeigte auf den leeren Zwischenraum.

Der Pekannussmann spähte zwischen den Bäumen hervor. Dann setzte er sich seinen Strohhut auf, rannte zu seinem demolierten Wagen und zerrte so viele zerschlissene Jutesäcke hervor, wie er tragen konnte. Er lief zu uns zurück und quetschte sich mitsamt den Säcken in die Nische, in der unser Kanister gesteckt hatte.

Nachdem der Alte Mann einen letzten Kontrollblick in alle Richtungen geworfen und seine Beine um den Kanister herumdrapiert hatte, legte ich den ersten Gang ein und fuhr zurück auf die Straße. Immer wieder versuchte ich, im Rückspiegel zum Pekannussmann zu sehen. Mädchen hatte die lange Zunge ausgestreckt und fuhr damit über seinen Strohhut, der Pekannussmann fuchtelte wiederholt mit dem Arm und wich ihr aus, bis der nächste Wagen an uns vorbeirauschte und der Pekannussmann sich den Hut so tief in die Stirn zog, wie er nur konnte.

Ich weiß noch, wie mir der Schweiß ausbrach, als wir in das verschlafene Nest einfuhren. Ich hatte in meinem jungen Leben schon oft Angst verspürt, doch diese Angst fühlte sich anders an. Mit den zwei Giraffen würden wir wohl kaum ungesehen dort durchkommen, und wenn jemand – *irgendjemand* in dieser verdammten Stadt – den Pekannussmann entdecken sollte, dann wäre die Hölle los. Die Sonne war zwar noch nicht untergegangen, aber es würde nicht mehr lange dauern. Dass der Alte Mann das Gewehr aus der Halterung nahm und es sich über den Schoß legte, machte es keinen Deut besser.

Die Hauptstraße war nur vier Blocks lang – kaum mehr als eine Verbreiterung entlang des Highways –, aber sowie wir dort langsam hindurchrollten, traten ein paar Leute – kaum überraschend nur Weiße – aus den Läden, um zu gaffen. Ich spähte zurück zum Pekannussmann.

Er war nicht mehr da.

»Stopp!«, brüllte der Alte Mann, und ich trat auf die Bremse.

Ein rotgesichtiger Hinterwäldler in verwaschener Tarnuniform und mit einem alten Seitengewehr an der Hüfte hatte sich uns in den Weg gestellt und die Hand gehoben. Er beäugte erst unseren blutbesudelten Stoßfänger und schlenderte dann gemächlich zum Fenster des Alten Mannes. Auf seine Uniform hatte er in tropfend blauer Tinte geschrieben: »Sundown Peace Officer«. Es war nicht allzu viel Fantasie nötig, um sich ihn in einer anderen Kluft vorzustellen, in einer mit Kapuze … Ich ertappte mich dabei, wie ich mir den kompletten Big-Papa-Clan mitsamt gefährlich aussehenden, geschliffenen Sensen herbeiwünschte.

»Sie sorgen für Unruhe, Mister«, grollte der Hinterwäldler. »Was zur Hölle ist das da auf Ihrem Truck?«

»Giraffen.«

»Aha. Sind Sie ein Karnevalswagen? Wir haben hier für Karneval nichts übrig. Zu viel Gesindel und andere Unliebsamkeiten. Nach Sonnenuntergang sind wir hier ein ruhiges Städtchen.« Er tippte auf seinen Tintentitel. »Und es ist jetzt fast Sonnenuntergang.«

»Wir sind nur auf Durchreise, wenn es recht wäre«, sagte der Alte Mann. »Eigentlich wollten wir es noch vor Einbruch der Dunkelheit zum Little Rock Zoo schaffen.«

»Aha.« Er beäugte die Wunde auf der Stirn des Alten Mannes und nickte in Richtung des blutigen Stoßfängers. »Da vorn ist Blut.«

»Wir haben vor rund einer Meile einen Hirschbock erwischt«, erklärte der Alte Mann.

Der Sundown Peace Officer kehrte zum Stoßfänger zurück und schnickste einen Fetzen blutigen Hirschfells herunter. Unterdessen sah ich im Rückspiegel, wie Mädchen sich in den Zwischenraum hinabbeugte, in den sich der Pekannussmann gekauert hatte. Der Hinterwäldler sah nach oben. »Ist das Tier wegen irgendwas nervös?«

»Der Hirsch hat sie erschreckt«, erklärte der Alte Mann. »Nichts weiter.«

Der abgehalfterte Officer kratzte sich, ließ dann die Hand an der Waffe im Hüftholster ruhen, wie er es bei Gesetzeshütern in Westernfilmen gesehen haben musste, und ging bedächtig auf die Stelle zu, an der Mädchen geschnüffelt hatte.

Der Alte Mann hob den Gewehrlauf an und schob ihn gerade so weit aus dem Fenster, dass der Sundown Peace Officer ihn sehen musste. »Hören Sie, an Ihrer Stelle würde ich Abstand halten. Das sind gefährliche Tiere. *Sehr* gefährliche Tiere.«

Der Hinterwäldler blieb stehen und sah abwechselnd den Gewehrlauf und den Alten Mann an. Dann ließ er langsam die Hand an der Waffe sinken.

»Wie gesagt, wir sind bloß auf Durchreise«, wiederholte der Alte Mann, »weil wir bis Sonnenuntergang in Little Rock sein wollen. Und jetzt müssten wir weiter.«

»Na gut, in Ordnung … Zwei anständige Weiße will ich nicht aufhalten«, murmelte er, machte einen Schritt rückwärts, schob die Brust raus und winkte uns vorbei. »Sie dürfen weiterfahren.«

Sobald wir wieder beschleunigten, hörte ich ein Peitschen, das nach der Plane klang, die wir in kalten Nächten oder bei Sturm über den Transportaufbau ziehen konnten, was allerdings noch nie vorgekommen war. Doch als ich einen Blick in den Rückspiegel warf, wanderte genau diese Plane in Sicht – und mit ihr der Kopf des Pekannussmannes. Er hatte die Plane über sich und die Pekannüsse gezogen, was sein Strohhut nicht ganz unversehrt überlebt hatte. Erst ein gutes Stück jenseits der Stadtgrenze stopfte er die Plane zurück an ihren Verwahrungsort und setzte sich auf, woraufhin Mädchen ihn mit einem Schlecken und einem Schubs mit der Schnauze begrüßte.

Der Alte Mann und ich kommentierten es mit keinem Wort. Es gab auch nicht viel zu sagen – zumindest nichts, was wir hätten besprechen wollen. Also schwiegen wir und sahen nur alle paar Sekunden zu ihm zurück. Nach einer Weile hatte er sich gerade hingesetzt und die Hand nach Mädchens Schädel ausgestreckt. Er sah aus, als wäre er sich nicht sicher, ob er gerade etwas Reales berührte.

Am Stadtrand von Little Rock klopfte er ans rückwärtige Fahrerhausfenster. Ich fuhr vor einer Nebenstraße rechts ran, er sprang ab, rückte seinen kaputten Strohhut zurecht, griff sich die Pekannusssäcke und hielt dann mit vorgerecktem Kinn einen davon ins Fenster. Ich konnte dem Alten Mann ansehen, dass es ihm lieber gewesen wäre, wenn der Pekannussmann seine Ware behalten hätte. Aber wenn eine Schuld beglichen werden muss, dann hat ein Mann das Recht, sie zu begleichen. Also nahm der Alte Mann den Sack entgegen. Mit einem Abschiedsnicken und einem letzten Blick zu den Giraffen verschwand der Pekannussmann in den Schatten.

Wir saßen noch rund eine Minute da und sahen zu, wie die Schatten schwärzer wurden, dort wo er verschwunden war, und selbst die Giraffen sahen ihm nach. Dann hängte der Alte Mann das Gewehr zurück in die Halterung und sagte: »Fahren wir.«

Ich schob den Gang rein und hörte, wie hinter uns ein Motor aufröhrte.

Ich warf einen Blick in den Spiegel – und erstarrte.

Es war ein Kastenwagen … ein *gelber* Kastenwagen …

Arkansas Evening Gazette, jetzt bis an die Haustür geliefert, stand auf der Seite, als der Kastenwagen an uns vorbeifegte.

Ich schluckte den Schrecken hinunter, ließ die Kupplung kommen und fuhr los.

Wenig später erreichten wir die Stadtgrenze und sahen vor uns ein Schild, das in Richtung *Fair Park Zoo* wies. Der Weg führte über eine alte, gepflasterte Brücke, unter der Bahngleise verliefen, und dann mitten hinein in den Stadtpark bis direkt vor die Zootore. Das einzige Gebäude sah aus wie die gemauerten Hütten, die ich in den Bergen gesehen hatte. Ohne Zweifel waren sie ebenfalls von der Arbeitsbeschaffungsarmee errichtet worden. Das Tor selbst stand auf einer kleinen Anhöhe, und der Park, in dem der Zoo lag, war voller Leute – allerdings nicht, wie man es sich vorgestellt hätte. Wo immer wir hinsahen, lagerten die Glücklosen: auf Bänken, in selbst gezimmerten Unterständen und unter Regendächern, genau wie im Central Park, als die Giraffen New York City durchquert hatten.

»Bleib sitzen«, sagte der Alte Mann und stieg aus. Er wich

einem Polizisten aus, der gerade einen Tramp vom Eingang verscheuchte, und betrat das Zoogelände.

»Wir kriegen Giraffen!« Ein Kind riss sich von seiner Mutter los und rannte auf uns zu. »Giraffen! Giraffen!«, rief der Kleine immer wieder und hüpfte aufgeregt auf und ab.

Leute strömten herbei, riefen »Ooh« und »Aah«, und die Giraffen reckten die Hälse, um sich streicheln zu lassen. Ich konnte ihnen ansehen, dass dieses Hallo nach einem anstrengenden Tag Musik in ihren Ohren war, und wider Willen bescherte mir das ein gutes Gefühl.

Der Alte Mann kam zurück und winkte mich durch das Tor in der hohen Steinmauer. Bis ich mit dem Truck bei ihm angelangt war, war er bereits in ein Gespräch mit einem kleinen Mann vertieft, der eine Drahtgestellbrille und einen Anzug samt Schlips und Melone trug, was irgendwie zu fein für einen Zoomenschen wirkte. Sobald ich drinnen war, schob der Mann das Tor wieder zu und verwies uns auf eine gewaltige Platane – perfekt, um die Giraffen daran knabbern zu lassen.

Der Zoo war winzig, genau wie der Alte Mann es gesagt hatte. Selbst im schwindenden Tageslicht konnte ich von unserem Standort aus alles überblicken. Linker Hand gleich hinter dem Eingangsbereich waren in dem lang gezogenen Trakt mehrere Affenkäfige untergebracht, die sich zu einem überdachten Durchgang öffneten, der wiederum zu den Außengehegen rechter Hand führte, in denen ein Büffel umherschlenderte, Pfauen, ein paar Kamele, ein Löwe, ein Zebra, ein Braunbär und im trockengefallenen Graben davor Schildkröten sowie Präriehunde. Aber das war es auch schon.

Der Alte Mann und der Zoomann mit der Melone standen vor dem Transportaufbau und plauderten, während ich die Dachluke für die Giraffen öffnete. Sobald ich wieder nach unten sprang, winkte der Alte Mann mich zu sich.

»Sie müssen den Trubel vor dem Tor entschuldigen«, sagte der Zoomann mit Melone, dessen Stimme hoch klang wie die einer Frau. »Wir haben hier in unserem hübschen Park die gleichen Probleme mit wilden Armensiedlungen wie die meisten anderen Städte auch, ganz gleich, was wir unternehmen, und rund um die Schließung am Abend ist es immer am schlimmsten. Aber wen haben wir denn da?«

»Das ist Woodrow Wilson Nickel, mein junger Fahrer«, stellte der Alte Mann mich vor. »Wir hatten heute Morgen in Tennessee eine recht unangenehme Begegnung, derentwegen wir uns für heute eine sichere Übernachtung diesseits des Flusses gewünscht haben. Wir sind Ihnen wirklich sehr dankbar für die kurzfristig eingeräumte Möglichkeit.«

»Freunde von Mrs Benchley sind uns stets willkommen«, sagte der Mann mit Melone und spähte an mir vorbei zu den Giraffen, die am Laub knabberten. »Und wo sind Sie zu Hause, Mr Nickel?«

Zu Hause? Ich hatte kein Zuhause, zumindest keines, über das ich hätte reden wollen.

»Ich habe Mr Nickel an der Ostküste kennengelernt«, schaltete der Alte Mann sich ein. »Er hat in einer Notlage spontan ausgeholfen.«

Der Mann mit Melone hörte nicht mal mehr zu – der Giraffenbann war stärker als jede gebührende Höflichkeit. Seufzend starrte er zu ihnen hinauf. »Was würden wir nicht für ein paar Giraffen tun … Sicher, dass Sie sie nicht für eine Weile hierlassen wollen?«

Der Alte Mann antwortete nicht, und ich wusste nicht, was ich von all dem halten sollte, ehe die zwei Männer in lautes Gelächter ausbrachen.

»Mrs Benchley würde uns teeren und federn!«, johlte der Mann mit Melone. »Und wofür auch immer es gut ist – ich habe den Tierarzt kommen lassen, damit er sich das Bein der Giraffenkuh ansieht. Das wird der Höhepunkt seines Tages! Ich glaube nicht, dass er je eine Giraffe gesehen hat. Ah, da ist er auch schon!«

Der Tierarzt des Zoos hatte mit dem weiß bekittelten Arzt aus dem Bronx Zoo keinerlei Ähnlichkeit. Er war in fleckige

Khakiklamotten gekleidet, roch nach Dung und machte genauso große Augen wie ich, als ich die Giraffen erstmals zu Gesicht bekommen hatte. Er musste sich mächtig zusammenreißen, um sich auf Mädchens Bein zu konzentrieren. »Sie war die ganze Zeit in der Transportkiste, sagen Sie? Das muss ja eine Elendsfahrt gewesen sein! Sieht aus, als wäre sie um ihr Leben gerannt und hätte um sich getreten wie wild.«

Als der Alte Mann darauf nichts erwiderte, beging ich den Fehler, selbst einen Blick zu riskieren, und ich glaubte schon, ich müsste mich übergeben. Es war seit dem Maisfeld noch schlimmer geworden – Blut und Eiter überall. *Nur meinetwegen*, schoss es mir durch den Kopf. Ich hatte die Seitenluke aufgemacht. Ich hatte das Zwanzig-Dollar-Goldstück genommen. Ich hatte den Alten Mann nicht gewarnt – und nur deshalb war Mädchen verletzt. Ich bekam keine Luft mehr, spürte die Last so tonnenschwer auf meiner Brust, als säße Mr Percival T. Bowles mit seinem breiten Hintern höchstpersönlich auf mir drauf.

»Hol die Zwiebeln«, murmelte der Alte Mann.

Ich schnappte mir den Sack, kletterte an der Seite hoch und hielt Mädchen eine Zwiebel nach der anderen hin. Während der Tierarzt sie versorgte und frisch verband, fütterte ich sie weiter, bis der Mann unten zu guter Letzt rief, sie sei »so reisefähig, wie es nur geht«. Dann fügte er hinzu: »Ich nehme an, Sie können nicht mit ihr hierbleiben, bis das Bein sich entscheidet, ob es verheilen will?«

Der Alte Mann schüttelte den Kopf.

»Tja, ich muss wohl nicht eigens erwähnen, dass es gut wäre, wenn sie so schnell wie möglich festen Boden unter die Hufe bekäme. Ich komme morgen früh noch mal vorbei und sehe nach ihr, bevor Sie wieder aufbrechen, und bringe mehr Sulfa und weitere Sachen für unterwegs. Es ist mir eine Ehre.«

Der Mann mit Melone tätschelte dem Alten Mann den Rücken, als wären sie alte Bekannte. »Und jetzt schicken wir Mrs Benchley ein Telegramm.«

»Ich komme gleich nach«, versicherte der Alte Mann und winkte mich, sobald die beiden Zoomänner weg waren, zu sich nach unten. Er schob seinen Fedora hoch in die Stirn, stemmte die Hände in die Hüften und sah mich konzentriert an. »Ich weiß, was ich dir in Memphis versprochen habe, aber ich musste um der Schätzchen willen eine Entscheidung treffen. So wie es derzeit aussieht, wirst du uns bis nach San Diego fahren müssen – sonst hängen wir hier noch länger fest, als es ihr Bein zulässt. Sofern wir weiteren unschönen Begegnungen ausweichen, können wir schon in drei Tagen in Kalifornien sein, genau wie du es dir gewünscht hast.« Er hielt inne. »Wäre das in Ordnung für dich, Woody?«

Es war das erste Mal, dass der Alte Mann mich Woody nannte. Er würde mich nicht der Polizei übergeben … und ich würde immer noch nach Kalifornien kommen. Es verschlug mir die Sprache. Ich konnte nur nicken.

»Also dann.« Er tätschelte mir ein paarmal hart die Schulter, was er ebenfalls noch nie getan hatte, und sagte: »Hier ist es sicher. Wir sollten heute Nacht beide gut schlafen. Was vor uns liegt, ist so weit von dem entfernt, was wir schon hinter uns haben, wie der Mond von der Sonne. Aber das weißt du ja selbst«, fügte er hinzu. »Schließlich fahren wir durch dein altes Revier.«

Ich war wie vom Donner gerührt. »Wie bitte?«

»Der Highway«, erklärte er, »führt durch Okie-Land und das nördliche Texas.«

»Aber wir fahren doch die Südverbindung«, murmelte ich. »Das haben Sie gesagt – die Südverbindung …«

»Das *ist* die Südverbindung.« Er neigte den Kopf leicht zur Seite. »Wir sind hier in Arkansas, Junge. Hast du geglaubt, wir würden über New Orleans fahren?«

Ja! Genau!, wollte ich rufen. *Das wäre eine Südverbindung!* Ich hätte mich ohrfeigen können, weil ich so dumm gewesen war, und wusste nicht mehr, was ich tun sollte. *Ich kann nicht noch mal durch den Panhandle fahren! Ich kann nicht einmal in die Richtung fahren – nach allem, was ich dort angerichtet habe, ist das Risiko zu hoch!* Doch das konnte ich dem Alten Mann nicht sagen. Er hätte gewollt, dass ich ihm die Gründe darlegte, und das ging nicht. Dann schoss mir durch den Kopf, dass er irgendwoher Bescheid wissen könnte … *Hat er mich deshalb behalten, nachdem er die Geldrolle in meiner Tasche entdeckt hatte – um mich zu meinem County Sheriff zu bringen, wo ich Rechenschaft ablegen müsste?*

Aber er konnte *es nicht wissen …*

Wenn eine arme Seele erstmals in ihrem erbärmlichen Leben ein klein wenig Glück erfährt – besonders vonseiten eines Mannes, der nach eigenen Angaben Lug und Trug nicht ausstehen kann –, wird sie es kaum als solches erkennen, geschweige denn anerkennen, und erst recht wird sie nicht darauf vertrauen. Mit Verurteilung hätte ich umgehen können, damit hatte ich in meinem jungen Leben schon genug Erfahrung gemacht. Doch dieses Maß an Freundlichkeit – sofern es denn Freundlichkeit war – machte mich nervös, sogar bange, weil ich noch nicht vergessen hatte, was Percival Bowles dem Alten Mann vorgeworfen hatte.

»Du warst noch nie in einem Zoo, oder?«, fuhr der Alte Mann fort. »Verrate mich nicht an die aufgeplusterte Brillenschlange – aber auch wenn die Tiere hier halbwegs gesund aussehen, ist das hier im Vergleich zum San Diego Zoo lediglich Tingeltangel.« Er wies in Richtung Tor. »Geh nur ein bisschen herum, aber lass unsere Schätzchen nicht aus den Augen. Ich kriege bei dem abgesägten Kumpel der Chefin ein echtes Abendessen serviert und bringe dir in einer Stunde eine Portion mit. Am besten, ich löse dich frühzeitig ab, damit du endlich mal ausschlafen kannst. Von hier ab weiß der Himmel, ob wir überhaupt noch schlafen können.«

Damit war er verschwunden.

Ich fühlte mich, als hätte ich eine Ladung Schrot abbekommen, und sah zu den Giraffen hoch, wie ich aufgrund meines schlechten Gewissens seit Yeller nicht mehr zu ihnen hochgesehen hatte. Mädchens und Junges riesige Schnauzen ragten über dem Dach auf, ihre Zungen angelten nach den Platanenzweigen, und der Anblick bescherte mir ein so zutiefst inniges Gefühl, dass mir die Knie weich wurden. Ich musste mich am Kotflügel abstützen, um stehen zu bleiben, und war von der geballten Last der vergangenen zwei Tage regelrecht überwältigt, während ich im Anblick dieser zwei sanften, vergebenden Giraffen versank …

… die etwas Besseres als mich verdienten.

Irgendetwas war geschehen, hatte sich verändert, ohne dass ich es mitbekommen hatte. Ich erkannte mich selbst kaum wieder. War es Percival Bowles' Double Eagle und das Geld in meiner Tasche gewesen? Es hätte mich kein bisschen gewundert. Beides hatte ich an mich genommen, ohne zu überlegen. Oder war es der Schuss, den ich abgefeuert hatte, um Mädchen vor Bowles' Lakaien zu beschützen? Auch das hatte ich getan, ohne nachzudenken – und als hätte ich meinen Besitz retten wollen, dabei gehörten sie doch gar nicht mir? Ich hatte ebenso wenig einen Anspruch auf sie wie auf Rotschopf. Und doch dachte ich ernsthaft darüber nach, den Texas Panhandle zu durchqueren … Ein solches Risiko für zwei Tiere, die mir nicht einmal gehörten? Nervös wie ein Kalb wippte ich auf meinen Stiefelabsätzen vor und zurück. Insgeheim war mir klar, dass ich die Flucht ergreifen sollte, doch mit jedem Blick zu den Giraffen war mir, als würde mir ein Messer ins Herz gestoßen. Ich wollte nicht in jenes Leben des streunenden Jungen zurückkehren – aber wäre das nicht besser als alles, was mich erwartete, wenn ich in meine Panhandle-Vergangenheit zurückführe?

Wie zum Zeichen hörte ich im selben Moment, dass sich von irgendwoher ein Güterzug näherte.

Ich riss den Blick von den Giraffen los und wandte mich zum Ausgang des winzigen Zoos. Ein paar letzte beschwingte Besucher zogen ebenfalls in Richtung Tor. Ich nahm all meinen Ausreißermut zusammen, starrte den Ausgang an und ballte die Faust um die Goldmünze in meiner Tasche. *Ich kann mich auch allein nach Kalifornien durchschlagen*, redete ich mir ein. *Ich hab immer noch die Zwanzig-Dollar-Münze ... Es wird schon gut gehen. Die Giraffen brauchen mich nicht. Auch ihnen wird es gut gehen. Sie werden nicht mal bemerken, dass ich nicht mehr da bin. Und der Alte Mann? Der wird auf seinem zerknautschten Fedora herumtrampeln, und dann wird der Melonentyp ihm einen echten Fahrer besorgen, der die Giraffen wohlbehalten zu Mrs Benchley bringt ... sogar besser als wohlbehalten ...*

Immer mehr Leute liefen an mir vorbei und verschwanden durchs Tor. Ich holte ein paarmal tief Luft und ging ihnen hinterher. Doch sobald ich hinaus in die Menge trat, packte mich jemand am Arm. Ich wirbelte herum – wie immer allzeit bereit, Schläge auszuteilen.

Es war Rotschopf. Sie hielt ihre Kamera in der einen Hand, mit der anderen hakte sie sich bei mir unter.

»Schlaks, da bist du ja!«, rief sie. »Geht es den Giraffen gut? Wer waren diese schrecklichen Leute gestern? Ich hatte euch im Nebel aus den Augen verloren und dann den Transporter *so* vorgefunden, und ...«

»Und wo warst du auf einmal?«, fiel ich ihr ins Wort.

Sie sah mich an wie ein Reh im Scheinwerferlicht. »Nirgends. Ich bin bloß ein bisschen zurückgefallen.«

»Ich habe jedes Mal neuerlich das Gefühl, als würde ich mich von dir verabschieden.«

Sie drückte meinen Arm. »Alles verabschiedet sich irgendwann, Woody, aber wir uns nicht – *noch* nicht. Und jetzt erzähl, was passiert ist! Diese Männer haben versucht, die Giraffen zu stehlen, nicht wahr? Und du hast einen von ihnen angeschossen – ich hab dich gesehen! Du hättest ihn *umbringen* können ...«

»Hab ihn nur gestreift«, grummelte ich und fragte mich, warum eigentlich jeder meine Schießkünste anzweifelte. »Wenn ich ihn hätte umbringen wollen, wäre er jetzt tot.«

Rotschopf sah mich ebenso eigenartig an wie zuvor der Alte Mann. »Und was hat die Polizei gesagt?«

»Gar nichts. Er hat sie nicht gerufen.«

»Mr Jones hat *nicht* die Polizei gerufen? Warum denn nicht? Du musst mir *alles* erzählen!«

Nur dass mir der Sinn nicht danach stand. Ich wollte ebenso wenig über Fahndungsaufrufe und flüchtige Frauen nachdenken wie über Geldsäcke und Zirkuslakaien. »Warum bist du nicht geblieben, um dir alles mit eigenen Augen anzusehen?«, fragte ich stattdessen.

Sie stockte kurz. »Ich war mir sicher, Mr Jones würde die Polizei rufen, und dachte mir, da wäre es besser, wenn ich nicht mit hineingezogen würde.«

»Und warum nicht?«

Sie ließ meinen Arm los und wechselte das Thema. »Ist das da draußen nicht das Traurigste überhaupt?« Sie nickte in Richtung des Obdachlosenlagers jenseits der Zoomauern im Park. »Guck mal, was mir der Mann am Eingang gegeben hat, als ich ihn fotografiert habe.« Sie zog eine Karte aus der Tasche.

Internat. Wanderarbeiter-Gewerkschaft

Wanderarbeiter Amerikas

Mitgliedsausweis Nr. 103299
Danke, dass Sie für mein Fortbestehen einen
symbolischen Beitrag in Betracht ziehen möchten.
Ich stehe zutiefst in Ihrer Schuld.
Möge Gott Ihr großzügiges Herz segnen.

(bitte wenden)

Sie drehte die Karte um. »Und schau dir an, was hier noch alles draufsteht.«

Wanderarbeiter-Schwur

Ich, **John Jacob Astor, Esq.**, schwöre hiermit, alles in meiner Macht Stehende zu tun, um all jenen zu helfen, die sich selbst helfen wollen. Ich schwöre feierlich, niemals einen Mitmenschen auszunutzen oder anderen gegenüber ungerecht zu sein, jene zur Rede zu stellen, die selbiges tun, und des Weiteren alles zu geben, um mit Gottes Hilfe zur Besserung meiner selbst und Amerikas beizutragen.

»Das ist bloß ein Hobo-Ausweis«, murmelte ich.

»Landstreicher haben *Ausweise*?«

»Hobos sind keine Landstreicher, sondern Wanderarbeiter. Und ein Hobo ist stolz darauf, Hobo zu sein.«

»Also wirklich. Und es hat funktioniert. Ich hab ihm einen Penny gegeben. Er wird ein fantastisches Foto abgeben.« Sie schob die Karte zurück in die Brusttasche ihrer weißen, seidigen Bluse, und obwohl ich es lieber nicht getan hätte, konnte ich nicht anders, als hinzustarren. So eine Bluse trugen Filmstars – genau wie die Hose.

Während ich Rotschopf zusah, wie sie – fröhlich wie ein Ferkel im Regen – eine neue Blitzlampe auf ihre Kamera aufsetzte, spürte ich, wie meine Wut neu entbrannte und sich auf sie richtete. Ich wollte, dass sie sich ebenso schlecht fühlte, wie ich es tat, weil auch sie einen Verrat begangen hatte. Sie *musste* sich ebenso schlecht fühlen. Ich konnte nicht länger an mich halten.

»Warum war dieser Deputy in Chattanooga hinter dir her?«

Sie erstarrte. »Was?«

»Du hast Gas gegeben – ich hab's gesehen. Er hat behauptet, du hättest den Packard gestohlen.«

Sie sah mich fassungslos an. »Ich habe ihn nicht *gestohlen.* Ich hab ihn mir geliehen.«

»Ich leihe mir auch ständig Sachen«, entgegnete ich, »aber in Wahrheit stehle ich sie. Hast du dir vom Besitzer des Packard auch Geld geliehen, damit du dir die Reise leisten kannst?«

»Jetzt werd nicht frech, Schlaks«, fuhr sie mich an. Dann hielt sie kurz inne. »Hat Mr Jones das auch gehört?«

»Na klar.«

Sie machte ein langes Gesicht, aber das reichte mir nicht.

»Bist du davongelaufen, um ein Techtelmechtel mit jemandem anzufangen?«

Ihr klappte die Kinnlade herunter. »Was ist das denn für eine Frage?«

»Der Deputy meinte, du verstößt gegen irgend so ein Männergesetz. In dem verheiratete Frauen ihren Männern davonlaufen, um mit anderen Männern zusammen zu sein. Stimmt das?«

»Du weißt doch, dass ich allein unterwegs bin!«

Aber verheiratet bist du?, hätte ich sie gern gefragt.

Allerdings winkte sie bereits ab, als wäre es damit erledigt. »Lionel kriegt seinen Packard zurück, sobald ich fertig bin. Er ist doch derjenige, der nicht mitfahren wollte.«

Mir rutschte das Herz in die Hose. *Mister Starreporter? Aber der ist doch viel zu alt! Mindestens dreißig!*

»Ich *muss* diese Story bekommen, ob es ihm nun gefällt oder nicht«, fuhr sie fort. »Ich versuche doch nur, uns alle berühmt zu machen! Oder willst du das gar nicht?«

»Du hast deine Story doch längst.«

Sie verdrehte die Augen. »Ja, irgendwie schon … Aber ich muss doch die Fotos dazu machen! Es geht immerhin um das *Life Magazine*! Aber jetzt lass gut sein, Schlaks. Das verstehst du sowieso nicht.« Sie drehte sich zu den Affen um.

Ich verstand es tatsächlich nicht, wollte es aber verstehen. Womöglich war dieser Kerl immer so rüpelhaft, wie er sich in New Jersey verhalten hatte. Vielleicht brauchte er noch einen Schlag auf die Nase. Ich musste es wissen, also lief ich ihr nach zu den Affen. Als sie die Kamera anhob, streckte ich die Hand danach aus und drückte sie nach unten. »Erzähl mir, was zu Hause so schlimm war, dass du nicht bleiben wolltest.«

Ihre Antwort war so leise, dass ich sie fast überhört hätte. »Zu Hause ist für mich nicht der Ort, von dem man stammt, Woody. Zu Hause ist der Ort, an dem man sein will.«

Ich wartete darauf, dass sie weitersprach. Stattdessen starrte sie die kreischenden, brüllenden Affen in ihrem Käfig an.

»Denkst du je darüber nach, dass diese Tiere nie wieder frei sein werden?«

»Die Affen?«

»Sie alle«, sagte sie. »Sogar die Giraffen.«

Weil ich immer noch trotzig war, sagte ich das Trotzigste, was mir einfallen wollte: »Tja, vielleicht fühlen sie sich so ja ganz wohl. Sie haben immer genug zu fressen – und nirgends Löwen, die nach ihren Beinen schnappen. Oder Staubstürme, die alles vernichten, was sie bislang gekannt haben. Ein paar dieser Leute dort hinter der Mauer würden bestimmt gern mit ihnen tauschen.«

Sie verzog das Gesicht. »So war das nicht gemeint … Ich wollte eigentlich sagen: Was, wenn du für den Rest deines Lebens nie wieder die Flügel ausbreiten könntest?«

Ich war mir recht sicher, dass wir jetzt nicht mehr über Affen oder Giraffen sprachen, doch das war mir egal. »Giraffen haben keine Flügel.«

Sie ahnte, dass sie mich diesmal nicht würde beschwichtigen können, und seufzte. »Wir haben aber immer noch unsere Abmachung, oder?« Sie hielt mir die freie Hand entgegen, damit ich erneut einschlug.

Ich wollte nicht.

»Woody, bitte!«

Widerwillig hob ich die Hand, und mit einem Mal trat sie vor und fiel mir um den Hals, schmiegte ihren Kopf an meine Brust, und ihre Kamera bohrte sich in meine immer noch lädierten Rippen. Dann sah sie zu mir hoch und lächelte ihr trauriges, gepresstes Lächeln. Plötzlich wollte ich trotz all meiner aufgestauten Wut nichts lieber, als sie so zu küssen, wie ich es mir seit der Quarantänestation ausgemalt hatte – und das schmerzte mein verwirrtes Herz so sehr, dass ich mir wünschte, ich wäre ihr nie begegnet. Als sie im nächsten Moment die Kamera hochnahm, abdrückte und der Blitz mich abermals blendete, war es mir nur recht. Seit unserer ersten Begegnung war ich von ihr geblendet, all die Zeit, die wir uns gekannt hatten, war ich blind gewesen, und nun war dies eben auch bei unserer letzten Begegnung der Fall. Fast fühlte ich mich erleichtert.

»Ich sehe dich dann auf der Straße. Über die Hälfte der Strecke hätten wir geschafft – und die Fotos, Woody! Die werden *unglaublich*!«

Sie hauchte mir ein Küsschen auf die Wange, dann war sie verschwunden.

Ich blinzelte mein Augenlicht zurück und stand einfach nur da, bis ich erneut einen Güterzug nahen hörte; darauf konzentrierte ich mich. Ich lief zum Ausgang, trat im selben Moment nach draußen, als im Park die Straßenlaternen angingen, und rempelte versehentlich einen Streifenpolizisten an, der einem Wanderarbeiter die Leviten las.

»Tut mir leid, Sir«, sagte der Cop – zu *mir!* – und packte den Hobo, der einfach nur versuchte, ihm eine Karte zu überreichen, erneut am Kragen.

Ich balancierte kurz auf meinen Absätzen, bis ich das Gleichgewicht wiedererlangt hatte. Während die letzten Zoobesucher an mir vorüberströmten, war ich vom Anblick und vom Getöse in dem improvisierten Lager wie vom Donner gerührt – das anhaltende Tosen, brennende Mülltonnen, Hütten aus Karton und Dachpappefetzen … Ich sah und hörte nichts anderes mehr.

Doch über all dem Lärm glaubte ich plötzlich das Echo eines Giraffenheulens zu vernehmen. Ich wusste, das konnte nicht stimmen. Der Krach im Obdachlosenlager war viel zu laut, als dass etwas anderes wahrnehmbar gewesen wäre.

Ich schüttelte den Gedanken ab.

Und hörte das Heulen wieder.

Ich rannte zurück durch den Zooeingang, an den Affen vorbei, und ging dann langsam auf den Transporter zu. Ich war mir immer noch sicher, dass ich mir das Heulen nur eingebildet hatte.

Doch als ich mich abermals zum Tor umdrehte, spürte ich unter meinen Sohlen etwas Weiches zerknirschen; es sah aus wie Haferflocken … und die Spur führte aus dem Büffelgehege heraus, als hätte sich dort jemand Futter aus dem Trog geschnappt und wäre damit hier vorbeigekommen. Die Giraffen stampften laut auf, und als ich hinsah, bewegte sich etwas im Schatten des Trucks. Vorsichtig ging ich näher, weil ich mit allem rechnete, was Krallen hatte, und mir sofort wünschte, ich hätte ein Gewehr zur Hand.

Stattdessen stand dort jemand mit unseren Zwiebel- und Pekannusssäcken und starrte zu den Giraffen empor. Er war derart in den Anblick vertieft, dass ich ihn schon fast erreicht hatte – und trat auf einen Zweig.

Er wirbelte herum und presste sich die Säcke vor die Brust.

Während Junge und Mädchen immer lauter aufstampften, standen wir einander reglos gegenüber – er im schwachen Licht einer Straßenlaterne. Zerlumpt sah er aus, war barfuß, etwa in meinem Alter, wenn auch noch viel, viel dürrer, nur Haut und Knochen. Wo ich mein Muttermal am Hals hatte, schien er eine nicht verheilte Verbrennung zu haben – die Art von Brandverletzung, die man sich bei einem Sturz auf heiß gefahrenen Geleisen oder bei einem Handgemenge an der Feuertonne eines Landstreichers einhandelte. Er sah eindeutig zu abgehalftert aus, um Wanderarbeiter zu sein, andererseits aber zu jung, um selbst Landstreicher zu sein – vielleicht ein Eisenbahntramp, dessen Glückssträhne unterwegs gerissen war … Doch nicht einmal das war er mehr. Er zog den Kopf ein wie ein geprügelter Hund. Musste inzwischen schon Tierfutter stehlen. Wir sahen einander starr ins Gesicht, und was ich darin erkannte, bescherte mir eine Heidenangst. Da waren nur noch Panik und Hunger übrig – und all das, was er tun würde, um beides irgendwie unter Kontrolle zu halten.

Im selben Moment trat eine der Giraffen so fest gegen den Transportaufbau, dass die ganze Konstruktion zitterte. Sowie ich nach oben sah, schlüpfte er an mir vorbei, rempelte mich um – genau wie ich es in der Quarantäne mit dem Alten Mann getan hatte –, und ich ging schmerzhaft zu Boden. Das Letzte, was ich von ihm sah, waren die Jutesäcke, die er über die Mauer warf, und wie er selbst hinterhersprang wie eine Katze.

Einen Augenblick lang blieb ich im Dreck und inmitten der verstreuten Haferflocken liegen und starrte dem Lumpenjungen wie versteinert nach. Noch Jahre später sah ich manchmal aus unerfindlichen Gründen im Spiegel sein Gesicht vor mir. Damals riss mich jedoch ein Geräusch aus der Starre – der schwankende, schaukelnde Transportaufbau und die quietschende Achse, die zu bersten drohte. Ich kam auf die Beine, entdeckte eine einzelne Zwiebel am Boden und klaubte sie auf. Dann kletterte ich eilig hinauf auf die Planke zwischen die Schätzchen des Alten Mannes, und das Schwanken hörte auf. Ich strich ihnen über die riesigen Kiefer, säuselte in Giraffensprache auf sie ein und fütterte sie mit den einzelnen Zwiebelschichten. Während sie die großen Köpfe neben mich schoben und ich mich fühlte wie in einem lebenden Schutzraum, beschlich mich schlagartig jenes Kleinjungen-Gefühl aus dem Maisfeld. Mir war wieder leichter und heller ums Herz, und ich fühlte mich auf eine Weise sicher, die ich bis zum heutigen Tage nicht erklären kann.

Eine Zeit lang blieb ich noch bei ihnen sitzen, bis sich die beiden erneut nach der Platane ausstreckten und die zitternden Nüstern der einzige Hinweis auf jenen jüngsten Löwen waren, der ihnen zugesetzt hatte.

Ich legte mich über die Planke, um sie zu betrachten, sah, wie sich ihre Silhouetten gegen die Sterne abhoben, und hörte über das Rattern des davonfahrenden Güterzugs hinweg ihr sanftes Knabbern.

Und irgendwann eine missmutige Stimme.

»Bist du schon wieder da oben, Junge? So brichst du dir irgendwann noch den Hals.«

Weil ich mir in diesem Augenblick sicher war, in einem fahrenden Güterzug zu liegen, griff ich panisch nach der Planke. Ich war eingeschlafen. Die Sterne über mir waren weitergezogen. Die Giraffen waren immer noch bei mir, und ich setzte mich auf und fühlte mich so unbeschwert, wie ich es mir gar nicht mehr hatte vorstellen können.

»Komm runter«, befahl der Alte Mann mir, »das Essen ist zwar schon kalt, aber gut. Iss das auf und leg dich auf die Pritsche, die die Brillenschlange im Büro aufgeschlagen hat. Ich wecke dich, wenn ich mich schlafen legen muss.«

Zurück auf festem Boden und mit den Haferflocken des Lumpenjungen unter den Sohlen stopfte ich das Essen in mich hinein, doch statt mich zurückzuziehen, sah ich mich nach dem Alten Mann um. Er hatte sich auf das Trittbrett gesetzt und zog Zigaretten und sein Zippo aus der Brusttasche.

»Irgendwas auf dem Herzen?«, fragte er und zündete sich eine Lucky an.

»Die Geldrolle in meiner Tasche«, sagte ich. »Warum haben Sie mich dafür nicht auf die Straße gesetzt?«

Er klappte das Feuerzeug zu, nahm einen Zug und sah mir ins Gesicht. »Glaubst du, ich habe nie Hunger gehabt?« Er sah mich länger als nötig an – mit dem gleichen Blick voller Erbarmen, mit dem die Giraffen mich bedacht hatten, nachdem ich für ein Goldstück ihre Luke geöffnet hatte –, und es fiel mir wie Schuppen von den Augen.

Er vergab mir ebenfalls.

»Geh jetzt schlafen«, sagte er und scheuchte mich fort, während die Giraffen oben friedlich wiederkäuten.

Als ich die drei so vor mir sah, brach etwas in mir auf … und ein ganz unvertraut klarer Gedanke keimte in meinem abgeschotteten Herzen. Wenn zu Hause, wie Rotschopf gesagt hatte, gar nicht dort war, wo man herkam, sondern dort, wo man sein wollte, dann waren der Truck, der Alte Mann und die Giraffen mehr Zuhause – und mehr Familie – als alles, was ich je gehabt hatte. Und für mich verirrten Waisenjungen schien dieses Zuhause es wert zu sein, mich mit beiden Händen daran festzuklammern, solange es nur ging, ganz gleich, was mich auf dem weiteren Weg erwartete.

Mit einem flüchtigen Blick in Richtung der Mauer, über die der Junge geflüchtet war, und einem Blick in Richtung Panhandle schluckte ich meine Bangnis hinunter und machte mich auf den Weg ins Büro des Melonenmanns. Ich wusste, ich würde bleiben – komme, was wolle.

Obwohl ich mit dieser Entscheidung endlich meinen Frieden gemacht hatte, dauerte es in jenem winzigen Verhau eine Weile, bis ich schlussendlich zur Ruhe kam. Mit offenen Augen lag ich auf der Pritsche, lauschte den Affengeräuschen und vermisste die friedvolle Ruhe der Giraffen, bis ich irgendwann eingeschlafen sein muss.

Weil ich mit einem Mal *in der staubigen, rot gleißenden Sonne stehe …*

… und Ma sagen höre: »Kleiner, mit wem redest du?«

… und Tiere in Käfigen sehe, einen Braunbären, einen Waschbären, einen Berglöwen und Klapperschlangen.

… Ich sehe Giraffen in reißendem Wasser an mir vorbeiziehen.

… Ich sehe eine abgesägte Doppelbüchse, die angelegt wird und feuert.

… Und ich sehe, wie die Kugel von der Bürowand abprallte.

Ich sprang im Dunkeln panisch auf und landete mitsamt der umgestürzten Pritsche der Länge nach auf dem Boden.

Ich rieb mir den Kopf, wo ich aufgeknallt war. In Gedanken war ich noch immer bei vorübertreibenden Giraffen und eingesperrten Tieren. Nichts davon konnte ich einordnen. Das Einzige, was ich wiedererkannt hatte, war die Büchse – bis mir wieder einfiel, dass die Waffe aus meinem Albtraum sonst immer eine Flinte gewesen war. Diesmal jedoch war es eindeutig ein abgesägtes doppelläufiges Jagdgewehr gewesen.

Ich schob die Pritsche von mir herunter, rannte aus dem Büro nach draußen und holte erst wieder Luft, als ich am Transportaufbau hochgeklettert war und die Giraffen vor Augen hatte. Dann erst sah ich nach unten, wo der Alte Mann zu mir emporstarrte – genau wie beim ersten Mal, als ich im Round's Auto Rest nur in Unterhose bekleidet zum Truck gerannt war.

Mit Herzrasen fragte ich: »Haben sie Käfige mit Bären in San Diego?«

»Bären ja. Allerdings leben die in einem schön großen Gehege.«

»Berglöwen?«

»Nein. Keinen einzigen.«

»Und einen Waschbären?«

»Wer will denn im Zoo einen Waschbären sehen?«

»Klapperschlangen?«

»Ja. Wir haben Tausende aus den Hügeln gebuddelt und an andere Zoos weitergegeben, sogar nach Australien.«

»Und was ist mit reißendem Wasser? Gibt's reißendes Wasser?«

»Na ja, den Ozean … Was ist denn los? Schlägt dir dieser kleine Zoo so aufs Gemüt?«

Ich zuckte bloß mit den Schultern. Zu mehr war ich nicht mehr imstande.

Er orderte mich nach unten. »Setz dich da hin.«

Ich ließ mich neben ihn plumpsen.

»Ich will dir ein bisschen mehr über unseren Zielort erzählen«, sagte er. »Du findest vielleicht, dass dieser trocken gefallene Graben dort, in dem der Präriehund auf und ab läuft, schon ziemlich gut ist. In San Diego liegt zwischen dir und echten afrikanischen Löwen auch nur ein Wassergraben. Wenn es nach der Chefin ginge, würde sogar das Klima passen, und sie würde am liebsten den ganzen Balboa Park einzäunen und die Tiere dort freilaufen lassen. Die Zäune mögen rostig sein, und das Geld ist immer knapp, aber es ist der Ort, an dem man Tier sein will, wenn man schon unter Menschen sein muss. Hab ich dir je von den Pinguinen erzählt?«

Ich lehnte mich gegen die Trucktür und lauschte all dem, was der Alte Mann mir erzählte. Ich hätte ihm zu gern von meinem Albtraum berichtet, sogar von Tante Beulah, nur dass ich wusste, es würde nichts bringen.

Stattdessen sah ich zur Straße.

Gen Westen.

WESTERN UNION

11 Okt 38 = 702P

An: Mrs Belle Benchley
San Diego Zoo
San Diego, Kalifornien

Übernachtung in Little Rock. Stornieren Sie den Fahrer aus Memphis. Giraffen wohlauf. Melde mich aus Okla.

RJ

WESTERN UNION

12 Okt 38 = 710A

An: Mr Riley Jones
Western Union Büro

[Abruf]

Landesweit 500+ Artikel. Life Magazine dokumentiert Ankunft. Fliegen sogar Fotografen ein. Bitte sofort vsl Ankunftszeit melden.

BB

… »*Du liebe Güte!*«

Ich liege am Boden. Keine Ahnung, wie das passieren konnte. »Wo ist … Wo ist mein Stift?«

»Erst helfe ich Ihnen hoch, dann suchen wir ihn.« Ich spüre, wie mir die stämmige Rothaarige die Hände unter die Achseln schiebt und mich in meinen Rollstuhl zurückhievt. »Oh, Liebes, Sie haben sich den Kopf angeschlagen! Da wird eine Beule zurückbleiben. Was ist denn passiert?«

Ich glaube, mein Herz hat ausgesetzt. Allerdings erzähle ich ihr das nicht. Ich sehe mich nach Mädchen um. Das Fenster steht offen, aber sie ist weg.

Dann fällt es mir wieder ein.

Rosie streckt sich nach dem Fenstergriff aus. »Sie sind ja ganz kalt! Da machen wir besser zu …«

»Aber Mädchen könnte zurückkommen!« Ich rolle auf sie zu, um sie aufzuhalten, rumple gegen das Bettgestell und rutsche erneut aus dem Rollstuhl.

Rosie fängt mich auf. »Ich rufe besser die Schwester.«

»*Nein, nein, NICHT!* Die Schwester gibt mir nur Medikamente, und ich kann jetzt nicht aufhören, ich muss das fertig machen! Ich bin schon über meiner Zeit, viel zu weit drüber, und das wissen Sie auch! Ich muss ihr nur noch den Rest erzählen, und für sie ist das doch der wichtigste Teil! Nichts ergibt einen Sinn, wenn ich nicht fertig werde. Sie *müssen* mich weiterschreiben lassen!«

Seufzend wirft Rosie einen Blick auf meine letzten Zeilen.

Durch Oklahoma.

»Ich kann mich an Oklahoma gar nicht erinnern, mein Guter«, sagt sie. »Und jetzt, da ich darüber nachdenke, kann ich mich nach Arkansas an gar nichts mehr erinnern. Haben Sie mir den Rest überhaupt je erzählt?«

»Klar«, flunkere ich sie an.

»Tja.« Sie hält kurz inne, schiebt sich dieselbe ergrauende Strähne wie immer hinters Ohr. »Wenn Sie sich ein Weilchen hinlegen und ausruhen, lassen wir das mit der Schwester bleiben. Einverstanden?«

Ich nicke.

»Na also«, sagt sie und hilft mir aus dem Rollstuhl ins Bett. »Sie haben den ganzen Tag am Schreibtisch gesessen und nichts gegessen. Bestimmt war das der Grund.«

Ich weiß, dass es nicht der Grund war. Wieder setzt mein Herz für einen Schlag aus. »Wo ist ... Wo ist mein Stift?«

Sie hebt ihn auf und legt ihn zurück auf den Tisch. »Sie können mit Ihrer Reise weitermachen, wenn Sie sich ausgeruht haben. Erst ein bisschen Ruhe, okay?«

Ich nicke erneut.

Sie geht.

Ich ziehe mich in den Rollstuhl und greife nach dem Stift. Ein tiefer Atemzug, und ich lege mir die Hand aufs Herz. Dann mache ich weiter.

Und *an dieser Stelle fängt das Wünschen an ...*

11

Durch Oklahoma

An dieser Stelle fängt das Wünschen an.

Ich wünschte mir, ich könnte vorspulen.

Ich wünschte mir, ich könnte ans Ende springen, ohne erst abermals in dieser Elendszeit durch Oklahoma und durch den Texas Panhandle fahren zu müssen.

Das Land, auf dem man aufwächst, bleibt einem für immer, und man erinnert sich daran, selbst wenn alles andere in Vergessenheit gerät – ganz gleich, ob es einem gut oder übel gesinnt war. Selbst wenn es dich um ein Haar umgebracht hat. Selbst wenn es sich in deine Träume schleicht, wenn es deine Albträume anschürt. Selbst wenn du ihm auf Nimmerwiedersehen den Rücken gekehrt hast und dich dann unversehens darin wiederfindest – und du dir wünschst, du könntest einfach den Kopf einziehen und schleunigst hindurchfahren, bei klarem Verstand bleiben und das Schlimmste nicht erneut erleben. Weil du mit deinem jungen Leben irgendwo anders weitermachen willst.

Aber wie heißt es so schön? Wenn Wünsche Pferde wären, würden Bettler darauf reiten … was aber einen Bettler nie davon abgehalten hat, Wünsche zu haben.

Aus der Dust Bowl führten zwei große Straßen nach Kalifornien. Die Route 66 war die meistbefahrene und die berühmtere und führte von Chicago durch die Plains bis nach Los Angeles. Die andere – die »Südverbindung« – endete in San Diego und führte mitten durch den Panhandle, jenen nördlichen Zipfel von Texas, in dem ich aufgewachsen war.

Niemand, den ich je gekannt hatte, nannte die Straße »Lee Highway«, es war einfach nur die Straße nach Westen, und es war die Straße, die wir nehmen würden, ob mir das nun gefiel oder nicht.

Nicht weit hinter der Grenze von Arkansas nach Oklahoma wurde das Grün spärlicher. Sogar das Blau des Himmels veränderte sich, je weiter wir in den Bundesstaat hineinfuhren. Die Farben wurden heller, ausgebleichter, fahler. Meine Ma hat gern erzählt, wie klar der wunderbare Himmel über dem Panhandle gewesen war, als sie und Pa anfingen, ihr Stück Land zu bewirtschaften. Inzwischen mochte das für mein Empfinden ebenso gut ein Märchen gewesen sein, weil der Himmel meiner Kindheit launisch und irgendwann dann tödlich geworden war. Vielleicht hast du ja sogar mal von jenem schlimmsten Tag gehört, vom Staubsturm aller Staubstürme, der am sogenannten Black Sunday über uns hereinbrach: Im April 1935 zog am Horizont eine schwarze Wolke auf, die die meisten Heiligen in Angst und Schrecken versetzt hätte. Die Great Plains stürmten gleichsam auf uns zu – ein Sturm aus der Hölle, der dreihundert Millionen Tonnen Mutterboden mit sich riss: in Texas, Arkansas, Oklahoma und Kansas. Er war so schwarz, dass man die Hand vor Augen nicht mehr sehen konnte. Die Luft war derart spannungsgeladen, dass bei der leichtesten Berührung aus Funken schwarze Flammen wurden. Und der Sturm ließ nicht nach, ganz im Gegenteil, er drehte gen Osten und trug so viel Dreck vor sich her, dass sogar der Himmel über Washington, D.C., schwarz wurde und die Männer im Kongress angeblich die Fenster schließen mussten, um vor dem Staub verschont zu bleiben. Für die allermeisten ist dieser Tag ein Datum aus dem Geschichtsbuch. Für mich und meinesgleichen war er der Wendepunkt, ab dem es kein Zurück mehr gab. Von diesem Tag an gingen meine kleine Schwester und meine Ma ihrem Ende entgegen – Hustenanfall um Hustenanfall, bis die Staublunge sie dahinraffte, genau wie unzählige andere, Jung wie Alt. Der Staub hat sich nie wieder vollends gelegt, sinkt herab und steigt wieder auf wie eine biblische Plage, wie wenn aus gelben Wolken Heuschrecken über alles herfallen und von einem braunen Himmel Schlamm herabregnet.

Doch selbst nachdem die Luft wieder ein wenig aufgeklart war, nahmen die Sorgen kein Ende. Jedes Jahr brachte neuerlich Sandstürme mit sich, jedes Mal hing der Dreck länger in der Luft und feuerte die Lungenentzündung an. Echter Regen war nur mehr der Stoff, aus dem unerhörte Gebete waren, und Vieh- und Landwirte flüchteten in Scharen. Wer blieb, sprach über nichts anderes mehr – bis zu jenem Tag, an dem wir mit den Giraffen vorüberzogen. Denn an jenem Tag kam auch Wind auf, mit dem Wind kam ein Hauch von Staub, und mit dem Staub erstarkte die alte Angst – selbst mit einem Giraffenpärchen vom anderen Ende der Welt vor Augen.

Wir hatten die Grenze nach Oklahoma keine Stunde hinter uns gelassen, als es so sehr auffrischte, dass der Transportaufbau ins Wanken geriet. Unter einem kräftigen Baum hielten wir an, sahen nach Mädchens Verband, ließen die Giraffen fressen und sich ausruhen, weil dies wohl das letzte Baumgrüppchen wäre, das wir für lange Zeit vor uns hätten. Mit jeder Meile wurde der Bewuchs spärlicher. Bevor wir wieder aufbrachen, versuchten wir, die Giraffen nach drinnen zu scheuchen und die Fenster zu schließen, doch davon wollten sie beide nichts wissen, und wir waren schon zu spät dran, um auf irgendwelche Tricks zurückzugreifen.

»Hast du eine Ahnung, wie lange so was anhält?«, wollte der Alte Mann wissen und hielt seinen Fedora fest.

Hatte ich nicht, und mehr denn je in meinem elenden Farmboy-Leben hätte ich es gern gewusst.

In den folgenden Stunden wurde der Wind stärker, die Landschaft zusehends flacher, und wir fuhren langsamer denn je zuvor. Ein paar Meilen vor Comanche hielten wir an einem Loco, einer Kreuzung mit zwei sich an der Durchfahrtstraße gegenüberstehenden Gebäuden. Eins davon war eine

Tankstelle – ganz in Rot und Schwarz und genauso neu schimmernd wie das Texaco-Schild auf dem Dach –, das andere war ein heruntergekommener Laden mit Postschalter und sah aus, als könnte es jederzeit in sich zusammenfallen, wenn man nur ordentlich dagegenschlug. Der Laden bestand aus mehr Blech als Holz: Wo immer man hinsah, mannshohe Werbeschilder für Coca-Cola und Brylcreem-Pomade und Leberpillen von Carter's. Während mir all das vertraut war, kam der Alte Mann aus dem Staunen nicht mehr heraus. Die Blechschilder hielten den Wind und somit den Staub davon ab, selbst durch geteerte Ritzen zu kriechen.

Ich fuhr an der Tankstelle vor, und ein Tankwart mit Zahnlücke und Fliege trat nach draußen. Die Giraffen beugten sich zu ihm herab, um Hallo zu sagen.

»Das übertrifft alles!«, wiederholte er in einem fort.

Jenseits der Zapfsäulen fuhr ein Truck auf der Schotterpiste gen Norden. Beim Anblick der Giraffen wehten spanische Rufe zu uns herüber.

»Fremdarbeiter«, erklärte der Tankwart und hielt seine Mütze gegen den Wind fest. »Es ist wieder Saison. Kommen seit Anfang der Woche ständig vorbei. Fahren rauf nach Michigan, um Kirschen zu pflücken. Wenn das mit dem Staub wieder schlimmer wird, dann zieh ich da auch hin, das schwöre ich.«

Der Alte Mann holte den Giraffen Wasser und sah bei der Gelegenheit erneut nach Mädchens Verband. Mich schickte er in den Laden auf der anderen Straßenseite, damit ich uns etwas zu essen und einen neuen Zwiebelsack besorgte.

Hinter dem Ladentresen stopfte sich ein hagerer Mann mit einem Kropf in der Größe eines Maiskolbens gerade den letzten Keks in den Mund. »Was'n das?«, fragte er mich, wischte sich mit dem Ärmel über den Mund und spähte misstrauisch durch die Fliegengittertür.

»Giraffen.«

»Sachen gibt's. Was man hier nicht alles vorbeifahren sieht. Nur auf Durchreise, nehm ich an?«

Ich nickte, trug meine Einkäufe nach vorn und legte sie auf den Tresen.

Der Mann schnaubte. »Echt besser, bevor der Wind noch schlimmer wird. Viecher mit solchen Hälsen dürften es nicht gerade toll finden, wenn der Himmel braun wird. Bin heute früh mit dem verdammten Staub aufgewacht. Das hat's seit Monaten nicht mehr gegeben. Der ganze Bundesstaat erholt sich ja immer noch von 1935, weißt du.«

»Ja, ich weiß.«

»Dagegen waren die Stürme von 34 und 37 echt laue Lüftchen, weißt du.«

»Ja, ich weiß.«

»Aber es kommt wieder Regen«, fügte er hinzu. »Kann ihn schon spüren.«

Auf diesem Ohr war ich taub – den Satz hatte ich so oft gehört wie den heulenden Wind, er kam einer Hymne der Dust Bowlers gleich, zumindest all jener, die zu stur waren, um fortzugehen. Mein eigener Pa hatte wiederholt das Gleiche gesagt, immer kurz bevor es noch schlimmer wurde. Bei der Erinnerung ging ich spontan noch etwas holen – eine Dose mit Vaseline. Ich ließ die Einkäufe auf dem Tresen liegen, weil der Alte Mann sie bezahlen käme, und ging auf der Rückseite des Ladens auf Toilette.

Unterwegs kam ich an einem riesigen Fass mit Äpfeln vorbei, und fast hätte mein alter Diebesreflex mich dazu gebracht, mir einen in die Tasche zu stecken. Aber als ich von der Toilette zurückkam, stand direkt neben dem Fass Mrs Augusta Rotschopf. Bei ihrem Anblick zog sich in mir alles zusammen, erst recht, nachdem ich in Little Rock geglaubt hatte, dass ich sie nie wiedersehen würde. Trotz ihres Gesäusels im Zoo war meine Wut auf sie immer noch nicht verraucht, und ich war nicht in der Stimmung, mehr von ihr zu hören. Ich schlüpfte zurück hinter die Tür, wartete darauf, dass sie wieder verschwand, und fast hätte ich verpasst, was sie als Nächstes tat: Sie spähte zum Ladenbesitzer, der immer noch die Giraffen angaffte, und unterdrückte ein Husten. Dann griff sie routiniert – und zwar routinierter, als ich es je gewesen war – in das Apfelfass und ließ einen der Äpfel in ihre Tasche gleiten, ehe sie zum Hinterausgang hinausschlenderte, wo ihr Packard stand.

Eine Sekunde lang stand ich wie entgeistert da, wusste nicht, ob ich das wirklich gesehen und, wenn ja, was es zu bedeuten hatte.

Als ich über die Straße auf unseren Truck zulief und mich nach hinten nach Rotschopf umsah – nur eine Sekunde lang –, wäre ich vor den Zapfsäulen fast mit einem Mast zusammengestoßen.

»Whoa«, rief der Tankwart mit Fliege. »Das war knapp!«

»Du guckst besser, wo du hinläufst, Junge«, sagte der Alte Mann. »So schnell, wie du unterwegs warst, hätte das Ding dich umhauen können.« Er schloss die Luken. »Sieht aus, als wäre der Laden bei Western Union angeschlossen. Da schau ich doch sicherheitshalber, ob die Chefin ein Telegramm geschickt hat. Hast du die Einkäufe bereitgelegt, sodass ich sie bezahlen kann?«

Ich nickte und hielt erneut nach Rotschopf Ausschau. Und da war sie – lehnte sich in den Wind, hatte die Kamera in den Anschlag genommen und schoss quer über die Straße ein Foto von uns.

Der Alte Mann schnaubte. »Ist die schon wieder da …«, murmelte er und stapfte zur anderen Seite um den Wagen herum, um ihr aus dem Weg zu gehen.

Ich war mir sicher, dass der Alte Mann die Polizei rufen würde, so wie er es angekündigt hatte, und mit einem Mal hatte ich das dringende Bedürfnis, sie zu warnen. Trotzdem ließ ich es bleiben. Ich konnte bloß dastehen und zusehen, wie sie Fotos von unserem Tankwart mit Fliege und von den Giraffen machte. Dann blickte sie auf, grinste in meine Richtung, und ich bildete mir ein, dass ich Gesang hören konnte. Ich kratzte mich schon am Kopf, als ich hinter der Tankstelle ein Zelt entdeckte, das mit Pritschen- und Leiterwagen umringt war. Von dort wehte der Gesang zu uns her. Messerscharf schloss ich, dass es sich um eine jener »Erweckungen« handeln musste, zu denen auch ich Jahr für Jahr geschleift worden war – samt Prediger, der von der Kanzel dröhnte, und Rufen nach der Errettung der Seele.

Ich selbst hätte keine Silbe darüber verlieren müssen.

Rotschopf natürlich schon.

»Was ist da drin los?«, rief sie über die Straße.

»Ach, is' bloß Gemeinde-Singtag«, antwortete der Tankwart. »Sind überwiegend diese Christi-Leute – Sie wissen schon, Heiligungsbewegung und so. Ich wollt, es wären Baptisten. Die können mal singen! Und sie benutzen nicht diese nervtötenden Tamburine.«

Rotschopfs Gesicht hellte sich auf.

Im selben Moment fing es an zu nieseln.

Eine Dame am Zelteingang tirilierte: »Regen!«, und die halbe Meute strömte nach draußen.

»Gelobt sei Jesus Christus!«

»Was für ein Segen!«

Eine Sopranstimme glaubte anscheinend, das bisschen Niesel sei ein paar spitze Schreie wert.

Und im selben Augenblick hatte die Dame am Eingang uns entdeckt. »Brüder und Schwestern – *seht!*«

Sowie der Rest der Meute nach draußen strömte, um die Giraffen zu bestaunen, war mit dem Singen Schluss. Für einen kurzen Moment waren nur mehr der Wind und ein letztes Tamburinklimpern zu hören. Dann gesellte sich ein zusehends lautes Platschen von Regentropfen hinzu.

»Das ist ein *Zeichen!*«, rief jemand.

Zwei Grüppchen hoben zu unterschiedlichen Liedern an. Jemand stimmte ein bekanntes Kirchenlied an – »Heil'ger Geist, du Trost und Rat auf des Christen Lebenspfad …« –, während andere anfingen zu singen: »O Pilger, komm mit zur Kapelle, du kennst ja den friedlichen Ort…« Es klang, als hätten sich zwei duellierende Tamburine zwischen balgende Katzen verirrt. Während dem Vorsänger schier der Schweiß ausbrach, als er versuchte, die Gemeinde dazu zu bewegen, ein und dasselbe Lied zu singen, reckten die Giraffen die Hälse in Richtung des Getöses und schlackerten mit den Ohren – sogar annähernd in dem Takt, den die Tamburine schlugen. Als die Menge dann auch noch anfing herüberzutänzeln, um den Giraffen ein Ständchen zu bringen – mit weit aufgerissenen Mündern, entweder um den Regen aufzufangen oder um bis ans Ohr des Herrn durchzudringen –, trat auf der anderen Straßenseite mit den Armen voller Vorräte der Alte Mann aus dem Laden. Dass er sich fragte, in welche Hölle wir nun wieder geraten waren, stand ihm unübersehbar ins Gesicht geschrieben.

»Soll ich die Fenster schließen?«, rief ich ihm über den Krawall hinweg zu.

»Und du glaubst, das machen die Giraffen mit – trotz dieses Spektakels?«

Wir sprangen ins Führerhaus und kurbelten die Fenster hoch, weil die Sänger immer näher rückten – und mittendrin Rotschopf, die Fotos schoss. Bei ihrem Anblick verdüsterte sich das Gesicht des Alten Mannes.

»Haben Sie die Polizei informiert?«, fragte ich ihn.

Er sah mich an, als hätte er völlig vergessen, dass er das hatte tun wollen, weil etwas anderes jetzt wichtiger war.

Ich biss mir auf die Zunge. »Und haben Sie ein Telegramm bekommen?«

»Darüber reden wir später.« Er zeigte zur Straße. »Los!«

Ich rollte an, und über das Rumpeln des Motors hinweg hörte ich den wild fuchtelnden Vorsänger rufen: »Seite 351, meine Brüder und Schwestern! Geben wir ihnen das rechte Geleit!«

Schlagartig verstummten Stimmen und Tamburine, die

Stimmung schlug um, wurde lieblich und süß, und dann erklang Engelsgesang. Vierstimmig hoben sie zu einem Lied an, das für diesen Augenblick nicht passender hätte sein können. Das Lied kannte ich seit jeher, doch erst jetzt verstand ich seine Bedeutung.

All ihr Geschöpfe unseres Herrn,
freut euch und lasst es alle hör'n.
Kommt, preist ihn!
Halleluja!

Sogar ich musste zugeben, dass es wunderbar klang.

Rund eine Meile fuhren der Alte Mann und ich schweigend weiter, und die Giraffen sahen nach hinten, als hätten sie Geschmack an Kirchenliedern gefunden. Die Scheibenwischer zählten die Sekunden. Nach einer weiteren Meile tauchte der grüne Packard in meinem Außenspiegel auf. Ich konnte mich erst wieder entspannen, als sie vom Gas ging und, als wir durch Comanche fuhren, außer Sicht verschwand.

Nach weiteren fünf Meilen hörte es auf zu regnen, und wir kurbelten die Fenster wieder herunter.

Weitere fünf, und es sah aus, als hätte es nie geregnet. Ringsum wirbelte erneut Staub auf, und es war so viel Schmutz in der Luft, dass er sich mir auf die Haut legte. Ich zog den Ellbogen aus dem Fenster. Unter Garantie bekamen die Giraffen den Schmutz in Augen und Nüstern. Wir *mussten* versuchen, sie nach drinnen zu locken, also hielten wir an der nächstgrößeren Kreuzung vor einem Stoppschild. Ein alter Mann mit mehr Runzeln als Haut in einem Model T mit mehr Rost als Farbe hielt ebenfalls.

»Ihr habt da Giraffen drin!«, bellte er zu uns herüber. »Schiebt ihr jetzt die Köpfe rein wegen dem Staub?«

Ich nickte, machte mich an die Arbeit, und anscheinend hatten die Giraffen tatsächlich genug davon, weil sie es anstandslos zuließen.

»Erster Staub seit einiger Zeit. Könnt erst noch schlimmer werden, bevor es wieder besser wird«, rief der Alte uns nach, als wir bereits anfuhren. »Aber dann kommt wieder Regen. Kann man schon spüren!«

Langsam und in einem ruhigen Rhythmus fuhren wir ein gutes Stück weiter, und der Wind ließ ein wenig nach, was allerdings nur dazu führte, dass umso mehr Staub in der Luft hing.

Die Giraffen fingen an zu husten.

Noch heute bekomme ich bei der Erinnerung Gänsehaut. Das Geräusch glich Sandpapier auf Stein, halb Stöhnen, halb Rasseln – entsetzlich. Inzwischen husteten trotz geschlossener Fenster auch der Alte Mann und ich.

Ich spürte, wie mich die Panik des Dust-Bowl-Jungen beschlich, der genau wusste, dass ein Husten der Einladung zu einem Begräbnis gleichkam. Also zog ich rechts ran.

»Was soll das?«, fragte der Alte Mann und hustete in seine Faust.

Ich zog die Dose mit Vaseline heraus, die ich – mit der Regenbeschwörung meines Pa im Ohr – zu unseren Einkäufen hinzugefügt hatte, weil sie die Antwort meiner Ma auf die schlimmsten Auswirkungen der Staubstürme gewesen war. Keine Ahnung, ob die Giraffen es zulassen würden, aber ich musste es wenigstens versuchen. Der Alte Mann folgte mir, als ich nach oben kletterte, das Dach aufmachte, mehrere fingervoll Vaseline um ihre melonengroßen Nüstern verstrich und mir wünschte, wir hätten mehr davon. Denn während der Alte Mann und ich ihre Hälse streichelten und in Giraffensprache beruhigend auf sie einflüsterten, stiegen Krämpfe wie Wellen in ihren Hälsen empor … bis das Sandpapierkratzen zu guter Letzt leiser wurde. Es drang weniger Staub in ihre Atemwege. Trotzdem fürchtete ich, dass es zu wenig und zu spät dafür gewesen war.

»Wir werfen auch noch die Plane darüber«, beschloss der Alte Mann, und ich wollte bei Gott, wir hätten früher daran gedacht. Sobald Staub durch die Ritzen dringt, wirbelt er bei jeder Bewegung auf, und wir hatten keine andere Wahl, als uns vorwärtszubewegen.

Eine gute halbe Stunde fuhren wir weiter. Das Sandpapierkeuchen hatte aufgehört, und der Wind war zu einer lauen Brise verebbt. Doch die Giraffen schnieften und niesten noch immer laut genug, dass wir es durch die geschlossenen Fenster hören konnten. Also fuhren wir erneut rechts ran und zogen die Plane so weit beiseite, dass wir durch die Luken spähen konnten. Sie hatten die Köpfe gesenkt, und beide sabberten Schnodder, Rotz und Speichel; ihre riesigen Leiber versuchten, den Staub wieder auszuspülen.

Der Alte Mann befahl mir, die Plane wieder vorzuziehen, während er die Eimer mit Wasser aus den Blechkanistern befüllte. Sobald ich wieder auf dem Boden stand, kletterte er mit einem Eimer nach oben, stellte ihn auf die Querplanke und ließ sich ächzend darauf nieder. Mit ein paar Notfallzwiebeln in der Tasche griff ich mir den zweiten Eimer und tat es ihm gleich.

»Bleib da«, sagte er, als ich die oberste Sprosse erreicht hatte. »Lock sie nach oben«, sagte er dann, »und dann *halt sie fest.*«

Als wäre das gegen ihren Willen möglich.

Ich stellte meinen Eimer ab und winkte mit einer Zwiebel in Junges Richtung. Seine eingespeichelte Schnauze wanderte nach oben. Noch während ich ihn mit der Zwiebel fütterte, legte ich meinen Arm so vorsichtig um seinen Kiefer wie irgend möglich, ohne dass er sich erschreckte, und war bereit, ihn festzuhalten, sobald der Alte Mann bereit wäre. Der hob weiter säuselnd seinen Eimer an und nickte mir zu. Ich verstärkte den Griff. Dann holte der Alte Mann aus und kippte den Inhalt des Eimers in Junges Richtung, sodass er das Wasser ins Gesicht und in die großen Nüstern bekam. Junge riss den Kopf zurück wie ein buckelnder Bronco und nieste so heftig, dass der Alte Mann mit mehr Spucke und

Schnodder bedeckt war, als ich je zuvor gesehen hatte. Während er fluchte und wischte, fluchte und wischte, hätte ich mir fast die Zunge abgebissen, um die Fassung zu bewahren. Dann wandten wir uns Mädchen zu, die jedoch genug gesehen hatte, um für ihre Rache gewappnet zu sein. Der Alte Mann griff zum zweiten Eimer und nickte. Ich packte zu. Er kippte das Wasser in ihre Richtung. Und Mädchen riss sich aus meinem halbherzigen Griff, legte den Kopf in den Nacken – und dann platzte der Nieser so heftig aus ihr heraus, dass sie auch mich daran teilhaben ließ.

Wir kletterten nach unten und ließen uns beide aufs Trittbrett fallen. Während wir uns den Schnodder abwischten, lauschten wir auf weitere besorgniserregende Geräusche, aber es war nichts weiter zu hören als rechtschaffenes Trampeln und ein bisschen Geifern. Wir stellten den Giraffen frisches Wasser hin, das sie kurz misstrauisch beäugten, ehe sie es in sich hineinschlabberten. Dann verstauten wir die Plane, die wir für den Moment nicht mehr brauchten, und fuhren weiter.

Wir mussten vorankommen.

Wenig später durchquerten wir jenen Teil der Okie Dust Bowl, den es am schlimmsten getroffen hatte. Je weiter wir kamen, umso karger das Land um uns herum. Als es erneut anfing zu nieseln, war es uns herzlich egal. Nachdem wir eine geschlagene Stunde lang das einzige Fahrzeug auf dem verwaisten Highway gewesen waren, sah selbst die Straße, die sich vor uns erstreckte, verlassen und tot aus.

Doch mit einem Mal waren wir nicht mehr allein. Wie aus dem Nichts tauchten kleine braune Vögel auf, die uns im Wellenflug durch den Niesel begleiteten – mal dicht beieinander, dann in lang gezogenen Formationen, mal näher, mal weiter entfernt. Wir legten Meile um Meile hinter uns, und sie waren immer noch da, ein anschwellender Schwarm ohne Anfang und Ende, der über das flache, tote Land neben uns herflog.

Selbst der Alte Mann war beeindruckt. »Wenn *das* kein Naturwunder ist.«

Auch die Giraffen hatten die Vögel bemerkt und verfolgten mit wiegenden Bewegungen jede neuerliche Vogelschwarmwelle.

»Wo fliegen die denn alle gleichzeitig hin – und warum?«, fragte ich, während das Vogelband über das unfruchtbare Land hinaus- und wieder zu uns zurück flatterte.

»Vielleicht ist gerade irgendwo etwas passiert«, argwöhnte der Alte Mann leise, als die Welle erneut auf uns zurollte. »Wahrscheinlicher ist aber, dass erst noch etwas passieren wird.«

»Und woher wissen sie das?«

»Der tierische Instinkt ... Den haben diese kleinen braunen Vögel, seit es kleine braune Vögel gibt«, murmelte er. »Und es ist ja nun nicht so, als wären uns davon nicht ebenfalls Überreste geblieben. Wenn man beispielsweise spürt, dass man beobachtet wird – oder als du vor dem Laternenmast an der Tankstelle im letzten Moment aufgeblickt hast ... Manche spüren diesen Instinkt auf eine Weise, dass sie an eine Art siebten Sinn glauben, und es lässt sich auch nur schwerlich anders erklären.«

Wie du dir denken kannst, machte mich das schlagartig nervös, weil ich mich fragte, ob der Alte Mann vielleicht ja doch über Tante Beulah und meine neuen, verwirrenden Albträume Bescheid wusste. Doch er hatte die Vögel nicht aus den Augen gelassen.

»Solche Leute gelten gern mal als spleenig oder verrückt«, fuhr er fort. »Aber wenn du mich fragst, sind das nur die Überreste dessen, was diese Vögel und auch alle anderen Tiere nie eingebüßt haben – die letzten Spuren eines angeborenen Überlebensinstinkts, den selbst Jahrtausende menschlicher Zivilisation nicht ganz ausmerzen konnten.« Er schüttelte den Kopf, während die Vögel über uns Schleifen flogen, nur um im nächsten Moment erneut über das weite Land auszuschwärmen. »Also, ich hab schon einige merkwürdige Dinge erlebt, wann immer ich über die Jahre mit Tieren zu tun hatte, das kann ich dir sagen – merkwürdige und wundersame Dinge …«

Wir verfielen in Schweigen, waren vom Wellenflug der Vögel fasziniert – und ich auf eine Weise, dass ich an nichts anderes mehr denken konnte. Ganze zwei Stunden lang waren in meinem Außenspiegel nur Vögel und Giraffen zu sehen, wie in einem Bilderrahmen, die langen Giraffenhälse schwangen mit dem wogenden Vogelschwarm mit, und jeder neuerliche Blick überraschte mich mit einem Gefühl, das ich nur als Welle des Glücks beschreiben kann. Es hörte gar nicht mehr auf. Es nieselte weiter, die Giraffenköpfe wippten auf und ab, die Vögel begleiteten uns und gaben dem Alten Mann und mir reichlich Stoff zum Nachdenken. Ich habe mir seither sagen lassen, dass es sogar einen Namen für so etwas gibt: Formationsflug, ein eher seltenes Phänomen, bei dem sich Vögel in riesigen Schwärmen zusammentun und im Flug wie wogende Wolken aussehen. Doch niemand hat dieses endlos schwebende Band je so beschrieben, wie ich es in Erinnerung habe. Vor der Kulisse der erbarmungslosen Landschaft meiner mittellosen Kindheit, in der ein Ausdruck wie »Naturwunder« keine Bedeutung gehabt hatte, fühlte sich der Anblick trotzdem genau so an: wie ein Wunder.

Irgendwann im Lauf des Nachmittags waren die Vögel so lange neben uns hergeflogen, dass es wirkte, als würden sie uns auf unserer Reise begleiten …

Bis sie plötzlich und ohne Vorwarnung vor einer Kurve verschwunden waren.

Sie waren einfach weg.

Das Land war mit ihrem Verschwinden plötzlich wieder so hässlich und unfruchtbar geworden, dass ich die Kurve fast übersehen hätte, weil ich wie ferngesteuert das tote Okie-Land anstarrte, und meine Stimmung verdüsterte sich auf eine Art, an der selbst ein Blick zu den Giraffen nichts mehr ändern konnte. Als ich zum Alten Mann spähte, der ebenfalls zu grübeln schien, kam ich nicht umhin, wieder an jene Wandertauben aus der Lederstrumpf-Geschichte zu denken, von der er mir erzählt hatte – Wandertauben in derart großen Schwärmen, dass sie den Himmel verdunkelt hatten, ehe sie irgendwann vom Erdboden verschwunden waren. Von *Aussterben* war damals kaum je die Rede; doch als Jugendlicher, der jener toten Prärie nur um Haaresbreite lebend entkommen war, dachte ich lange darüber nach, während wir immer weiterfuhren. Ich dachte an die Grenzmänner mit ihren Donnerbüchsen, die sich fragten, wo plötzlich die Tauben abgeblieben waren – genau wie die Okie-Eltern mit ihren Pflügen sich fragten, was mit dem Mutterboden geschehen war.

In den darauffolgenden Jahren, als der Krieg die Welt in Atem hielt und wir uns zusehends genötigt sahen, uns damit zu beschäftigen, dass wir selbst – von eigener Hand – aussterben könnten, ertappte ich mich wiederholt dabei, wie ich an jenen Moment zurückdenken musste, an das murmelnde Verschwinden, und empfand ein Gefühl des seelenmüden Verlusts, das zu tief ging, als dass ich es hätte erklären können. Doch an jenem Tag trug es bloß zu einer eigenartigen Reisemelancholie bei, die ich nicht zu benennen vermochte, zu einem Gefühl, das so nieselig war wie der Regen, der immer noch auf uns herniederfiel.

In dieser Stimmung durchquerten wir Oklahoma und näherten uns der Grenze. Der Alte Mann setzte dem Schweigen ein Ende, indem er verkündete, dass wir beim nächstbesten Autohof, der wenigstens ein, zwei Bäume aufwies, halten und übernachten würden.

Vielleicht eine Stunde vor der texanischen Grenze fuhren wir auf den Wigwam-Auto- und Handelshof, in dem gipsverputzte Hütten in Tipi-Form eine Indianersiedlung darstellen sollten. Allerdings war der Alte Mann eher von der Baumreihe überzeugt, die entlang des rückwärtigen Zauns gepflanzt worden war, als von der Aussicht, in einem Tipi aus Gips zu übernachten.

Bei unserem Anblick rannten der Betreiber und seine Frau uns bereits aus der Rezeption entgegen, die zugleich als Handelsposten diente. Der Betreiber johlte verzückt, während die Frau mit papiernem Indianerkopfschmuck winkte, der für uns zwei und für die Giraffen gedacht war – und den der Alte Mann rundheraus ablehnte. Binnen kürzester Zeit war der Truck unter den Bäumen geparkt. Außer uns waren nur ein paar propere Familien in ordentlichen Autos hier, deren Kinder wohl glaubten, den Hauptgewinn gezogen zu haben, weil sie sowohl Tipis als auch Giraffen zu sehen bekamen. Überdies hatte auf dem angrenzenden Campingplatz eine große Okie-Familie ihr Zelt aufgeschlagen. Ihre Habseligkeiten waren rund um einen alten Model T festgezurrt.

Allmählich ging die Sonne unter, und der Alte Mann und ich versorgten die Giraffen. Wir untersuchten sie nach jedwedem Problem mit Ohren, Nase oder Hals und wurden für die Unannehmlichkeit abermals mit Giraffenspeichel bedacht. Mädchen indes war derart erschöpft, dass sie kaum schnaubte, als der Alte Mann den Verband kontrollierte. Um den beiden ein wenig Unterhaltung zu gönnen, ließen wir die Giraffenbewunderer aus dem Tipidorf näher herantreten, und Mädchen und Junge hatten ihren Spaß, als sie den Kindern übers Gesicht schleckten und den Männern die Hüte von den Köpfen schubsten. Selbst die Okie-Familie konnte nicht widerstehen. Erst kam die Mutter mit Baby im Arm, dann die Großmutter, die ihre männliche Verwandtschaft anwies, den Schaukelstuhl abzuladen und herbeizutragen, damit sie sich setzen und dem Spektakel zusehen konnte. Der Alte Mann, der sich das Schmunzeln kaum mehr verkneifen konnte, erlaubte den Kindern sogar, dass sie die Giraffen mit Zwiebeln fütterten.

Nachdem die Eltern ihre Kinder und die Großmutter zurück in ihre Gipstipis und auf den Campingplatz getrieben hatten, fuhr ein paar Wigwams weiter ein grüner Packard vor, und die Laune des Alten Mannes war schlagartig im Keller. Ich glaubte schon, ich würde endlich miterleben, wie er all das, was er seit Chattanooga ausgebrütet hatte, an ihr ausließ. Stattdessen drehte er sich zu mir um. »Wir müssen noch über das jüngste Telegramm der Chefin reden. Aber zuerst muss ich ihr eine Antwort schreiben.« Und damit hielt er auf die Rezeption zu.

Der Himmel war etwas aufgeklart, der Staub hatte sich gelegt. Fleckige Wolken hingen am Himmel und rasten vor den Sternen vorüber. Zusammen mit dem Handelspostengehilfen kochte der Alte Mann uns über einer Feuerstelle in Sichtweite der Giraffen Bohnen und Maisfladen, und trotz aller Höhen und Tiefen, die uns an diesem Reisetag in Oklahoma widerfahren waren, fühlte ich mich eigenartig unbeschwert – wie aufgeklarte Luft und ein voller Magen eben so manches Problem vergessen machen. Der Alte Mann muss sich ähnlich gefühlt haben, weil er mit keiner Silbe erwähnte, worüber er mit mir hatte sprechen wollen. Sollte mir nur recht sein. Er löschte das Feuer, und mit dem üblichen Versprechen, mich abzulösen, steuerte er unseren Wigwam an. Also kletterte ich auf den Querbalken zwischen Mädchen und Junge, um in ihrer Nähe zu sein, während sie gerade anfingen wiederzukäuen. Das einzige Licht stammte vom Feuer der Okie-Familie auf dem Campingplatz, und die Flammen tauchten alles in einen sanften Schimmer.

Bis ich Rotschopf von unten hörte.

»Woody?« Sie erstickte ein Husten. »Darf ich hochkommen?«

Damit war alle Sorglosigkeit dahin. Am liebsten hätte ich Nein gesagt. Stattdessen nickte ich, wenn auch leicht gereizt. Sie krempelte die Hosenbeine hoch, kletterte nach oben auf meine Plattform und setzte sich mir gegenüber auf die Planke. Ich rutschte ein Stück von ihr weg, genau wie ich es an jenem

Abend nach den Bergen getan hatte, was ihr nicht entging. Mädchen begrüßte sie kurz und widmete sich erneut dem Wiederkäuen, doch Junge blieb und beschnüffelte sie.

Rotschopf streckte sich aus, um seinen Kiefer zu streicheln. Sie musste erneut ein Husten ersticken. »Ich krieg den Staub nicht mehr aus der Nase«, keuchte sie. Im spärlichen Licht des Okie-Lagerfeuers sah sie mich und mein »Präriegesicht« an, wie sie es zuvor bei Big Papa getan hatte. »Erzähl mir deine Geschichte, Woody. Bitte. Ich will sie wirklich hören.«

Ich sagte kein Wort, und natürlich wusste sie auch, warum.

»Okay.« Sie holte tief Luft. »Frag mich, was immer du willst, und du kriegst deine Antwort, versprochen.«

Ich gab mir einen Ruck. »Bist du verheiratet?«

»Ja«, sagte sie und ließ mich nicht aus den Augen.

Ich zuckte zusammen. »Mit diesem Reporter?«

»Ja.«

Wieder zuckte ich zusammen. »Warum bist du dann hier und nicht bei ihm?«

»Weil ich lieber hier sein will.«

»Aber du bist verheiratet!«

Sie senkte den Blick. »Ja.«

Abgesehen von meiner Ma und Frauen wie Ma war ich nie einer verheirateten Frau begegnet. Die Vorstellung, dass sie verheiratet, aber nicht mit ihrem Mann zusammen war, wollte mir nicht einleuchten. »Aber er will dich doch zurück.«

»Mag sein«, sagte sie. »Oder vielleicht will er auch nur seinen Packard zurück.«

Und dann platzte aus mir heraus, was ich keine zwei Wochen zuvor für die Frage eines Tölpels gehalten hätte: »Liebst du ihn denn gar nicht?«

Sie schien sich zu winden. »Was ich für ihn empfinde, geht nur uns etwas an.« Dann seufzte sie. »Er ist ein guter Mann, was immer er von mir hält.«

»Ein *guter Mann*? Er lässt nach dir fahnden!«

»Ja.«

»Aber warum hast du ihn dann geheiratet?«

Sie seufzte wieder. »Das würdest du nicht verstehen.« Sie rang sichtlich mit sich und lief so rot an wie ihr Haar.

Es war mir egal. »Du hast versprochen, du würdest mir jede Frage …«

»Glaubst du wirklich«, fiel sie mir ins Wort, »du bist der Einzige, der eine Geschichte hat, die er lieber für sich behält?« Sie presste sich die Hand auf die Brust. »Ich habe in Schwierigkeiten gesteckt und musste mich daraus befreien.« Sie ließ die Hand sinken. »Also hab ich's auf die übliche Art getan, in der Frauen sich behelfen: Ich habe geheiratet.«

»Aber warum ihn? Warum *Mister Starreporter?*«

»Gerade weil er Mister Starreporter war«, antwortete sie. »Toller Job, tolles Auto … Ich war siebzehn, und er war die Nummer sicher. Ich habe geglaubt, mehr bräuchte ich nicht, und eine Zeit lang hat es auch gestimmt. Wirklich.« Sie hielt kurz inne. »Aber dann brachte er Woche für Woche das *Life Magazine* mit nach Hause. Ich habe durch diese Fotos die Welt gesehen … und fing an, mir zu wünschen … Ich wollte …« Sie musste husten, aus dem Husten wurde ein Keuchen, noch eins und noch eins, genau wie zuvor bei Big Papa – kurze, verzweifelte, flache Japser, und wieder war ich bis ins Mark erschüttert, weil es so sehr nach den letzten Atemzügen meiner Ma klang. Sie presste die Lippen zusammen, um einen neuerlichen Anfall zu ersticken, als wäre sie wütend, dass es passierte, und als wollte sie es mit aller Macht verhindern.

Bis es nach einer Weile wirklich funktionierte.

Einen Augenblick lang saß sie nur da, krallte die Hände in ihre Bluse und holte flach und leise Luft. Dann murmelte sie tonlos: »Ich weiß, ich hab's versprochen, Woody, und ich hab wirklich geglaubt, ich könnte … Aber ich *kann nicht* … Bitte …« Sie schien Schwierigkeiten mit dem Schlucken zu haben, als hätte sich die Wahrheit in ihrem Hals verkeilt. »Du musst mir überhaupt nichts erzählen, ehrlich nicht.«

Ich sah zu, wie sie sich die Locken aus dem Gesicht schob,

und mein Trotz schmolz dahin. Ich hätte nicht sagen können, ob sie die Wahrheit gesagt hatte oder nicht, weil es eindeutig nicht die ganze Wahrheit gewesen war. Aber in jenem Moment war mir die ganze Wahrheit vollkommen egal. Immerhin hatte sie sich bei mir ebenfalls verkeilt. Selbst wenn Rotschopf mir das alles vielleicht nur erzählt hatte, um meine elende Dust-Bowl-Geschichte zu hören – es war mir egal. Ich *wollte* ihr alles erzählen. Aber das Elend in Worte zu fassen machte es dennoch kein bisschen leichter.

Und ich wusste nicht mal, wo ich hätte anfangen sollen.

Bist du schon mal mit Staub bedeckt aufgewacht, und die Luft war so staubgeschwängert, dass du nur hättest einatmen müssen, um zu sterben? Bist du je mit der Angst aufgewacht, dass eins deiner Tiere den gleichen Staub eingeatmet und die Nacht nicht überstanden hat? Musstest du Jahre solcher Tage erleben – in Angst, im Schmutz, von dem Tag an, da deine kleine Schwester beerdigt wurde, bis zu dem Tag, da deine Mutter an der Reihe war? Bis zu dem Tag, von dem du nicht mal wissen kannst, dass dieser Tag aller Tage damit enden wird, dass du das einzige, das letzte Lebewesen auf diesem Flecken wertlosen Panhandle-Landes bist und dein Gesicht und deine Stiefel mit Blut bespritzt sind?

Doch *meine* ganze Wahrheit – die Wahrheit, für die mir noch immer der Mut fehlt, um sie diesem Schreibblock anzuvertrauen – wollte ich ihr nicht erzählen.

Stattdessen erzählte ich ihr die Geschichte jeder x-beliebigen Dust-Bowl-Waise … in der Frauen wie Ma an der Staublunge starben, weil sie zu ehrfürchtig und zu folgsam waren und den Zeichen der biblischen Strafe trotzten. Weil Männer wie Pa es ihnen befahlen. Ich erzählte ihr, dass man nur Pech haben und das Kind einer solchen Ma und eines solchen Pa sein musste, um selbst todgeweiht zu sein. Dass die Tiere, die einen am Leben erhielten, ebenfalls kurz davor waren zu sterben, weil sie langsam verhungerten, und dass der Farmer, wenn er die tote Kuh aufbrach, in ihrem Magen nur mehr Staub vorfand. Dass man jeden Morgen ertragen musste, wieder eins niedergestreckt vorzufinden, eins, das von seinem Leid erlöst werden musste. Und dass man nach einer Weile davon schier verrückt wurde und sich irgendwann die Erkenntnis einstellte, dass wir über kurz oder lang alle von unserem Leid erlöst werden müssten. Denn das Land nahm Rache, Asche zu Asche, Staub zu Staub, und es war längst zu spät aufzugeben, selbst wenn man nicht mehr wusste, was da noch aufzugeben wäre. Einige konnten es nicht, konnten nicht loslassen, Männer wie Pa, die nicht wussten, wie sie aufgeben sollten, ohne selbst dabei draufzugehen ... was exakt auf deinen Pa zutrifft ... während aus der Flinte in deiner Hand noch der Rauch steigt ... und du sie abermals anlegst ...

Das alles habe ich ihr erzählt. Das alles – bis auf den Teil mit der Waffe. Ich behaupte mal, dass so eine Geschichte nur eine von Tausenden ist, von Tausenden Waisengeschichten in diesem Land, von Tausenden immer gleichen Geschichten. »Und da bleibt nur, irgendwo anders, als irgendwer anderes, noch mal neu anzufangen.« Ich biss die Zähne zusammen, damit es dabei blieb.

»Aber Woody ... Du bist auf direktem Wege hierher zurückgekommen«, murmelte sie. »Warum?«

Ich gab ihr die Antwort, die ich seit dem Hurrikan stets gegeben hatte: »Ich will nach Californy«, und sah zu Mädchen und Junge, die in Seelenruhe wiederkäuten. Als ich mich wieder zu Rotschopf umwandte, hatte sie feuchte Augen. Um mich zu trösten, nahm sie meine Hand, doch ich zog sie zurück, weil die Erinnerung zu sehr schmerzte. Also beugte sie sich vor und nahm mich in die Arme, genau wie in Little Rock, und ich ließ sie gewähren. Dann wurde aus der Umarmung wie so oft ein Küsschen, eher tröstlich denn zärtlich – auch wenn es ein Kuss auf den Mund war –, doch davon wusste ich noch nichts, und selbst wenn, hätte es keine Rolle gespielt. Denn endlich hatte ich Augusta Rotschopf geküsst, und ich wollte, dass dieser Kuss ewig währte – dass es der Kuss aller

Küsse würde, von dem ich seit den langen Nächten in der Quarantänestation geträumt hatte.

Als sie sich gerade wieder zurücklehnen wollte, schob ich ihr folglich die Hand in den Nacken, in die Locken, und hielt sie fest, damit der Kuss zu etwas werde, was sie nie beabsichtigt hatte, damit er zu jenem werde, den ich mir ausgemalt hatte …

Mit dem merkwürdigsten Gesichtsausdruck, den ich je gesehen hatte, riss sie sich von mir los.

Dann übergab sie sich.

WESTERN UNION

12 Okt 38 = 1012A

An: Mrs Belle Benchley
San Diego Zoo
San Diego, Kalifornien

Geschätzte Ankunft Sonntag,
sofern nichts dazwischenkommt.

RJ

12

Durch den Texas Panhandle

Hush-a-bye / Don't you cry.
»Zeit, dass ich einen Mann aus dir mache!«
»Woody Nickel, sag mir, was da passiert ist, und zwar auf der Stelle!«
»Kleiner, mit wem redest du?«
Kastanienbraune Augen schauen …
Reißendes Wasser rauscht …
… während die Luft angefüllt ist mit ihren stöhnenden, heulenden, jaulenden Angstlauten, die lauter werden und immer LAUTER und …

Ein Donnerschlag riss mich im Wigwam aus dem Schlaf. Ich hielt mir die Ohren zu. Durchs Fenster strömte der Regen. Mit hämmerndem Herzen schloss ich das Fenster und verfluchte Tante Beulah, hurrikangepeitschtes Wasser, von Schuld befeuerte Dust-Bowl-Albträume – und was zur Hölle noch alles zu meinen wirren Träumen beitrug.

Die Tür schwang auf, und der Alte Mann stapfte herein, tropfte alles nass und machte in unserem Gips-Tipi ein Getöse wie draußen der Donner, bis er sich zu guter Letzt frische Unterwäsche und eine trockene Hose angezogen hatte. Doch so schnell, wie der Regen eingesetzt hatte, hörte er auch wieder auf, und der Alte Mann trat nach draußen, um den Himmel zu beäugen.

»Sieht aus, als würde es besser werden«, brummte er. »In Richtung Westen klart der Himmel auf.«

Es dämmerte schon, also zog ich Hose und Stiefel an und folgte ihm nach draußen. Allerdings sah ich nicht zum Himmel. Ich sah drei Wigwams weiter.

Am Vorabend, nachdem Rotschopf sich übergeben hatte, war sie nach unten gesprungen, ehe ich auch nur irgendwas hatte sagen können. Sie hatte nur geflüstert: »Tut mir leid!«, und war davongehuscht. Ich hatte ihr das einzig Tröstliche hinterhergerufen, was mir einfiel – »Ist schon okay! Die Giraffen fressen das auf!« –, und im selben Moment war mir aufgegangen, wie bescheuert das war. Also hatte ich nichts mehr gesagt, aber sie war ohnehin nicht mehr da, die Dunkelheit hatte sie verschluckt.

Jetzt hörte ich das gleiche Würgen wieder. Und drei Wigwams weiter parkte noch immer der grüne Packard.

Der Alte Mann folgte meinem Blick. »Ist sie das, die kotzt?«

Ich nickte.

Er marschierte auf ihren Wigwam zu und klopfte. »Mädel, komm uns bloß nicht zu nah, wenn du dir etwas eingefangen hast! Wir haben keine Zeit, krank zu werden.«

Die Tür schwang auf, und vor ihm stand ein kahlköpfiger Mann. Hinter ihm spähten zwei verschlafene, flachsblonde Jungen hervor.

Der Alte Mann sah ihn finster an. »Wer sind Sie denn? Und wo ist das Mädchen?«

Eine unscheinbare Frau tauchte hinter den Jungen auf.

»Wie haben Sie meine Frau genannt?«, blaffte der kahle Mann.

Im selben Moment tauchte hinter dem Packard Rotschopfs Lockenkopf auf. Sie strich sich die Haare aus dem Gesicht und wischte sich über den Mund … und beim Anblick ihrer Lippen fühlte ich mich sofort wieder zu unserem Kuss auf dem Transportaufbau versetzt.

Dann tauchte sie erneut ab.

Wieder ein Würgelaut, die Wigwamtür schlug zu, und der Alte Mann und ich umrundeten den Packard, hinter dem

Rotschopf sich gerade von Neuem den Mund abwischte. Sie war ein einziges Häuflein Elend. Sie hatte sich in den großen Männertrenchcoat gewickelt, den sie schon bei Big Papa getragen hatte. Er sah aus, als hätte sie darin geschlafen, und die hintere Tür des Packard stand offen. Ein Blick, und mir war klar, wo sie in Wahrheit übernachtet hatte. Als armer Farmboy, der kaum je die Juteunterhosen gewechselt hatte, geschweige denn seine Oberbekleidung, war mir bis zu diesem Augenblick nicht einmal aufgefallen, dass sie seit Beginn unserer Reise ein und dieselben Sachen trug: dieselbe Hose, dieselbe weiße Bluse, dasselbe alles – bis hin zu den angestoßenen zweifarbigen Schuhen, und bei Tageslicht sahen die Sachen doch sehr zerknittert und schmuddelig aus. Allmählich dämmerten mir ein paar Dinge, auf die ich zuvor dummerweise nicht geachtet hatte.

»Ich muss was Verdorbenes gegessen haben«, murmelte sie und wischte sich Erbrochenes aus den Haaren. Der Alte Mann neigte den Kopf leicht zur Seite und starrte auf ihre linke Hand hinab. Dort trug sie einen schmalen Goldring, den ich zuvor ebenso wenig bemerkt hatte.

»Hoffentlich hast du recht«, sagte der Alte Mann, »denn ansonsten klingt es für mich fast, als wärst du in anderen Umständen.«

Rotschopf sah ihn abgekämpft an. »Das ist unmöglich.«

»Ach?« Der Alte Mann nickte auf ihren Ring hinab. »Immerhin sind Sie verheiratet, oder?«

Sie griff durch die Packard-Tür nach einem Handtuch, um sich das Gesicht abzuwischen. »Ich wüsste nicht, was Sie das anginge, Mr Jo…«

»Aber vielleicht sind Sie ja auch eine Jungfrau Maria?«, fiel er ihr ins Wort.

Sie ließ das Handtuch sinken und starrte ihn an. »Was haben Sie gerade gesagt?«

»Sie könnten natürlich auch ein leichtes Mädchen sein.«

Sie war drauf und dran, ihn zu ohrfeigen. Hitze stieg an

ihrem Hals empor, und auch ich hätte ihm am liebsten eine geknallt.

»Sie wissen genau, was ich meine«, fuhr er fort. »Vielleicht gab's unterwegs ja irgendeinen Kerl …«

Er versuchte, sie zu provozieren, nur dass ich das noch nicht begriffen hatte; mein Verstand war bei unserem Kuss stehen geblieben. Ich wippte auf meinen Stiefelabsätzen vor und zurück und ballte die Fäuste. »Jetzt hören Sie aber …«

»Halt den Mund, Junge!«, fuhr der Alte Mann mich an.

»Was glauben Sie eigentlich, wen Sie vor sich haben?«, fragte Rotschopf.

»Sagen Sie es mir«, erwiderte der Alte Mann. »Dass eine Dame nicht allein umherzieht, weiß jeder. Insofern nehme ich an, Sie sind keine Dame.«

Sie schnappte nach Luft. »Sie trauen sich was!«

In meinem Zorn konnte ich kaum noch an mich halten. »Jetzt hören Sie aber …«

»Ich hab gesagt, du hältst den Mund, Junge!« Er beugte sich ganz nah an Rotschopf heran. »Tja, nur ein *leichtes Mädchen* wäre allein unterwegs.«

Damit waren die Nachsicht, die der Alte Mann mit mir gehabt hatte, und mein eigener verlogener Verrat vergessen. Ich holte nach ihm aus.

Er hatte es natürlich kommen sehen. Rotschopf war nicht die Einzige, die er aus der Reserve hatte locken wollen. Er packte meine Faust in der Luft und brüllte in Rotschopfs Richtung: »Und jetzt sehen Sie sich das an! Sie haben dem Jungen den Kopf verdreht! *Dafür* sollten Sie sich schämen – wenn schon für nichts anderes!«

Er ließ mich los, und ich taumelte rückwärts und landete zu ihren Füßen auf dem Allerwertesten.

Rotschopf war so weiß im Gesicht geworden, dass ich schon glaubte, sie würde sich auf mich erbrechen. »Ich hab's Ihnen doch gesagt«, keuchte sie und schluckte trocken. »Ich bin nur deshalb allein unterwegs, weil ich Fotos fürs *Life Magazine* mache. Ich schwöre es, Mr Jones, das ist bloß eine normale Übelkeit.« Dann zog sie den Trenchcoat enger, als stünde er für ihre verlorene Würde.

»Machen Sie doch, was Sie wollen«, sagte der Alte Mann. »Aber hier sind Sie nicht mehr willkommen.«

Sie stutzte kurz. »Heißt das, ich darf Ihnen auch nicht mehr hinterherfahren?«

»Das heißt, dass ich Sie im Visier habe. Ich weiß nicht, was genau Sie hier treiben, Mädel, indem Sie uns die ganze Zeit folgen und Lügengeschichten erzählen. Aber ich will, dass Sie sich ab sofort vom Truck und von den Giraffen fernhalten.«

Rotschopf erstarrte. »Was soll das heißen?«

»Das soll heißen, dass Sie keine Fotografin des *Life Magazine* sind.«

Ich glotzte erst ihn und dann Rotschopf an.

»Aber sicher bin ich das!«

Ich rappelte mich vom Boden hoch.

»Rühr dich nicht von der Stelle«, blaffte der Alte Mann und drehte sich wieder zu Rotschopf um. »Ich kann Lügner wirklich nicht ausstehen. Und ich frage Sie jetzt ganz direkt: Arbeiten Sie für das *Life Magazine*? Und Sie haben besser auch gleich einen Nachweis zur Hand.«

Ich weiß noch genau, wie Rotschopf schluckte. Als müsste sie etwas viel Schlimmeres als Galle hinunterschlucken. Und gleich sollte ich auch erfahren, worum es sich handelte.

»Okay, ich bin noch nicht … Aber ich bin es *bald*, ich schwöre es!« Es sprudelte nur so aus ihr heraus. »Ich konnte doch nicht riskieren, dass Sie ohne mich fahren – ich brauchte erst Bilder, und die hab ich jetzt! Und sie sind fantastisch! Sie haben ja keine Ahnung!«

Dann fiel ihr ein, dass ich auch noch da war.

Mit dem Hosenboden im Dreck sah ich zu ihr hoch, wie sie zu mir runtersah. Ich betrachtete noch einmal ihr Gesicht, nahm ihren Anblick ein letztes Mal auf, dann schob ich alles weit von mir weg.

»Steh auf«, sagte der Alte Mann. »Wir fahren.«

Ich stemmte mich hoch und wich Rotschopfs Blick aus.

Der Alte Mann und ich mussten uns um die Giraffen kümmern und endlich in die Gänge kommen. Und genau das taten wir, auch wenn wir dabei kein Wort wechselten.

Als wir den Wigwam-Autohof hinter uns ließen, war von Rotschopf nichts mehr zu sehen, wofür ich dankbar war. Doch obwohl ich mich selbst mit Flunkereien so weit gebracht hatte, konnte ich mit ihr noch immer nicht abschließen. Stattdessen sah ich zu dem Alten Mann, während ich durch die Gänge schaltete, und stellte fest: »Vielleicht kann sie ja wirklich, was sie von sich behauptet …«

Woraufhin der Alte Mann ein gefaltetes Blatt Papier aus der Brusttasche zog und mir hinhielt. »Lies das, und dann will ich von ihr nichts mehr hören. Verstanden?«

Es war ein Telegramm der Chefin, Mrs Benchley, von vor zwei Tagen.

… Life Magazine dokumentiert Ankunft. Fliegen sogar Fotografen ein …

Ich las es. Und las es noch einmal. Und noch während ich allmählich die Bedeutung erfasste, wurde ich sauer – auf alle, außer auf die Giraffen: auf Rotschopf, wegen allem, was vorgefallen war, auf den Alten Mann, der mir das Telegramm erst jetzt gezeigt hatte, und auf mich selbst, weil ich ein solcher Farmboy-Trottel gewesen war.

Die nächsten fünfzig Meilen legten wir in eisigem Schweigen zurück, ehe ich den Alten Mann wieder ansehen konnte. Und das auch nur aus einem einzigen Grund: weil vor uns ein Schild in Sicht gekommen war.

Bundesstaat Texas – 1 Meile

Bis wir die Grenze nach Texas erreichten, war mir so schwindlig, als hätte ich die komplette Meile über die Luft angehalten. Das Schild, das uns in meinem Heimatbundesstaat willkommen hieß, war so gigantisch groß, wie es zu erwarten war.

Willkommen im Lone Star State!

Ich holte ein paarmal tief Luft und nahm mir fest vor, bis Einbruch der Nacht in New Mexico zu sein. Wiederholt rief ich mir ins Gedächtnis, dass wir es ohne Zwischenfälle durch den Panhandle hindurchschaffen könnten, dass alles gut gehen würde, und zwar den ganzen Weg bis nach Kalifornien, und all diese Gedanken machten mich derart nervös, dass es dem Alten Mann irgendwann auffiel.

»Du zappelst so sehr, dass ich bald seekrank werde«, sagte er. »Ist es das Mädchen oder der Umstand, dass du zurück in Texas bist?«

Ich riss mich zusammen und streifte ihn mit einem flüchtigen Blick. »Sorry, dass ich schon wieder auf Sie losgegangen bin.«

»Du kündigst deine Schläge jedes Mal an«, stellte er fest und starrte unbeirrt die Straße an. »Daran solltest du arbeiten.«

Je weiter wir durch den Panhandle fuhren, desto zappeliger wurde ich. Es hörte erst wieder auf, als wir an der verwaisten Abzweigung vorbeigefahren waren, die der Grund für das Zappeln gewesen war. Als es so weit war, stieß ich einen so lauten Seufzer der Erleichterung aus, dass der Alte Mann aufhorchte.

»Sind wir in der Nähe deines Zuhauses?«

Ich erstarrte. Jetzt war es passiert. Er würde mich zwingen, ihn anzulügen, und wir wissen ja, was er von Lügnern hielt. Außerdem hatte ich immer noch Rotschopfs Lügengeschichte im Kopf. Dass ich dem Alten Mann eine weitere auftischte, war wirklich das Letzte, was ich wollte – insbesondere nachdem ich gerade abermals versucht hatte, ihm eins zu verpassen. *Ich will doch nur mit den Giraffen und dem Alten Mann neben mir durch Texas durchkommen,* dachte ich ein ums andere Mal, *mehr will ich doch gar nicht!*

Doch wie so viele Male zuvor schlug uns die Straße ein Schnippchen. Für Panhandle-Verhältnisse war recht viel Verkehr, was sonst *nie* der Fall gewesen war. Und was noch merkwürdiger war: Der Verkehr kam vor einem Schild mit der Aufschrift *Achtung – Überflutungsstelle* vollends zum Erliegen. Zwei Einsatzwagen blockierten die Straße, und ich war schlagartig sicher, dass gleich mein County Sheriff käme, um mich einzukassieren. Doch es waren bloß Verkehrspolizisten. Sie standen mitten auf der Straße – hier, mitten im Nirgendwo.

Der Alte Mann beugte sich vor und beäugte das Warnschild. »Das hab ich schon auf dem Hinweg gesehen. Der Highway ist letztes Jahr fertiggestellt worden – abgesehen von einer Handvoll Stellen, die über solche flachen, knochentrockenen Wasserläufe führen. Das sollte uns eigentlich nicht aufhalten. Der Asphalt führt hinein und wieder hinaus.«

Als wir vor ihnen hielten, rückte einer der Troopers seinen Stetson zurecht und trat an mein Fenster, während oben die Giraffen die Köpfe herausschoben.

»Was in drei Teufels Namen ... Wo wollen Sie denn mit zwei Giraffen hin? Hier ist doch nichts weiter als Wüste«, sagte er.

»San Diego!«, rief der Alte Mann an mir vorbei. »Und wir haben wirklich keine Zeit für einen Aufenthalt. Können Sie uns nicht durchwinken?«

Der Highway Trooper schaltete zurück auf Gesetzeshütermodus und legte die Hand an sein Holster. »Tut mir leid, Sir, aber das kann ich nicht. Sie müssen vom Highway abfahren. Hier ist gesperrt, bis wir wissen, wie sich das Wasser verhält.«

Wir starrten den leeren Ablauf an. »Was denn für Wasser?«, fragte der Alte Mann.

»Gut hundert Meilen nördlich von hier hängt eine Gewitterfront fest und regnet sich seit mehr als vierundzwanzig

Stunden zur Sintflut aus. Da oben treten die Abläufe über. Es ist schon die Rede von einem Jahrhundertregen.«

»Sagten Sie gerade *einhundert Meilen nördlich*?«, wiederholte der Alte Mann.

»Genau das habe ich gesagt, Sir. Aber nachdem die obere Erdschicht über Jahre abgetragen wurde, wissen wir nicht, wohin das Wasser abzieht. Und weil wir gleich drei solcher Abläufe auf den nächsten zehn Meilen haben, bleibt der Highway fürs Erste gesperrt.«

»Aber wenn es einhundert Meilen weiter nördlich ist, dann wird doch in den nächsten Minuten hier nichts passieren?«, hakte der Alte Mann nach.

»Das können wir erst sicher sagen, wenn es so weit ist, Sir.«

Der Alte Mann ließ den Blick über das staubtrockene Land schweifen, sah empor zum klarblauen Himmel und versuchte es erneut: »Wir *müssen* weiter, wegen der Giraffen! Wir sind so schnell wie nur möglich unterwegs, um sie *lebend* ans Ziel zu bringen.«

Der Trooper stützte sich an meinem Autofenster ab. »Sir, ich glaube, dass Sie den Ernst der Lage nicht erfasst haben. Hat einer von Ihnen schon mal eine Sturzflut erlebt? Die kommt binnen Sekunden aus heiterem Himmel und reißt Bäume und Vieh und Häuser mit. Selbst in knietiefem Wasser kann man ertrinken, da zieht es Sie einfach mit.«

Der Alte Mann sah den Trooper interessiert an. »Ist das so?«

Der Trooper erwiderte den Blick des Alten Mannes. »Das ist so.«

»Haben *Sie* so was schon mal erlebt?«

»Hatte noch nie einen Sandsturm erlebt, bis ich plötzlich mittendrin stand. In diesem Landstrich ticken die Uhren anders. Hier draußen gibt es Pflanzen, die ein einziges Mal im Jahrhundert blühen, und Schädlinge, die einfach ihren Blutkreislauf anhalten, wenn sie ein Päuschen von der Sonne brauchen. Und wenn Sie das nicht glauben, dann riskieren Sie Kopf und Kragen.« Der Trooper spähte nach oben zu den

Giraffen. »Und das sind mal kostbare Köpfe und Krägen.« Dann wandte er sich zu mir um. »Junge, wenn du so eine wertvolle Fracht transportierst, dann bist du doch sicher klug genug, jetzt nicht zu bocken. Bring diese Tierchen einfach für eine Nacht ein Stück vom Highway weg – wenn's sein muss, bis zurück nach Muleshoe. Bleibt auf Abstand, solange wir nicht wissen, was noch auf uns zukommt.«

Dann trat er ein paar Schritte zurück, legte beide Hände an seinen Waffengürtel und wartete darauf, dass wir seiner Aufforderung folgten.

In mir zog sich alles zusammen. Nur noch wenige Minuten, und wir hätten Texas hinter uns gelassen. Deshalb war Bocken *natürlich* die erste Reaktion – als wäre unser Truck ein trotziger Gaul. Denn was der Trooper und der Alte Mann nicht wissen konnten: »Ein Stück vom Highway weg« die verlassene Abzweigung hinauf lag die alte Farm meines Pa.

Der Trooper rührte sich nicht vom Fleck. Also atmete ich tief ein, wendete am Straßenrand und hoffte insgeheim, die Räder würden im Dreck versinken – doch dann fuhr ich zurück und an jenem Ort vorbei, von dem ich geglaubt hatte, ich hätte ihm für alle Zeiten den Rücken gekehrt.

Der Alte Mann sagte etwas.

»Wie bitte?«

»Hast *du* schon mal so was erlebt?«

Ich schüttelte den Kopf.

»Ich glaube, der Trooper war zu lange in der Sonne«, knurrte er. »In der Zwischenzeit hätten wir all das längst hinter uns lassen können. Außerdem sind das Giraffen. Eine Giraffe ertrinkt nicht in knietiefem Wasser. Nicht in unserem Aufbau und nicht auf Asphalt. Über Asphalt kämen wir damit sogar durch einen reißenden Fluss.« Er ließ seiner Wut freien Lauf. »Und deshalb fahren wir auch ganz sicher nicht zurück nach Muleshoe. Vor einer Meile oder so sind wir an so einer Absteige vorbeigekommen …«

Ich war zutiefst erleichtert.

Wir fuhren zu besagter Absteige, einer heruntergekommenen Pension mit einem Campingplatz, der so verwildert war, dass wir ihn zuvor nicht eines Blickes gewürdigt hatten. Allerdings war er mit anderen gestrandeten Reisenden schon gut gefüllt. Der Alte Mann stieg aus und zückte die Brieftasche. Als ich ebenfalls ausstieg, um mir die Beine zu vertreten, konnte ich ihn an der Rezeption sehen, wie er einem ungepflegten Mann Schein um Schein aus seiner Brieftasche reichte, ehe er zurückmarschiert kam.

»Also«, sagte er, »wir dürfen bleiben und verstecken uns am besten, so gut es geht, unter den dürren Mesquitebäumen dahinten. Da haben die Schätzchen nicht mal was zu knabbern und kriegen heute bloß Heu. Trotzdem will ich hier nicht auf den Sonnenuntergang warten. Der Mistkerl an der Rezeption hat mich ordentlich ausgenommen, bestimmt packt der alles mit Leuten voll. Ich will nicht, dass unsere Schätzchen hier zur allgemeinen Attraktion werden. Außerdem sollten wir ihnen ein Lüftchen gönnen, solange es geht. Wir fahren ein Stück zurück – ich kann mich an eine Tankstelle mit Imbiss erinnern. Schlagen wir also ein bisschen Zeit tot, indem wir auftanken und Proviant einkaufen, der bei diesem Abzocker allemal teurer wäre.«

Tja, und schlagartig war ich so angespannt, dass ich es nicht mehr verhehlen konnte. Weil ich nämlich genau wusste, wo er hinwollte. Es handelte sich um die einzige Tankstelle mit Laden im Umkreis von zig Meilen, und ich würde dort mit zwei Giraffen vorfahren.

»Was ist?«, fragte der Alte Mann, dem meine Reaktion nicht entgangen war. »Krabbelt dir ein Skorpion im Hosenbein hoch?« Wir vergeudeten ein paar Minuten mit der Suche nach dem Skorpion. Ich schlüpfte sogar aus meiner Hose, doch als wir nichts fanden, sagte der Alte Mann: »Dann brechen wir jetzt auf.«

Schweißgebadet zog ich die Hose wieder an und rutschte hinters Steuer.

Mit dem Schicksal oder der Vorsehung oder irgendwelchen göttlichen Zufällen ist es ja nun so, dass sie alles selbstbestimmte Handeln im Leben durchkreuzen. Wenn einem Gutes widerfährt, ist es ein Leichtes, es einfach hinzunehmen. Doch wenn das Gegenteil der Fall ist … Tja. Aber ich hatte mich bereits in Tennessee mit derlei Überlegungen auseinandergesetzt und wollte es nicht schon wieder tun. Außerdem würde wohl kein Achtzehnjähriger einfach hinnehmen, dass er bei dem, was er tut, wirklich keine Wahl hat. Entsprechend sagte ich mir: Was immer an donnerndem Mist auf mich zukäme – ich hätte sehr wohl eine Wahl. Damals wusste ich noch nicht, dass es mitunter schlimmer sein kann, eine Wahl zu haben, als keine zu haben.

Also fuhr ich los. Ein paar Meilen die Straße entlang kamen wir erneut an der verwaisten Abzweigung vorbei, die ich nur zu gut kannte, und ich nötigte mich, nicht hinzusehen. Doch als ich in einiger Entfernung die Tankstelle entdeckte, war ich kurz davor durchzudrehen. »Warum fahren wir nicht noch ein Stück weiter?«, schlug ich in meiner Not vor. »Der Laden gefällt mir nicht.«

»Was soll daran schlecht sein?«, entgegnete der Alte Mann. »Fahr ran.«

Ich hielt direkt an den Zapfsäulen.

»Ich bleibe sitzen«, sagte ich ein wenig zu schnell.

Er bedachte mich mit einem skeptischen Blick und wandte sich in Richtung der Ladentür, als der Tankwart auch schon herauskam – derselbe zahnlose Trottel in Latzhose, der dort seit jeher arbeitete.

Ich zog den Kopf ein.

»Mister, Sie haben Giraffen dabei!«, rief er, während er anfing aufzutanken. »Gehören Sie zu einem Zirkus? Ich liebe den Zirkus! Aber der letzte hier im Panhandle, von dem ich noch gehört hab, war 1920 in Amarillo – ist schon ein Weilchen her!« Er hatte fertig getankt und machte sich an unserer Windschutzscheibe zu schaffen, und als er sich umdrehte, um weiter von Giraffen und Zirkussen zu schwadronieren, blieb sein Blick an mir hängen. Er kniff die Augen zusammen.

»He ...«

Ich rutschte tiefer in meinen Sitz.

»He, he, he – bist du nicht der Junge von Ned Nickel? Aus Arcadia?«

Die Beifahrertür ging auf, und der Alte Mann stieg wieder ein. Er drückte sich eine Tüte mit Proviant vor die Brust. Er hatte kaum mit dem Hintern die Sitzbank berührt, als ich Gas gab. Und sowie wir erneut an ein und derselben verwaisten Abzweigung vorbeifuhren, die ich zuvor erfolgreich ignoriert hatte, ging es mit mir durch. Diesmal streifte ich das alte Schild mit dem Blick.

Arcadia →

»Wie weit ist es?«, wollte der Alte Mann wissen.

»Was?«

»Dein Pa war kein Pächter, oder? Er war Kleinbauer, Selbstversorger, stimmt's? Ihr habt hier an der Straße gelebt.« Als ich nicht antwortete, neigte er den Kopf zur Seite. »Fahr kurz rechts ran.«

Noch während ich an den Straßenrand steuerte und den Truck zum Stehen brachte, konnte ich dem Alten Mann ansehen, dass er auf eine Erklärung wartete. Er sah mich so verwirrt an, wie ich ihn noch nie erlebt hatte. Er wusste zu jenem Zeitpunkt lediglich, dass meine Eltern gestorben waren und der Staub unsere Farm geschluckt hatte. Aber soeben hatte er herausgefunden, dass wir schon zweimal daran vorbeigefahren waren, ohne dass ich einen Mucks gesagt hatte. Was sollte ich jetzt tun? Ich konnte behaupten, er hätte sich verhört; ich war weiß Gott ein guter Lügner, doch so, wie dieser Tag bislang verlaufen war, ahnte ich, dass ich nicht durchhalten würde. Früher oder später würde er mich beim Grab meiner

Ma schwören lassen oder so was in der Art – und würde ich es ihm verübeln können? Ich hatte für ihn und die Giraffen auf einen Mann geschossen, aber er hatte mich eben auch mit der Geldrolle des Geldsacks in der Tasche erwischt, und gerade erst wenige Stunden zuvor hatte ich erneut versucht, ihn zu schlagen. Ich hatte seine Nachsicht – womit auch immer ich sie verdient hatte – schon mehr als genug strapaziert. Zweimal hatte er mir schon verziehen. Doch wie meine Ma stets gesagt hatte: Nur Gott verzeiht immer wieder. Dass wir um der Giraffen willen gut vorankamen, wäre vielleicht ein Grund, an mir festzuhalten, redete ich mir ein, ganz gleich, was er über mich herausfinden würde. Oder aber er reagierte wie bei so vielen Dingen auf so spezielle Art, dass man schon seine gesamte Geschichte kennen musste, um auch nur halbwegs gewappnet zu sein. Ich saß da wie ein Landstreicher auf einem Baumstamm – oder schlimmer: ein Reh im Scheinwerferlicht.

»Guck mich an.« Er hatte eindeutig genug von meiner Zögerlichkeit. »Hab ich recht?«

Ich wusste nicht, was ich sonst tun sollte, also nickte ich.

»Wie weit ist es?«

»Zwei Meilen«, murmelte ich und spähte zu unserer alten Zufahrtsstraße. »Geht von dem Weg dort ab.« Das Land war so flach, dass man vom Highway sogar die Entkörnungsmaschine am Ende der Zufahrtsstraße sehen konnte.

Autos, die ebenfalls hatten wenden müssen, fuhren uns entgegen, und die Fahrer hupten und pfiffen und machten bei unserem Anblick ein unseliges Getöse. Vom Lärm aufgeschreckt, hörten die Giraffen auf wiederzukäuen.

»Ach, verdammt«, brummte der Alte Mann und lehnte sich aus dem Fenster, um zu ihnen emporzusehen. »Wir müssen vom Highway runter, aber ich will noch nicht wieder in dieses Rattenloch zurück. Gibt's hier an der Straße irgendwo einen halbwegs anständigen Baum für die Schätzchen?«

»Eher nicht«, war meine halbherzige Antwort.

Der Alte Mann runzelte die Stirn. »Eher nicht heißt dann wohl, dass es einen gibt?«

Widerwillig nickte ich. »Sofern er noch da ist.« Ich sah nach oben zum blauen Himmel. »Der Trooper meinte, es könnte noch regnen …«

Der Alte Mann starrte mich so lange schweigend an, dass ich gar nicht mehr anders konnte, als ihn anzusehen.

»Wenn das hier zu viel für dich wird, dann sag es.«

So formulierte er es – als würde irgendein Achtzehnjähriger jemals zugeben, dass er nicht den Mumm hatte, das eigene Elternhaus aufzusuchen. Ich zögerte meine Antwort erneut heraus, diesmal jedoch zu lange.

»Ist da etwas, was du mir verschweigst?«

Seine buschigen Augenbrauen waren so kraus gezogen, wie ich es an ihm noch nie gesehen hatte.

Aber jetzt war es passiert. Er ahnte, dass ich ihm etwas verheimlicht hatte. Und so war es ja auch.

Ein Wagen hielt hinter uns. Der grüne Packard. Ich schwöre bei Gott, zu diesem Zeitpunkt überraschte mich gar nichts mehr. Trotzdem weiß ich noch, dass ich mir ausgerechnet in jenem Augenblick nichts sehnlicher wünschte, als dass Augusta Rotschopf sich verdammt noch mal endlich verfahren würde. Auch der Alte Mann hatte sie im Rückspiegel entdeckt, was ihn zumindest kurz von mir ablenkte.

»Da ist sie schon wieder!«, knurrte er. »Allmählich hab ich es satt, mir ihretwegen Gedanken zu machen. Wenn sie uns bis San Diego nachfahren will, dann soll es eben so sein – aber da gibt's dann ein böses Erwachen.«

Ich starrte im Rückspiegel zu ihr nach hinten. Dort saß sie, in ihrem Packard im Leerlauf, überlegte bestimmt fieberhaft, was bei uns vor sich ging, warum wir gehalten hatten und wie sie sich unsere Gunst zurückerobern könnte, und hatte keine Ahnung, was sie in San Diego erwartete.

Zwei weitere Wagen fuhren an uns vorbei. Ein Fahrer hielt die Hupe gedrückt. Mit einem eiligen Blick zu den Giraffen, die sichtlich unruhig geworden waren, zeigte der Alte Mann auf die Abzweigung. »Hör mal, Junge, wir müssen die Schätzchen für eine Weile vom Highway wegbringen. Da muss es eben sein …«

Ich rührte mich nicht. Stattdessen drehte ich mich zu ihm um. Mir blieb nichts anderes mehr übrig. »Es ist zu viel für mich.«

Ein Truck fuhr so lärmend an uns vorbei, dass die Giraffen scheuten und der Aufbau ins Schwanken geriet. Der Alte Mann riss den Kopf herum, um nach ihnen zu sehen, und als er sich wieder zu mir umdrehte, hatte sich in seinem Gesicht etwas verändert. Er sah aus wie ein anderer Mensch, der mich obendrein ansah, als wäre *ich* ein anderer Mensch. Jetzt war mir klar, wo seine Nachsicht zu Ende ging – bei den Giraffen.

»Fahr!«, befahl er mir.

»Aber Sie haben gesagt …«

»Wir fahren die Straße hoch, oder ich lasse dich aussteigen und finde den Baum auch ohne deine Hilfe. Kannst ja mit deiner Freundin dahinten weiterfahren. Die Giraffen und ich haben jedenfalls lange genug hier herumgestanden.«

Mein Magen krampfte sich zusammen, als ich wendete und zurück zu der alten Straße fuhr, von der ich geglaubt hatte, dass ich sie nie wiedersehen würde. Ich warf einen Blick in den Rückspiegel. Der Packard wendete ebenfalls, und ich weiß noch, dass mir durch den Kopf schoss: Jetzt folgt Rotschopf mir auch noch in meinen Albtraum hinein.

Wir manövrierten um Steppenläufer herum, und der Straßenbelag wurde zusehends schlechter, worauf ich den Alten Mann hinwies, weil ich immer noch hoffte, er könnte es sich anders überlegen.

Er starrte erst die Straße an und dann mich. »Ist das da vorne der Baum? Der würde schon reichen.« Im nächsten Moment entdeckte der Alte Mann den Graben, der ein Stück voraus bis an die Straße heranreichte. »Moment – ist das ein Wasserlauf?«

Ich streifte ihn kurz mit dem Blick. Weil im Panhandle das Land platter als jeder Pfannkuchen war, nannten die Leute jede noch so kleine Erhebung einen Berg und die geringste Senke eine Schlucht. Und genau so eine Senke sahen wir vor uns – einen Graben, der mein Lebtag bis an den Straßenrand und wieder von dort weggeführt hatte. »Ist nur ein Wassergraben«, murmelte ich.

»Hat der je Wasser geführt?«

Ich schüttelte den Kopf.

Doch er wollte eine ordentliche Antwort. »Niemals?«

»Niemals.«

»Dann fahr da ran.«

Schlingernd kamen wir zu einem Halt. Der Alte Mann stieg aus, trat mit der Fußspitze in den Dreck und stieg wieder ein. »Bei aller Liebe – worum mache ich mir eigentlich Sorgen? Das da ist nicht mal ein Graben. Der Boden ist dermaßen trocken, dass er zu Ortstein geworden ist. Soll mich doch der Teufel holen, wenn hier ausgerechnet heute Wasser durchkommt.«

Also fuhren wir noch ein Stück weiter. Die Giraffen hielten die Nüstern in die Luft, als könnten sie den Regen im Norden riechen. Dann war die Straße zu Ende. Rechter Hand stand die alte Entkörnungsmaschine, links jenseits des Grabens eine baufällige Kirche und drumherum ein paar selbst gezimmerte Holzkreuze – ein Friedhof, der weit vor der Zeit voll belegt gewesen war. Doch davor stand ein Baum, der Schatten an einem Ort spendete, der keinen Schatten mehr brauchte: eine raumgreifende, zählebige Bur-Eiche und meilenweit das einzige Grün inmitten von Steppenläufer und toter Erde, das sich von den Toten in den Kiefernsärgen zwischen den Wurzeln ernährte.

Beim Anblick des grünen Laubes vor so viel Braun schlich sich ein Lächeln auf das Gesicht des Alten Mannes. Ich selbst starrte an dem Baum vorbei. Jenseits der auslaufenden Straße stand das verwitterte *Arcadia*-Ortsschild. Dahinter erstreckte sich ein Dutzend Feldwege in alle Richtungen – einer für jede verlassene Scheune und Hütte, die bis zum Horizont überall verstreut standen. Zudem waren an die Pfosten bis hinunter zum Erdboden windschiefe Holzscheite genagelt worden, auf denen eingeschnitzte Namen von der traurigen Geschichte des Ortes zeugten. Ganz unten hing unser Schild – *NICKEL* – und wies noch immer den Weg über den Feldweg zur Rückseite des Friedhofs, als hätte sich dort nichts verändert, als würde meine Ma uns jeden Moment hereinwinken und zum Abendessen dazubitten.

Die Giraffen schwankten in ihrer Transportkiste. Ich ertappte den Alten Mann dabei, wie er das Schild anstarrte. Das Schild, das mein Pa dort angebracht hatte. Er wollte schon etwas sagen, als der Truck sich erneut zur Seite neigte. Wir schoben die Köpfe durchs Fenster, um zu sehen, was oben los war. Wir hatten am Straßenrand gehalten, und die Giraffen reckten sich gierig in Richtung des Baums, und genau wie in den Bergen drohte der Truck in die entsprechende Richtung zu kippen.

»Fahr noch ein Stück näher ran«, sagte der Alte Mann, stieg selbst aber aus. »Der Boden sollte halten.«

Ich ließ den Truck halb vom Asphalt rollen, sodass die linke Seite auf der versandeten Erde, aber immerhin direkt unter den Zweigen stand. Als ich nach oben kletterte, um das Dach zu öffnen, schnaubten mir die Giraffen bei der Aussicht auf die erste blättrige Mahlzeit des Tages erfreut entgegen. Mir war leicht mulmig zumute, weshalb ich mich abwandte, doch als mein Blick an den unmarkierten Gräbern meiner Familie hängen blieb, wurde mir noch mulmiger. Ich kniff für einen Moment die Augen zu, schlug sie wieder auf und sah, wie Rotschopf Fotos durchs Fenster des Packard schoss, den sie ein Stück den Weg runter abgestellt hatte. Auch von ihr musste ich sofort den Blick abwenden.

Weil ich genau wusste, was als Nächstes passieren würde.

Ich kletterte wieder nach unten und wartete nur darauf.

Der Alte Mann sah den Weg nach links entlang – den mit dem Holzschild und dem geschnitzten *Nickel.* Keine hundert Meter entfernt am Graben lag die tote Farm meines Pa. Man konnte von der Kirche aus alles sehen: die windschiefe, baufällige Scheune. Pas rostigen, kaputten Model T. Doch der Alte Mann sah woandershin. Er starrte zu dem verrußten Kamin, der wie ein Grabstein über kaum mehr als einem Stück versengter Erde aufragte.

Er sah zurück zu mir und wartete auf eine Erklärung. Ich wusste, ich würde nichts sagen können, was nicht weitere Fragen nach sich ziehen würde, also sagte ich lieber nichts.

Mit einem letzten Schulterblick zu mir machte der Alte Mann sich auf den Weg durch den Friedhof, stieg über den Graben hinweg und lief auf die Farm zu. Mir blieb nichts anderes übrig, als ihm hinterherzugehen. Ich ließ den Kopf hängen. Den Weg hätte ich blind gehen können. Bis wir an der Scheune vorbei waren, war mir so schlecht, dass ich kaum noch geradeaus gehen konnte. Während ringsum das Surren der Fliegen lauter wurde, sah ich, wie der Alte Mann auf die rostige Flinte und die Pistole im Dreck hinabstarrte, dann auf den Kamin, den Aschehaufen, das verrußte Bettgestell und den verkohlten Ofen zuging und nichts weiter da war, was er hätte sehen können.

Bis auf das flache Grab. Das ausgehobene flache Grab voller sauber abgenagter, zerbrochener Knochen.

Es fühlte sich an, als würde der Boden unter mir nachgeben.

Dann haben die Bussarde und Kojoten ihn doch gefunden.

Der Alte Mann wirbelte zu mir herum. »Sag mir, dass das Tierknochen sind.«

Ich war aus der Zeit gefallen.

»Junge!«, schrie er mich an. »Was ist hier passiert?«

Ich hätte mich weigern können, es ihm zu erzählen, aber da hätte er mich hier stehen gelassen und sich sein Lebtag gefragt, mit wem er und die Giraffen ihre Zeit verbracht hatten.

Ich hätte es ihm nicht verübeln können, weil ich selbst nicht mehr wusste, wer ich wirklich war.

Also blieb nur eines zu tun – und dann hätte nur mehr er die Wahl: Er würde mir meine Geschichte abnehmen oder eben nicht. Er würde mich bis Kalifornien mitnehmen oder an jenem Ort zurücklassen, von dem ich fortgelaufen war, als hätte mein Leben davon abgehangen – denn genau so hatte es sich angefühlt. Ich wollte schon zu einer Antwort ansetzen, blickte wehmütig zurück zu Junge und Mädchen …

Und im selben Moment sah ich das Wasser.

Es war nicht zu fassen. Mein Leben lang war dort *kein* Wasser gewesen. Es kam mir vor wie eine Fata Morgana, etwas, was ich heraufbeschworen hatte, indem ich darauf beharrt hatte, dass es nicht sein konnte – und doch war es da … ein Rinnsal. Und dann, schneller, als es überhaupt möglich sein konnte, wurde es mehr. *Viel* mehr. Der Graben *war* ein Wasserlauf, war aus heiterem Himmel angefüllt, und das Land, in dem die Zeit anders verstrich, scherte sich keinen Deut mehr um die Lebenserfahrung eines Dust-Bowl-Jungen. Eine unsichtbare, irgendwo festhängende Regenfront spülte den Panhandle-Schmutz fort, und nichts konnte ihr mehr Einhalt gebieten. Der Trooper hatte recht gehabt.

Da war eine Flutwelle unterwegs.

Der Alte Mann stand inzwischen neben mir. Ihm war die Kinnlade runtergeklappt. Wir sahen einander an, dann das Rinnsal, das sich schon jetzt in einen Fluss verwandelt hatte und sich in Richtung des Friedhofs schlängelte, in Richtung der Eiche und der Giraffen, die friedlich vor sich hin futterten.

Keine Flutwelle der Welt kann so hoch reichen wie Giraffen, redete ich mir ein und versuchte verzweifelt, ruhig zu bleiben.

»Was passiert da?«, rief uns Rotschopf über den Feldweg hinweg zu. »Wo kommt denn das Wasser her? Und wo sind die Gullys?«

»Wo, glaubst du denn bitte, wo du hier bist, Mädel – in New

York City?«, brüllte der Alte Mann zurück. »Das hier ist der Übergang von den *gottverdammten* Plains zur *gottverdammten* Wüste! Hier sollte es kein Wasser geben, ganz zu schweigen von *gottverdammten* Gullys!« Er gestikulierte wirr hierhin und dorthin, als könnte er dieser absurden Gefahr mit seinem Gefuchtel Einhalt gebieten.

Im nächsten Moment rannte ich los.

Die Sache mit unmöglichen Dingen, die plötzlich möglich werden, und das auch noch direkt vor deinen Augen, ist nämlich die: Du vertraust deinem Verstand nicht mehr. Ich weiß noch, dass ich zurück zum Truck rannte. Ich weiß noch, dass ich durch das Wasser im Graben pflügte, das bereits knöchelhoch reichte, und dass der Alte Mann mir hinterherrief. Ich weiß noch, dass ich immer schneller lief und die Giraffen, die immer noch hoch über den Grabkreuzen ihr Laub futterten, nicht aus den Augen ließ. Ich weiß noch, dass ich Rotschopf zubrüllte, sie müsse den Packard zurückfahren, an die Stelle, wo der Graben am weitesten von der Straße wegführte – und ich wollte, so schnell es nur ging, das Gleiche mit den Giraffen tun.

Vom Rest meines Weges bis zum Truck habe ich keine Erinnerung mehr. Ich weiß erst wieder, dass ich am Steuer saß, den Zündschlüssel drehte wie verrückt, die Kupplung durchtrat und dann das Schlimmste tat, was ich hätte tun können: Ich gab Vollgas – und ließ den Motor absaufen. Weil ich panisch war, wie nur ein Panhandle-Flachländer beim Anblick von Wasser panisch werden kann. Weil an diesem öden Ort, zu dem ich unsere riesenhaften Schöpfungen aus Gottes reinstem Paradies gebracht hatte, plötzlich unendlich viel auf dem Spiel stand. *Ich* hatte sie hergebracht, nicht der Alte Mann. *Ich* war der einzige Grund, warum wir jetzt hier waren, *ich* hatte die Hurrikan-Giraffen vom Ufer des tödlichen Ozeans mitten hinein in eine Wüstenflut gefahren, und kein Albtraum von vorübertreibenden Giraffen hatte mich hinreichend wach gerüttelt.

Ich hatte den Anlasser fast zu Tode gequält, ehe ich mich eines Besseren besann und damit aufhörte. Das Wasser im Graben stieg weiter an und schwappte inzwischen am Friedhof entlang. Die Giraffen hatten Unheil gewittert und fingen an, unruhig aufzustampfen. Der Transportaufbau geriet ins Wanken. *In knietiefem Wasser kann man ertrinken* – das hatte der Trooper behauptet. Mein gesunder Menschenverstand sagte indes, dass das nicht passieren konnte – vielleicht einem dummen Achtzehnjährigen, klar, aber nicht dreieinhalb Meter großen Giraffen! Ich taumelte aus der Fahrerkabine, um zu den Giraffen hinaufzustarren – da packte mich jemand am Arm und wirbelte mich zu sich herum.

»Hörst du mir jetzt zu?« Dem Alten Mann stand die blanke Angst ins Gesicht geschrieben. »Da ist kein Asphalt!« Er zeigte auf den festgebackenen Boden unter den linken Reifen. »Und der Aufbau hat den Schwerpunkt weit oben. Das Wasser an sich ist nicht das Problem – aber die Welle von der Seite! Wenn das Wasser dort übertritt, den Boden wegschwemmt und die Giraffen in Panik geraten, könnte der Aufbau …« Er konnte es nicht einmal aussprechen. *Umkippen*, hätte er sagen wollen.

»Was soll ich denn machen?«

»Fahr den Truck zurück auf den Weg! Bloß einen halben Meter da rüber!«

»Der Motor ist abgesoffen«, wimmerte ich. »Was können wir sonst noch machen?«

Er riss die Arme hoch. »Ich weiß es nicht! Ich hab noch nie Giraffen in eine Wüstenflut gefahren!«

»Dach und Fenster schließen?«, schlug ich vor.

»Wozu soll das gut sein? Glaubst du, das da ist eine Arche?«

»Sie rauslassen?«

»Die würden nicht rauskommen – nicht mehr rechtzeitig.«

»Die Seiten komplett aufmachen?«

»Sie würden bloß hinausgeschleudert und sich verletzen, wenn sie versuchen würden, wieder hochzukommen – und das wäre zumindest für *sie* das Ende.«

»Aber … Aber was noch?«, stammelte ich. »Wir müssen doch irgendetwas tun!«

»Der Asphalt ist doch direkt hier!« Er stemmte sich mit seinem vollen Gewicht gegen den Transporter, als könnte allein sein Frust das Gefährt in Bewegung setzen. Dann donnerte der Alte Mann mit der Faust auf die Kühlerhaube. »Bring den *Motor* zum Laufen!«

Ich war völlig überfordert, stieg ein, versuchte es trotz alledem, während der Alte Mann sich eine Handvoll Zwiebeln schnappte und nach oben stieg, um die Giraffen zu besänftigen und um zu verhindern, dass sie den Transporter selbst zu Fall brachten, noch ehe das Wasser da war.

»Komm schon, komm schon, komm schon«, winselte ich, bearbeitete den Anlasser und hörte erst auf, als ich befürchtete, die Batterie wäre gleich vollends entladen. Stattdessen stieß ich die Fahrertür auf, stürzte nach draußen und schlug die Finger in den Dreck vor den linken Reifen. Der Boden war immer noch steinhart und knochentrocken. Ich redete mir ein, dass es reichen würde, die Giraffen in aufrechter Position zu halten, weil es einfach so sein musste … und weil ich mir nichts anderes mehr einreden konnte … weil das Wasser im selben Moment über den Graben trat.

Die Flutwelle war bei uns angekommen.

Ich blinzelte nur kurz, und Wasser strömte quer über den Friedhof.

Ich blinzelte erneut, und es floss um die Kreuze herum und verteilte Dreck, als tastete es sich voran, bis es schließlich meine Stiefel umspülte.

Wie immer man auch beschreiben wollte, was passiert, wenn Wasser sich vorwärtsbewegt – es passierte binnen eines Wimpernschlags, alles auf einmal und genau dort, wo ich stand. Und weil Wasser sich überallhin einen Weg bahnt, floss es auch über den rissigen Asphalt hinter uns, strömte über die Straße, die sich an der Stelle vom Graben entfernte, wo Rotschopf hätte hinfahren sollen – und wo sie natürlich nicht stand. Sie hatte auf halber Strecke haltgemacht und schoss Fotos. Doch dann hatte das Wasser auch sie erreicht.

Die Giraffen traten wie wild gegen den Aufbau, und das Rauschen des Wassers übertönte das Säuseln des Alten Mannes. Ich rutschte erneut hinters Steuer und bearbeitete die Zündung, bis die Batterie hörbar ausgelaugt war. Es hätte nicht viel gefehlt, und sie wäre hinüber gewesen, aber ich fürchtete einfach, wenn der Wagen jetzt nicht startete, gäbe es bald keinen Grund mehr dazu.

Ich sprang wieder nach draußen, kletterte zu dem Alten Mann und den Giraffen nach oben und sagte mir in einem fort: *Es hört gleich wieder auf … Es* muss *gleich wieder aufhören …*

Aber es hörte nicht auf.

Vielmehr konnten wir von oben sehen, was die Giraffen längst gesehen hatten: Das Schlimmste – die Welle selbst – sollte erst noch kommen. Wasser, das Unrat mitgerissen hatte, und Dreck aus hundert Meilen Entfernung rollten auf uns zu. Äste, Steine und Schlamm umspülten den Truck, als das Wasser uns erreichte. Und als wäre er vom Himmel gefallen, tauchte plötzlich ein entwurzelter Baum auf, dümpelte hierhin und dorthin, bis die Welle ihn erfasste, den Stamm gegen die Kirche schleuderte und das ganze baufällige Gebäude in sich zusammenfiel. Noch ehe wir auch nur aufkreischen konnten, wirbelten der Stamm und die halbe Kirchenwand um die Eiche auf dem Friedhof herum und donnerten links gegen den Truck, sodass der Alte Mann seinen Fedora einbüßte und um ein Haar selbst kopfüber in die Fluten gestürzt wäre, hätte ich ihn nicht in letzter Sekunde festgehalten.

Jetzt, da das Wasser gezwungen war, um den Baumstamm herum zu strömen, der sich am Truck verkeilt hatte, war unsere größte Angst nicht mehr, wie tief es sein würde oder wie schnell – sondern wie viel Druck es mit sich brächte. Und genau wie der Alte Mann befürchtet hatte, spürten wir, wie nach und nach der Boden unter den linken Reifen abgetragen wurde.

Und wie der Truck sich neigte.

Eilig kletterten wir zur anderen Seite und lockten Junge und Mädchen in unsere Richtung. Doch die Giraffen, die sich erneut einer dröhnenden Flut ausgesetzt sahen, waren inzwischen in Panik geraten. Während sich der Transporter immer weiter auf einen Punkt zubewegte, von dem es kein Zurück mehr gäbe, bahnte sich aus den Tiefen der Giraffenleiber jener jaulende Angstschrei, bei dem einem das Blut in den Adern gefror.

Auf der überfluteten Asphaltstraße stand Rotschopf unterdessen auf dem Dach des Packard und starrte zu uns herüber. Ich sah zurück zu ihr, wünschte mir nichts sehnlicher, als dass der nächste Moment nie eintreten würde, und wollte, ich hätte die Zeit anhalten können …

Aber die Zeit lässt sich nicht anhalten.

Der Moment kam unaufhaltsam näher … und mit ihm das Röhren eines aufheulenden Motors.

Der Packard schoss direkt auf uns zu.

Er wurde schneller und schneller, geriet auf der überfluteten Straße ins Schleudern, und Wasser spritzte zu beiden Seiten auf, bis er uns fast erreicht hatte und keine Sekunde mehr davon entfernt war, gegen den Truck zu krachen. Dann riss Rotschopf das Steuer herum, landete den Packard zwischen Welle und Truck, und sowie das Wasser ihn umspülte, riss sie das Steuer in die Gegenrichtung, sodass der große Packard längsseits vor dem sich neigenden Transporter stand und uns wie ein Keil gegen die Flutwelle sicherte.

Bis ich auch nur annähernd begriffen hatte, was da gerade passiert war, war Rotschopf durchs Fenster nach draußen und zu uns aufs Transporterdach geklettert, als uns auch schon der höchste Punkt der Welle traf. In den Sekunden, die folgten und eine gefühlte Ewigkeit andauerten, konnten wir nichts weiter tun, als zuzusehen und zu beten, dass der Transporter halten und die Giraffen auf den Beinen bleiben würden – und zu versuchen, nicht darüber nachzudenken, dass

Dreck nun mal Dreck war, Schlamm nun mal Schlamm und dass Flüsse reißend und rauschend Berge aufwerfen konnten.

Dann war das Wasser ebenso schnell, wie es gekommen war, wieder weg.

Während der Unrat liegen blieb und das Dröhnen verebbte, saßen wir einfach nur da. Die Stille war erdrückend. Trotzdem blieben wir sitzen. Wir glotzten in den sonnigen Tag hinaus, glotzten die Giraffen an, während Mädchen schnüffelte und Junge nieste, wir starrten die halb entwurzelte Friedhofseiche an, die Grabkreuze, die überall verstreut herumlagen ... Es fühlte sich an, als wäre hier neuerlich ein Hurrikan hindurchgefegt, und von diesem Schock musste ich mich erst erholen, mein Verstand musste erst wieder zum Körper aufschließen. Als es so weit war, stellte ich fest, dass ich Rotschopf umklammert hielt und der Alte Mann uns beide. Wir ließen einander los, rückten voneinander ab, starrten dann auf den verkeilten Packard hinab, aus dessen Türen Wasser lief ...

In diesem Moment muss Rotschopf aufgegangen sein, was sie im Wagen zurückgelassen hatte.

Mit einem erstickten Schrei taumelte sie die Leiter hinunter, zerrte die Wagentür auf und zog ihre durchweichte Kameratasche heraus. Mehrere Kameras, Filmrollen und Fotoplatten fielen in den Schlamm. Sie ging daneben in die Knie und schlug sich die Hände vors Gesicht.

Ich kletterte nach unten. Mir war nicht klar gewesen, dass selbst der Packard noch bessere Karten hatte, von den Toten aufzuerstehen, als durchnässte Filmrollen und schicke Kameras. Doch als ich zu ihr hinüberwatete, eine der Filmrollen in die Hand nahm und das Wasser darin schwappen hörte, wusste ich intuitiv, dass das ein schlechtes Zeichen war. Und ich wusste obendrein, dass ich Rotschopf jetzt besser in Ruhe ließ.

Der Alte Mann, der mittlerweile ebenfalls heruntergeklettert war, starrte nach oben zu den Giraffen, die das Durcheinander aus Holz und Metall und Schlamm am Boden beäugten. Der Truck lehnte sich immer noch gefährlich zur Seite, aber die Giraffen hatten sich wieder beruhigt, als wüssten sie, dass die hungrigsten Löwen sich verzogen hatten.

Ich ging in die Hocke und bohrte die Finger in den Schlamm vor einem der Reifen. Keine Handbreit tief war der Boden noch immer staubtrocken. Wenn wir den Motor nur wieder zum Laufen brächten und die Giraffen aufrecht halten könnten, würden wir dort wieder rauskommen.

Unterdessen hatte der Alte Mann Mädchens Seitenluke aufgemacht, um den blutigen Verband zu begutachten. Als er sah, dass außer einer Schürfwunde nichts weiter passiert war, legte er ihr sanft die Hand ans Bein, hielt kurz inne und seufzte schwer auf.

Ich selbst stemmte die Kühlerhaube auf, sah nach dem Motor, der trocken geblieben war, legte meinerseits die Hand darauf und seufzte ebenfalls.

Rotschopf indes kauerte nach wie vor neben dem Packard und betrauerte die havarierte Kameraausrüstung. Während der Alte Mann seinen Fedora suchen ging, trat ich näher heran und hoffte, sie würde aufblicken. Als sie es nicht tat, ging ich um sie herum. Die Reifen des Packard waren hinüber, und die Achse sah aus, als wäre sie gebrochen. Ich wuchtete die eingedellte Kühlerhaube so weit hoch, wie ich konnte. Der Motor war komplett überspült worden. Trotzdem versuchte ich, ihn zu zünden. Er gab nicht mal mehr ein Klicken von sich. Der Truck, den ich hatte absaufen lassen, der aber immerhin nicht überschwemmt worden war, würde wieder starten, wenn wir ihm nur genug Zeit ließen; doch der Packard war im Eimer.

Mit dem Zündschlüssel in der Hand sah ich mich im Wagen nach einem Koffer um, aber alles, was ich darin entdecken konnte, waren der Männertrenchcoat, den sie getragen hatte – mit einer Haarbürste, einer Zahnbürste und einem eingewickelten Stück Seife in den Taschen – und ihr Notizblock. Ich schlug ihn auf. Sie hatte das meiste mit Füller geschrieben, und das Wasser hatte es in blaue Schlieren verwandelt. Wirklich leserlich war nur noch die Liste, die sie vor langer Zeit mit Bleistift erstellt hatte – auf der letzten Seite.

DINGE, DIE ICH TUN WERDE, BEVOR ICH STERBE

- Treffen mit
  - Margaret Bourke-White
  - Amelia Earhart
  - Eleanor Roosevelt
  - Belle Benchley
- ~~eine Giraffe streicheln~~
- die Welt sehen, zuvorderst Afrika
- Französisch lernen
- ~~fahren lernen~~
- eine Tochter bekommen
- meine Fotos im *Life Magazine* unterbringen
- mich bei Woody revanchieren

Ich starrte den letzten Punkt an, den sie hinzugefügt hatte – *mich* –, und die Punkte, die sie schon hatte ausstreichen können, spürte das Schlagen ihres kaputten Herzens wie zuvor bei Big Papa und ahnte, was wirklich hinter dieser Liste steckte. Wenn ich einen Bleistift gehabt hätte, hätte ich, ohne zu zögern, den letzten Punkt ausgestrichen. Ich bugsierte den Block in die Tasche des Trenchcoats, faltete ihn zusammen und drehte mich zu Rotschopf um, die immer noch im Schlamm kauerte. Ich wollte etwas zu ihr sagen. Aber was hätte das sein sollen? Ich legte den Trenchcoat in unsere Fahrerkabine und sah mich nach dem Alten Mann um. Vielleicht sechzig Meter den Graben entlang hatte er seinen Hut an einem Holzkreuz gefunden und schlug ihn sich ans Hosenbein, damit er trocknete.

Anschließend verbrachten wir einige Zeit damit, nach zerbrochenen Brettern Ausschau zu halten, die wir unter die Reifen schieben konnten, damit sie besser griffen, und sammelten weit mehr ein, als wir gebraucht hätten, um sowohl dem Truck als auch Rotschopf noch ein bisschen mehr Zeit zu geben. Als die Sonne allmählich gen Horizont sank, nahm ich erneut meinen Mut zusammen und versuchte, den Motor anzulassen. Beim ersten Versuch gab ich zu viel Gas, der Motor gurgelte und soff ab. Ich atmete tief durch. Als ich es wieder versuchte, gurgelte er einmal, zweimal – und tuckerte ins Leben zurück. Eilig legte ich den Leerlauf ein und gab minutenlang immer wieder leicht Gas, um sicherzustellen, dass er am Leben blieb. Der Alte Mann ließ sich allen Ernstes zu einem Lächeln hinreißen.

Aber bevor wir irgendwohin aufbrechen konnten, mussten wir erst den Transporter aufrichten und uns vom Packard und dem verkeilten Baumstamm loseisen. Was bedeutete: Wir brauchten die Hilfe der Giraffen. Der Alte Mann kletterte mit Zwiebeln in der Hand an der richtigen Seite hinauf und lud die Giraffen zu einem Zwiebelfest ein. Sobald sie der Einladung folgten, rief ich Rotschopf zu, sie müsse jetzt aufstehen. Doch ich hätte genauso gut mit dem Schlamm reden können. Also legte ich – abwechselnd mit Blick auf Rotschopf, den Alten Mann und die Giraffen – den ersten Gang ein. Metall knirschte über Metall, als ich vom Packard, und Metall über Holz, als ich von dem entwurzelten Baumstamm wegsteuerte, bis der Truck wieder frei war und alle vier Räder auf Asphalt standen.

Der Alte Mann tätschelte und streichelte die Giraffen, die inzwischen wieder kerzengerade standen und vollauf zufrieden dreinblickten. Dann stieg er nach unten, um den Schaden am Fahrzeug zu inspizieren. Der Truck war verbeult und zerschrammt und hatte einen ordentlichen Schmiss abbekommen, wo uns der Baumstamm seitlich gerammt hatte, aber das würde uns nicht behindern.

»Wir müssen los«, sagte der Alte Mann mit einem Seitenblick auf Rotschopf.

Ich nahm den Gang raus, stieg aus und ging auf sie zu. Sie hatte sich noch immer nicht bewegt. Ich warf all ihre kaputten Kameras und Filmrollen in die durchweichte Tasche, legte sie zu dem zusammengefalteten Trenchcoat in die Fahrerkabine und kehrte zu Rotschopf zurück, nahm ihre Hand und schloss ihre Finger um den Packard-Schlüssel. »Wir müssen weiterfahren. Die Giraffen …«, sagte ich so behutsam, wie ich nur konnte. »Wenn du willst, schicken wir jemanden, der den Packard abschleppt. Aber fürs Erste fährst du bei uns mit.«

Sie ließ zu, dass ich ihr auf die Füße half. Mit dem Schlüssel in der geballten Faust bedachte sie den verbeulten, ersoffenen Packard mit einem letzten Blick. Dann warf sie den Schlüssel durchs offene Fenster und stieg bei uns ein.

Während wir zurück zum Highway fuhren, beäugten der Alte Mann und ich das Chaos, das die Flutwelle hinterlassen hatte. Bis wir wieder auf gerader Strecke waren, war davon nichts mehr zu sehen. Die Welle war dem Verlauf des Grabens gefolgt – von der Straße weg, vermutlich in Richtung des Ablaufs am abgesperrten Highway gen Westen.

Rotschopf hatte immer noch keinen Mucks gesagt und starrte geradeaus, bis wir auf den Highway einbogen und auf den heruntergekommenen Campingplatz zufuhren. Erst da ergriff sie das Wort. »Mr Jones, wären Sie so freundlich und würden mich beim nächsten Bahnhof rauslassen?«

Mit einem fast liebevollen Blick, den ich Mr Riley Jones kaum zugetraut hätte, erklärte er sich dazu bereit.

Die Sonne ging unter, als wir auf den Campingplatz einbogen – wie ein paar Schiffsratten mit Giraffen im Gepäck. Keinem von uns stand der Sinn nach neuen Bekanntschaften, daher beschloss der Alte Mann, die Fenster unseres Trucks zu schließen, bevor wir in Richtung der spärlichen Reihe aus Mesquitebäumen holperten – in der Hoffnung, dass die Giraffen hinreichend erschöpft wären, um ruhig zu bleiben. Und das waren sie.

Entlang des kreisrunden Wendehammers parkte eine bunte Mischung aus Fahrzeugen – Motorräder, Trailer, schicke Limousinen, Fernlaster. Die meisten hatten sich bereits aufs Ohr gelegt, nachdem wir alle genötigt worden waren, hier zu übernachten. Die einzigen Leute, die wir zu Gesicht bekamen, waren jene, die am Rand des Geländes ihre Zelte aufgeschlagen hatten – ein paar Okie-Familien, die ihre Model Ts mit Habseligkeiten und Angehörigen vollgepackt hatten und nun um ihre Lagerfeuer herumsaßen.

Der Alte Mann war an der Rezeption ausgestiegen, um dem Betreiber weiteres Geld für trockene Handtücher und Bettwäsche in den Rachen zu werfen. Bis er mit den Armen voller Sachen am Truck auftauchte, hatte ich uns, so gut es ging, hinter der Baumreihe geparkt und das Dach für die Giraffen geöffnet. Ich sprang nach unten, nahm ihm die Laken ab und wandte mich Rotschopf zu, um ihr eins in die Hand zu drücken.

Sie war verschwunden.

Den restlichen Abend kümmerten wir uns im Schutz der Dunkelheit um die Giraffen. Die Luken, die von der Welle verzogen waren, brauchten einige Hiebe mit den Ellenbogen, um aufzugehen, und noch festere Schläge, um wieder zu schließen. Doch die Zeit dazwischen war eine wahre Freude, besonders als Mädchen erneut nach dem Alten Mann austrat, weil der versucht hatte, den blutigen durch einen frischen Verband zu ersetzen. »Hol mehr Zwiebeln, aber dalli!«, grollte er. »Auf dass dieser Tag in Gottes Namen endlich zu Ende gehe!«

Sobald die Giraffen endlich anfingen wiederzukäuen, als wäre es ein Tag wie jeder andere gewesen, beschlossen wir, die Dachluke über Nacht offen zu lassen. Der Alte Mann kehrte zu dem Betreiber zurück, um mit ihm über den Packard zu reden, ehe wir uns abwechselnd in der Fahrerkabine zur Ruhe legen wollten. Als ich ihm nachsah, wie er an den Lagerfeuern vorbeiging, erkannte ich die Okies aus der vergangenen Nacht wieder, die wir beim Wigwam-Autohof getroffen hatten. Und dann entdeckte ich noch etwas, was dem Alten Mann entgangen war: Dort bei ihnen am Feuer saß Rotschopf, in einen Quilt gehüllt. Die Großmutter hatte sie in eine ihrer Decken gewickelt, eine Wäscheleine zwischen die Bäume gespannt, ihre Kleidung zum Trocknen aufgehängt und saß nun bei ihr am Feuer. Ich nahm die nasse Kameratasche und den Trenchcoat und ging zu ihnen hinüber.

Die Großmutter winkte mich näher. »Geht's dir gut, Schätzchen?«

Ich nickte. »Ja, Ma'am.«

Lächelnd zog sie sich zurück und ließ uns allein. Ich setzte mich neben Rotschopf und legte Kameratasche und Trenchcoat vor sie hin. Sie ließ beides liegen, saß bloß da, starrte ins Feuer, war kreideweiß im Gesicht, als hätte sie erneut erbrechen müssen, aber nach allem, was wir durchgemacht hatten, war ich überrascht, dass es mir nicht ebenso ging.

»Der Alte Mann spricht mit dem Betreiber über den Packard«, berichtete ich. »Wir fahren noch vor Tagesanbruch weiter. Wir können dich gern irgendwohin mitnehmen.«

Als sie immer noch nicht reagierte, überlegte ich, was ich noch hinzufügen konnte. Ich hätte gern zu ihr gesagt, was weder der Alte Mann noch ich zustande brachte. Ich wollte mich bei ihr dafür bedanken, dass sie mit dem Packard in die Fluten gepflügt war, um die Giraffen und uns den erbärmlichen Arsch zu retten. Ich wollte ihr sagen, wie sehr es mir leidtat, dass ihre Filme kaputt und damit all ihre Träume, die sie daran geknüpft hatte, zunichte waren.

Stattdessen hörte ich mich fragen, was mein ahnungsloses junges Ich am meisten wissen wollte. Sie hatte ungeheuer viel riskiert, um so weit zu kommen – die Lügenmärchen, die sie erzählt, die guten Sitten, über die sie sich hinweggesetzt, der Ehemann, dem sie sich widersetzt hatte, die Gesetze, die sie gebrochen hatte. »Warum das alles?«, platzte es aus mir heraus.

Sie bedachte mich mit einem Blick, bei dem die Hölle zugefroren wäre. »Wie kannst du mich *das* fragen?«

Diesmal besann ich mich eines Besseren und hielt den Mund.

Sie seufzte und sah zu den Giraffen. »Darf ich zu ihnen?«

Der Alte Mann hatte sich inzwischen auf der Sitzbank schlafen gelegt und schnarchte bereits, aber selbst wenn nicht, wäre es mir egal gewesen. Ich stand auf, und sie tat es mir gleich. Erst als wir den Truck erreicht hatten und die Leiter hinaufsteigen mussten, ließ sie den Quilt, in den sie sich gewickelt hatte, zu Boden fallen, obwohl sie nichts Nennenswertes darunter anhatte. Genau wie zuvor bei den Hosen war dies der Moment, in dem ich so etwas erstmals mit eigenen Augen vor mir sah. Ich hatte nicht mal meine Ma in ihrem Büstenhalter gesehen, der ihren großen Busen gehalten hatte – geschweige denn nur im Schlüpfer. Rotschopf indes schien sich keinen Deut um ihre Blöße zu scheren, und ich musste an mich halten, um sie nicht an mich zu ziehen – nicht des Anblicks wegen, sondern aus Gründen, die ich nicht hätte benennen können. Gründe, die eher damit zu tun hatten, wie *sie* sich fühlen musste. Es war ein weiteres Erstes Mal für mich.

Ich half ihr abermals nach oben und griff dann nach einem Handtuch, auf das sie sich setzen konnte. Mädchen kam ganz nah an sie heran, war sichtlich froh, sie zu sehen, und schnüffelte an ihren Unbenennbarkeiten. Dann tat Junge es ihr nach – noch sanfter, süßer – und schnupperte an ihren Haaren.

Was als Nächstes folgte, habe ich über die Jahre in meinem Kopf immerfort hin und her gedreht, und das Gefühl ist dabei das immer gleiche geblieben: Rotschopf beugte sich über die beiden, ihre wilden Locken fielen ihr ins Gesicht, und sie ließ die Giraffen an ihrem Haar knabbern, als würde sie deren Schnüffeln, deren Knabbern in vollen Zügen genießen. Es schien mir fast eine Art Dank zu sein, den sie den Giraffen darbot … und ein Abschied.

Das Gefühl war so klar, so deutlich, dass ich es sogar in Worte fasste. »Wir sehen uns dann morgen. Das hier ist ja kein Abschied oder so.«

Sie antwortete nicht. Stattdessen streckte sie ein letztes Mal die Hand nach Junge und Mädchen aus. Dann kletterte sie nach unten, schlang sich den Quilt um die Schultern und kehrte zum Feuer der Okies zurück.

Die Großmutter gesellte sich zu ihr und bot ihr in einer Blechschale etwas zu essen an. Als Rotschopf anfing, sich mit der alten Frau zu unterhalten, war ich zu weit weg, um sie zu hören, aber ich ahnte, worum es ging. Ich sah zu, wie sie den Frauen dort von dem zur Neige gehenden Tag erzählte, und nickte hin und wieder in Richtung des Trucks. Dann gesellte sich die Mutter mit dem Baby zu ihnen. Rotschopf hustete, schlug den Quilt zurück, nahm die Hand der Großmutter und legte sie sich aufs Herz, wie sie es Tage zuvor mit meiner Hand getan hatte. Ich sah zu, wie die Großmutter die Hand von Rotschopfs Herz hinab zu ihrem Bauch bewegte. Und dann sah ich, wie Rotschopf verstohlen zu dem Baby blickte.

Im selben Moment war mir klar, dass der Alte Mann mit seinem Verdacht recht gehabt hatte.

Und so, wie sie dreinblickte, war es ihr endlich ebenfalls klar.

13

Nach New Mexico

Wir hatten noch in der Dunkelheit aufbrechen wollen, um den anderen gestrandeten Reisenden zuvorzukommen, und hätten die Giraffen unterwegs versorgt, doch als wir so weit waren, war von Rotschopf weit und breit nichts zu sehen.

»Ich kann sie nicht finden«, flüsterte ich dem Alten Mann zu, um niemanden zu wecken. »Die Okie-Großmutter meint, sie ist verschwunden, sobald ihre Sachen am Feuer getrocknet waren. Die Kameratasche liegt aber noch da … Nur wüsste ich nicht, wo ich noch suchen sollte.«

»Vielleicht hat sie es sich anders überlegt und will auf den Packard warten«, murmelte der Alte Mann und kletterte auf den Beifahrersitz. »Oder vielleicht hat sie jemand anderen gefunden, der ihr hilft. Könnte es ihr nicht verübeln. Du? Ich schätze mal, sie will nicht gefunden werden. Wir lassen sie wahrscheinlich besser in Ruhe.« Er zeigte zum Transportaufbau. »Mach das Dach zu.«

»Wir können doch nicht einfach abreisen …«

Er schob den Ellbogen ins Fenster und seufzte. »Klar ist aber doch, dass sie nicht hier ist und dass wir weitermüssen, Junge. Wir müssen an die Giraffen denken.«

Schweigend schloss ich die Dachluke, und im Dunkeln bemerkten es die Giraffen nicht einmal. Als ich zurück nach unten kletterte, ließ ich ein letztes Mal den Blick schweifen. Dann rutschte ich hinters Steuer und rollte langsam vom Platz, sah mich alle paar Sekunden um, bis wir außer Sicht waren, und konnte nicht glauben, dass dies wirklich der Abschied gewesen war. Es fühlte sich nicht richtig an, das weiß ich noch – als hätte der Vortag noch nicht mit uns abgeschlossen, obwohl der neue Tag bereits anbrach. Es gab nur eins, was ich sicher wusste: Sosehr ich mich umsähe, es würde kein grüner Packard mehr im Rückspiegel auftauchen.

Als die Sonne zu guter Letzt aufging, fuhren wir über drei Abläufe im Highway – so wie es der Trooper gesagt hatte. Wir überquerten sie alle im ersten Gang. Was hier an Unrat liegen geblieben war, kündete von einem noch schlimmeren Verlauf als jenem auf der Farm meines Pa. Die Fahrspuren waren zwar freigeräumt worden, aber es stand immer noch Wasser in allen drei Senken. Asphalt hin oder her – dass wir dort hindurchmussten, zehrte an meinen Nerven. Jedes Mal geriet der Aufbau ins Schwanken, und ich musste den Truck mit aller Kraft wieder geradeziehen. Die letzte Senke war am schlimmsten: Immer noch mit den Köpfen im Aufbau bewegten die Giraffen sich mehr als sonst und polterten gegen die Seiten, sodass das komplette Gefährt hin und her schaukelte.

»Sollen wir anhalten?«, fragte ich den Alten Mann.

Er schüttelte den Kopf. »Bringen wir das hier erst hinter uns.«

Wir erreichten die Bundesstaatsgrenze, und ich ließ Texas ein für alle Mal zurück. Nur eine Meile, und wir fuhren bereits über die struppigen Steigungen New Mexicos, die nur zu gern eine richtige Wüste gewesen wären, aber noch nicht so weit waren. Mittlerweile stand die Sonne am Himmel. Es war an der Zeit, uns eine Stelle zu suchen, an der wir halten und die Giraffen versorgen konnten. Allerdings nahm ich die Strecke nicht annähernd zur Kenntnis, weil ich in Gedanken immer noch bei Rotschopf war. Und bei der Flutwelle. Und bei der Farm. Ich nehme an, dem Alten Mann ging es nicht wesentlich anders, weil er mich irgendwann ansah und sagte: »Ich glaube, ich muss jetzt wissen, was da auf eurer Farm vorgefallen ist.«

Mein Blick blieb an einem Josuabaum hängen, der die Äste gen Himmel reckte. Sekunden verstrichen, doch diesmal kam keine Blitzflut, um mich zu retten.

Seit ich mein Heil in der Flucht zu Cuz gesucht hatte, hatte ich mir diverse Lügen zurechtgelegt, auch wenn ich insgeheim immer befürchtet hatte, dass mich die Wahrheit einholen würde, ganz gleich, wohin ich flüchtete. Doch nach jener Sturzflut wollte ich mehr denn je in der Nähe der Giraffen bleiben, ich wollte sicherstellen, dass sie heil in Kalifornien ankämen – mehr sogar, als ich selbst dort ankommen wollte. Ich wusste nicht, wie ich es anstellen sollte. Indem ich log? Oder indem ich die Wahrheit sagte? Nun kann man eine schwere Bürde nicht für immer mit sich herumtragen, irgendwann muss man sie abladen, erst recht, wenn man erst achtzehn Jahre alt ist.

Also holte ich tief Luft, umklammerte das Lenkrad und erzählte dem Alten Mann die Wahrheit.

»Wir wollten gerade meine Ma beerdigen. Eine einfache Bestattung, nur Pa und ich. Sie sollte auf dem Friedhof neben meiner kleinen Schwester liegen …«

Wir hätten kein Geld für das letzte Geleit gehabt, erzählte ich ihm, und es wäre ohnehin niemand gekommen, der Rest der Bewohner von Arcadia sei entweder selbst der Staublunge erlegen oder habe mitsamt dem Baumwollplantagenbetreiber, der in unserer kleinen Kirche den Prediger gegeben hatte, das Weite gesucht. Als Ma zusehends schwächer geworden war, hatte ich gehofft, dass wir ebenfalls einpacken würden, aber es kam nie dazu. Daher blieb uns irgendwann nichts anderes mehr übrig, als Ma, so gut es ging, in ein Tuch zu wickeln, und Pa zimmerte ihr aus Scheunenbrettern einen Sarg. Weil unser Auto mal wieder kaputt war, wollten wir den alten Gaul vor den Karren spannen und Ma damit zum Friedhof bringen. Wir hievten Ma in ihrem Brettersarg auf den Karren, legten unseren Sonntagsstaat an, und dann geht Pa unseren Gaul holen.

Als er nicht wiederkommt, gehe ich ihn suchen und finde ihn ganz hinten in unserer Scheune. Er steht über das Pferd gebeugt da – das letzte Tier, das wir noch besitzen, weil wir die Schweine und Hühner geschlachtet haben, nachdem die vorige Ernte vernichtet und die Kuh während des letzten Sandsturms gestorben war. Ich denke also: Jetzt ist auch das Pferd gestorben.

Doch als ich näher herangehe, sehe ich, wie sich das kastanienbraune Auge verdreht, wie das Tier zu mir hochschaut, und mir wird übel, weil ich ahne, dass es bereits tot ist und es nur noch nicht weiß.

Erst in diesem Moment sehe ich, dass Pa die Flinte in der Hand hält. Er hält sie mir hin, weil ich das Pferd von seinem Leid erlösen soll, weil ich lernen muss zu akzeptieren, dass der Tod Teil des Lebens ist, weil ich endlich anfangen muss, mich wie ein Mann zu verhalten. Er sagt es auf eine Art und Weise, als wüsste er, dass ich gehorchen oder es bitter bereuen würde, nicht gehorcht zu haben.

Doch ich nehme ihm die Flinte nicht ab. Ich sehe dem Pferd in die weit aufgerissenen, panischen, leidenden Augen und weiß, dass ich es tun sollte. Ich weiß aber auch, dass ich es nicht kann. Ich bringe es nicht fertig. Weil der alte Gaul das einzige Tier ist, das ich mein Leben lang gekannt habe – seit meinem allerersten Atemzug. Seit ich groß genug war, auf es einzuplappern, es zu umsorgen, mit dem Pflug hinter ihm herzustolpern. Und in diesem Moment, Gott steh mir bei, ist der Gaul das einzige Lebewesen, das ich außer Ma je geliebt habe. Ich kann ihm nicht das Leben nehmen, nicht solange sein Leben für mein Leben steht – nicht mal, wenn es ein »Gnadenakt« wäre, weil »Gnade« für mich keine Bedeutung hat. All das würde ich meinem Pa gern entgegenschreien, aber ich weiß, dass er mir eine solche Respektlosigkeit nicht durchgehen ließe. Ich habe seinen Gürtel schon für viel weniger zu spüren bekommen. Doch diesmal ist mir sein Gürtel egal. Und auch sein Gebrüll ist mir egal. Ich stehe einfach da, und er drillt mir die Flinte in die Rippen, bis ich sie ihm abnehme.

»Zeit, dass du deinen Teil zu all dem beiträgst«, sagt er. Im selben Moment sehe ich etwas in seinem Blick, was nicht Zorn ist, nicht Angst oder Trauer, sondern etwas Kaltes, was über alles andere hinausreicht, als wäre sein erbärmliches kleines Herz geschrumpft und zusammen mit Ma gestorben und als würde ich gleich herausfinden, was davon noch übrig ist.

»Mach schon!«, schreit er mich an.

Ich kann immer noch nicht.

Er stapft zurück ins Haus, kommt mit seinem alten Revolver aus dem Krieg zurück und legt noch auf dem Weg die Patronen ein. »Mach schon!« Er schlägt die Trommel zu, fuchtelt mit dem Revolver herum, marschiert auf mich zu. »Mach es *jetzt*!«

Es ist nicht der Revolver, der mir am meisten Angst einjagt. Es ist der wilde, irre Blick aus diesen Augen, bei dem mir bis ins Mark bange wird. Also nehme ich die Flinte hoch, bin mir sicher, dass er den Revolver herunternimmt, aber das tut er nicht – als würde ich mit einer Spielzeugwaffe auf ihn zeigen. Als würde ich im Leben nicht abdrücken. Er marschiert weiter auf mich zu, immer noch mit ausgestrecktem Revolver, und sieht mich mit diesen irren Augen weiter so teuflisch an, dass mir die Luft wegbleibt.

»Es ist nur ein Tier!«, brüllt er, als er vor mir steht und den Lauf meiner Flinte zur Seite schlägt. »Und du bist kein kleines Kind mehr! Zeit, dass ich einen Mann aus dir mache!« Er bohrt den Revolver in meinen Hals, schubst mich mit der freien Hand nach vorn, schiebt den Flintenlauf in Richtung Pferdekopf, und panische Augen sehen zu mir empor. »*Mach* es! Oder ich mach es mit *dir*, Gott sei mein Zeuge, du feige, verweichlichte, wertlose Memme von einem Sohn!«

Und ich mache es wirklich. Das Pferd zuckt hoch, als die Patrone mit Wucht in seinen Schädel eindringt, wird schlaff, Blut spritzt mir ins Gesicht und über meine Stiefel, und die toten Augen starren noch immer in meine Richtung. Ich fange an zu brabbeln wie ein Säugling, spüre, wie mir übel wird, hasse meinen Pa dafür, dass er mich gezwungen hat, mein Pferd zu erschießen, und hasse Gott den Allmächtigen dafür, dass Gnade derart hasserfüllt ist.

Pa redet immer noch auf mich ein, hat den Revolver nur leicht gesenkt, und ich glaube noch, dass er gleich etwas sagt, was für uns beide die Rettung sein wird. Dass es Zeit ist zu gehen. Zeit, nach Californy zu gehen, wie all die anderen. Zeit zu leben, statt zu sterben.

Stattdessen sagt er mit bebender Stimme etwas, was ich nicht ertragen kann. »So, und jetzt schleppen wir es rüber, ziehen es ab, verkaufen die Haut und trocknen das bisschen Fleisch, das noch übrig ist. Damit kommen wir über die Runden, bis die neue Saat im Boden ist. Es kommt wieder Regen. Kann man schon spüren.«

Bei diesen Worten reiße ich das Gewehr wieder hoch, weil ich genau weiß, dass er nie von hier fortgehen wird. Er will hierbleiben und Staub atmen, bis seine Lunge voll damit ist wie die meiner Ma und die meiner kleinen Schwester, und er glaubt, dass er auch mich dazu zwingen kann.

Ich stelle mich vor mein Pferd, und jetzt bin ich es, der schreit. »Ich ziehe es nicht ab, und ich esse es nicht – und *du* auch nicht! Vorher erschieß ich dich!«

Mit offenem Mund, weil diese Memme von einem Sohn sich ihm erstmals widersetzt, lässt Pa den Revolver sinken. Ich weiß, wenn ich jetzt die Flinte herunternehme, wenn ich den Zorn abschüttele, der mich befallen hat, hat dies hier ein Ende. Ich spüre seinen Handrücken, und alles ist vorbei. Wir leiden weiter, weil da niemand ist, der uns von unserem Leid erlöst. Weil wir nun mal so sind. Weil das Leid hinter uns zu lassen hieße, beherzt und beseelt zu sein, und das waren wir nie.

Ich nehme die Flinte nicht herunter.

Stattdessen platzt etwas aus mir heraus, von dem ich weiß,

dass er es nicht hinnehmen wird. »Wenn das hier mich gerade zum Mann gemacht hat, dann sollte ich *dich* vielleicht von *deinem* Leid erlösen!«, brülle ich, und diesmal bin ich derjenige, der die Waffe anlegt. »Wenn *das* mich zum Mann gemacht hat, dann bist du kein Mann, sonst hättest du *Ma* von ihrem Leid erlöst«, brülle ich weiter, und jetzt bin ich derjenige, der tobt und schäumt. »Wenn *das* mich zum Mann gemacht hat, dann bist du kein Mann, sonst hättest du *mich* von *dir* erlöst …«

Der Irrsinn verschwindet aus Pas Blick. Ich sehe, wie er erlischt, und im selben Maße lässt auch bei mir der Zorn nach – bis mit einem Mal etwas Totes in Pas Augen aufblitzt. Bei der Erinnerung wird mir noch heute eiskalt. Er nimmt den Revolver hoch und zielt. Ich sehe, wie sich sein Finger über dem Abzug krümmt, wie er abdrücken will, und ich taumele rückwärts, reiße die Flinte hoch, starre seinen Finger an und kann nicht glauben, was gerade passiert. Die Zeit verlangsamt sich, bis ich nur mehr den Lauf meiner Flinte und Pas Finger am Abzug sehe. Bei all meinem lodernden Zorn bin ich mir immer noch sicher, dass ich ihn nicht erschießen kann – und ebenso wenig kann er mich erschießen. Und doch stehen wir uns gegenüber, zwei innerlich tote Menschen, die einander mit der Waffe bedrohen.

Bis mir mit einem Mal etwas dämmert … Ich bin siebzehn. Ich muss nicht hierbleiben, selbst wenn er bleiben will.

Ich kann gehen. Und ich *werde* gehen.

Zeit zu leben, statt zu sterben – auch ohne ihn.

Ich mache einen Schritt zurück, dann noch einen, lasse die Flinte sinken und wende mich eben ab, als ich den Hahn schnappen höre.

Ich wirbele gerade rechtzeitig herum, um das Mündungsfeuer zu sehen, spüre ein Brennen an meiner Wange, wo die Patrone mich streift. Dann höre ich, wie meine Flinte explodiert, sehe seine Schulter nach hinten schlagen, wo meine Kugel sie getroffen hat …

Und dann stehen wir erneut da, zwei Tote, die einander angeschossen haben.

Ich stehe zwar da. Aber ich schwanke. Und werfe das Gewehr beiseite.

Pa steht da, als würde er die Kugel in seiner Schulter nicht spüren, und lässt seinen Revolver sinken.

Dann hebt er ihn erneut an, drillt ihn sich unters Kinn.

Und drückt ab.

Ich taumele rückwärts, jetzt zweifach mit Blut bespritzt, zwei Leichen zu meinen Füßen, meine Lunge nicht mehr imstande zu atmen. Während sich Erbrochenes in das Blut um meine Stiefel mischt, habe ich nur noch einen Gedanken …

Ich habe meinen Pa in den Selbstmord getrieben.

Bis sich ein zweiter Gedanke dazugesellt …

Ich hätte derjenige sein können, der ihn ermordet hat. Wenn er es nicht selbst getan hätte, hätte mein jugendlicher Zorn mich dazu getrieben. Ich hätte meinen Pa erschossen, weil er mich gezwungen hatte, mein Pferd zu erschießen. Ich hätte ihn dafür erschossen, dass er zugelassen hat, dass der Staub meine Ma und meine kleine Schwester umbrachte. Ich hätte ihn erschossen, wenn er versucht hätte, mich zum Bleiben zu zwingen. Und das war nichts als die Wahrheit.

»Ich hätte derjenige sein können«, kam ich zum Schluss und umklammerte das Lenkrad.

Einen langen Augenblick konnte ich nicht weitersprechen, bis ich dieselbe Stimme hörte, mit der der Alte Mann zu den Giraffen sprach.

»Sohn«, murmelte er, und bei dem Wort erstarrte ich. »Du musst mir auch den Rest erzählen.«

Ich sackte leicht in mich zusammen, gab mir dann aber einen Ruck. »Der Staub war so schlimm, dass ständig elektrische Spannung in der Luft war, wie schwarze Magie. Ein Funke hat schon gereicht, und dann flammte es manchmal vor uns auf, blaue Flämmchen, die wir austrampeln mussten, bevor alles in Brand geriet. Die Schüsse müssen das Feuer ausgelöst haben.«

Ich hielt den Atem an, als ich den letzten Satz im Kopf durchging – weil es nicht *unsere* Schüsse gewesen waren, die das Feuer ausgelöst hatten. Sondern *meine.* Ich war durch Erbrochenes und Blut nach draußen getaumelt und hatte angefangen, auf das Haus zu feuern. Ich hatte das Magazin bis auf die letzte Kugel geleert, und dann nahm ich Pas Revolver und leerte ihn ebenfalls, drückte ein ums andere Mal ab, bis längst keine Patrone mehr in der Trommel war, schrie mich heiser, während um mich herum blaue Flämmchen zu tanzen begannen, wie in der Hölle, und so fühlte es sich ja auch an … bis eins der Flämmchen auf das Holz übersprang und eine echte Flamme emporschlug und mein Elternhaus zum Teufel ging. Das allerdings erzählte ich nicht. Ich log, indem ich nicht alles erzählte, eine Lüge durch Auslassung, wie es in der Kirche hieß, weil ich nicht wollte, dass der Alte Mann von meinem eigenen staubbefeuerten Irrsinn erfuhr.

»Das Holz war wie Zunder«, sagte ich stattdessen, »es war nicht mehr zu retten, aber es wäre ohnehin nichts mehr der Rettung wert gewesen.« Also sei ich auf den Boden gesunken, erzählte ich ihm, hätte mein Elternhaus lodern sehen, bis die Flammen es vollends verschluckt hatten. Als es vorbei war, als ich wieder auf die Füße kam, riss ich weitere Bretter von der Scheune und zimmerte noch einen Sarg. Ich legte Pa neben Ma, spannte mich selbst vor den Karren und zog ihn zum Friedhof, um sie beide neben meiner Schwester zu beerdigen. Als ich fertig war, saß ich wie erstarrt da, bis der Abend irgendwann in den Morgen überging, stolperte zum verkümmerten Beet meiner Ma, um ihr Einmachglas mit den Münzen aus dem Versteck zu buddeln, und suchte das Weite.

Allerdings erst, nachdem ich, so gut ich konnte, noch ein weiteres Grab ausgehoben hatte – für meinen Gaul, gerade dort, wo er lag. »Weil niemand ihn aufessen sollte – niemand«, murmelte ich. »Nicht mal die Bussarde und die Kojoten.«

Und dann haben sie ihn doch gefunden.

Damit war ich fertig. Aber die Sache war noch nicht vorbei. Die ganze Geschichte erneut zu durchleben, hatte das letzte bisschen Zorn in mir neu angefacht, sodass ich schon glaubte, *ich* müsste am Steuer in Flammen aufgehen. Ich wusste, ich musste sofort darauf herumtrampeln, trotzdem zögerte ich. Ich spürte, wie der Truck ruckelte, ging vom Gas, konzentrierte mich auf die Schaltung, aufs Fahren, auf alles, nur nicht auf das Brennen in mir, bis ich zu guter Letzt allen Mut zusammennahm und zum Alten Mann blickte.

Er hatte sich den Fedora aufgesetzt und starrte schweigend nach vorn auf die Straße. Der Ellbogen ruhte im offenen Fenster. Als er das Wort ergriff, war es kaum mehr als ein Flüstern.

»Die Leute schauen dich komisch an, wenn du über die Gefühle sprichst, die du für Tiere hast, und behaupten, Tiere hätten keine Seele, kein Gespür für Gut oder Böse, keine Werte wie wir Menschen. Ich bin mir da nicht so sicher. Manchmal hab ich den Eindruck, dass eher die Tiere solche Sachen über uns Menschen sagen sollten.« Er schüttelte den Kopf. »Tiere können einem das Herz herausreißen. Sie können dich zeitlebens zum Krüppel machen. Sie können dich aus purem Instinkt töten und im nächsten Moment vor sich hin trotten, als wäre nichts passiert. Aber bei Tieren kennst du zumindest immer die Grundregeln, und wenn du die brichst, dann weißt du, welchen Preis du bezahlst. Das weißt du bei Menschen nicht. Selbst die Guten können dich zutiefst verletzen, und die Schlechten … na ja. Die können dir richtig wehtun.« Er nahm den Arm aus dem Fenster und rieb sich die knotige Hand. »Deshalb halte *ich* mich an Tiere. Selbst wenn mich irgendwann eins umbringen sollte.«

Dann verstummte er. Trotzdem lauschte ich weiter. Ich war mir sicher, dass er mir gleich von seiner Hand erzählen würde. Oder davon, warum Percival Bowles ihn genannt hatte, wie er ihn eben genannt hatte. Oder von beidem. Ich hoffte darauf, ich hoffte auf irgendetwas, was mich von mir selbst erretten würde. Doch er schob nur den Ellbogen zurück ins Fenster und hielt den Mund, auf eine Art, dass ich wusste, ich sollte es dabei belassen. Stattdessen klammerte ich mich so fest ans Lenkrad, dass ich es fast verbog. Und dann stellte ich die Frage, deren Antwort ich am meisten fürchtete. »Rufen Sie den Sheriff?«

Er drehte sich jäh zu mir um. »Warum sollte ich? Wir müssen die Giraffen nach San Diego bringen.«

»Aber ich hab meinen Pa dazu getrieben, sich zu erschießen.«

»Hast du nicht. Das hat er schon selbst gemacht.«

»Aber ich hab auf ihn geschossen. Ich hätte ihn umbringen können.«

»Du hast ihn bloß gestreift.«

»Was?«

»Das hast du in Tennessee zu mir gesagt: ›Ich hab ihn gestreift. Wenn ich ihn hätte umbringen wollen, wäre er tot gewesen.‹« Der Alte Mann sah wieder auf die Straße, als wäre damit alles gesagt. »Das war deine erste Geschichte, aber es muss nicht die einzige bleiben. Das liegt allein an dir.«

Was er noch hätte sagen wollen, werde ich nie erfahren, weil im nächsten Moment der Transporter so heftig schwankte, dass es sich anfühlte, als hätten die Reifen von der Straße abgehoben. Dann wieder – und diesmal hob es uns von den Sitzen. Wir drehten uns gleichzeitig zum Transportaufbau um.

»Da!«, rief der Alte Mann. »Fahr ran!«

Vor uns war ein staubiges, verwittertes Schild aufgetaucht.

COOTER'S
Benzin – Wasser – Essen
Wüstentiere zu besichtigen

Das Gebäude stand ein Stück von der Straße zurückversetzt, und wir waren zu beschäftigt gewesen, als dass wir es zuvor bemerkt hätten. Doch als wir näher heranfuhren, sah es erbärmlich aus: Neben einem Wassertank auf Stelzen stand ein baufälliges Haus, dessen Dach schon zur Hälfte eingesackt war. Ich ließ den Truck bis an die Zapfsäulen ausrollen. Beide waren außer Betrieb, und das anscheinend schon ziemlich lange, sodass ich daran vorbeifuhr und parkte.

»Das hier gefällt mir nicht«, murmelte der Alte Mann. »Schauen wir nach den Giraffen und fahren dann weiter.«

Die Giraffen hatten die Köpfe aus den Fenstern geschoben, zogen sie aber sofort wieder ein und machten Geräusche, wie ich sie noch nie gehört hatte. Es klang fast, als wollte eine von ihnen ein Loch in die Rampe treten, so heftig rumste es von drinnen.

Noch während ich auf die verzogenen Luken zueilte, blieb mein Blick an der rückwärtigen Hauswand hängen. Und bei dem Anblick versteinerte ich.

Ein Bär. Ein Berglöwe. Ein Waschbär. Klapperschlangen.

Alle in Käfigen.

In der sengenden Hitze …

»Howdy!«, tönte eine helle Stimme. Dann trat der kleinste, haarigste, glupschäugigste, wettergegerbteste Mann, den ich je gesehen hatte, hinter den Käfigen hervor – mit einem milchigen Auge, das nicht einmal auf uns gerichtet war. »Willkommen bei Cooter's«, sagte er, nahm einen Ast hoch und pikste damit die Tiere.

»Hören Sie auf damit!«, schrie der Alte Mann.

»Will sie nur für Sie in Stimmung bringen«, sagte der milchäugige Kauz und stocherte weiter. »Sie sind die ersten Besucher seit Ewigkeiten.«

»Sie bringen sie *um!*« Der Alte Mann fuchtelte in Richtung der Tiere, die in der gleißenden Sonne lagen.

»Ach? Und woher wollen Sie das wissen?«

»Ich arbeite in einem *richtigen* Zoo«, blaffte der Alte Mann, schluckte dann aber mit einem Schulterblick zum Transporter seinen Zorn hinunter und zückte seine Brieftasche. »Wir wollen nur kurz nach den Giraffen sehen. Wir bezahlen Sie für die Umstände und sind sofort wieder weg.«

»Verdammt, hab ich doch recht gehabt«, krähte der Wüstenkauz und eilte auf uns zu, um dem Alten Mann das Geld abzunehmen. »Als ich Sie hab rauffahren sehen, hab ich noch gedacht: ›Cooter, der Truck hat Giraffen geladen.‹ Wollt nur sichergehen, dass Sie sie ebenfalls sehen, bevor ich was sage. Nicht dass Sie noch glauben, ich wär durchgedreht. Moment!«

Er verschwand im Gebäude.

Weil ich nur zu gut wusste, wie mein Albtraum aus Little Rock weitergegangen war, streckte ich mich bereits nach der Gewehrhalterung in unserem Truck aus, als der Mann mit einer abgesägten Doppelbüchse wiederkam.

»Nein, nein, das lassen wir schön bleiben«, sagte er und richtete den Doppellauf auf mich. Dann wieselte er auf mich zu, riss die Waffen des Alten Mannes aus der Halterung und schleuderte sie von sich. Das Gewehr schlitterte fast bis hinunter zur Straße.

»Was zum Teufel … Was stimmt nicht mit Ihnen?«, brüllte der Alte Mann. »Ich hab Ihnen gerade Geld gegeben! Wollen Sie mehr? Verdammt, was wollen Sie von uns?«

»Was glauben Sie wohl, Mister Richtiger-Zoo?«, fauchte er. »Ich will die Giraffen. Aber ich bin ja ein anständiger Mann. Sie haben zwei davon. Ich nehm nur eine. So sind wir beide zufrieden.«

Der Alte Mann bedachte den Wüstenkauz mit einem Blick, der ihn direkt zur Hölle schickte. »Sie kriegen keine Giraffe! Und Sie erschießen uns nicht. Dafür würden Sie aufgeknüpft, und das wissen Sie auch.«

Cooter legte ein Grinsen auf, bei dem ich heute noch erschaudere.

»Wohl wahr«, sagte er. »Nur dass mich hier niemand aufknüpft, nur weil ich irgendein Vieh erschieße – und eine Giraffe ist *Vieh*. Wenn Sie sich also nicht entscheiden, Mister, dann erschieß ich eine davon und verfüttere sie an die Biester, die ich schon hierhab.« Er fing an, gegen den Transportaufbau zu schlagen, bis beide Giraffen die Köpfe herausschoben und er seine abgesägte Büchse auf sie richtete. *»Bumm!«*, kreischte er. *»Bumm, bumm!«*

Der Alte Mann war drauf und dran, ihm den Kopf abzureißen. Cooter wusste das und wirbelte mitsamt seiner Waffe herum.

»Vielleicht ist jetzt ja der Zeitpunkt für eine Vorführung gekommen«, sagte er, wich zurück zu seinen Käfigen und erschoss den Waschbären; Schrot stob in alle Richtungen.

»Gottverdammt noch mal!«, brüllte der Alte Mann.

Der Wüstenkauz kniff die Augen zusammen. »Wissen Sie, ich hab in meinem Leben auch öfter mal geflucht, aber ausgerechnet heute, da Gott so gnädig mit dem guten alten Cooter ist, dulde ich keine Blasphemie. Passen Sie also auf, was Sie sagen. Und für den Burschen mit dem Teufelsmal am Hals gilt das gleich doppelt.« Er fuchtelte mit dem Gewehr in Richtung meines Muttermals. »Ich nehm mir jetzt eins von Ihren Viechern. Denken Sie kurz darüber nach.«

»Jetzt hören Sie doch …«, bettelte der Alte Mann.

»Mister, wir können das den ganzen Tag lang so machen. Ich hab Zeit.« Cooter zog einen weiteren Käfig auf, in dem nur Hasen saßen, packte einen im Genick und warf ihn in den Käfig des Berglöwen. Im selben Moment loderte mein Zorn wieder lichterloh auf, weil ich genau wusste, was ich gleich hören würde. Der Schrei eines Hasen, sofern er nicht sofort tot ist, klingt exakt wie der eines menschlichen Säuglings. Ich war im Alter von zehn zum Meisterschützen geworden, nur um diesen Schrei nie mehr hören zu müssen. Und noch während der Berglöwe den Hasen bei lebendigem Leib riss und ihm die Innereien von den Fängen hingen, gellte der Schrei des Hasen durch die Luft. Er hörte gar nicht mehr auf, und der Teil von mir, der sich nach meiner Geschichte noch immer verkrampft hatte, explodierte jetzt regelrecht. Ich stürzte mich auf die Büchse … Doch ich landete mit dem

Gesicht im Dreck. Der Alte Mann hatte mir ein Bein gestellt, bevor Cooter seine nächste Schrotladung auf mich abfeuern konnte. Unter dem finsteren Blick des Alten Mannes rappelte ich mich wieder hoch, und dann war nur mehr Cooters Gackern zu hören.

Bis wir ein ersticktes Schluchzen vernahmen.

»Nicht schießen …«, wimmerte jemand. Aus dem Transportaufbau.

»War das eine *Frau*?« Der Kauz wirbelte herum. »Sie haben da auch eine Frau drin? Die will ich sehen!«

Ich riss Junges Luke auf. Und dort zwischen den Beinen der Giraffe kauerte Rotschopf.

Der Alte Mann ächzte.

»Die Frau musste hinten mitfahren!« Cooter gackerte noch lauter. »So wollt ich's auch immer machen!«

Sobald Rotschopf nach draußen gekrochen war und sich ein paar Strohhalme aus dem Gesicht gewischt hatte, lief Cooter grinsend auf sie zu. »Nachdem Sie sie jetzt trainiert haben, können wir ja vielleicht sie *und* die Giraffe eintauschen«, sagte er und fuhr mit dem Büchsenlauf einmal rund um ihre Brust.

Rotschopf schob den Lauf beiseite und versuchte, auf uns zuzugehen, doch er stieß sie an, sodass sie stehen blieb, und stocherte weiter mit der Waffe nach ihr. Und weil ich nicht imstande war, ihn davon abzuhalten, loderte mein Zorn noch höher auf – so hoch wie an jenem Morgen, an dem ich auf Pa geschossen hatte. Nur Sekunden zuvor hatte der Schrei des Hasen bei mir alle Dämme eingerissen – der Kauz hätte mich einfach erschießen können, und es wäre mir einerlei gewesen, weil ich diesen abgesägten Arsch bis dahin höchst befriedigend zu Brei geschlagen hätte. Jetzt, da ich ihm dabei zusehen musste, wie er Rotschopf mit seiner Waffe abtatschte, war ich wieder am selben Punkt. Er muss es mir angesehen haben, denn urplötzlich stand der Alte Mann neben mir und sprach übertrieben laut.

»Wir müssen es ihm sagen, Junge. Es wäre das Richtige«, dröhnte er und sah mich übertrieben vielsagend an. Dann drehte er sich zu dem Kauz um und zeigte auf Mädchen. »Die da ist nämlich verletzt.«

Cooter kniff die Augen zusammen und zeigte mit dem Büchsenlauf auf den Alten Mann. »Ich will keine verletzte Giraffe. Los! Herzeigen!«

Während Rotschopf außer Reichweite huschte, riss der Alte Mann Mädchens Luke auf und trat ein gutes Stück zurück.

»Du auch – weg da, in die andere Richtung«, sagte Cooter zu mir und wartete so lange, bis ich ebenfalls zurückgewichen war.

Dem Alten Mann und mir reichte die seitliche Luke bis an die Schulter, während Cooters Kopf auf Höhe der Öffnung war. Nur Zentimeter davon entfernt scharrte Mädchen mit den Vorderhufen.

»Sehen Sie es?«, schwatzte der Alte Mann. »Das Hinterbein. Gehen Sie näher ran!«

Cooter hielt seine Waffe weiter auf den Alten Mann gerichtet, während er die Nase in den Verschlag schob, genau wie Earl es in jener Nacht mit den Rüpeln getan hatte. Sein Gesicht war fast in Mädchens Reichweite, als er den Kopf wieder zurückzog. »Tritt die aus? Das hätten Sie wohl gern, was?«

»Tiere treten nicht mit den Vorderbeinen aus«, erwiderte der Alte Mann nonchalant. »Das weiß doch wirklich jeder.«

»Richtig«, murmelte Cooter und beugte sich wieder hinein.

Der Alte Mann und ich hielten den Atem an und warteten auf den Moment, da er Mädchen nah genug wäre, dass sie austreten und uns retten würde.

Der Wüstenkauz tat, was er sollte.

Mädchen nicht. Sie sah uns nur mit großen Augen von oben an, stampfte auf, schnüffelte, schnaubte und wankte leicht hin und her.

Aber sie trat nicht aus.

Cooter zog seinen Kopf zurück. »Waaaaarten Sie mal! Warum genau sollte ich das machen? Sie wollen mir hier doch was vormachen? Sie erzählen mir, dass die hier verletzt ist, und in Wahrheit ist es genau anders herum? Oder Sie erzählen mir, dass die hier verletzt ist, damit ich glaube, es ist die andere, dabei ist es wirklich die hier, die verletzt ist, und nicht die andere. Ha! Guter Trick!« Er fuchtelte mit der Büchse in meine Richtung. »Ich will mir die andere angucken!«

Der Alte Mann konnte mich kaum noch ansehen. Wir wussten beide, dass unsere beste Option fehlgeschlagen war. Junge hatte noch nie nach jemandem getreten.

Im selben Moment wusste ich, dass dies hier schlimm enden würde. Das konnte ich nicht zulassen. Nicht nach Hurrikans und Bergpässen und Bären und Geldsäcken und Blitzfluten – ganz zu schweigen vom Wiederdurchleben des schlimmsten Tages meines Lebens. Cooter lehnte sich in Junges Abteil, diesmal mit auf die Giraffe gerichteter Büchse, und nicht einmal das hielt mich noch auf. Denn wenn man achtzehn ist und vor Zorn lodert, kommt dieser eine Moment, an dem man keine Risiken mehr abwägt.

Ich stürzte mich auf ihn.

Mit einer Hand am Lauf und der anderen über Cooters Faust war ich mir sicher, ich würde ihm die Waffe entwinden können.

Doch es wollte mir nicht gelingen.

Dieser Zwerg wog nicht mal hundert Pfund, aber er wehrte sich, als hätte der Teufel persönlich sich auf ihn gestürzt. Die Luke war für mich immer noch schultertief, Cooters Kopf steckte immer noch in der Öffnung, und die Büchse war immer noch auf Junge gerichtet. Ich warf einen Blick nach hinten, doch der Alte Mann war losgerannt, um seine Waffe zu holen, und Rotschopf sah ich nur aus dem Augenwinkel. Der Transporter fing an, gefährlich zu schaukeln, und ich konnte nur mehr die Büchse stabil halten. Die Giraffen gerieten zusehends in Panik, rumpelten gegen die Wände, traten gegen das zersplitterte Holz, bäumten sich auf … bis Junge zu seinem grässlichen Angstheulen anhob.

Im selben Moment tat Rotschopf etwas, was sie nie hätte tun dürfen.

Auch sie stürzte sich auf die Waffe.

Sie griff nach der einzigen Stelle, die frei war, und riss die Mündung in ihre Richtung, weil sie sie von Junge wegziehen wollte; alle drei krachten wir gegen den schwankenden Truck, zerrten und rissen die Büchse hierhin und dorthin, bis sie von einer Sekunde auf die andere nicht mehr auf Junge gerichtet war … sondern auf Rotschopf. Cooter hatte sich irgendwie umgedreht, unsere Kraft gegen uns verwendet, und hieb Rotschopf jetzt den abgesägten Lauf in die Rippen.

Alles Blut schoss mir in den Kopf, weil ich genau wusste, er müsste nur mit dem Finger zucken, und Rotschopf wäre Geschichte. So einen Schuss aus nächster Nähe überlebte man nicht. Damals nicht. Und nicht mitten im Nirgendwo. Selbst wenn sie versuchen würde zu fliehen, hätte er schneller abgedrückt, als sie ihm ausgewichen wäre. Rotschopfs langsamer, brutaler Tod war jetzt das Risiko, von dem ich geglaubt hatte, ich hätte es nicht abwägen können.

Ihr Blick huschte zu mir. Ihr war alles klar.

Doch im selben Moment – als wäre es auch den Giraffen klar geworden – bäumten sich Junge und Mädchen gleichzeitig auf und traten so fest gegen die Abteilwände, dass Rotschopf das Gleichgewicht verlor und aufschrie.

Und bei Rotschopfs Angstschrei tat Junge etwas, womit wir nicht mehr gerechnet hätten.

Das wunderbare Vieh trat aus.

Mit einem ekligen, hohlen Geräusch traf sein Huf Cooters Schädel.

Ein Schuss löste sich, und Schrot stob durch die Luft.

Cooter sackte im Dreck in sich zusammen, Blut sickerte aus seinem Ohr, und ich stand wie vom Donner gerührt über ihm, während meine Hände immer noch seine Büchse umklammerten.

Der Alte Mann kam mit seiner erhobenen Flinte auf uns zugerannt. »Wie dumm kann man sein! Alle beide!«, keuchte er. »Die Giraffe hat euch *beiden* den wertlosen Arsch gerettet!«

Während Rotschopf wieder auf die Füße kam, erschauderte ich allein bei der Vorstellung, was beinahe passiert wäre. Dann sah ich nach unten zu Cooter, der sehr, sehr still dalag.

»Ist er tot?«, flüsterte ich.

Der Alte Mann nahm mir die Büchse ab. »Weiß nicht. Egal.«

Im selben Moment hörte ich das Wasser. Die Schrotladung hatte den aufgestelzten Tank erwischt, und aus zig Löchern spritzte Wasser. Wenig überrascht sah der Alte Mann zu dem durchsiebten Tank.

»Rufen Sie jetzt den Sheriff?«, fragte ich schon zum zweiten Mal an diesem Tag.

Mit offenem Mund drehte sich der Alte Mann zu mir um, als wäre ich derjenige, dem die Sonne das Hirn verbrannt hatte. »Du willst hierbleiben und dich mit den hiesigen Gesetzeshütern anfreunden?«, brüllte er mich an. »Was ist mit den Giraffen? Hast du in deiner Gesetzesergebenheit auch mal an sie gedacht? Was glaubst du wohl, was sie mit Junge machen? Denen ist es verdammt noch mal egal, dass er uns vor diesem Verrückten gerettet hat! Junge ist *nur ein Tier*, und das Ungeheuer dort nennen sie immer noch Mensch. Wir würden wochenlang hier festsitzen! Und allein das würde sie umbringen, selbst wenn die Behörden *nicht* fordern würden, sie abzuknallen. Nein, auf gar keinen Fall, sie fahren nach San Diego. Und. Zwar. *Jetzt!*« Er warf unsere Flinte und Cooters Büchse auf die Kühlerhaube, griff durchs Fenster nach seinem Fedora und marschierte davon.

»Wo wollen Sie denn hin?«, rief ich ihm nach.

»Muss noch was erledigen!«

Er drückte sich den Fedora in die Stirn und ging sein Gewehr aus dem Gestrüpp am Straßenrand holen. Dann marschierte er an uns vorbei zu den Tieren und öffnete nach und nach jeden einzelnen Käfig. Die Hasen und der Bär hielten, ohne auch nur einen einzigen Blick zurückzuwerfen, auf die Hügel zu. Selbst die Klapperschlangen machten sich davon. Der Berglöwe jedoch, der sich eben erst an dem Hasen satt gefressen und immer noch Blut an den Schnurrhaaren hatte, war eine andere Sache. Er beäugte den Alten Mann mit kaltem Blick und ließ ihn auch nicht aus den Augen, als er aus seinem Käfig auf die Erde hinabsprang. Erst als der Alte Mann einen Warnschuss abgab, huschte der Berglöwe ins Gestrüpp.

»Los«, blaffte er auf dem Rückweg.

Ich starrte noch immer auf den zusammengesackten Wüstenkauz hinab. »Was, wenn der Berglöwe wiederkommt?«

»Soll er doch«, erwiderte der Alte Mann schnippisch, überlegte es sich dann aber offenbar anders, weil er Cooter am Bein packte und daran zu zerren begann. Ich griff nach dem anderen Bein. Doch der Alte Mann hielt mitnichten auf das Haus zu. Wir zogen ihn in Richtung Bärenkäfig, warfen ihn in den halb vollen Trog und schmetterten die Klappe hinter ihm zu.

»Und jetzt *los*, bevor ich den toten Waschbären hinter ihm herwerfe«, sagte der Alte Mann. »Wenn er noch lebt, kann er sich selbst befreien. Und wenn nicht, verrottet er eben am Stück. Der hat es nicht verdient, als Mahlzeit für ein Tier zu enden.«

Die Giraffen schnaubten und stampften immer noch auf. Der Alte Mann schob seine Gewehre in die Halterung, dann schleuderte er Cooters abgesägte Büchse ins Unterholz, und wir stiegen ein. Rotschopf saß zwischen uns, als wir wieder in Richtung Highway fuhren. Die Spritzer aus dem Wassertank hatten den trockenen Boden schon in eine große Schlammpfütze verwandelt. Vor uns tauchte erneut das *Wüstentiere-*

Schild auf. Ich hielt direkt darauf zu und fuhr es um. Dann bogen wir in Richtung Westen ab.

Für die nächsten zwei Meilen war das einzige Geräusch mein wiederholtes leises »Entschuldigung«, wenn ich schaltete und mit der Hand Rotschopfs Hosenbein streifte. Ich fühlte mich, als würde ich mich durch zähflüssigen Brei bewegen; mein Körper hatte immer noch nicht zu meinem Gehirn aufgeschlossen. Aber da war ich wohl nicht der Einzige. Rotschopfs Hände begannen zu zittern, sie schniefte ein paarmal, und dann brachen alle Dämme.

»Halt an«, flehte sie mich an, »bitte, halt an …«

Vor uns tauchte ein staubiger Rastplatz mit ein paar gemauerten Picknicktischen auf, von denen man über eine kleine Landzunge blickte. Eilig riss ich das Steuer herum. Kaum dass wir geparkt hatten, rutschte ich ihr aus dem Weg. Rotschopf torkelte auf einen der Tische zu. Und sie weinte nicht bloß – sie heulte. Der Alte Mann schaute weg, während ich den Blick nicht von ihr abwenden konnte. Irgendwann hatte sie sich wieder beruhigt und strich sich durchs Haar, und ich spürte, dass auch ich selbst mit etwas abgeschlossen hatte.

Wir versuchten, den Giraffen Wasser zu geben, aber sie wollten nichts trinken. Der Alte Mann kletterte hoch, öffnete das Dach, sprach in Giraffensprache auf sie ein und streichelte sie, so gut es ging, und nach einer Weile tat ich es ihm gleich. Allerdings musste ich mich zusammennehmen, um das Gleichgewicht zu halten, weil ich innerlich wie äußerlich immer noch zittrig war. Ich wartete nur darauf, dass das Schicksal zuschlug, dass ich Sirenen hörte – dass irgendetwas Umwälzendes passierte, was sich mit den Gefühlen messen ließ, die in mir tobten, seit wir dem verrückten Wüstenkauz entgangen waren.

»Ist es vorbei?«, murmelte ich und spähte die Straße entlang. »Ist das hier das Ende?«

»Du glaubst wirklich, du hörst das Ende jeder Geschichte?«,

entgegnete der Alte Mann mit brüchiger Stimme, weil er ebenfalls zitterte. »Meistens kannst du schon froh sein, wenn du *dein* Ende kennst. Aber wenn das hier unseres ist, dann haben wir verdammtes Glück gehabt.«

Wir streichelten und beruhigten weiter die Giraffen, und allmählich schienen die beiden wieder daran zu glauben, dass sie in Sicherheit waren. Mädchen hörte auf zu stampfen, und Junge stieß einen tiefen Seufzer aus und legte sich hin, um sich zu erholen.

Also kletterten der Alte Mann und ich nach unten und setzten uns zu Rotschopf, um es Junge gleichzutun.

ASSOCIATED PRESS
NACHRICHTEN- UND PRESSEAGENTUR

... St. Louis Post-Dispatch
San Francisco Bulletin
San Jose Mercury-Herald
Syracuse Post-Standard
St. Charles Banner Weekly
St. Joseph News-Press
Buffalo Courier-Express
Lafayette Messenger
Waterbury Republican
Providence Journal
Los Angeles Automotive News
Fort Dodge Messenger
Kansas City Star
Baltimore American
Grand Rapids Press
Sacramento Union
Hartford Courant
El Centro Post-Press
Washington Star
Detroit News
Amarillo Globe ...

TRANSKONTINENTAL-GIRAFFEN SORGEN FÜR FREUDE

AP Sondermeldung – 14. Okt.
Zwei Giraffen aus Britisch-Ostafrika in einem eigens umgebauten Transportfahrzeug sorgen auf ihrem Weg in den San Diego Zoo entlang der Strecke für willkommene Abwechslung von den Unheil kündenden Meldungen über den bevorstehenden Krieg in Europa. Seit Jahren hat keine Geschichte die Nation so sehr bewegt wie diese Odyssee, die landesweit für jenen jungen Zoo tief im Westen wirbt …

14

Nach Arizona

Es gibt Phasen im Leben, in denen alles derart ins Wanken gerät, dass man es einfach nur noch aushalten kann und muss – die Dust Bowls und Friedhöfe und Hurrikans, die dich und den letzten Rest Zorn prägen, den du noch in dir trägst. Und dann gibt es die Phasen, in denen man den Erdrutsch tief in den Knochen spürt: ganz leise, klar und rein. Als wir an jenem Vormittag, zwar erschüttert, aber am Leben, unsere Reise fortsetzten, konnte ich diesen knochenleisen Rutsch in mir deutlich spüren. Der Zorn, der in mir geköchelt hatte, seit ich auf meinen Pa geschossen hatte, war erloschen. Von diesem Zorn angefeuert, hatte ich geglaubt, dass ich uns retten könnte. Stattdessen hatte es uns fast den Kopf gekostet. Am Ende waren ausgerechnet die sanften Giraffen nötig gewesen, um uns von einem der grässlichsten Löwen zu retten, und irgendwie hatte Junge mir dabei meinen Zorn ausgetrieben. In den darauffolgenden Tagen sollte ich immer wieder darüber nachdenken, ob er wohl für alle Zeiten verraucht wäre; doch schon während wir den Picknickplatz an der Landzunge hinter uns ließen, war ich das zornige Gefühl lange genug los gewesen, um zu ahnen, dass es sich so für mich besser anfühlte.

Ein paar Meilen den Highway entlang wurde es draußen merklich wärmer. Dann erreichten wir die letzten Ausläufer des Deckgesteins, und vor uns lag nur mehr die weite Wüste. Nichts, so weit das Auge reichte – wenn auch ein anderes Nichts als im Panhandle: ein größeres, weiteres, roteres Nichts.

Bei der erstbesten Tankstelle mit Laden fuhr ich vom Highway ab. Sobald der Tankwart herauskam – und schon mit großen Augen zu den Giraffen hinaufstarrte –, sagte der Alte Mann zu Rotschopf: »Von hier aus führt die Straße ein paar Stunden lang erst nach Süden, bevor wir wieder gen Westen in Richtung Phoenix fahren und an El Paso vorbeikommen. Dort könnten wir Sie zum Bahnhof bringen, Mrs ...« Er sprach nicht weiter, weil ihm für die höfliche Anrede der Name fehlte. Dann sah er zu dem glockenförmigen Schild für ein öffentliches Telefon, das über dem Ladeneingang hing. »Sieht aus, als könnte man hier telefonieren, wenn Sie müssen«, fügte er hinzu, stieg aus und betrat den Laden.

Doch Rotschopf rührte sich nicht, hatte bislang kein einziges Mal aufgeblickt, geschweige denn gesprochen.

Als ich die Fahrertür aufschob, um ebenfalls auszusteigen, warf ich einen Blick zu ihr zurück, die sie schweigend auf der Mitte der Sitzbank saß. In ihren Locken hing noch ein Strohhalm. Fast hätte ich mich danach ausgestreckt. »Ich seh mal nach der Transportkiste«, murmelte ich stattdessen. Und dann wusste ich nicht, was ich noch sagen sollte. Ich hätte ihr zu gern gesagt, wie ich froh war, dass Cooter sie nicht erschossen hatte; wie leid es mir tat, dass ich uns in diese tödliche Lage gebracht hatte. Ich wollte noch viel mehr sagen – so, so viel mehr, irgendetwas, was bedeutsam gewesen wäre. Aber wie immer sagte ich etwas anderes. Ich starrte den Strohhalm in ihren Locken an, und dann platzte aus mir heraus: »Was hast du in dem Transporter gemacht?«

Immerhin blickte sie endlich auf.

»Glaubst du vielleicht, das war *Absicht?*« Sie seufzte. »Die nette Familie aus Oklahoma hatte mir angeboten, dass ich in ihrem Model T übernachte, nur wusste ich schon, dass ich nicht würde einschlafen können. Deshalb bin ich am Feuer geblieben, bis meine Kleidung trocken war, und saß noch weiß Gott wie lange dort. Ich habe dich und den Truck hinter den Bäumen beobachtet, und als ich gesehen habe, dass du dich im Führerhaus schlafen gelegt hast, hab ich Mr Jones beobachtet. Je länger ich zu euch hinübersah, umso dringender wollte ich ein letztes Mal zu den Giraffen … *allein,* verstehst du? Als Mr Jones irgendwann aufgestanden ist, um sich zu erleichtern, bin ich eilig aufs Dach geklettert und auf Junges Seite nach unten gesprungen, wie schon in den Bergen, und dann habe ich eine Weile sein Fell gestreichelt.«

Sie seufzte erneut auf.

»Ich wollte nur ein paar Minuten bleiben, aber dann hat Junge sich *hingelegt* – ich konnte es gar nicht glauben! Also habe ich mich in die Ecke gedrückt, mich an das Polster gelehnt und ihm zugesehen, wie er seinen wunderschönen Hals um seinen Körper schlang und die Augen zumachte. Dann sind mir selbst die Augen schwer geworden. Ich wusste, ich würde aufwachen, sobald ihr sie vor der Weiterfahrt füttern würdet. Aber dann seid ihr einfach so losgefahren!« Sie riss die Arme hoch. »Ich hab nicht mal gehört, wie ihr das Dach zugemacht habt! Plötzlich springt Junge auf, und wir rumpeln zurück auf den Highway. Und nach der Flutwelle konnte ich die Luke ja nicht mehr von innen aufmachen.« Sie holte tief Luft. »Ich hab sogar angefangen zu rufen und an die Latten zu klopfen, bis ich bemerkt habe, dass ich Junge damit nur nervös mache. Also blieb mir nichts anderes übrig, als ihn in Ruhe zu lassen.« Sie atmete erneut tief ein. »Und dann seid ihr auf den Hof dieses *Verrückten* eingebogen …«

Sie hielt inne, um ein Keuchen zu unterdrücken.

»Ich … wollte mich doch nur richtig von ihnen verabschieden«, fügte sie leise hinzu. Dann legte sie sich die Hand aufs Herz und verstummte erneut. Fast hätte ich ihre freie Hand genommen. Ich hätte sie so gern berührt. Stattdessen stieg ich aus und schob die Tür vorsichtig hinter mir zu.

Der Alte Mann kam mit Apfel- und Zwiebelsäcken, Brot und einer riesigen Salami zurück, die für einen ganzen Straßenbautrupp gereicht hätte. Er drückte mir das Brot und die

Salami in die Hand und kletterte nach oben, um den Rest an die Giraffen zu verfüttern.

»Geht es ihnen gut?«, wollte ich wissen.

»Natürlich, Gottes gesegnete Geschöpfe … trotz allem, was wir ihnen angetan haben«, murmelte er und verteilte die Leckereien.

Ich warf das Brot und die Salami durchs offene Wagenfenster und kletterte dem Alten Mann hinterher, um zu helfen. Rotschopf hielt unterdessen auf den Laden zu. Doch binnen Sekunden war sie zurück im Truck.

Ich sprang nach unten und trat an ihr offenes Wagenfenster. Ich hielt immer noch einen Apfel in der Hand, den ich für sie an meinem Hemd glänzend rieb. Doch sie nahm mich kaum zur Kenntnis.

»Was ist los?«, fragte ich schließlich.

»Ich hab versucht, ihn per R-Gespräch anzurufen, aber er hat den Anruf abgelehnt.«

Ich steckte den Apfel in die Tasche. »Hast du nicht gesagt, er wäre ein guter Mann?«

»Ist er auch«, murmelte sie. »Er muss sich nur wieder daran erinnern.«

Als ich diesmal zurück auf die Straße fuhr, raste ein Streifenwagen an uns vorbei – in die Richtung, aus der wir gekommen waren. Ich sah verstohlen zum Alten Mann, der völlig ungerührt in den Außenspiegel sah. Oben hielten die Giraffen die Nasen in den Wind.

Für den Rest des Tages bekamen wir auf unserem Weg quer durch New Mexico kaum eine Menschenseele zu Gesicht. Eine Okie-Familie mit einem bis weit übers Dach voll beladenen Model T fuhr eine Zeit lang hinter uns her – außen am Wagen war sogar eine Ziege in einem Weidenkorb ans Trittbrett gezurrt. Als sie uns überholten, wirkten sie kein bisschen überrascht, die Giraffen zu sehen. Warum auch? Sie hatten sich auf den Weg gemacht, um einen Traum Wirklichkeit werden zu lassen. Als sie uns zuwinkten, hatten sie samt und sonders ein breites Auf-nach-Californy-Lächeln aufgelegt – sogar die Ziege. Ihr Anblick stimmte mich melancholisch, doch nicht annähernd so sehr wie all das Mobiliar, das die Straße säumte wie eine Spur aus Relikten der Elendsjahre. Immer mehr Dinge tauchten dort auf – Garderobenschränke, ein kaputter Schaukelstuhl, eine Lampe und desgleichen mehr: die weltlichen Besitztümer von Dust Bowlers, Dinge, die von ihren Autos gefallen oder abgeworfen worden waren, weil sie zu viel Ballast darstellten. So würde es für den Rest unserer Reise bleiben.

Bei jedem weiteren Halt probierte Rotschopf es erneut am Telefon. Ich nahm an, sie versuchte, den Typen daran zu erinnern, dass er ein guter Mann war, und ihn zu bitten, ihr postlagernd Geld nach El Paso zu schicken. Doch jedes Mal kehrte sie unglücklicher zurück, und ich hatte nicht den Mumm nachzufragen. Nun kamen wir El Paso zusehends näher. Schon bald hatten wir die Ausläufer von Las Cruces erreicht, wo sich die Straße teilen, südlich ins Zentrum und in die andere Richtung nach Phoenix und Kalifornien führen würde.

Als die Weggabelung vor uns auftauchte, gab der Alte Mann mir zu verstehen, dass ich rechts ranfahren sollte. Als ich gerade aussteigen wollte, um nach den Giraffen zu sehen, hielt Rotschopf mich am Arm zurück.

»Woody«, flüsterte sie. »Ich muss dir etwas sagen.«

Was mir so gar nicht behagte.

»Ich habe nie bei ihm angerufen ...« Sie rang die Hände. »Ich hab's versucht, aber ich konnte einfach noch nicht wieder mit ihm sprechen ... und kann es immer noch nicht.« Sie ließ die Hände in den Schoß sinken und sah mir direkt ins Gesicht. »Ich muss Mr Jones also überreden, mich stattdessen morgen in Phoenix rauszulassen. Glaubst du, das würde er tun? Dann rufe ich Lionel von unterwegs an. Ich brauche nur noch ein bisschen mehr Zeit ...« Sie sah aus, als würde sie die Wahrheit sagen. Aber hätte ich es wirklich mit Gewissheit sagen können?

Der Alte Mann rutschte wieder auf seinen Sitz und drehte sich zu Rotschopf um. »Zum Bahnhof El Paso geht es dort entlang. Wir sind in weniger als einer Stunde da.«

Sie holte tief Luft, reckte das Kinn vor und sagte: »Mr Jones, Sie würden mir einen großen Gefallen …«

»Sie muss den Zug in Phoenix nehmen, und so müssen wir auch keinen Umweg fahren, oder?«, ging ich dazwischen und sah zu ihm rüber.

Der Alte Mann hatte sich solche Mühe gegeben, freundlich zu bleiben, dass ich betete, er würde nicht wieder in seine »Ich kann Lügner nicht ausstehen«-Tirade verfallen. Sofern er uns dessen bezichtigte.

Stattdessen sagte er: »Ich bezahle Ihnen den Fahrschein von hier aus. Ist das Mindeste, was ich tun kann.«

Das hatte keiner von uns so erwartet.

»Sehr freundlich von Ihnen, Mr Jones«, sagte sie eilig, »aber ich bin mir sehr sicher, dass in Phoenix schon Geld für mich liegt. Wirklich.«

Ich starrte den Alten Mann derart intensiv an, dass ich mich nicht gewundert hätte, wenn mir die Augäpfel herausgefallen wären. Doch dann erwiderte er meinen Blick und nickte.

Also nahm ich die Abzweigung in Richtung Phoenix. Vor uns lag nichts als Wüste. Wir unterhielten uns nach wie vor kaum, mal abgesehen von meinen Entschuldigungen, wann immer ich beim Schalten Rotschopfs Bein streifte. Sie selbst schien es nicht zu bemerken. Sie blickte derart abwesend drein, wie ich es schon einmal an ihr bemerkt hatte: Es war der gleiche Blick, den sie auch vor der Quarantänestation gehabt hatte, als sie allein im Packard gesessen und das Tor angestarrt hatte. *Vor* all dem, was danach geschehen war.

Als es anfing zu dämmern, steuerten wir einen Übernachtungsplatz an, den der Alte Mann schon während der Hinreise ausgesucht hatte. Es war kein Autohof, sondern ein »Motel«, eins dieser neumodischen Dinger, die kaum mehr als eine Reihe Zimmer mit Parkplatz waren – allerdings lag vor diesem Motel eine wahrhafte kleine Oase mit echten Palmen, und wir waren die einzigen Gäste. Den Truck stellten wir auf einem Stück Wüstensand jenseits der Reihe ab, bezogen das Zimmer direkt daneben, und der Alte Mann organisierte für Rotschopf obendrein das Nachbarzimmer. Nachdem sie ihm erneut für seine Freundlichkeit gedankt hatte, warf sie mir noch einen Blick aus ihren haselnussbraunen Augen zu und verschwand nach drinnen.

Der Alte Mann ging die Giraffen versorgen, während ich stehen blieb … bis ich ihn rufen hörte, ich möge ihm helfen. Ehe ich mir Rotschopfs Blick aus den Augen geblinzelt und mich zu ihm umgedreht hatte, war er schon dabei, Mädchens Schiene zu begutachten. Er sah so erleichtert aus, dass ich annahm, es gehe ihr gut, doch sicher war ich mir erst, als er die Leiter emporstieg, die Dachluke aufmachte und Mädchens Kopf tätschelte, die bereits zufrieden vor sich hin käute. Ohne ein Wort stieg er wieder nach unten, hielt auf unser Motelzimmer zu und überließ mir wie immer die erste Schicht mit den Giraffen. Doch anstatt den Truck zu beziehen, fand ich mich mit klopfendem Herzen vor Rotschopfs Tür wieder und verspürte ein Schmachten, das ich nicht benennen konnte, ganz zu schweigen davon, dass ich gewusst hätte, wie ich damit umgehen sollte. Jede einzelne kribbelnde, begehrende Faser in mir sehnte sich nach etwas, worum ich mich nicht zu bitten traute.

Ich vermochte mich erst wieder zu bewegen, als ich in der hügeligen Ferne das Heulen von Kojoten hörte, und kehrte zu den Giraffen zurück.

Mit hämmerndem Herzen kletterte ich an der Transportkiste empor. Ich atmete tief durch, um mich zu beruhigen, und setzte mich rittlings auf die Mittelplanke, während die Giraffen weiter wiederkäuten, ab und zu die Nase in den Wind hielten, der pünktlich zum Sonnenuntergang kühler geworden war, und mich ebenfalls beschnüffelten. Ich muss gerochen haben wie ein Teil der Wüste. Vielleicht war es in jener Nacht tatsächlich so. Der Mond war noch nicht aufgegangen, der Himmel eine Pracht. Man sollte meinen, in einer mondlosen Nacht ist die Dunkelheit in der Wüste vollkommen, aber das stimmt nicht. Überall sind Schatten. Vielleicht, weil zwischen einem selber und dem Horizont so viel Nichts ist, dass die Sterne umso heller leuchten und von dem klein bisschen, was da ist, widerscheinen. Die Sterne waren so klar zu sehen, dass ich beschloss, nach Rotschopfs Giraffensternbild Ausschau zu halten, weil wir schließlich nicht mehr weit vom mexikanischen Himmel entfernt waren, wo es angeblich am besten zu sehen war, und ich fühlte mich dabei seltsam erleichtert.

In den folgenden Minuten schienen die Kojoten draußen in der Wüste immer lauter zu heulen, und das Echo klang, als würden sie bereits irgendwo in den Schatten lauern. Als ich aus dem Augenwinkel eine Bewegung wahrnahm, machte ich mich auf ein Wildtier gefasst.

»Woody?«

Rotschopf.

Das Heulen wurde lauter, und in Windeseile kletterte sie nach oben.

Mit einem flüchtigen Tätscheln auf Mädchens Kopf rutschte Rotschopf neben mich auf die Planke und ließ die Beine in Junges Abteil baumeln. Junge reckte den riesigen Kopf, um an ihr zu schnüffeln. Sie legte die Wange an seine Schnauze, schlang die Arme um seinen Hals, als wollte sie sich bei ihm bedanken, dass er sie und uns alle vor dem Wüstenkauz gerettet hatte. Sie hielt ihn umklammert, solange er es zuließ, was überraschend lange war.

Als sie ihn wieder losließ, sprudelte es nur so aus mir heraus: »Schön hier draußen, oder? Die Wüste riecht so anders, finde ich. Die Giraffen finden es toll. Wo sie herkommen, muss es doch eher wie hier sein als wie überall sonst, wo wir bisher waren – oder vielleicht wissen sie auch, dass sie bald aus der Transportkiste herausgelassen werden. Es wird aber auch langsam Zeit …«

Rotschopf berührte mich am Arm, um mich zum Schweigen zu bringen, und dann schwang sie ein Bein über die Planke, sodass sie mir gegenübersaß. Die Giraffen rückten zu uns auf, schmiegten ihren warmen Pelz an unsere Beine, und Rotschopf breitete die Arme aus, um beide gleichzeitig zu berühren. Während aus der Berührung ein Streicheln wurde, flüsterte sie: »Weißt du, was das Beste am Fotografieren ist?«

»Was?«

»Auf Fotos steht die Zeit still.« Sie lächelte ihr trauriges, gepresstes Lächeln, von dem ich gehofft hatte, ich würde es nie wieder sehen.

Sie nahm erneut Abschied.

Wenn man weiß, dass man etwas zum letzten Mal tut, tut man es ohne Freude. Ich habe in meinem Leben eine Menge Dinge zum letzten Mal getan, nur wusste ich es in jenen Momenten nicht. Diesmal jedoch wusste ich es. Der Abschied war nah. Tags darauf würde ich mich von Rotschopf und am folgenden Tag von den Giraffen verabschieden. Die Vorstellung war unerträglich. Ich sah Rotschopf an, wie sie im Schein der Motellampe dasaß – mit ausgebreiteten Armen und wilden Locken und mit ihrer Hose und dieser Bluse, die vor Knitterfalten nicht mehr zu retten war. Sie sah genau so aus, wie jemand aussehen musste, der in einem fahrenden Transport zusammen mit einem Giraffenpärchen festgesessen und alles verloren hatte, mal abgesehen von den Sachen, die sie am Leib trug. Trotzdem sah sie für mich aus wie ein Bild, wie eine Fotografie.

Wir saßen eine Ewigkeit und gleichsam nur einen flüchtigen Augenblick da, so wie derlei Momente immer beides sein können, und die einzigen Geräusche waren das Schnauben der Giraffen und das Heulen der Kojoten im Hintergrund.

Die Luft wurde zusehends kalt. Ich war überzeugt davon, sie würde gleich verkünden, dass sie sich nun zurückziehen müsste. So war es bislang noch immer gewesen. Stattdessen sagte sie so leise, so matt, dass ich sie fast nicht gehört hätte: »Woody, dürfte ich hierbleiben? Ich wäre heute Nacht gern nicht allein … und du und Junge und Mädchen, ihr seid …«

Als sie den Gedanken nicht zu Ende bringen konnte, beendete ich ihn für sie, indem ich die Giraffen bat, mir zu erlauben, die Dachluke zu schließen. Sie waren einverstanden. Also rutschte ich hinüber zur Leiter, gab Rotschopf mit einer Geste zu verstehen, dass sie hinunterklettern sollte, und klappte die Luke zu. Als wäre es die natürlichste Sache der Welt, sprang ich nach unten, nahm ihre Hand und zog sie wieder hinauf. Während Junge und Mädchen den Kopf aus den Fenstern streckten, wie um uns zu umrahmen, hielt ich noch immer ihre Hand. Auf dem Dach legten wir uns nebeneinander hin. Blickten empor zum Himmel. Ich gebe unumwunden zu, dass ich noch immer von Verlangen erfüllt war und mehr als nur ihre Hand halten wollte, auch wenn ich mit alledem keine Erfahrung hatte. Der Alte Mann hatte mich immer »Junge« genannt, und das zu Recht, weil ich selbst mit achtzehn Jahren noch immer einer war – und zwar in sämtlichen Belangen, die wichtig waren. Wie diesem hier. Doch selbst wenn ich hätte tun können, was jede Faser meines Körpers tun wollte – mich zu ihr hinüberbeugen, erneut versuchen, sie zu küssen, sie mein Verlangen spüren zu lassen und zu hoffen, dass sie das Gleiche empfände –, besann ich mich eines Besseren. Denn was sie dort oben wollte, war etwas anderes. Keine Ahnung, woher ich das wusste – und ich war überrascht, wie ich so selbstlos sein konnte. Obwohl alles in mir loderte, wollte ich nichts riskieren, was sie in dieser Nacht, die wir nebeneinander verbringen würden, in die Flucht schlagen mochte. Als sie anfing zu zittern, nahm ich sie vorsichtig in die Arme, und sie ließ es zu. Ich zog sie an mich. Nach allem, was wir tagsüber durchgemacht hatten, war das schon genug. Es war herrlich. Und dort lagen wir also, nebeneinander, unter einem Himmel, der übersät war mit funkelnden Sternen, umringt von Giraffen, und die Nacht beruhigte uns so sehr, dass wir beide in einen tiefen, festen Schlaf fielen.

Als ich die Augen wieder aufschlug, stand hoch über uns der Halbmond, die Giraffen hatten die Köpfe zurückgezogen, und Rotschopf lag nicht mehr neben mir. Ich sah mich nach ihr um, starrte die Stelle an, wo sie zuvor gelegen hatte, und prägte mir die Nacht gut ein – die Kälte, die uns einander in die Arme getrieben hatte, ihre Locken, die meine Haut gestreift hatten, das Schnüffeln der Giraffen um uns herum und über all dem die Position der Sterne. Ich ging erneut jede Kleinigkeit im Kopf durch, genau wie in der Quarantänestation, nachdem ich sowohl sie als auch die Giraffen erstmals erblickt hatte. So weit, wie wir inzwischen gekommen waren, schienen die Giraffen die Einzigen auf der Welt zu sein, die sich nicht verändert hatten.

Ich rutschte zur Seite und klappte die Dachluke auf. Die Giraffen blickten zu mir hoch, Mädchen legte ihren Kopf für einen kurzen Moment auf meinen Schoß, genau wie zuvor im Maisfeld. Dann streckte ich mich abermals aus, und ihr Atem wärmte mich an der kühlen Luft. Ich machte mich wieder auf die Suche nach jenem Sternbild in Gestalt der Giraffe, die eine Leerstelle im Himmel füllte.

Der folgende Reisetag quer durch die Wüste kam wohl allem gleich, was der Alte Mann sich für die gesamte Reise gewünscht hätte: unendliche Weiten, dass es die reinste Freude war. Doch wenn zu jener Zeit in der Wüste irgendwas schiefging – wenn die Pleuelstange brach, der Kühler überhitzte, sogar bloß ein platter Reifen –, war da eine Menge *Nichts*, die einen das Leben kosten konnte. Selbst wenn wir Glück gehabt hätten und jemand vorübergefahren wäre, der uns hätte mitnehmen können, hätte weit und breit keiner so viel Platz in seinem Fahrzeug gehabt, um auch die Giraffen zu transportieren. Insofern hätten wir angespannt sein müssen, in banger Sorge, ob wir eine derart gefährliche Passage ohne Probleme bewältigen würden.

Doch der Tag plätscherte nur so dahin. Keine nennenswerten Begegnungen, keinerlei Schwierigkeiten.

Ein ganzer Tag ohne Löwen.

Auch diesmal waren wir eine Stunde vor Sonnenaufgang aufgebrochen. Bis zu dem Augenblick, da der Mond zur einen Seite untergegangen war und sich die Sonne zur anderen Seite gezeigt hatte, hatten wir in einen friedlichen Rhythmus gefunden. Einen Hauch jenes Friedens hatte ich zuvor schon einmal verspürt: nachdem wir die Berge gemeistert hatten. Diesmal jedoch hielt er an, schien sich festzusetzen und seelentief zu wurzeln. Rückblickend wirkt es fast, als wäre ich an jenem Tag so nah an einem Gebet dran gewesen wie nie zuvor. Als ich später schon ein wenig länger gelebt und Leute davon hatte reden und es in allerlei spirituelle Gewänder hatte kleiden hören, hätte ich am liebsten immer abgewinkt – konnte es aber nicht. Doch in den Jahren, die da noch kommen sollten, im Krieg und auch später, war jener stille Tag, an dem ich mit Junge und Mädchen und dem Alten Mann und Rotschopf durch regloses Land fuhr, immer der Tag, an den ich mich klammerte. Wie schon das freudige Halsschwingen der Giraffen angesichts der Zugvogelschwärme war dieser Friede schier unbegreiflich und nicht zu beschreiben. Man erlebt im Leben nur wenige solcher Momente – wenn man viel Glück hat. Einige erleben nur einen einzigen, und wenn das stimmt, dann war dies mein einer, einziger Moment. Wann immer ich seither daran zurückdenke, bin ich in meiner Erinnerung allerdings nicht mal achtzehn. Ich habe immer das Alter, in dem ich aus jenem Tag Trost gezogen habe, mal dreiunddreißig, mal hundertdrei, und ich fahre uns – uns gemeinsam – durch diese zeitlose rote Wüste nicht auf ein bestimmtes Ziel zu, sondern einfach in Richtung von etwas Gutem.

An jenem Vormittag hielten wir zwei Mal, zunächst vor Silver City und dann noch einmal in der Nähe von Globe, wo wir den Giraffen Wasser brachten und uns die Beine vertraten. Von der Fahrt waren wir dermaßen eingelullt, dass wir kaum ein Wort wechselten. Nicht mal die Bahngleise, die in einiger Entfernung parallel zur Straße verliefen, rissen mich aus meiner Trance. Sie hätten alle möglichen schlimmen Erinnerungen wecken müssen – von ermordeten Landstreichern über zerlumpte Kinder bis hin zu Geldrollen in den Taschen von Geldsäcken, ganz zu schweigen von der Zwanzig-Dollar-Goldmünze, die in meiner Hosentasche allmählich matt wurde. Aber so war es nicht. Obwohl all diese Dinge jenem Dust-Bowl-Jungen widerfahren waren, der ich wenige Tage zuvor noch gewesen war, fühlte ich mich nicht mehr wie derselbe Junge.

Rotschopf hatte in Silver City endlich Mister Starreporter angerufen. »Lionel …«, hörte ich noch, ehe sie die Tür zu der Telefonkabine hinter sich zuzog. Ich blieb nicht, um zu lauschen. Musste ich gar nicht. Ich konnte sehen, was dort vor sich ging, indem ich sie aus einiger Entfernung beobachtete. Es war ein ähnlich erregter Wortwechsel wie jener, den ich in New Jersey mit angehört hatte, auch wenn er diesmal nur einseitig war – bis sie ihm die Mitteilung machte, bei der jeder Mann verstummte. Sie lehnte sich gegen die Bretterwand der Zelle, und dann sah es so aus, als würde eine ganze Zeit lang keiner von ihnen etwas sagen.

Als sie zum Truck zurückkehrte, teilte sie mir mit, dass er zugesichert habe, bis zum Abend das Geld für den Fahrschein nach Phoenix zu schicken. Ich hatte keinen Grund, an dem Mistkerl zu zweifeln, weil sie ihn bis zu diesem Moment ja nie wirklich angerufen hatte. Aber natürlich tat ich es. Als wir vor dem stattlichen Bahnhof in Phoenix vorfuhren, war das Letzte, was ich empfand, Friedfertigkeit. Wir würden sie lediglich absetzen, hatte der Alte Mann deutlich gemacht, weil es noch ein Weilchen hell wäre und er weiterkommen wollte und San Diego keine Tagesreise mehr entfernt war. Also hielt ich vor dem Haupteingang und sprang hinaus, um sie aussteigen zu lassen. Der Alte Mann zeigte Manieren und stieg ebenfalls aus.

Rotschopf kletterte nach draußen und richtete ihre Kleidung.

»Danke sehr, Mr Jones«, sagte sie, strich sich das Haar nach hinten und straffte die Schultern.

»Auf Wiedersehen, Mrs …«, entgegnete er und stockte erneut, weil er noch immer nicht wusste, wie er sie ansprechen sollte. Zudem schien er nicht recht zu wissen, was er noch sagen sollte. In meiner Erinnerung stelle ich mir gern vor, dass es ein Dank hätte werden können oder sogar eine Entschuldigung, doch wahrscheinlich war es keins von beidem. Und was immer es gewesen wäre – es kam nicht. Er tippte sich lediglich an den Fedora. Mit einem flüchtigen Blick zu mir drehte er sich zu den Leuten um, die sich versammelt hatten, um die Giraffen anzuglotzen, die ihrerseits fröhlich zurückglotzten.

Ich brachte sie zu dem riesigen Ankunfts- und Abfahrtsschalter vor den Durchgangstüren. Der einzige Zug an diesem Tag, der zur Ostküste fuhr, war bereits weg, der nächste würde erst tags darauf fahren. Allerdings befand sich das Telegrafenamt, zu dem das Geld geschickt worden wäre, innerhalb des Bahnhofs, und der Alte Mann winkte mich bereits zurück.

Trotzdem wollte ich sie nach drinnen begleiten.

Doch sie hielt mich zurück. »Nicht, Woody. Du gehst nicht mit da rein.«

»Aber du musst doch die Nacht hier verbringen und hast kein Geld«, entgegnete ich. »Was, wenn das Geld nicht angekommen ist, bis das Amt schließt? Was, wenn du doch auf Mr Jones' Angebot zurückgreifen musst?«

»Das Geld ist da«, sagte sie. »Ich muss nicht auf sein Angebot zurückgreifen. Mach dir keine Sorgen.«

Sie legte sich die Hand auf den Bauch, woraufhin ich sie etwas fragte, was mich nichts hätte angehen dürfen: »Und was machst du jetzt?«

»Warten«, sagte sie.

»Nein, ich meine …« Ich wusste nicht, wie ich es ausdrücken sollte. »Mit deinem Herzen.«

Etwas Trauriges und zugleich Zähes blitzte in ihrem Blick auf. »Ach, Schlaks, das hab ich doch nur erfunden! Glaub nie einer Frau, die deine Giraffen kennenlernen will.« Sie log mich an, ich konnte es ihr ansehen. In genau diesem Moment. »Ich werde trotzdem die nächste Margaret Bourke-White, du wirst schon sehen.« Und dann lächelte sie wieder ihr schmales, gepresstes Lächeln.

Ich griff in meine Hosentasche und hielt ihr das Zwanzig-Dollar-Goldstück hin.

»Nein.« Sie schüttelte so vehement den Kopf, dass ihre Locken wippten.

Ich nahm ihre Hand, drückte die Münze hinein und ließ mir so viel Zeit, bis ich mir sicher sein konnte, dass sie die Finger darum geschlossen hatte und die Münze nicht mehr loslassen würde.

Wieder das gepresste Lächeln. »Ich weiß aber nicht, wann ich es dir zurückzahlen kann.«

»Ich will es nicht zurück«, sagte ich. »Es gehört mir nicht. Und auch nicht Mr Jones.«

»Oh«, sagte sie, als müsste sie daraus schließen, dass ich die Münze gestohlen hatte. Was mir nur recht geschah.

Mit der Münze in der Hand wandte sie sich in Richtung des Amtes, blieb dann aber noch einmal stehen und sah – eher schwelgerisch als traurig – an mir vorbei zu den Giraffen. Und im nächsten Moment sah sie mich genauso an.

»Das war mal ein Abenteuer, oder, Woody Nickel?«

Noch ehe ich antworten konnte, nahm sie mich fest in die Arme und drückte mir einen so langen Kuss auf die Lippen, dass ich meine Hand über ihren Hinterkopf legen, die Finger in ihre weichen Locken schieben und ihren Kuss erwidern konnte wie ein erwachsener Mann – so, wie ich es mir immer ausgemalt hatte. Dann machte sie einen Schritt zurück und hatte wieder diesen entrückten Ausdruck im Gesicht. »Ich würde das jederzeit wieder so machen, weißt du …«

Ob sie davon sprach, den Packard zu stehlen, um uns hinterherzufahren, zu lügen, um an uns dranzubleiben, ihre Fotografinnenpläne platzen zu lassen, um die Giraffen zu retten, oder mir den Kuss aller Küsse zu geben – es spielte keine Rolle.

Der Moment des Abschieds war gekommen.

Sobald wir Phoenix hinter uns ließen, redete der Alte Mann wieder – und wie. Ich selbst sehnte mir die Wüstenstille zurück, aber davon wollte er nichts wissen. Er schnatterte wie eine Ente. Je näher wir San Diego kamen, umso beschwingter war er, und umso düsterer wurde meine Laune. Jetzt waren es nur noch wenige Stunden. Ich hatte schon halb befürchtet, er würde durchfahren wollen, doch wir mussten noch einen Bergpass überqueren, und dort würden wir erst bei Dunkelheit ankommen. Nach unserer wenig eleganten letzten Passfahrt war ich nur froh zu hören, dass er damit bis Tagesanbruch warten wollte. Natürlich bedeutete das auch: umso mehr Alter-Mann-Geschnatter. Vielleicht lag es daran, dass wir die Wüste durchquerten, aber er hörte gar nicht mehr auf zu erzählen, wie grün es im Zoo sei, dass dort buchstäblich *alles* wachse: dass der Gründer, den er »Dr. Harry« nannte, auf dem Gelände herumgestreift sei und mit seinem Gehstock überall Löcher in den Boden gebohrt und dort Saatgut habe hineinfallen lassen, das er aus aller Herren Länder mitgebracht hatte, und dass dort inzwischen – Simsalabim – Gewächse aus aller Welt gediehen. Wenn man ihn so reden hörte, hatten die Okies alles richtig gemacht, zumindest wenn es um San Diego ging; und zu jedem anderen Zeitpunkt hätte ich bei seiner Erzählung angefangen zu sabbern. Doch an jenem Tag stand mir nur der nächste Abschied vor Augen. Also starrte ich zu seinem Schnattern Meile um Meile entweder auf die Straße oder hinauf zu den Giraffen, ging auf seine Lobpreisungen nicht weiter ein und hielt mich stattdessen an dem fest, was mir noch geblieben war.

Irgendwo auf dieser Strecke hörten wir das Pfeifen eines Zuges. Die Geleise verliefen ein Stück abseits des Highways, doch dann wurde das Pfeifen zusehends lauter, bis ein Güterzug mit Bahntramps, die von jedem einzelnen Waggon hingen, an uns vorbeidonnerte. Erst als der lange Zug schon eine Weile außer Sicht war, dämmerte mir, dass der Alte Mann aufgehört hatte zu sprechen. Er musterte mich mit diesem durchdringenden Blick, von dem ich geglaubt hatte, wir hätten ihn in Texas hinter uns gelassen. Und anscheinend wollte er auch etwas sagen, wie jedes Mal, wenn er mich derart ansah. Schlagartig war ich angespannt. Doch dann schob er bloß den Ellbogen ins offene Fenster und rückte sich den Fedora auf den Hinterkopf.

»Hab ich dir eigentlich je meine Geschichte erzählt?«

Oh. Schlagartig war ich hellwach. Vielleicht würde ich endlich erfahren, was es mit seiner knotigen Hand auf sich hatte und damit, wie Percival T. Bowles ihn genannt hatte. Wenn ja, dann wusste ich jetzt schon, dass es bis dahin eine gute Weile dauern würde.

Aber was hatten wir schon – außer Zeit?

Er sei im Osten zur Welt gekommen, erzählte er, als Sohn eines »Taugenichts«, wie er sagte, der von seinen ersten zwei Frauen dreizehn Söhne und sechs weitere von seiner dritten Frau bekommen habe – von der Ma des Alten Mannes. Er selbst habe gerade erst laufen gelernt, als sein Pa gestorben sei und seine Ma die ganze Kinderschar fortan als Pensionswirtin habe versorgen müssen. Und da, sagte er, sei es »interessant« geworden.

»Die Pension lag in der Nähe des Winterquartiers von Barnum & Bailey. Bei der erstbesten Gelegenheit habe ich mich dort eingeschlichen, um die Elefanten und die Löwen, Tiger und Affen zu sehen.«

»War das, als Sie schon als Abdecker gearbeitet haben?«

»Darf ich mal ausreden?«, brummte er, fuhr dann aber ungerührt fort: »Nach einer Weile waren die Zirkusleute und Arbeiter es leid, dass ich dort ständig herumlief. Also habe ich mich mit den Funambulisten angefreundet – du weißt schon, mit den Seiltänzern. Und so habe ich seiltanzen gelernt.«

»Ist nicht Ihr Ernst!«

Er tätschelte vergnügt glucksend die Beifahrertür. »Ich war so gut, dass sie mich auf Tournee mitnehmen wollten, und ich wäre auch sofort mitgegangen, wenn einer meiner großen Brüder mich nicht kurz vor der Abreise zurück nach Hause geschleift hätte. Irgendwann – muss wohl in deinem Alter gewesen sein – hat mich die Schwindsucht ereilt. Und die einzige Möglichkeit für einen Lungenkranken war damals, in den Westen zu gehen. Folglich ging ich in den Westen. Das hat mich geprägt, sag ich dir. Kann ich nur empfehlen! Vier Jahre lang hab ich als Cowboy gearbeitet, hab in Colorado Rinder über die Plains getrieben, hab die Nachtritte gemacht, hab von Pökelfleisch und Sauerteigfladen gelebt, und meine Lunge hat sich wieder erholt. Aber die Elefanten und die Löwen und Tiger habe ich nie vergessen. Beim nächstbesten Zirkus, der meinen Weg kreuzte, habe ich angeheuert.«

»Als Seiltänzer?«

»Nee. Die gab es dort nicht. Das war nicht Barnum & Bailey – weit davon entfernt! Nein, ich habe bei den Tieren angeheuert. Aber es dauerte nicht lange, ehe ich tagaus, tagein in eine Schlägerei verwickelt war, weil irgend so ein Mistkerl die Tiere misshandelte. Bevor sie mich dort totgeschlagen hätten oder ich im Gefängnis gelandet wäre, hab ich Reißaus genommen und bin nach San Diego gereist, zu diesem neuen Zoo. Ich hatte gehört, dass sie die Tiere dort besser behandelten als die Menschen. Und ich hoffe sehr, dass ich dortbleiben kann, bis ich eines Tages tot umfalle.« Er lächelte so beseelt, dass er kaum wiederzuerkennen war. »Aber erst müssen wir die Schätzchen dort hinbringen, stimmt's, Junge?«

Es war die reine Freundlichkeit, die der Alte Mann an den Tag legte, um mich wieder auf andere Gedanken zu bringen – sowohl um der Giraffen als auch um meiner selbst willen. Und es funktionierte, womöglich sogar etwas zu gut. Denn erst als wir in Gila Bend einfuhren – was nichts weiter war als eine kleine Oase mit einer Quelle und einem Wasserspiel in Sichtweite der Berge –, fiel mir wieder ein, dass ich mitnichten erfahren hatte, was ich hatte erfahren wollen.

»Moment. Was war denn mit Ihrer …« Ich zeigte auf seine knotige Hand hinab. »War das beim Löwenbändigen?«

»Ach, *das* ist eine ganz andere Geschichte.«

Im selben Moment sah ich vor mir den Elefanten und den Hund.

Ein kleiner, drahtiger Mann mit Strohhut überquerte mit einem Hund und einem Elefanten die Straße.

Ich war mir sicher, dass es sich um eine Fata Morgana handelte, aber der Alte Mann hatte es ebenfalls gesehen.

Der drahtige Mann half seinem Hund auf den Elefantenrücken, und der Elefant schwang seinen Rüssel zurück, um den Hund zu berühren. Und alle lächelten – sogar der Hund. *Besonders* der Hund. Wenn ich während dieser Reise je sprachlos war, und es hatte so einige Gelegenheiten dazu gegeben, dann war dies eine davon.

Der Alte Mann glotzte nach vorn. »Den Tölpel kenne ich doch! Das ist Maroney! Der hat eine eigene kleine Wanderschau, zieht herum und lässt Kinder auf dem Elefanten reiten. Ich hab mal gehört, dass er im Winter hier raus in die Wüste kommt.«

»Aber«, stammelte ich, »wo hat er denn einen *Elefanten* her?«

»Von dort, wo alle ihre Elefanten herhaben«, antwortete

der Alte Mann – als hätte das irgendetwas erklärt. »Keine Sorge, seine Tiere sind bestens versorgt und haben Spaß.«

»Und woher wissen Sie das?«

Als wir dem Elefanten dabei zusahen, wie er seinen Rüssel in den Springbrunnen steckte, um den drahtigen Mann und den Hund nass zu spritzen, lächelte der Alte Mann zu mir rüber, als wäre dieser Anblick besser als jede Antwort. Dann sah er hoch zu den Giraffen. »Man kann die Welt nicht erklären, Junge. Wie man sie betritt, wo man in ihr landet … oder wer sich als dein Verbündeter entpuppt, sei es nun Mensch oder Tier …« Und damit stieg er aus, marschierte wild winkend auf Maroney zu, rief ihm etwas zu, und mir fiel auf, dass er mir schon wieder nicht von seiner knotigen Hand erzählt hatte.

Wir waren noch etwa eine Stunde unterwegs, bis wir kurz vor Sonnenuntergang am Fuß des Bergpasses in das zweite Wüstenmotel einbogen, das der Alte Mann für uns reserviert hatte. Und das hier war schick. Ich meine: extravagant. Es hieß Mohawk und verfügte über zwölf rosa verputzte »Cabanas«, die von Palmen umgeben waren, die ihrerseits aussahen, als hätte man sie samt Gießwasser und Erde hierher versetzt – sattgrün und ausladend. Das Motel war voll belegt, vor jedem Zimmer parkte ein riesiges Auto – schickere Fahrzeuge, als ich Farmboy sie je zu Gesicht bekommen hatte. Obendrein war dies von allen voll belegten Orten, die ich bis dahin erlebt hatte, der mit Abstand ruhigste. Ich war mir nicht sicher, was ich davon halten sollte. Als wir ein Stück hinter der Rezeption hielten, stieg gerade ein Pärchen, das aussah wie aus einem Hollywood-Film, aus einem babyblauen Cabrio aus, um in einer der rosa Cabanas zu verschwinden, ohne uns auch nur eines Blickes zu würdigen. Nicht mal der Betreiber schien beeindruckt zu sein, als würden hier tagtäglich Giraffentransporte vorfahren. Was für mich völlig in Ordnung war, weil ich ohnehin nicht in der Stimmung war, die beiden mit irgendwem zu teilen.

Wir wurden ans rückwärtige Ende des Geländes verwiesen und widmeten uns unserer Abendroutine aus Füttern, Wässern und Verhätscheln der Giraffen … zum allerletzten Mal. Ich konnte es nur mehr so sehen.

Sobald wir fertig waren, verschwand der Alte Mann in unserem Motelzimmer. Er wollte nichts lieber, als die bevorstehende Nacht hinter sich zu bringen, damit endlich der letzte Tag anbräche. Ich selbst kletterte wie immer auf meine Planke. Mädchens Atem schlug mir heiß und muffig entgegen, und Junge begrüßte mich mit einem speichelnassen Schnüffeln. Mit Freuden wischte ich mir den Giraffenschlabber aus dem Gesicht und machte mich bereit, ein letztes Mal den Himmel mit den beiden zu teilen.

Es war eine warme Nacht. Gegen Mitternacht schliefen sie im Stehen ein, und ich sprang nach unten und öffnete die Luken, damit sie mehr Luft bekamen. Doch sowie ich Junges Hufe vor mir sah, fühlte ich mich zu Cooter zurückversetzt, wo Rotschopf aus Junges Abteil gekrochen war. Ich sah sie immer noch vor mir, auch als ich wieder nach oben kletterte; diesmal indessen nicht wie bei Cooter, sondern wie in der Nacht mit dem Bären, in der Nacht, als sie die Warnungen, die der Alte Mann an mich gerichtet hatte, in den Wind geschlagen hatte und in den Straßenpullman gesprungen war, um den Giraffen näher zu sein. Als sie darauf vertraut hatte, dass die Giraffen ihr vertrauen würden.

Mit Rotschopf vor Augen ließ ich mich vorsichtig in Junges Kiste fallen, landete direkt an der durchbrochenen Öffnung zwischen ihren Abteilen und somit zwischen den beiden. Einen Moment lang ertrank ich gleichsam in ihrer Übermächtigkeit – genau wie in der Quarantäne. Ihre langen Flanken rochen inzwischen nicht mehr nach Ozean, sondern nur mehr nach Erde. Dann streckte ich wie Rotschopf die Arme aus, bis ich sie beide berührte … und bei meiner Berührung begannen diese beiden herrlichen Giraffen zu summen! Sie hatten in der Quarantäne wirklich gesummt – und jetzt summten sie wieder. Und mit diesem tiefen, rollenden, sanften Dröhnen vibrierte auch meine Brust, während ich dort stand und ihr Fell berührte. Ihr grollendes afrikanisches Summen echote in der Nacht und in meinem Mark wider. Selbst jetzt ist die Erinnerung daran so klar, so überwältigend, dass ich mir nur die Hand auf die alte Brust legen muss und das Vibrieren spüre. Als sie irgendwann aufhörten, hätte ich mich fragen können, ob das je wirklich passiert war, wenn nicht das Summen tief in meinen Knochen gewesen wäre, und ich weiß noch, wie ich mir wünschte, ich könnte für immer zwischen den beiden stehen – als dürre, junge Giraffe, die sie auf ihrer langen, unbegreiflichen Reise nach Kalifornien adoptiert hatten.

Als der Alte Mann irgendwann ins Mondlicht trat, um mich abzulösen, war ich längst wieder nach oben geklettert, um dort über die schlafenden Giraffen zu wachen. Ich machte mich schon auf seine üblichen Kommentare zu meinem mangelnden Halbstarken-Verstand gefasst.

Stattdessen sagte er: »Ich meine, ich hätte vor einer Weile ein Grollen und Summen gehört.«

Ich zeigte auf die Giraffen.

»Hol mich doch der Teufel«, murmelte er.

Als er sich auf das Trittbrett setzte, um seine obligatorische Zigarette zu rauchen, sprang ich auf die Erde und blieb vor ihm stehen.

»Willst du bleiben?«, fragte er.

Ich nickte.

»Na schön, Junge. Na schön.«

Ich kletterte wieder hoch auf die Planke. Die Giraffen wachten kurz aus ihrem Standschlaf auf und sahen zu, wie ich mich auf meinem Wachposten zurechtlegte. Dann legten sie sich hin … *alle beide* … während nur ich allein von dort oben nach Löwen Ausschau hielt.

Und ich glaubte, mir würde das Herz aus der Brust springen.

San Diego Union

16. Oktober 1938

GIRAFFEN HEUTE IM ZOO ERWARTET!

SAN DIEGO – 16. Okt. (Sonderausgabe) Der San Diego Zoo rechnet heute um die Mittagszeit mit der Ankunft seiner beiden Giraffenjungtiere. Riley Jones, Obertierwärter und Giraffeneskorte, habe sie gestern per Telegramm angekündigt, so Belle Benchley, die selbst vor Vorfreude außer sich sei. Das Dach des Verschlags wird geöffnet. Die gigantischen Giraffenköpfe an ihren langen Hälsen tauchen auf. Und die ganze Stadt wird sie willkommen heißen! Unterdessen haben Hafenarbeiter einen großen Schiffskran zum Zoologischen Garten gebracht, an dem die Giraffen in ihrer Transportkiste von jenem Drei-Tonnen-Truck gehoben werden, der sich vor rund zwei Wochen in New York City auf den Rückweg nach San Diego gemacht hat …

15

Nach Kalifornien

Abermals brachen wir noch im Mondschein auf, unmittelbar bevor es dämmerte.

Bis die Sonne über den Horizont spähte, hatten wir den sogenannten Telegraph Pass erreicht. Im ersten Licht des Tages fuhren wir so langsam und behutsam darüber hinweg, dass die Giraffen zum Glück kaum mitbekamen, dass wir erneut durch die Berge fuhren.

Dahinter rollten wir gleichsam in Yuma ein. Dort, teilte der Alte Mann mir mit, würden wir über die Ocean-to-Ocean Bridge den Colorado River und dann die Grenze nach Kalifornien überqueren. Als die Brücke gebaut worden war, konnte 1200 Meilen weit nur hier ein Fahrzeug den Fluss überqueren und – wie der Name besagte – von einem Weltmeer zum anderen fahren.

Allem Anschein nach war der Fluss jüngst erst über die Ufer getreten, weil ringsum Schwemmgut lag. Bei dem Anblick bekam ich eine Gänsehaut. Allerdings gab es auch Dinge, die noch erschütternder waren – beispielsweise die Obdachlosensiedlung aus Zelten und Trucks und Lagerfeuern und beieinanderkauernden Leuten diesseits der Brücke. Ich musste vom Gas gehen, als eine Meute aus schmutzstrotzenden Kindern neben uns herlief.

»Willkommen in Okie Town«, murmelte der Alte Mann, als wir uns in den Verkehr einreihten. Er starrte geradeaus zur Mitte der Brücke, wo mehrere kalifornische Polizisten Fahrzeuge anhielten. Ein Model T musste wenden. Der Wagen war himmelhoch mit Gepäck beladen, unter anderem mit einer Matratze, auf der ein halbes Dutzend Kinder kauerte. Als der Wagen an uns vorbeifuhr, erhaschte ich einen Blick auf einen versteinerten Vater und eine weinende Mutter.

»Was ist da gerade passiert?«, fragte ich.

Der Alte Mann antwortete nicht, sondern verfolgte weiter das Trauerspiel, das vor uns lag. Zwischen uns und den Polizisten standen nur mehr zwei Wagen – der Model T mit der Ziege, der uns in New Mexico überholt hatte, und das babyblau glänzende Cabrio mit dem schicken Pärchen aus dem Mohawk.

Ein Polizist winkte die Familie mit der Ziege raus und fing an, sie zu befragen.

»Weißt du, was der wissen will?«, murmelte der Alte Mann. »›Haben Sie Geld? Haben Sie eine Arbeitsstelle?‹ Wenn auch nur eine Antwort Nein lautet, lassen sie dich nicht über die Brücke. Sie nennen es ›Gammlergrenze‹.«

Ich spähte zu dem alten Model T, der noch diesseits in Arizona am Fahrbahnrand hielt. »Was, wenn sie nirgends sonst hinkönnen?«

»Dann bleiben sie hier.« Er nickte zurück in Richtung der Armensiedlung. »Näher kommen sie an ihr Gelobtes Land nicht heran.«

Der kalifornische Cop beäugte die Ziege auf dem Trittbrett des Wagens, schien sie als Vermögenswert zu betrachten und winkte sie durch.

Das schicke Cabrio hatte nicht einmal halten müssen.

Wir waren die Nächsten, und ich rechnete schon damit, dass wir aufgehalten würden, und wenn es nur für die übliche Begrüßung der Giraffen wäre. Ich hatte sogar schon den Fuß auf der Bremse. Doch der Polizist bedachte die Giraffen nur mit einem flüchtigen Blick und schien auf Geld zu schließen. Er brachte kaum ein Lächeln zustande, als er uns ebenfalls durchwinkte.

Während die Giraffen hoch über die Brücke hinausragten,

winkten sowohl die Ziegen-Okies als auch das Hollywood-Pärchen immer wieder in unsere Richtung, und gemeinsam fuhren wir – endlich – in jenem Land ein, in dem Milch und Honig flossen.

Ab diesem Moment passierten plötzlich zig Dinge auf einmal.

Wir sahen Wasserstraßen und grüne Felder und Orangenhaine und Trucks voller Arbeiter.

Wir sahen weitere chaotische Obdachlosenviertel.

Wir sahen massenhaft ausgezehrte Männer mit Farmergesichtern.

Wir sahen Schilder mit der Aufschrift *Obdachlose, zieht weiter! Wir können nicht mal unsere Leute beschäftigen!* direkt neben anderen, die Arbeiter dazu aufforderten, »sich zu vereinigen«.

Wir fuhren daran vorbei.

Als Nächstes durchquerten wir ein Städtchen namens El Centro, und wie von Zauberhand war plötzlich von Leuten und Schildern und Siedlungen nichts mehr zu sehen, weil sich zu beiden Seiten nur mehr enorme Sanddünen erstreckten, als führen wir durch die Sahara. Der Sand wirbelte und wehte wie Staubzucker über die Straße. Noch während wir die Dünen durchquerten, wies der Alte Mann mich auf eine alte »Bretterstraße« hin, die aus Gleisschwellen bestand und neben dem asphaltierten Highway vor sich hin zerfiel. »Sei froh, dass du nicht darüber fahren musst«, sagte er. »Das war früher mal der einzige Weg durch die Dünen.«

Wir fuhren weiter.

Eine Zeit lang lag Mexiko ein Stück zu unserer Linken. Oder zumindest sagte das der Alte Mann. Ich sah keinen Unterschied zwischen hier und dort, abgesehen davon, dass hier der Highway verlief – bis die Straße mit einem Mal nordwärts und erneut auf verdammte Berge zuführte. Ich riss den Kopf herum, weil der Alte Mann nichts dergleichen erwähnt hatte.

»Kein Problem«, versicherte er mir. »Ist nur ein ganz kurzer Pass mit ein paar Kurven und Ausweichbuchten.«

Ein Schild zischte an uns vorbei:

Achtung: verengte Fahrbahn, steiler Anstieg!

»Wenn auch ein bisschen eng«, fügte er hinzu, »und steil.«

Sowie entlang einer Mittelleitplanke nur noch eine schmale Spur in jede Richtung führte, lehnte er sich zurück und machte auf kaltschnäuzig.

»Du weißt ja, wie du es anstellen musst, und die Giraffen ebenso. Sobald wir das hier geschafft haben, Junge, sind wir zu Hause.«

Also fuhren wir den Anstieg hoch, der Truck gab alles, die Giraffen und ich spähten hinter jeder Kurve zu jeder neuerlichen Stelle, an der unser Motor überhitzen könnte, wir fuhren weiter, immer höher und noch höher hinauf … und wie die Verrückten rasten wir wieder nach unten, schneller und noch schneller, während ich mit aller Kraft auf der Bremse stand und mit der Schaltung kämpfte, um einen Gang reinzukriegen, mit dem wir wieder in den Bereich der erlaubten Geschwindigkeit kämen. Am Fuß des Berges schossen wir direkt an einem Rastplatz vorbei, bis die zwei getrennten Spuren auch schon wieder zusammenführten, mein Mageninhalt wieder nach unten sackte und die Giraffen erneut die Schnauzen in den Wind hielten.

Und von einem Moment auf den anderen waren wir in San Diego. Und du kannst Gift darauf nehmen, dass die Eskorte dort schon auf uns wartete! Ein Dutzend Motorradcops und Verkehrsstreifen hatten sich an der Stadtgrenze versammelt. Sowie sie uns entdeckten, umringten sie uns und schalteten ihre Sirenen ein, damit wir ihnen folgten.

Noch ehe ich all das erfasst hatte, sahen wir auch schon Wasser vor uns aufblitzen – die Straße hatte schnurstracks hinunter zur Bucht geführt.

Wir hatten es geschafft. Von einer Küste zur anderen.

In alle Richtungen dümpelten Kutter der Küstenwache, Tanker und Marineschiffe, die wie auf einer Postkarte vor der riesigen, bildschönen Anhöhe oberhalb der Mündung ein- oder ausfuhren. Einen so glitzernden, schillernden Ort hatte ich noch nie gesehen. Statt Hafenratten und Hurrikans gab es hier Pelikane, Sonne und derart glänzende Docks, dass Cuz ein Freudentänzchen hingelegt hätte. Die Giraffen hielten die Schnauzen nach draußen und witterten den neuen Ozean.

Und immer noch fuhren wir weiter.

Der Motorradcop, der vorausfuhr, zog mit dem Zeigefinger einen Kreis in der Luft. Dann fuhr er um eine scharfe Kurve am trubeligen Bahnhof vorbei, einem riesenhaften Gebäude mit spanischen Schnörkeln, vor dem allerlei fantastische Fahrzeuge parkten, unter anderem eine glänzende, cremeweiß-blaue Harley, an der mein Blick kurz hängen blieb.

Von der Straße aus konnte ich das große Ankunfts- und Abreise-Infoschild draußen lesen, auf dem die nächste Abreise verkündet wurde: *San Diego & Arizona Railway, Ankunft nach Fahrplan, mit Halt in El Centro, Yuma, Phoenix und Anschlüssen im Osten.*

Ich ging vom Gas. Erst in allerletzter Sekunde riss ich meinen Blick davon los und sah wieder auf die Straße.

Es war dem Alten Mann nicht entgangen. »Sie kommt schon klar, Junge. Für ein Mädel weiß sie recht gut, was sie tut, will ich meinen. Auch wie sie mit irgendeinem Ehemann umgehen muss.«

Vor uns fuhr der Motorradcop an einem Hinweisschild zum Balboa Park vorbei. Binnen Sekunden folgten wir ihm eine hoch aufragende, zierliche Brücke hinauf und dann durch einen Bogen, hinter dem sich ein gepflasterter Platz wie aus einem Märchen erstreckte, von dem ein weiteres Schild in Richtung San Diego Zoo wies.

Der Alte Mann konnte kaum noch still sitzen. Vergnügt rückte er seinen Fedora zurecht. »Gleich erlebst du die Schau deines Lebens!«, krähte er. »Ich hab die Chefin angerufen, kurz bevor wir losgefahren sind. Ich wette, kaum dass wir aufgelegt hatten, hat sie sämtliche Zeitungen und die Polizei informiert und alle aufgescheucht. Das wird ein Anblick! Ein Wahnsinnsanblick!« Er zeigte nach vorn. »Wenn wir dort um die Ecke biegen, dann warten überall Reporter und Fotografen, und wenn es sich herumgesprochen hat, wahrscheinlich die halbe Stadt! Die Chefin hat schon den Kran aus dem Hafen heraufschaffen lassen, sodass wir die Kiste vom Truck heben, in ihr neues Gehege setzen und die Schätzchen endlich freilassen können. Dann kreuzt hier morgen die andere halbe Stadt auf, die heute noch nicht da war. Es ist sogar eine Feier geplant – alles nur für die Giraffen! Wir sind zu Hause, Junge! Jawohl! Und *du* hast dir eine Belohnung verdient!«

Und nichts anderes sah ich, als ich um die Kurve fuhr: ein Aufgebot, wie ich es in meinen jungen Jahren noch nie erlebt hatte. Zu beiden Seiten der Straße standen Leute, Jung wie Alt, und drängelten sich hinter schimmernd roten Seilen. Und sowie die ersten Rufe laut wurden, gingen die Tore auf. Ich sah eine untersetzte Frau in soliden Großmutterschuhen, mit Schulmamsellfrisur und Kirchgängerkleid mit ausgebreiteten Armen auf uns zueilen. Ich sah Fotografen, die anfingen, Fotos zu schießen – ein echtes Blitzlichtgewitter. Ich sah, wie auf dem Zoogelände ein Hafenkran hoch über allem aufragte und Männer in Latzhosen bereitstanden. Ich ließ den Truck ausrollen, und im selben Moment – mit einem letzten Blick in den Spiegel hoch zu den Giraffen – dämmerte mir, dass ich abermals nur ein Junge war, wenn auch an einer anderen Küste, der einem Trupp Hafenarbeitern zusehen würde, die überlegten, wie sie zwei Giraffen dort hinschaffen sollten, wo sie hingehörten. Allerdings war dieser Junge ein Glückspilz gewesen, weil er es geschafft hatte, bei dieser Reise irgendwie mit aufzuspringen.

Der Alte Mann tastete bereits nach dem Türgriff. Noch während ich mit ihm zusammen für unseren allerletzten zweisamen Moment im Fahrerhäuschen saß, hörte ich, wie der Zug der San Diego & Arizona Railway mit einem lauten Pfiff in den Bahnhof einfuhr … und mir war klar, dass ich noch eine Sache erledigen musste. »Mr Jones … Ich muss weiter.«

Als der ankommende Zug im nächsten Moment abermals pfiff, riss der Alte Mann den Kopf herum und sah, wie ich in Richtung Bahnhof spähte. Er schnaubte. »Also gut, Junge. Dein Gehirn scheint gerade nicht mehr die Oberhand zu haben … Aber ich nehme an, das erspart es mir, der Chefin jetzt gleich ein paar Dinge zu erklären, die ich lieber erst später erklären will.« Er angelte ein paar Scheine aus seiner Brieftasche und stopfte sie mir in die Hemdentasche. »Das sollte für die Hin- und Rückfahrt reichen, oder?« Dann hielt er mir die Hand hin. »Die Giraffen bedanken sich bei dir, wenn du wieder da bist. Aber was mich angeht – du hast den Job eines gestandenen Mannes gemacht und verdienst den Dank eines Mannes, und das gleich auf der Stelle. Gib mir die Hand darauf, Junge.«

Ich tat wie geheißen.

Dann schob er mich aus der Fahrertür – die einzige Art von Abschied, zu der er bereit war und die ich hinnehmen konnte. Immerhin wäre ich tags darauf wieder da. Das hier war noch kein Abschied. Ich sah zu den Giraffen, die die Köpfe in meine Richtung schwenkten, und spürte, wie mir das Herz in die Hose rutschte. *Ich sehe sie morgen wieder*, redete ich mir gut zu. Dann lief ich los in Richtung Bahnhof. Mir war noch nicht klar, was ich tun würde, sobald ich in Phoenix ankäme – nur dass ich sie finden müsste, ehe sie abgereist wäre. Vielleicht würde mir noch etwas einfallen, was ein erwachsener Mann tun oder sagen würde. Vielleicht wollte ich auch einfach nur sicherstellen, dass sie nicht in Phoenix hängen blieb; dass Lionel Abraham Lowe, der Gute Mann, ihr wirklich Geld geschickt hatte. Vielleicht aber würde ich, nachdem die Giraffen sicher am Ziel ihrer Reise angelangt waren, erst Ruhe geben, ehe ich auch Rotschopfs Reise bis ans Ende verfolgt hätte – ich wusste es nicht. Und wie jedes Mal, wenn ich nicht weiterwusste, schien mir nichts anderes einzufallen als loszulaufen.

Als ich den Bahnhof fast erreicht hatte, hörte ich, wie der Schaffner rief: »Einsteigen, bitte!« Ich sah, wie die letzten Fahrgäste aufsprangen und wie der Zug sich in Bewegung setzte. Ich hatte zu lange gezögert. Der Zug rollte aus dem Bahnhof, während ich noch einen ganzen Straßenzug entfernt war. Ich lief um Autos und Statuen und Parkbänke und Zäune herum in Richtung der Geleise dem Zug hinterher, und mein Herz hämmerte so heftig, dass ich um Luft rang, während der Zug zusehends beschleunigte. Mit dem Gefühl von Rotschopfs Lippen auf meinen rief ich mir in Erinnerung, dass ich schon früher auf Züge aufgesprungen war – *ich kann es schaffen, ich kann ihn erreichen, ich kann …*

Ich konnte es nicht.

Und mit solchen Kleinigkeiten nimmt das ganze Leben mitunter eine neue Wendung.

Ich trudelte auf den Schwellen aus, und mir war so schwindlig, dass ich mich auf die Knie stützen musste. Als ich wieder aufblickte, war von dem Zug nur noch der Begleitwaggon zu sehen … der brandneue knallrote Begleitwaggon … und der alte Zorn, von dem ich geglaubt hatte, er sei verraucht, war wieder da. Samt meinem alten Streunerreflex. Ehe ich michs versah, fand ich mich neben der schimmernden cremeweißblauen Harley wieder, die immer noch an derselben Stelle stand wie zuvor. Im nächsten Moment war ich aufgesessen und unterwegs.

Ein paar Meilen später, als mein Verstand endlich wieder aufklarte, überlegte ich, rechts ranzufahren, zurückzufahren, diese dumme alte Unart ein für alle Mal abzulegen. Doch als ich nichts dergleichen tat, redete ich mir überdies ein, dass ich so etwas nie, nie wieder tun würde, wenn ich den Zug erst erreicht hätte.

Ich schloss zu ihm auf, sobald der Highway neben den Schienen verlief, bis diese in Richtung der Berge abbogen. Als der Zug außer Sicht verschwand, fuhr ich weiter und hoffte, rechtzeitig in El Centro anzukommen.

Wieder verpasste ich den Zug um Sekunden.

Also fuhr ich noch weiter. Bis nach Yuma.

Ich fuhr über die Ocean-to-Ocean Bridge, kreuzte auf der Suche nach dem Bahnhof quer durch die Stadt und wurde angehalten, noch während das Rattern des sich nähernden Zuges die Luft erfüllte.

Für den Sheriff aus Arizona war ich bloß einer von unzähligen verwaisten Okie-Langfingern, die auf einem nagelneuen, glänzenden Bock nichts verloren hatten: die den Leuten erst Motorräder und dann alles andere klauten, und das auf Jahre hinaus. Nur wenige Wochen zuvor hätte das sogar gestimmt. Meine Beteuerungen, warum ich das Motorrad gestohlen hatte, klangen selbst in meinen eigenen Ohren jämmerlich. Von meiner Geschichte von Zügen und Giraffen und Highways glaubte er mir kein Wort, obwohl ich ihn anflehte, bei den kalifornischen Cops auf der Brücke nachzufragen.

»Glaubst du, ich bin bescheuert?«, knurrte er. Er hatte von Jungs wie mir mehr als genug, was er mir dann auch unmissverständlich klarmachte, als er mit seiner Adlernase ganz nah an mich herankam.

In diesem Moment hätte der Junge, der ich in Cuz' Bootsschuppen gewesen war, einen Anfall gekriegt und nach dem Alten Mann oder sogar Belle Benchley persönlich verlangt. Der Giraffenjunge indes, zu dem ich irgendwo zwischen Atlantik und Pazifik geworden war, konnte sich nicht dazu durchringen. Vielleicht weil ich die Vorstellung nicht ertragen konnte, der Alte Mann würde erfahren, dass ich nach allem, was wir durchgemacht hatten, erneut zum Dieb geworden war. Womöglich sogar, weil ich genau wusste, dass es ohnehin nichts ändern würde. Dass mich der Sheriff nicht ziehen lassen würde, selbst wenn der Alte Mann hier auf den Giraffen einreiten würde. Der Sheriff kannte den Alten Mann nicht. Und Belle Benchley ebenso wenig. Und wir waren nicht in Kalifornien. Wir waren in Yuma, in Okie Town, wo es Hunderte Jungs wie mich gab. Ich hatte ein Motorrad gestohlen. So einfach war das.

Und weil es 1938 war und Hitler begann, quer durch Europa zu marschieren, war mein Hintertürchen dasselbe, das auch alle anderen verwaisten Langfinger aufschoben, um dem Knast zu entgehen … die Musterung.

»Das wird einen Mann aus dir machen«, sagte der Sheriff noch, als er mir die Entscheidung abnahm.

Es sollte sieben Jahre und einen Weltkrieg dauern, bis ich herausfinden würde, ob Rotschopf den Zug bestiegen hatte, und noch länger, bis ich zu guter Letzt nach San Diego zurückkehrte.

San Diego Sun

17. Oktober 1938

EINZUG DER GIRAFFEN

SAN DIEGO ZOOLOGISCHER GARTEN – 17. Okt. (Sonderausgabe) Eins der erstaunlichsten zoologischen Spektakel aller Zeiten – der große Giraffentreck – ist gestern sicher und erfolgreich zu Ende gegangen, als Riley Jones, leitender Tierpfleger des San Diego Zoo, die ersten Giraffen, die das südliche Kalifornien je zu sehen bekam, nach 3000 Meilen langer, beschwerlicher Reise aus New York in ihr neues Zuhause geleitete. In ihren Transportabteilen wurden die langhalsigen Tiere mithilfe eines großen Hafenkrans von ihrem Gefährt geholt, woraufhin sie sich geschlagene zwei Stunden bitten ließen, ihr fremdes, neues Gehege zu betreten, wo sie ein turmhohes Giraffenhaus mit einem fünfeinhalb Meter hohen Tor erwartete, durch das die hoch aufgeschossenen Bewohner erhobenen Kopfes spazieren können. Nachdem Akazienäste, Luzerne und andere belaubte Köstlichkeiten zunächst nichts ausrichten konnten, ließen sie sich schlussendlich von Zwiebeln herauslocken.

»Zwiebeln«, so Jones, »haben magische Kräfte.«

Früher am Tag wurden die beiden von Mrs Benchley feierlich auf »Lofty« und »Patches« getauft; die beiden Siegernamen waren zuvor von den Kindern aus San Diego ausgewählt worden, und Obertierpfleger Jones strich ihnen mit einem Zweig Schwarzholz-Akazie aus dem Balboa Park über die Stirn. Die Zweige wurden anschließend sofort vernascht, sehr zur Freude unzähliger Besucher aus ganz Südkalifornien, die unter den Ersten waren, die die exotischen Kreaturen bestaunen durften und von ihrer stillen Anmut und ätherischen Schönheit hingerissen waren …

16

Nach Hause

Etwa zum selben Zeitpunkt, da ich meinen Kriegsdienst antrat, bombardierten die Japaner Pearl Harbor, und ich wurde für die gesamte Dauer des Krieges mitten hineingeschickt, wie jeder andere taugliche Amerikaner auch.

Bis ich wieder amerikanischen Boden betrat, war ich fünfundzwanzig.

Ich würde zu gern behaupten, dass ich als Held von den Schlachtfeldern zurückgekehrt war und der Krieg aus mir einen Mann gemacht hatte, so wie es jener Sheriff prophezeit hatte. Doch der Krieg ist ein grausamer Ort, um erwachsen zu werden. Ich gehörte dem Quartermaster Corps in Europa an und hatte dort hauptsächlich mit Toten zu tun; wir waren diejenigen, die nach den Schlachten ausschwärmten, Leichen einsammelten und Gräber aushoben. Ich hätte eine Begabung dafür, hieß es, auch wenn ich bis heute nicht weiß, was das zu bedeuten hatte; ich weiß nur, dass mir die Begabung bescheinigt wurde, nachdem ich dem falschen Offizier gegenüber angedeutet hatte, dass ich allmählich genug vom Sterben hätte, woraufhin er meinte: »Ach, genug vom Sterben?« Und mit einem Mal hatte ich besagtes Talent und umso mehr genug vom Sterben. In all der Zeit ging es auch nicht um Ruhm und Ehre, sondern nur um Pflichterfüllung, und ich wünschte mir nichts sehnlicher, als dass meine Augen wieder mit Panhandle-Staub gefüllt wären, bis ich irgendwann lernte, nicht mehr hinzusehen und nichts mehr zu fühlen, nicht mehr zu denken. So ging ich Tag für Tag meinen Pflichten nach, einen grässlichen, tödlichen Tag nach dem anderen.

Derlei Dinge verdrängen ältere Erinnerungen – es sei denn, man hat etwas, woran man sich klammern kann. Die meisten Soldaten klammerten sich an ihre Mädchen, an die Familie, schrieben Briefe an Menschen, die Briefe zurückschrieben. Doch woran klammert man sich als Waise? Die tödlichen Tage wurden zu Jahren, und irgendwann stellte ich mir diese Frage nicht mehr.

Als es endlich vorbei war, kam ich per Marineschiff zurück über den Ozean – immer noch randvoll mit Krieg – und landete im Hafen von New York. Doch noch während wir durch hohe See gepflügt waren, hatte sich in mir etwas geregt. Die Giraffen riefen sich in Erinnerung. Während der Frachter schwankte und krängte, dämmerte mir, dass dies fast dieselbe Passage war, die auch Junge und Mädchen gefahren waren. Ich schloss die Augen, und mit einem Mal befand ich mich nicht mehr im Bauch eines Kriegsschiffs im Jahr 1945, sondern in einer Transportkiste an Deck eines Handelsfrachters im Großen Hurrikan von 1938 auf dem Weg in die Vereinigten Staaten. Die anderen Soldaten machten vor Sehnsucht nach ihrem Zuhause und ihren Familien kein Auge mehr zu, während ich nicht schlafen konnte, weil ich unentwegt an die Hurrikan-Giraffen dachte. Auch ich hatte also etwas gehabt, woran ich mich klammern konnte. Während wir durch die Wellen pflügten, fuhr ich abermals zwei »riesenhafte Schöpfungen aus Gottes reinstem Paradies« quer durchs ganze Land. Ich sah den Packard im Rückspiegel und hörte, wie Mädchen nach dem Alten Mann austrat. In den Bergen schwankte ich bedrohlich, traf Moses' Familie, beäugte den Geldsack und schoss auf seine diebischen Lakaien. Ich setzte mich gegen eine Blitzflut zur Wehr, rang in der Wüste mit einem Verrückten, machte große Augen, als Junge uns rettete, und spürte Rotschopfs Lippen auf meinen. Ich hörte, was der Alte Mann über den drahtigen Alten mit dem Elefanten und dem Hund erzählte – und dass es in der Welt schlichtweg keine Erklärung dafür gebe, wo man in sie hineingeboren und wer jemandes Freund werde. Und allmählich fiel mir auch wieder ein, wer *meine* Freunde waren.

Während ich durch die Wellen im Schiffsbauch hin und her schaukelte, legte ich mir zurecht, was ich tun würde, sobald wir im Hafen angelegt hätten.

Ich würde die beiden finden.

Ich würde *sie* finden.

Und ich würde dich finden.

Mister Starreporter Lionel Abraham Lowe spürte ich in New Jersey in einem kleinen Haus inmitten eines sattgrünen Rasens auf. Nach der Art und Weise zu urteilen, wie er in der Tür stand und meine Uniform musterte, hätte ich meinen kompletten Sold darauf verwettet, dass er seinerseits ausgemustert worden war – wegen seiner Plattfüße oder eines flachen Hinterkopfs.

Eilig brachte ich hervor, weshalb ich gekommen war. »Ich möchte bitte mit Rotschopf sprechen.«

Er erstarrte. »Mit wem?«

»Mit Augusta … Ihrer Ehefrau.«

Er zog die Tür hinter sich zu und sah mir unverwandt ins Gesicht. »Augusta ist seit Jahren tot. Wer sind Sie überhaupt?«

Ich taumelte zurück, als hätte ich einen Schlag in die Magengrube bekommen. Ich muss wieder ausgesehen haben wie mit siebzehn, all die Jahre und Gräber fielen von mir ab, weil er mich tatsächlich wiedererkannte. Er riss die Augen auf, funkelte mich wütend an, wurde rot im Gesicht – und holte aus.

Und ich ließ es geschehen.

Abermals taumelte ich zurück und blieb dann einfach stehen, während mir das Blut aus der Nase schoss. Er starrte mich an, wie ich seinen Eingang besudelte, bis ich auf seiner Vordertreppe zusammensackte, er mir ein Handtuch holen ging und sich neben mich setzte.

Einen Augenblick lang hockten wir beide da und warteten darauf, dass das Handtuch das Blut aufsaugte.

»Wie ist sie gestorben?«, murmelte ich schließlich.

»An ihrem Herzen natürlich«, antwortete er. »Im Schlaf. Etwa ein Jahr, nachdem sie unsere Tochter zur Welt gebracht hat … So hatten wir uns kennengelernt …«

»Was?«

»Ihr Herz«, sagte er und blickte in die Ferne. »Ich hatte sie am Straßenrand entdeckt, wie sie sich die Hand auf die Brust presste und um Atem rang. Ich bot ihr an, sie ins Krankenhaus zu fahren. Sie hatte kein Geld, doch als ich ihr anbot, für sie zu bezahlen, lehnte sie das rundheraus ab. Also habe ich sie ins Armenhospital gebracht und dort auf sie gewartet. Ihre Atemnot hörte gar nicht mehr auf, bis sie ihr irgendeine Spritze gaben.« Er hielt kurz inne. »Sie kam aus reichem Hause, müssen Sie wissen. Und dann war ihr Vater einer von denen, die sich 1929 während des Börsenkrachs aus dem Bürofenster an der Wall Street stürzten. Da war sie gerade erst zwölf. Sie und ihre Mutter hatten anschließend jahrelang mal bei diesem, mal bei jenem Verwandten gelebt, von denen die meisten selbst alle Mühe hatten, sich zu ernähren … bis ihre Mutter schließlich den Verstand verlor und einfach zur Tür hinausspazierte. Augusta hat nach ihr gesucht. Ich habe ihr tagelang bei der Suche geholfen, weil ich insgeheim eine Story witterte: den Blickwinkel des Wall-Street-Verlierers … Eingangs war mir sogar egal, ob wir ihre Mutter nun fanden oder nicht. So etwas ist während der Weltwirtschaftskrise immer wieder passiert – dass Leute verschwanden, dass man nie wieder von ihnen gehört hat. Am Ende haben wir sie gefunden. Allerdings zu spät. Doch bis dahin spielte meine Story schon gar keine Rolle mehr, und Augie hätte nirgends sonst unterkommen können …«

Die Eingangstür ging einen Spaltbreit auf.

Und da standst du. Mit seinem Gesicht. Und mit ihren roten Locken.

»Geh wieder rein, Liebling«, sagte er. »Na los.« Er sah sie eher besorgt denn verärgert an. »Lassen Sie meine Tochter aus dem Spiel. Sie ist gerade erst sechs Jahre alt«, raunte er mir zu. »Sie weiß nichts von der wilden Reise ihrer Mutter … dass sie ausgerechnet *Giraffen* nachfuhr … allein. Und Sie und dieser Zoodirektor, Sie haben es zugelassen! Sie war eine *Frau*, in Gottes Namen – mit einer Herzschwäche. Sie hätte dort draußen *sterben* können. Sie wollte zu viel … hat immer zu viel gewollt …«

Wütend stand er auf. Doch ich musste noch mehr wissen. Hatte Rotschopf es in ihre Zeitschrift geschafft? War sie je nach Afrika gereist? Hatte sie es geschafft, die Flügel auszubreiten?

Bevor ich zu meinen Fragen ansetzen konnte, ging die Tür von Neuem auf.

»Lionel? Wer ist das?« Eine hübsche Brünette in einem bedruckten Kleid, die nach Lavendel roch und ein Baby auf der Hüfte trug.

Ich stand ebenfalls auf.

»Nur ein Soldat, der nach jemandem sucht, der nicht mehr hier wohnt, Liebes«, antwortete er.

»Sie bluten ja«, stellte sie fest.

»Ja, Liebes«, antwortete er an meiner Stelle. »Er hat plötzlich Nasenbluten gehabt, aber das haben wir wieder stillen können, nicht wahr, Herr Soldat? Ich habe ihm ein Handtuch geholt. Kein Grund zur Sorge. Er muss jetzt ohnehin weiter.«

»Ach. Gott sei mit Ihnen, Sir. Augie Ann, dieser Mann hat den Krieg für uns gewonnen!«

Augie.

Du kamst wieder näher, und ich konnte dich lächeln sehen.

Er scheuchte seine Familie nach drinnen und sagte laut über die Schulter: »Tut mir leid, dass ich Ihnen nicht helfen konnte, Soldat.« Dann schob Lionel Abraham Lowe die Tür zu. Sein Blick hatte alles gesagt. Er hatte Rotschopf geliebt.

Ich war mir bis zu jenem Moment nicht sicher gewesen, aber das beruhigte mich, um deinetwillen.

Ich suchte eine Bibliothek auf und blätterte durch ältere *Life*-Ausgaben; ich hoffte inständig, sie hätte es irgendwie auch ohne uns geschafft. Aber natürlich fand ich sie nirgends. Diese Margaret Bourke-White, die sie so sehr verehrt hatte, war überall, hatte auf der ganzen Welt Bilder vom Krieg gemacht ... Augusta Rotschopf nicht.

Trotzdem blieb ich eine Zeit lang sitzen, noch nicht vollends, aber annähernd versöhnt, und hörte die letzten Worte, die Rotschopf an mich gerichtet hatte, so als stünde sie vor mir: *Das war mal ein Abenteuer, oder, Woody Nickel?*

»Ja«, antwortete ich laut. »Und was für eins.«

Ich wäre am liebsten zurückgelaufen und hätte dir davon erzählt. Deine Ma hatte dieses Abenteuer erlebt – ein fantastisches Abenteuer, bei dem ihr für eine Weile das Herz aufgegangen war, auch wenn es ihr Herz nicht hatte heilen können. Doch unterwegs *hatte* sie Afrika gesehen – auf der Ladefläche eines Trucks, in den Augen jener Giraffen, die gen Westen gereist waren –, und sie war so furchtlos und mutig gewesen, wie man es nur sein konnte. Ich wollte, dass du das weißt. Doch der Krieg hatte – wenn auch nicht viel anderes – aus mir einen anständigen Mann gemacht. Ich war gebeten worden, dich in Ruhe zu lassen, also habe ich das getan. Du warst ihre Tochter, und ich hatte in der Sache nicht mitzubestimmen, trotz meiner Gefühle für Rotschopf. Tatsächlich könnte ich nicht mit Gewissheit sagen, was deine Mutter mir bedeutet hat – selbst heute nicht. Nichts, was ich mir im Kopf zurechtlege, klingt richtig. Ich kannte sie nicht lange genug, um zu behaupten, sie sei die Liebe meines Lebens gewesen, obwohl es sich für mich ab und zu, während ich dies hier aufschreibe, tief im Innern so anfühlt. Doch wenn ein Mann im Lauf seines langen Lebens mehrere Leben hat, dann kann ich guten Gewissens behaupten, sie sei die Liebe meines ersten Lebens gewesen, so viel ist sicher.

Von der Bibliothek aus, in der ich mehr als nur meine gebrochene Nase verarztet hatte, fuhr ich kreuz und quer durchs ganze Land – nach San Diego. Zu den Giraffen. Ich marschierte durch den Zooeingang, der sich seit damals, als ich ihn aus einigem Abstand vor mir gesehen hatte, kein bisschen verändert hatte. Ich schlenderte ein bisschen herum, bog um eine Ecke – und da waren sie. Dem Schild zufolge hießen sie »Lofty« und »Patches«. Doch es bestand kein Zweifel daran, dass es sich um Junge und Mädchen handelte, die inzwischen ausgewachsen waren, vor Gesundheit strotzten und so hoch aufragten, wie es nur möglich war – Junge noch höher als Mädchen, und er sah majestätisch aus, ganz wie ein Prinz. Verzückt ließ ich mich auf einer Parkbank nieder und sah sie lange an, und nach einer Weile stakste hinter ihnen ein Giraffenkalb hervor. Dem Schild am Zaun zufolge hieß es »D-Day« und war am Tag aller Tage zur Welt gekommen – am 6. Juni 1944, als die Alliierten an der Küste Europas gelandet waren. Wer hätte das gedacht. Und das Kleine war jetzt schon größer als ich.

Auf jener Bank verbrachte ich mehr oder weniger die ganze folgende Woche. Ich rechnete wirklich nicht damit, dass sie mich wiedererkennen würden, aber ich wollte ihnen zumindest die Möglichkeit geben. Zwei Tage lang nahmen sie mich zwischen den anderen Besuchern gar nicht zur Kenntnis. An Tag drei jedoch, als gerade kein Wärter zu sehen war, hielt ich ein paar Zwiebeln durch den Zaun, um zu sehen, wie sie reagieren würden. Als Erstes kam Mädchen herbeigeschlendert. An ihrem Hinterbein entdeckte ich eine Narbe, aber die schien sie nicht zu behindern. Sie neigte den Hals nach unten, um mich von Kopf bis Fuß zu beschnuppern, genau wie in jener ersten Nacht in Quarantäne. Dann schlang sie die Zunge um die Zwiebel in meiner offenen Hand und schluckte sie hinunter. Als Junge sich zu uns gesellte und mich mit einem Schnauber Giraffenschlabber taufte, hätte mir keiner erzählen können, dass sie in mir nicht den Jungen von einst wiedererkannten.

Ich hatte mir natürlich vorgenommen, auch Riley Jones ausfindig zu machen. Ich wollte ihn mit den Giraffen sehen und wieder sein Giraffensäuseln hören. Ich wollte auf ihn zuschlendern und sagen: »Hallo, Alter Mann.« Doch Tag für Tag tauchte ein anderer Tierpfleger auf, um die Giraffen zu versorgen, jünger als der Alte Mann, wenn auch genauso wettergegerbt. Tagaus, tagein nickte er mir zu, und ich erwiderte den Gruß. Bis er mich eines Tages dabei erwischte, wie ich die Giraffen mit Zwiebeln fütterte.

»Hey, Sie da! Soldat!«

Aus einem längst vergessenen Impuls heraus wäre ich im ersten Moment am liebsten losgerannt. Stattdessen wandte ich mich zu ihm um. *»Yessir.«*

Er musterte mich von Kopf bis Fuß, und sein Blick blieb an meinem Muttermal hängen. »Wie heißen Sie?«

Ich zögerte. »Warum wollen Sie das wissen?«

»Sind Sie Woody Nickel?«

»Wie ...«

Er lächelte breit. »Riley hat immer gesagt, eines Tages würden Sie aufkreuzen. Kommen Sie!« Er heiße Cyrus, sagte er, Cyrus Badger. Sobald wir uns auf den Weg gemacht hatten, legte er mir die Hand auf die Schulter und überbrachte mir die traurige Nachricht. Der Alte Mann war ebenfalls tot, war früher im Jahr gestorben. Ich hatte ihn um einen Monat verpasst.

»Mabel, Rileys Junge ist da«, rief er, als wir eine Art Büro betraten. »Das ist der berühmte Woodrow Wilson Nickel!«

Und ehe ich michs versah, drückte sie mir einen Scheck in die Hand – für meine Fahrdienste.

»Oh, warten Sie kurz«, sagte sie und durchwühlte ihren Schreibtisch. »Riley hat etwas für Sie hinterlegt.« Lachend drückte sie mir einen Beutel mit hölzernen Nickels in die Hand. »Eigentlich hätte ich die Ihnen zuerst geben sollen und dann erst den Scheck. Aber das hätte ich nicht fertiggebracht.« Sie hielt mir den Beutel hin, bis ich ihn widerwillig entgegennahm. »Sehen Sie sie sich genau an, Mr Nickel. Sind ein Geschenk von ihm.« Dann drückte sie mir eine einzelne in die Hand: eine Wertmarke, die für einen Zoobesuch eingetauscht werden konnte. Es waren Hunderte davon.

Es dauerte ein bisschen, bis ich die Sprache wiederfand. »Wie ist er gestorben? Hat die Schwindsucht ihn am Ende doch noch geholt?«

»Die Schwindsucht?« Cyrus runzelte die Stirn. »Er hatte keine Schwindsucht – es waren die Zigaretten, die ihn geholt haben. Kehlkopfkrebs. Wie kommen Sie denn auf Schwindsucht?«

»Er hat mir erzählt, dass er in meinem Alter die Schwindsucht bekommen hat, nachdem er als Kind fast mit einem Zirkus durchgebrannt wäre. Dann ist er als Cowboy in den Westen gegangen und hat sich durch die Arbeit mit den Rindern und mithilfe von Dörrfleisch kuriert.«

Der Kollege des Alten Mannes schlug sich laut lachend aufs Knie. Er lachte so lange und heftig, dass ich es fast persönlich nahm. Dann wischte er sich die Lachtränen aus dem Gesicht. »Woody, das war nicht Riley – das war Dr. Harry, der Gründer des Zoos. Dr. Harry wäre als Kind um ein Haar mit einem Zirkus durchgebrannt. Dann bekam er Tuberkulose, ging in den Westen und arbeitete eine Zeit lang als Cowboy – bevor er Arzt wurde, hierherzog und nebenbei zum Spaß diesen Tierpark gründete. Riley Jones hat nie irgendwo Rinder gehütet!«

Der Alte Mann hatte mich angelogen? Ich traute meinen Ohren nicht. »Aber er konnte Lügner nicht ausstehen …«

Cyrus lächelte. »Na ja, ich würde ihn auch nicht als Lügner bezeichnen … Niemand mag Lügner. Aber jeder mag gute Geschichten, oder nicht? Und manchmal ist eine gute Geschichte die beste Medizin. Ich wette, das wissen Sie längst.«

Ich riss die Hände hoch. »Was *war* denn dann seine Geschichte?«

Er zuckte mit den Schultern. »Ich schätze fast, er war ein

Findelkind. Ein Waisenhaus hat er nie erwähnt, aber einmal hat er erzählt, dass er schon im Alter von zehn Jahren auf sich allein gestellt war. Was damals zu seiner Zeit häufiger vorkam, als man ahnt. Aber dass er beim Zirkus war – das stimmte.«

Ich war derart durcheinander, dass ich kaum Worte fand, und als es so weit war, bekam ich kaum mehr als ein Stottern heraus. »Und … wie ist das mit seiner Hand passiert? Die hat ihm ein Löwe im Zirkus zermalmt, oder?«

Cyrus fing wieder an, laut zu lachen. Ich schien ihn aufs Beste zu amüsieren. »Ach, der gute alte Riley, Gott hab ihn selig, hatte tausend Geschichten zu seiner Hand parat!« Er schüttelte den Kopf. »Machen Sie sich nichts daraus, das hat er mit uns allen so gemacht. Ich hab ihn einmal dabei ertappt, wie er an ein und demselben Tag zwei unterschiedliche Versionen erzählte. Ich würde meinen, er kam so zur Welt. Vielleicht ist ihm die Hand auch ins Maul einer Großkatze geraten … aber wenn nicht … Was immer passiert ist, war so schlimm, dass er nie die Wahrheit darüber erzählt hat. Was aber sein gutes Recht war. Manche Dinge sind einfach privat, und die behält man dann eben für sich. Allerdings schätze ich, wenn er es sich hätte aussuchen dürfen, dass er statt am Krebs als Mahlzeit für eine Katze hätte enden können – er hätte sich dafür entschieden.«

Er wandte sich zum Gehen, drehte sich aber erneut nach mir um, als ich immer noch wie ein verdatterter Affe dastand.

»Kommen Sie schon! Sie müssen die Chefin kennenlernen!«

Und so stand ich eine Minute später der berühmten Zoodirektorin Mrs Belle Benchley gegenüber. Sie sah immer noch aus wie die Schulmamsell vom Zooeingang damals im Oktober 1938, als sie die Arme ausgebreitet hatte, um die Giraffen willkommen zu heißen. Bei ihrem Anblick war ich von Gefühlen schier überwältigt. Sie kam gerade aus ihrem kleinen Büro hinter dem Heizungsraum.

»Raten Sie mal, wer hier ist!«, rief Cyrus. »Das ist der Junge, von dem Riley so viel erzählt hat – Mr Woody Nickel!«

»Ach, schau an!« Sie gab mir die Hand. »Wie ist es Ihnen ergangen? Wie *geht* es Ihnen?« Wir plauderten, wie man nur plaudern kann, bis hinter ihr ein Telefon anfing zu klingeln und sie wieder in ihrem Büro verschwand.

Cyrus begleitete mich noch ein Stück und verabschiedete sich dann von mir. Doch bevor ich ging, wollte ich ihn noch eine letzte Sache fragen, wenn ich denn dafür den Mut aufbrachte …

»Verstehen Sie mich bitte nicht falsch«, stammelte ich und rang um die richtigen Worte. »Aber ist Mr Jones … in seinen Zirkustagen … je in ein Handgemenge geraten, weil jemand ein Tier misshandelt hat … der dann gestorben ist?« Besser konnte ich es nicht formulieren, ohne den Geldsack mit seinen mörderischen Anschuldigungen zu zitieren.

Schlagartig sah Cyrus ernüchtert aus. Und wenn ich mich recht erinnerte, antwortete er ein wenig zu schnell: »Nicht dass ich wüsste, nein. Er hat keinen Spaß verstanden, wenn es um Tiere ging, aber das könnte man wohl von jedem hier sagen, wenn es hart auf hart käme.« Er nickte in meine Richtung. »Aber abgesehen davon hat jeder eine zweite Chance verdient. Und einem gewissen Dust-Bowl-Jungen hat er eine zweite Chance gegeben, nicht wahr?« Er tätschelte mir die Schulter. »Hat er Ihnen jemals verraten, warum?«

Ich schüttelte den Kopf.

»Er meinte, die ›Schätzchen‹ hätten ihn darum gebeten.« Mit einem schelmischen Lächeln, das eher auf den Alten Mann gemünzt war als auf mich selbst, wandte er sich abermals zum Gehen. »Lassen Sie von sich hören, ja?«, rief er noch über die Schulter. »Er hat so gern von Ihrer Reise erzählt, und Lofty und Patches freuen sich immer, Sie wiederzusehen.«

Lofty und Patches. Ich wollte ihn schon korrigieren, hielt mich dann aber zurück, weil ich wusste, es spielte keine Rolle mehr – sie waren am Leben, und das war ich auch. Rotschopf nicht, der Alte Mann nicht, aber ich hatte immer noch die Giraffen, und weil das so war, waren auch Rotschopf und der Alte Mann noch da. Es ist schon komisch, wie man Jahre mit Leuten verbringen kann und sie nie richtig zu kennen scheint. Andere braucht man nur ein paar Tage lang zu erleben, und es fühlt sich an, als wären es Jahre. Als ich zu den Giraffen zurückkehrte, wusste ich, dass ich die Schätzchen des Alten Mannes nie wieder aus den Augen verlieren würde. Ich war in Kalifornien, und ich war bei den Giraffen. Das kam einem Gelobten Land – oder einem Zuhause – näher, als ich es mir je erträumt hätte.

Ich fand einen Job auf dem städtischen Friedhof. Schließlich hatte ich ein gewisses Talent. Auf meinem Weg in den Westen hatte ich mir vorgenommen, dem Alten Mann vorzuschlagen, mich als Tierpfleger einzustellen, vielleicht sogar für Junge und Mädchen. Doch Mrs Benchley hatte die Posten der Tierpfleger für jene reserviert, die in den Krieg gezogen waren, damit sie etwas hätten, wohin sie zurückkehren konnten.

Dann waren binnen eines Monats meine Bandscheiben im Eimer; zu viele Gräber, die ich hatte ausheben müssen, nehme ich an. Entsprechend endete ich als Nachtwächter auf dem Friedhof, was du vielleicht überraschend findest, weil die Toten für gewöhnlich keinen Bewacher brauchen, aber es kam mir zupass, weil ich immer noch kein guter Schläfer war und der Krieg seinen Teil dazu beigetragen hatte. Ich verbrachte unzählige lange Nächte damit, jene Bücher zu lesen, die der Alte Mann so geliebt hatte – die »von einem gewissen Mister Fenimore Cooper«, und während die altmodischen Formulierungen mich mitunter fast in den Schlaf lullten, waren die besten *Lederstrumpf*-Stellen – deren Seiten alsbald zerlesen waren – einfach nur herrlich. Mit der Zeit fand ich in einen Rhythmus, verbrachte die Nächte bei der Arbeit und die Tage im Zoo. Ich machte mich auf den Weg, sobald der Zoo aufmachte. Unterwegs besorgte ich mir Salami und Brot sowie eine Handvoll Zwiebeln für die Giraffen. Mit einer der Holzmünzen des Alten Mannes kam ich hinein, frühstückte mit meinen Freunden, den Giraffen, dachte an den Alten Mann und wünschte mir, der alte Gauner würde uns Gesellschaft leisten. Manchmal spazierte Mrs Benchley vorbei und setzte sich zu mir, um die Giraffen zu betrachten. Es dauerte nicht allzu lange, ehe die Pfleger mich nur noch den Giraffenmann nannten. Was für mich schon in Ordnung war. Sehr sogar.

Mit den Jahren wurde das Leben allmählich zu der gewöhnlichen Sache, die es stets hatte sein sollen. Ich versuchte, anständig zu bleiben, was den Jungen, der ich bei Cuz gewesen war, bestimmt mordsmäßig überrascht hätte. Ich ging an keinem streunenden Hund und an keiner Katze vorbei, ohne das Tier zu füttern, und traute niemandem über den Weg, der Tiere nicht ausstehen konnte. Ich verliebte mich in die eine oder andere respektable Frau und auch in ein paar, die weniger respektabel waren. Ich heiratete drei von ihnen, allesamt Rothaarige, was dich nicht überraschen dürfte, und habe sie alle überlebt. Eine erwachsene Stieftochter, die inzwischen auch gestorben ist, kam eigenen Kindern am nächsten. Sie hat mir einmal ein Bild geschenkt, auf dem stand: *Die Zeit, die man mit Tieren verbringt, wird auf die Lebenszeit angerechnet*, und dann hat sie gewitzelt, ich würde bestimmt hundert Jahre alt – wenn das mal nicht irre ist.

Die Wahrheit jedoch ist, dass ich meine Beziehung zu Mädchen und Junge stets besser gepflegt habe als jede Beziehung zu einem Menschen. »Familie« war für mich ein Wort ohne Grenzen geworden. Ich stellte sicher, dass es den beiden nie an Zwiebeln mangelte, beugte mich vor, damit Junge mich schlabbrig begrüßen konnte, und tätschelte Mädchen an der Stelle, wo ein Fleck im Fell die Form eines liegenden Herzens hatte. Ich sah ihnen zu, wie sie sich in der Liebe sonnten, die ihnen entgegenschlug, und spürte diese Liebe ebenso sehr, als wäre sie auf mich gerichtet. Ich sah zu, wie ihr Leben unter uns Menschen exakt so wurde, wie der Alte Mann es prophezeit hatte, und wie sie allen, die ihnen begegneten, ein Bewusstsein für die Wunder der Natur bescherten, das die meisten sonst nie erfahren hätten oder wie es sich anders wohl nicht eingestellt hätte. Bevor sie starben, durfte ich miterleben, wie sie in einem Safaripark, den der San Diego Zoo in der Nähe gegründet hatte, mit einer ganzen Herde Giraffen herumzogen.

Und was jenes Geheimnis des Lebens anging, das der Alte Mann mal erwähnt hatte: Obwohl es manchmal den Anschein hatte, als würden sie gleich zu mir sprechen, teilten die Schätzchen mit mir nie ausdrücklich ein Geheimnis. Doch in all der Zeit, die ich mit ihnen verbrachte – ihre Nähe genoss, wie der Alte Mann sie genossen hatte, und die Welt durch die Augen jener zwei »riesenhaften Schöpfungen aus Gottes reinstem Paradies« sah –, dämmerte mir ein Geheimnis, das Geheimnis guten Lebens. Möglicherweise hatte der Alte Mann genau das für mich vorgehabt.

Doch die Jahre gingen ins Land, und die Pfleger wechselten, wie auch alle anderen im Zoo, selbst die Grande Dame, Belle Benchley. Ich muss meine Geschichte tausendfach erzählt haben, bis alle, die den Alten Mann noch gekannt hatten, gestorben waren; und danach muss ich weitere tausendmal angehoben haben, sie neuen Leuten zu erzählen. Und dennoch habe ich es nie wirklich getan. Ich war mir sicher, dass meine Geschichte nur noch für mich bedeutsam war, nichts weiter als die vielfach wiederholte Erzählung des Greises, zu dem ich geworden war. Eine Plaudertasche war ich ohnehin nicht mehr, die Stille des Friedhofs hatte in mir und um mich herum allmählich alles zum Schweigen gebracht. Doch nach einer Weile dämmerte mir, dass es mehr war als das – eher so, wie Cyrus Badger es über die knotige Hand des Alten Mannes gesagt hatte: Einige Dinge sind so privat, dass man sie eben für sich behält. Und dreißig Jahre lang habe ich genau das getan. Ich teilte mein Leben nur mehr mit den

Giraffen, sie taten das Gleiche mit mir, und wir drei behielten unsere Geschichte für uns, bis zu jenem Tag, an dem sowohl Mädchen als auch Junge von uns gegangen waren.

Aus Jahren wurden Jahrzehnte.

Und ich lebte immer noch.

Zeit heilt alle Wunden, heißt es ja gern, aber ich bin hier, um dir zu sagen, dass Zeit eine Wunde an sich sein kann. In einem langen Leben gibt es einen bestimmten Moment, an dem dir klar wird, dass du mehr Erinnerungen angesammelt hast, als du noch neue sammeln könntest. Dies ist der Moment, in dem deine wahrsten Geschichten – diejenigen, die dich zu dem Menschen gemacht haben, der du geworden bist – in deinem Kopf zusehends nach vorn drängen, während du nach dem Ich kramst, das du am liebsten gewesen bist.

Nachdem jedes Lebewesen, das ich je geliebt hatte, zu guter Letzt tot und begraben war – und jedes davon einen Teil meiner Seele mitgenommen hatte –, stieß ich auf die alte Ausgabe eines *Life Magazine*. Während ich zerstreut darin blätterte, ertappte ich mich dabei, wie ich mehr denn in den Jahrzehnten zuvor an Rotschopf, den Alten Mann und die Giraffen dachte und im Kopf zurück und noch weiter zurück zu jenem Jungen reiste, der die Hurrikan-Giraffen quer durchs Land gefahren hatte. Ich erzitterte angesichts des Lumpenkerls, zu dem ich sicher geworden wäre, wenn ein Hurrikan mich nicht vor die Hufe zweier Giraffen geschleudert hätte, und staunte über die Macht jener wahrsten Geschichte meiner Seele, die all die grausamsten Momente eines Lebens zu überstrahlen vermochte. Ich hätte mein ganzes Leben im Schatten des Dust-Bowl-Elends und Hitler-Schreckens verbringen können. Doch diese Erinnerungen waren im Licht zweier Tiere, die ich einmal gekannt hatte, weniger schmerzhaft geworden.

Doch dann verstrich die Zeit weiter, und ich lebte immer noch.

Bis mir irgendwann weit in den Neunzigern die Zeit aus den Fingern glitt.

Ich hatte aufgehört, den Zoo zu besuchen. Ich hätte es gern getan, doch mein Körper machte es nicht mehr mit. Was ich lange nicht begriff, war, dass auch mein Geist nicht mehr mitmachen wollte. Die Zeit schlägt einem brutale Schnippchen, und man bemerkt es mitunter nicht mal. Selbst Erinnerungen, die man am höchsten hält, werden zu zerkratzten alten Platten, die man zu oft abgespielt hat, sie setzen irgendwo ein, brechen irgendwo ab, da ist weniger Klang und noch weniger Wucht – bis man eines Tages nur einer von vielen im Rollstuhl in einem vollen Aufenthaltsraum ist, der zusammen mit anderen Greisen einen Fernseher anstarrt und Geschichten verfolgt, die nicht die eigenen sind.

So hätte meine eigene Geschichte enden können – der lange Abschied eines steinalten Kriegsveteranen, dessen Körper den ins Stottern geratenen Geist überlebt hatte.

Aber so war es nicht.

Lange nachdem mir erzählt worden war, dass ich schon ein volles Jahrhundert am Leben war – und wenn man das hört, klingt es tatsächlich komisch –, habe ich gestern in jenem vollen Aufenthaltsraum im Fernseher das Bild einer Giraffe gesehen. Ich kämpfte mich aus dem Nebel in meinem Kopf, um der tiefen Stimme des Fernsehmannes zu lauschen. Giraffen seien vom Aussterben bedroht, sagte er, wie Elefanten und Tiger und Gorillas und Nashörner – Kriege, Wilderei und der Verlust von Lebensraum, sagte er, verheerten die Dschungel, brächten Wälder zum Schweigen und verwandelten Zoos in Archen, bei deren Anblick Noah in Tränen ausbrechen würde. Tausende Tiere, Vögel, sogar Bäume seien an einen Punkt gelangt, von dem es kein Zurück mehr gebe, führte er weiter aus; sie folgten den himmelverdunkelnden Wandertauben des Alten Mannes nach.

Und würden für immer verschwinden.

Der Fernseher rauschte weiter, ein Bild von bedrohten Vogel- und Säugetierarten jagte das nächste, als würde eine Liste sämtlicher Wildtiere der Welt folgen, wenn nicht jemand etwas unternähme. Also rollte ich in meinem Rollstuhl hin, drosch auf den Fernseher ein und setzte dem Ganzen ein Ende.

Doch als die Pfleger kamen, sackte ich in meinem Rollstuhl zusammen, weil mir klar geworden war, dass alles Eindreschen auf den Fernseher die Giraffen nicht retten würde. Es gab nichts, was ein alter Tattergreis dagegen tun konnte. *Wie hatte das passieren können?* Eine Welt ohne überbordende Giraffenfreude oder Zugvögel oder donnerndes Regenwaldbrüllen wäre eine hässliche, tote, seelenlose Welt, in der es nur mehr Staubstürme und Kakerlaken und unsereins gäbe. *Wenn sie aussterben, allmächtiger Gott, dann lass mich ebenfalls sterben.* Ich wollte nur noch tot sein, unter die Erde, befürchtete jedoch, dass ich wie immer einfach weiterleben würde.

In jener Nacht träumte ich – zum ersten Mal seit achtzig Jahren.

Nach der Reise mit den Giraffen hatten meine Albträume mehr oder weniger aufgehört. Was immer sie angefeuert hatte, schien ich mit jenem Streuner, der ich gewesen war, hinter mir gelassen zu haben. Ich schlief wieder, ganz ohne zu träumen. Doch sobald der Krieg zu Ende war, machte ich mich auf die Suche nach Rotschopf – und fand stattdessen dich. In jener Nacht, nachdem ich den Zug nach San Diego bestiegen hatte und eingeschlafen war, sah ich Augusta Rotschopf als alte Frau vor mir. Sie stand in einem kleinen roten Haus, öffnete eine Kiste, und darin lag eine Giraffe. Ich war durch den Wind, das kann ich dir sagen. Ich befürchtete schon, dass Mister Starreporters Nasenstüber meine alten Albträume wiederbelebt hätte, und das brutaler denn je. Die verschickte Giraffe war das eine, aber Rotschopf würde niemals, nie zu einer alten Frau werden. Allerdings träumte ich danach nie wieder. Ein Jahrzehnt nach dem anderen ging mein Leben traumlos weiter, was mir nur recht war.

Bis sie mich gestern Abend hierher zurückgebracht haben. Bis ich die Augen schloss und plötzlich ein Geräusch hörte, das ich seit meinem achtzehnten Lebensjahr nicht mehr gehört hatte … das weiche, rollende *Drmmmmmmm* summender Giraffen … und ich wusste sofort, dass ich wieder träumte. Denn hier in meinem Zimmer schob Mädchen den langen Hals durch mein Fenster im vierten Stock, scheuchte mich mit einem Schnauben aus dem Bett und durchs Fenster hinaus. Und in meinem Traum tue ich, was sie von mir will. Ich bin wieder auf dem Dach des Transporters, irgendwo in Virginia, rangele mit Mädchens Kopf, während Rotschopf Geschichten von Giraffen am Himmel erzählt, von Giraffen auf Gemälden, in Paris, und mit einem Mal strömen diese Geschichten von damals auf mich ein, als wäre alles wieder lebendig, als könnten wir in diesen Geschichten ewig leben.

Dann verschwindet der Transporter. Ich liege wieder im Bett, träume erneut jenen Traum von Rotschopf als alter Frau in einem roten Häuschen, die eine Kiste aufmacht und darin eine Giraffe findet.

Und dann sehe ich, dass es nicht Rotschopf ist.

Es bist *du*.

Im selben Moment setze ich mich abrupt im Bett auf, bin hellwach, und vor meinem inneren Auge endet der Traum wie in einer Vision – ich bin wieder unterwegs mit den Giraffen, mit dem Alten Mann und mit deiner Mutter. Doch diesmal bist du ebenfalls da. Du sitzt mit im Packard, während Rotschopf ihre Fotos schießt. Du bist dabei, als sie während der Sturzflut ihre Träume opfert, um die Giraffen zu retten. Du bist dabei, als Junge sie und dich – dein zukünftiges Ich – vor einem Verrückten rettet. Du sitzt mit auf dem Dach des Transporters, als Rotschopf Giraffengemälde beschreibt und Giraffenlegenden schildert. Und sie schildert noch eine weitere Geschichte – *unsere* Geschichte.

Sie erzählt sie dir.

In diesem Moment dämmert mir, was für ein einfältiger, egoistischer Mann ich gewesen bin.

Denn nur ein Einfaltspinsel kann glauben, dass Geschichten keine Bedeutung mehr haben – obwohl sie am Ende doch alles sind, was uns bleibt. *Müsstest* du nicht unsere Geschichte hören? Müsstest du nicht erfahren, wie zwei herrliche Giraffen mich, dich und deine Mutter gerettet haben – eine Frau, die ich einst geliebt habe? Und nur ein Egoist kann glauben, dass er Geschichten mit ins Grab nehmen kann, die allein seine sind. *Müsstest* du nicht erfahren, dass deine Mutter eine beherzte Frau mit kühnen Träumen war? Und müsstest du nicht erfahren, wer deine Freunde gewesen sind, selbst wenn wir nicht mehr am Leben wären?

Im selben Moment war mir klar, dass es durchaus etwas gab, was ein Greis noch tun konnte. Ich besorgte mir einen Bleistift und fing an zu schreiben.

Ich hatte nur wenige wahre Freunde, und zwei davon waren Giraffen: eine, die mich nicht tottrat, und eine, die mir das wertlose Waisenleben und dir das wertvolle, kostbare Leben rettete.

Beide Giraffen sind seit Langem tot. Und das bin ich alsbald auch. Wenn der Mann im Fernsehen recht hat, dann gibt es auf der Welt bald keine Giraffen mehr, dann verschwinden sie und die Elefanten und die Tiger und die himmelverdunkelnden Tauben des Alten Mannes.

Irgendwie weiß ich aber, dass du immer noch da bist. Und da ist auch immer noch diese Geschichte, die ebenso sehr deine wie meine ist. Es wäre eine Schande – *für mich* –, wenn sie mitsamt jenen riesenhaften Schöpfungen aus Gottes reinstem Paradies ebenfalls verschwinden würde. Denn wenn ich je behaupten könnte, dass ich Gott gesehen habe, dann in den riesenhaften Gesichtern der Giraffen. Und wenn ich je etwas hinterlassen wollte, dann diese Geschichte: für sie, für sie alle – und für dich.

Bevor es also zu spät dafür ist, schreibe ich hier und jetzt alles auf. Wenn auch nur ein bisschen Zauber in dieser Welt ohne sanfte Giraffen übrig ist, wenn das bisschen Göttlichkeit, das ich in jenen turmhohen Wundern erkannt zu haben glaube, auf dieser Welt immer noch existiert, liest vielleicht irgendeine gute Seele diese Zeilen und tut diese eine Sache für mich, die ich selbst nicht mehr tun kann.

Und eines freundlichen, gesegneten Morgens finden die Giraffen, der Alte Mann, ich – und deine Ma – auf immer den langen, verschlungenen Weg zu dir.

… Als ich den Bleistift sinken lasse, höre ich ein Geräusch vom Fenster.

Mädchen ist da.

Sie streckt den herrlichen Giraffenhals wieder zu mir herein, und mir krampft sich erneut das Herz zusammen, wie damals, als ich sie und Junge vor so vielen Jahren am Hafen erstmals zu Gesicht bekam.

»Wir haben es geschafft, Mädchen.« Ich zeige auf diese Zeilen. »Zufrieden? Ich bin es auf jeden Fall.«

Sie schnaubt einen zufriedenen Speichelfaden in meine Richtung.

Ich will schon fragen, warum sie zurückgekehrt ist. Doch während mein Herz für einen Schlag aussetzt … und für einen weiteren … und … noch einen … wird es mir klar. Ich bedenke meine Freundin mit einem letzten liebevollen Blick, und sie löst sich auf.

Lebwohl.

Mit der zitternden Hand über meinem alten, uralten Herzen sehe ich lächelnd auf diese Zeilen hinab.

Es ist Zeit aufzuhören.

Zeit zu gehen …

… und ich strecke mich aus und schließe das Fenster.

Epilog

Die Veteranenbetreuerin legte den letzten Schreibblock aus Woodrow Wilson Nickels Spindtruhe beiseite und sah sich um. Es war bereits später Nachmittag, und sie war weit hinter Plan, trotzdem sah sie nicht mal auf die Uhr. Vorsichtig schob sie die Blöcke zusammen, die um sie herumlagen, packte sie und das kleine Giraffensouvenir zurück in die alte Truhe und machte sich auf den Weg zum Heimleiter.

»Haben Sie kurz Zeit?«, fragte sie. »Ich müsste Ihnen etwas zeigen.«

Einige Tage später lehnte sich im Büro jenseits des großen Wandbilds der legendären Zoodirektorin Belle Benchley der aktuelle Zoodirektor auf seinem Stuhl zurück. Auf seinem Schreibtisch lagen stoßweise Schreibblöcke, die ihm das Veteranenheim geschickt und die er soeben fertig gelesen hatte. Er sah durchs Fenster zu den aufgeforsteten Gehegen des neu geschaffenen Instituts für Artenvielfalt, wo fast hundert Jahre zuvor das Gehege für die ersten Giraffen des Zoos errichtet worden war.

Er tippte auf seinen Touchscreen, und der Sicherheitsbeauftragte des Zoos meldete sich.

»Ja, Sir?«

»Wenn wir jemanden aufspüren müssten … wie würden wir da vorgehen?«

Und so kam es, dass eines freundlichen, gesegneten Morgens in New Jersey eine schlanke, sommersprossige Sechsundachtzigjährige mit einem Kopf voller einst roter Locken die per Kurier überbrachte Nachricht las, wie sie es zuvor schon ein Dutzend Mal getan hatte, als in ihrem roten Klinkerhäuschen die Klingel ertönte. An der Tür sah sie sich zwei Männern gegenüber, die ihr wie angekündigt eine Spindtruhe aus dem Zweiten Weltkrieg brachten. Mit einer Geste gab sie ihnen zu verstehen, dass sie die Truhe vorsichtig auf dem Holzboden abstellen sollten.

Sobald die Tür hinter den Männern ins Schloss gefallen war, ließ sie die Schnallen aufschnappen, und vor ihr lag eine Giraffe. Kurz bestaunte sie das kleine Porzellansouvenir aus dem San Diego Zoo. Dann nahm sie es hoch und griff nach dem obersten Bündel mit Schreibblöcken, ließ sich auf den nächstbesten Stuhl sinken und fing an zu lesen.

Nachwort

Als ich 1999 für ein Projekt tief in die Archive des San Diego Zoo eintauchte, stieß ich auf einen Stapel vergilbter Zeitungsartikel. Sie handelten von einer dieser Geschichten, die die Fantasie beflügeln und einen so bald nicht mehr loslassen. Ein so geschichtsträchtiger Ort wie der San Diego Zoo hat unzählige Geschichten zu bieten, doch diese war an Ausmaß und Kühnheit nicht zu übertreffen.

Im September 1938 waren auf Anordnung der berühmten damaligen Zoodirektorin, Belle Benchley, zwei Giraffen, die auf hoher See einen Wirbelsturm überlebt hatten, innerhalb von zwölf Tagen auf einem umgebauten Pritschenwagen quer durch die USA transportiert worden, um als erste Giraffen Südkaliforniens in Benchleys Zoo einzuziehen. Während die Giraffen die USA aus ihren turmhohen Fenstern betrachten konnten, dokumentierten gut fünfhundert Zeitungen im ganzen Land ihre Geschichte – sehr zum Vergnügen der Leserschaft.

Als ich diese alten Zeitungsartikel las, sah ich regelrecht vor mir, wie ein gelangweiltes kleines Mädchen auf einer Farm aus dem Fenster blickte und plötzlich zwei Giraffen an ihr vorbeifuhren. Als ich dann auch noch ein Telegramm der Versicherungsgesellschaft Lloyd's of London fand, die beide Tiere im Falle von »Pannen, höherer Gewalt, Tornados, Staubstürmen und Sturzfluten« versicherte, war ich umso faszinierter. Ich suchte nach einer Art Logbuch, das der betreuende Pfleger während der Reise geführt hatte –, ein Mann namens

Charley Smith. Aber wie die meisten hartleibigen Zooleute seiner Zeit war er wohl nicht der Typ, der Tagebuch schrieb.

Ich ließ die Sache auf sich beruhen.

Vor einigen Jahren musste ich erneut an die Giraffen denken – allerdings aus einem beunruhigenden Grund: Neben viel zu vielen anderen Tierarten drohen Giraffen seit dem frühen 21. Jahrhundert dem sogenannten »sechsten Sterben« anheimzufallen – was exakt so furchterregend ist, wie der Ausdruck vermuten lässt. Während ich über die Zukunft der für mich ikonischsten Wildtiere der Welt nachgrübelte, sah ich mich erneut ins Jahr 1938 zurückversetzt und reiste mit zwei jungen Giraffen über die kurvenreichen Straßen Amerikas, sah Dinge vor meinem geistigen Auge, die niemand je wieder sehen wird, und stellte mir vor, wie die beiden Tiere all die Menschen, denen sie begegneten, umso menschlicher gemacht haben dürften. Und vielleicht war genau das der entscheidende Punkt. Wir drohten diese Tierart ein für alle Mal zu verlieren, folglich wollte ich meine Zeit damit verbringen, darüber nachzudenken, warum manche Geschöpfe, mit denen wir unsere Welt teilen, uns mitten ins Herz treffen. Belle Benchleys Autobiografie, *My Life in a Man-Made Jungle* (»Mein Leben in einer menschengemachten Wildnis«), die während eines der schlimmsten Jahre des 20. Jahrhunderts ein internationaler Bestseller war, untermauert diese Wirkung. Gerade damals ging das Leben nicht einfach nur seiner Wege: Die Weltwirtschaftskrise war lange noch nicht ausgestanden, uns allen stand Hitler bevor – und doch sorgten zwei reisende Giraffen in Benchleys Heimatland für einen Moment der Leichtigkeit.

Die Herausforderung beim Konzipieren eines historischen Romans, der auf wahren Begebenheiten beruht, besteht darin, hinreichend zu recherchieren, um zur Gänze zu erfassen, wie das Leben einst war, als ein derart verrücktes Ansinnen wie das geschilderte ernsthaft machbar erschien. Gleichzeitig ist eine solche Geschichte immer auch Spiegel der

Gegenwart, denn da wird sie gelesen. Wir haben in diesem neuen Jahrhundert mit einer Menge großer, belastender Dinge zu kämpfen, und das Aussterben geliebter Tiere gehört zu den herzzerreißendsten Dingen – allerdings gibt es auch gute Nachrichten: Weltweit kämpfen Naturschutzorganisationen, Forschungszentren, Aquarien, Reservate, Stiftungen und Institute der Zoologie wie das heutige San Diego Zoo Global um den Erhalt gefährdeter Arten – und um den Erhalt unserer eigenen Art, nachdem wir endlich begriffen haben, dass der Verlust selbst kleiner Wesen wie der Bienen und Schmetterlinge einen hohen Tribut von uns Menschen fordern kann.

Sollte irgendjemand in den kommenden Jahrzehnten in einem Bücherregal oder in der Bibliothek auf diesen Roman stoßen, wird diese Welt hoffentlich – Gott bewahre! – keine Welt ohne Elefanten sein, ohne Pandas, Tiger, Schmetterlinge und Giraffen. In einem viel beachteten TED-Talk deutete Schriftsteller Jon Mooallem 2014 an, dass die Überlebenschancen einer Spezies hauptsächlich davon abhängen, wie wir Menschen über das entsprechende Tier dächten: »An dieser Stelle wird das Geschichtenerzählen unerlässlich. Emotionen sind wichtig. Die Fantasie ist zu einer ökologischen Macht geworden.«

Hoffentlich hat er recht.

Wir haben im Moment vielleicht nicht die Möglichkeit, mit einem Giraffenpärchen quer durchs Land zu ziehen, uns in sie und in einander zu verlieben und dabei Geheimnisse des Lebens zu entschlüsseln; trotzdem können wir uns von ihnen verzaubern und inspirieren lassen. Sie sind immer noch hier bei uns. Es bleibt zu hoffen, dass sich das niemals ändern wird.

Anmerkungen

Belle Benchley

Sie würde eine der ersten Frauen in einer Führungsposition werden, doch Benchley kam 1925 zunächst als Buchhalterin in den frisch gegründeten San Diego Zoo. Schnell fing sie an, auch andere Tätigkeiten zu übernehmen: vom Verkauf der Eintrittskarten bis hin zum Reinigen der Gehege des zwar wachsenden, aber stets unterfinanzierten Zoos, bis sie als Nachfolgerin mehrerer Zoodirektoren mit kurzer Amtszeit die geschäftsführende Leitung übernahm. Obwohl sie in der Öffentlichkeit und in den Medien ihrer Zeit als die erste und einzige Zoodirektorin der Welt galt, erhielt sie vonseiten der (allesamt männlichen) Gesellschafter zunächst den Titel der »geschäftsführenden Sekretärin«, ehe sie – erst kurz vor Renteneintritt – 1953 offiziell zur Direktorin ernannt wurde. Im Lauf ihrer Beschäftigungsdauer wurde sie zusehends liebevoll zur »Zoo Lady« und 1949 als erste Frau zur Vorsitzenden der American Association of Zoological Parks and Aquariums gewählt. Ihr erstes Buch, *My Life in a Man-Made Jungle* (»Mein Leben in einer menschengemachten Wildnis«), erschien 1940 und wurde als Stimmungsaufheller an die Soldaten in den überseeischen Kriegsgebieten verschickt. Drei weitere Bücher folgten. Eine ihrer weitsichtigsten Ideen war ein Schulbus-Programm, das Zweitklässler in den Zoo brachte, weil sie der festen Überzeugung war, dass sich Menschen nur dann für die Interessen von Wildtieren einsetzten, wenn sie sie kannten, was inzwischen als wesentlicher Bestandteil allen arterhaltenden Engagements zoologischer Institutionen gilt.

Der Grosse Hurrikan von 1938

Auch als Neuengland-Hurrikan, Long Island Express oder Yankee Clipper bekannt, war dieser Wirbelsturm der erste seit einem Jahrhundert, der auf die Küste Neuenglands traf, und er sollte bis 2012 und Hurrikan Sandy auch der schadensreichste in der Geschichtsschreibung bleiben. Die Auswirkungen waren derart gewaltig, dass ganze Ortschaften an der Küste dem Erdboden gleichgemacht wurden. Häuser wurden mitsamt Bewohnern hinaus aufs Meer geschleudert. Eins der berühmtesten Opfer des Hurrikans war Katharine Hepburn, die im Strandhaus ihrer Familie feststeckte. In New York City schwankte Berichten zufolge das Empire State Building, und der Hudson River trat über die Ufer.

Mann Act

Gesetzesentwurf des Kongressabgeordneten James Robert Mann, der 1910 von US-Präsident Taft unterzeichnet wurde und demzufolge es untersagt war, Frauen »zum Zweck der Prostitution oder Ausschweifung oder zu anderen unmoralischen Zwecken« über Bundesstaatsgrenzen hinweg zu befördern, wobei vor allem letzterer Aspekt eine mitunter rassistische Auslegung ermöglichte. Prominente wie Charlie Chaplin, Frank Lloyd Wright, Chuck Berry und Jack Johnson machten sich infolge des Mann Act strafbar: Johnson, der erste afroamerikanische Boxweltmeister im Schwergewicht, wurde unter anderem wegen eines Roadtrips von Pittsburgh nach Chicago mit seiner weißen Freundin angeklagt.

Sundown Towns

Nach den Sezessionskriegen und bis weit in die Zeit der Bürgerrechtsbewegung standen Schilder wie das im vorliegenden Roman an Ortszufahrten von US-amerikanischen Kleinstädten und forderten »Farbige« auf weiterzufahren. Für afroamerikanische (Handels-)Reisende stellte dies ein enormes Problem dar und führte zur Veröffentlichung des zwischen 1936 und 1966 jährlich erscheinenden *The Negro Motorist Green-Book* (»Green-Buch für den schwarzen Autofahrer«) oder schlicht *Green Book*, das nach dem Herausgeber, Victor Hugo Green, benannt war und zum 2019 Oscar-prämierten gleichnamigen Spielfilm inspirierte.

CCC und die Arbeitsbeschaffungsbehörde WPA

Das Civilian Conservation Corps (CCC) sowie die Arbeitsbeschaffungsbehörde (Works Progress Administration, WPA) stellten zwei der neu geschaffenen New-Deal-Initiativen dar, die US-Präsident Roosevelt ab 1933 als Maßnahmen gegen die Auswirkungen der Weltwirtschaftskrise auf den Weg brachte: Die Arbeitsbeschaffungsbehörde beschäftigte hauptsächlich ungelernte Männer, die öffentliche Bauprojekte umsetzten und Schulen, Krankenhäuser, Brücken, Flugplätze, Zoos und Straßen bauten. Das CCC beschäftigte junge, ungelernte Männer zwischen 18 und 25 bzw. später zwischen 17 und 28 Jahren, stellte Unterkünfte, Kleidung, Mahlzeiten und einen kleinen Sold; die jungen Männer wohnten in Arbeitercamps überwiegend in den Nationalparks des Landes, pflanzten zwischen 1933 und 1942 mehr als drei Milliarden Bäume, befestigten Wege und errichteten Unterstände in gut achthundert Parks.

Danksagung

Ein Buch ist immer ein kleines Wunder, und dass *Sonnenaufgang mit Giraffen* erscheinen konnte, erfüllt mich mit Demut und tiefster Dankbarkeit.

Mir werden die Giraffen, Woody, Rotschopf und der Alte Mann fehlen. Es war ein wilder Ritt – wild, aber beflügelnd, weil ich ihn dank zahlreicher Helfer unternehmen durfte, die mir diese literarische Reise ermöglicht haben und denen ich zu großem Dank verpflichtet bin.

Dies gilt vor allen Dingen für:

Jane Dystel, die die Giraffen womöglich noch viel mehr liebt als ich und deren Know-how und Sinn für Details ihresgleichen suchen, sowie Miriam Goderich, die das Potenzial dieser ungewöhnlichen Geschichte sofort erkannte.

Die Leute aus dem San Diego Zoo, vor allem Hauptgeschäftsführer Douglas Myers – danke für alles, was Sie tagtäglich für die gefährdeten Tiere dieses Planeten tun. Es geht weit über alles hinaus, was man in Worte fassen könnte.

Danielle Marshall, deren Sinn für Geschichten einzigartig ist.

All die fantastischen Institutionen, die es mir ermöglicht haben, durch Recherchen eine vergangene Welt auferstehen zu lassen: die Archive von San Diego Zoo Global; das San Diego History Center; Zeitungsarchive und Augenzeugenberichte aus der Zeit des Großen Hurrikans 1938, der WPA/CCC, der Weltwirtschaftskrise und der Dust Bowl; Bücher, Filme und Bildpublikationen wie etwa *The San Diego Zoo: The*

First Century 1916–2016, John Steinbecks 1939 erschienener Roman *Früchte des Zorns*, Victor Hugo Greens *The Negro Motorist Green Book* von 1936, Timothy Egans *The Worst Hard Time* von 2006, der Dokumentarfilm *The Dust Bowl* von Ken Burns aus dem Jahr 2012 sowie die zeitlosen fotografischen Dokumente von Dorothea Lange und Margaret Bourke-White.

Und – natürlich – meine Familie und Freunde sowohl menschlicher als auch tierischer Natur, die duldsam eine Autorin im Haus tolerieren.

Die Frau, die abstrakte Kunst erfand

Coververänderungen vorbehalten

Sofia Lundberg / Alyson Richman / M. J. Rose

Hilma

Roman

Aus dem amerikanischen Englisch von Karin Dufner

Piper, 352 Seiten

ISBN 978-3-492-07139-0

Stockholm 1896: Die Welt gehört den Männern, und die Kunstwelt Stockholms bildet keine Ausnahme. Doch die Malerin Hilma af Klint will radikal neue Wege beschreiten. Jeden Freitagabend trifft Hilma vier Freundinnen, um die Grenzen der Kunst zu sprengen und ihr gelingt etwas Spektakuläres: Sie erfindet die abstrakte Kunst, viele Jahre vor Kandinsky oder Mondrian. Ein Jahrhundert später entdeckt ein Kurator des Guggenheim-Museums ihr Werk und präsentiert es der staunenden Welt.

PIPER

Leseproben, E-Books und mehr unter www.piper.de